支持单位

成都市文学艺术界联合会

出品单位

四川师范大学文学院

成都市李劼人研究学会

四川新文学大系

散文编 ·第五卷·

总　　编　　王嘉陵　刘　敏

副 总 编　　张义奇　曾智中

本编主编　　曾智中

副 主 编　　吴媛媛

四川文艺出版社

图书在版编目（CIP）数据

四川新文学大系. 散文编：共五卷 / 王嘉陵，刘敏
总编；张义奇，曾智中副总编；曾智中主编；吴媛媛
副主编. — 成都：四川文艺出版社，2024.8
ISBN 978-7-5411-6546-7

Ⅰ. ①四… Ⅱ. ①王… ②刘… ③张… ④曾… ⑤吴
… Ⅲ. ①中国文学—现代文学—作品综合集—四川②散文
集—中国—现代 Ⅳ. ①I218.71

中国国家版本馆 CIP 数据核字（2023）第 216413 号

SICHUAN XINWENXUE DAXI · SANWENBIAN (DIWUJUAN)

四川新文学大系·散文编（第五卷）

总编　王嘉陵　刘　敏　副总编　张义奇　曾智中
本编主编　曾智中　副主编　吴媛媛

出 品 人　冯　静
策划组稿　张庆宁
书稿统筹　宋　玥　罗月婷
责任编辑　李国亮　罗月婷
封面设计　魏晓舸
版式设计　史小燕
责任校对　段　敏　付淑敏
责任印制　桑　蓉　崔　娜

出版发行　四川文艺出版社（成都市锦江区三色路 238 号）
网　　址　www.scwys.com
电　　话　028-86361802（发行部）　028-86361781（编辑部）

邮购地址　成都市锦江区三色路 238 号四川文艺出版社邮购部　610023
排　　版　四川胜翔数码印务设计有限公司
印　　刷　成都东江印务有限公司
成品尺寸　148mm×210mm　　　　开　本　32 开
印　　张　50.875　　　　　　　　字　数　1350 千
版　　次　2024 年 8 月第一版　　印　次　2024 年 8 月第一次印刷
书　　号　ISBN 978-7-5411-6546-7
定　　价　276.00 元（共五卷）

编选凡例

一、本编所收作品时间跨度起止为 20 世纪初年至 40 年代晚期。

二、注意到四川新文学中散文作品体裁的丰富性，本编涵盖政论、史传、游记、书信、日记、小品、序跋等各体散文。

三、尽量采用早期版本，除将原版的繁体、竖排改为简体、横排外，不做其他变动。一时找不到早期版本的，采用后期比较权威可靠的版本。

四、先列四川（含当时重庆）本土作家作品；次列流寓作家作品，即其在四川创作的作品，或以四川为题材的作品，或与四川有密切关联的作品。

五、所有作品以作家出生时间排序，早者为先。出生年份相同者，按月份排序。出生月份资料不全者，以卒年之先后排序。

六、整理时忠实其原貌，辨识不清者不臆断，或以"□"示之，或加注释。

七、作者对其用法特别加以强调但又与今日相异的字、词，均依原字、原词。如"那""哪"不分，"的""地""底""得"用法与如今不同，"他""她"不分，"牠""它"间有使用，等等，均依原版，不照当前现代汉语标准修订。

八、标点与今日相异者，一如其旧。

九、外语词汇翻译与今译不合者，一律保留原貌，以存其真。

十、原版有误，以注释加以说明；原版明显排误处，径直改正。

十一、作者自己所加注释，称作者注；原版编者所加注释，称原编者注；本编编者所加注释，称编者注。

十二、作者行文广征博引，对先前文献往往以己意略事删节以突出本意，又其时所用版本与今本之通行者也容有不同，故整理时略有说明，但不以今本绳墨之。

十三、每一作者先列小传；在作品篇名下注明相关事由；在作品后标明出处。

十四、所收作品，系当时时代产物，为存真计，均保留文献原貌；其中与今日语境有别者，读者当能明鉴。

目录

-第五卷-

流寓作家及其他

徐　訏　　从上海归来（存目）…………………… 003

　　　　　《风萧萧》后记 …………………………… 003

王冰洋　　成都琴书文词研究 …………………………… 009

朱介凡　　武昌的叫卖声 …………………………… 030

吴济生　　吃在重庆 …………………………… 039

黄　裳　　巴山寄语 …………………………… 059

　　　　　成都散记 …………………………… 065

　　　　　江上杂记 …………………………… 074

　　　　　茶　馆 …………………………… 081

杨静远　　让庐日记　一九四二年（节录）………… 086

林如斯　林无双　林妹妹

　　　　　战时重庆风光 …………………………… 155

刘济群　舒新城

　　　　　十年书 …………………………… 296

金陵大学　金陵女子文理学院　齐鲁大学　燕京大学

　　　　　纪念碑 …………………………… 340

流寓作家及其他

徐訏

| 作者简介 |　　徐訏（1908—1980），浙江慈溪人，著名的浪漫派小说家，代表作为中篇小说《鬼恋》，长篇小说《吉布赛的诱惑》《风萧萧》等。

从上海归来（存目）

《风萧萧》后记

风萧萧是一九四四年初春脱稿的小说，当时就同出版家签订合同，预备很快就出版的。我于是年三月一日下午在重庆新开寺曾经写了一篇后记，它的副题有"给雨儿"的字样，后记里写着这样的话：

你说："你总要在行前把风萧萧写好。"我说："我也这样想，但是现在似乎不可能了，你知道我过着多么另乱①与不安的生活。"

后来，我说："我只好把它带到旅途中来赶完它了。"你说：

---

① 原文"另乱"，现作"凌乱"。——编者注

"为你的健康也好，但我很难相信在不安栗碌的旅途中，可以有使你赶写风萧萧的情境。"

于是我终于在三月六日的早晨来到新开寺，十日夜半十二时把久搁的最后六万字一气写好，我不知道在风格与意念上是否与前面的完全和谐？

这书第一个字是去年三月一日在渝市内一个小旅馆写的，到现在最末一个字，足足写了一年还多，其中有无数次的剪断与搁浅，在这些剪断与搁浅的时日中，我不知道忙的是什么，想的是什么，我现在再也记忆不起。

大概写到二十几万字的时候，我开始在扫荡报上发表，此后就有许多亲疏的朋友，在口头在信札上同我谈起，他们都曾经给我莫大的鼓励。但好像因此我很想更努力更谨慎来写我未写的部分，有这个存心，反而使我临笔踌躇，一遇到精神稍差，或稍稍有点困难的地方，我就搁起，最后我甚至更怕拿起来了。一直到我决心要将它在我临行前赶完为止。

你说："为什么不到我所住的乡下来写呢？"我说："这因为除了我将最纯粹最虔诚最专一的心情献给创作的时候，我就跨不进创作的境界。"这所以我终于到了一个不必同任何人来往的乡下。

在许多谈到这书的人中，似乎都喜欢问我这故事是否事实，或者是部分的事实，再或者是事实的影子，我想这恐是人类共有的理知的欲求，而我对此并不能予人满足；长夜独自搜索我经验中生活中的事实，几乎没有一件可以与这里的故事调和，更不用说是吻合。还有许多朋友爱在我现在生活的周围寻找这书里人物的模特儿，这是很使我奇怪的事情。我想我或许可能将生活中经验中的一些思想与情感在书中人物里出现，但实际上，在我写作过程里，似乎只有完全不想到我见过或听过的实在人物，我书中的人物方才可以在我脑中出现；如果我一想到一个我所认得的或认识的人，书中的人物就马上隐去，必须用很多时间与努力排除我记忆或回忆中的人物，才能唤出想象中的人物。我觉得许多先人的理论没有错，文学不是记忆或回忆而是想像。但是最可爱的与可怕的还是人们爱从这书里第一人称的思想见解与情感，来批评我的思想见解与情感；这虽不是把我当作这书里的第一人称，但至少以为我自己在第一人称里在表现自己的思想见解与情感。我想，在这里，我用 Robert Stevenson 的话来回答最好，他大意是说："作者似乎毫无权力来支配人物的思想与行动，人物在某一阶段，他自己走自己的路，想自己所想，再不听作者的支配了。"这等于我们亲生的孩子一样，虽是我们所生，但他有自己的人格思想与情感，一切不是我们可以预定的。但既然是我们的孩子，他一定会有也可有我们的成分在里面的。因此，我想一个作者如果要完全不让自己在创造的人物中存在，这是不可能的，除非是最客观的纪实，但那面就谈不到有人物；同时，一个作者如果完全让自己在他所创造的人物中生存，这也是不可能的，即使是最老实的自传，要是自传里的自己真是完完全全是他的自己，那么他绝不会是我们艺术上所说的"人物"，他所传的只是自己经历到与遇到的"事件"而已。

倘要真真在作品里寻到作者的东西的话，那么自然是作品的主题，但主题也并不一定就有作者的思想与见解，很可能只是一种体验或一种感觉。

而作者很可能以多种的思想与见解来衬托一种思想与见解，自然也更可能以多种的思想与见解来衬托一种主要的体验与感觉。

在这些场合中，一切作为陪衬烘托点缀的副题，是时时可能被读者当作主题来理解猜度与批评。也竟还有人就站在你作品里主题的立场上，来攻击你作为陪衬的副题。这是多么可笑呢？

你说："风萧萧有你其他作品所不及的地方，那是随处都留有你特殊敏灵的感觉。"我曾经把你这句话作多次思索，觉得：假如你的话是对的，而结果这些副题上敏灵的感觉所陪衬的主题只是一种平凡的体验或浮浅的见解，这也只是第三流作品，那么似乎用一种主流的感觉来做主题，在这本书里，比较容易有较高的收获了。也许，但因为这不是一个短篇，单纯的感觉并不得全部贯通，所以不得不在主流里融合了许多复杂的内容了。

自然，故事与人物的健全与活跃，还是小说艺术里最基本的条件，我是不敢有疏忽的。但是在我习惯上，总是等全稿完全写好了再重新修改一次的，而许多小节常常在那时增删。但现在一面在发表，一面在抄写，稿子都不在我的手头，而我又就要离开重庆，在出版的当儿，我怕已经在遥远遥远白云下的土地上了。那么在你读到了这里时，我恐怕连封面都还没有看到呢。

可是"世界是整个的，人类只有一个脉搏，我们只有一个心灵。"而"胜利与和平就在目前"，我就会同你相会，我也就会看到这书，那时，也许是再版，也许是三版，我要重新细细的来把它校阅。

但是如今是两年半以后了，这本书始终没有出版。我离开了重庆，到了"遥远遥远白云下的土地"，又回到"遥远遥远的家园"，这后记竟比我先到上海来迎我，我还是"连封面都没有看到"。

没有一本书，我不想重新增删，也没有一段人生，我不想重新生活；这本书之所以迟迟不出版，十分之二的原因也是我想好好的有一番增删与改写，而现在，当我可以增删与改写时，我竟因相隔太久而无法找过去心情来做这件工作。这无法改写，我现在相信，竟如我无法增删我已逝的两年人生一样是一个时间的悲剧。

我是一个企慕于美，企慕于真，企慕于善的人，在艺术与人生上，我有同样的企慕；但是在工作与生活上，我能有的并不能如我所想有，我想有的并不能如我所能有。限于时限于地，限于环境与对象，我寂寞，我孤独，在黑暗里摸索，把蛇睛当作星光，把瘴雾当作云彩，把地下霜当作天上月，我勇敢过，大胆过，暗弹痛苦的泪，用带锈的小刀，割去我身上的疮毒与腐肉。于是我露着傲慢的笑，走过通街大道。我悯怜万千以臃肿为肥胖的人，踏进黯淡的墓地，致祭于因我同样的疮毒而伤生的青年。我想到他们流于颠沛，呻吟于黑暗中，颓废消沉，为人人所不齿，而无人知道其心中与脑中的烙刑，这烙刑可以来自一个谄媚的妓女；一场激烈的战役，一个微小的失望。

每一个人有他的理想与梦，这梦可以加于事，可以加于人，也可以加于一个世界。我们视作可笑的幼稚的梦幻，在别人往往重于他的生命。没有一个自杀者的理由，可以成为自杀理由，但仍旧人人看轻一个无能的自杀者，而我可尊敬而可怜他的行为与心理。

从后记到后记的两年半中，我没有写过什么，我阅历着各种的人生，看到许多人与事以及各式各样不同的面孔。我从许多在赴内地路上盘问我检查我的日本宪兵的面孔，到联合国安全理事会席上的各国代表的面孔中间。我看到了无数达官富商，贩夫走卒的面孔。有阴毒的蛇舌上包着谄媚的笑容，有存心出卖伙伴而挂着宗教招牌的媚脸；有阴藏着贪婪的伪善者面孔；有存金如山，假作贫穷，到处说漂亮话的自鸣得意面孔；有心怀毒计口挂正义嘴角上仍然挂着媚笑的面孔；当然，最多的还是同我自己一样的无奇的疲乏的痛苦的悲哀的干瘦无血的面孔。

对那些面孔中永远有话、有梦、有感觉，但始终没有一个环境与心境合适于我的写作。是不是因为这本书尚未出版而使我心境不宜于写其他的计划呢？我不能回答；但这样的假定也许可以使我在这本书出版后再拿起笔来。可是预期预约的话，其实都还是自己的梦；读读两年前的后记，我觉得并无力量来预定任何理想的。

"给雨儿"的雨是死了，它在遥远的黄土下面。当初以为它看到后记，我连封面还不能看到；如今我于出版后读到这里，它竟无法看到封面。而我以为要看到再版本的日子，竟还是出版家要我写后记的日子。那么时间的移动似乎还是我自己幻影，这好像不觉得船动而只觉得岸景移动一样。

但岸景给我的是更多更深的哀愁愤恨与惆怅，美丽的憧憬都成丑恶，伪作的真诚仍是虚伪，毒心的良善加增其罪恶。可是我是一个不进步的孩子，多少的风尘未减我热情，苍老未加我世故，我还是有爱有梦有幻想。世界与人类还是不断的在演进，死的已经死了，但生的还不断的生长。基督教的信条是信是望是爱，我不喜欢基督教，但我爱这个信条。

这本书的故事是虚构的，人物更是想像的；历史的事件与地理的事实的吻合只是小说上普通的要求。如果有人把他所知道的事或所认识的人，附会于这书里的故事与人物，那完全是神经过敏。书中所表现的其实只是几个你我一样的灵魂在不同环境里挣扎奋斗；为理想，为梦，为信仰，为爱，以及为大我与小我的生存而已。

在出版业这样困难的年代，这本书得于我回国后即可复印，我不得不感谢万梅子先生与刘同绎先生。但出版后可以使我写出更多更好的作品的，则唯有期望读者给我不断的指教批评与领导了。

一九四六·九·一三

编者按：本文是徐訏先生应本刊之请为他的四十余万字的《风萧萧》所写的后记，将收于即可出版的《风萧萧》中。

选自民国三十五年（1946）《上海文化》第九期

王冰洋

|作者简介|　　王冰洋（1909—1962），原名王燮，山东济南人，现代作家、文学评论家。抗日战争期间流寓四川。

成都琴书文词研究

成都的洋琴竹琴，素极盛行：音乐优美，词多雅驯，每一演奏，听者如迷。惟至今还少有加以改编或实地利用的，颇觉可惜！然若作旧词的改编，又有待于旧词的研究，这篇拙文就是研究的结果。惟旨在阐明琴词的艺术文词构造，其历史渊源，故事的由来与演变，和内容思想的性质，概未涉及。祈读者谅之，并祈专家教之。

一　调门

洋琴和竹琴，本不尽相同，且两种脚本的词句面貌，却没有多大差异。如，闹家上路、观灯拾子、风亭赏贫、风亭雷报四种，原为衔接相承的一套，而拾子、赏贫两种的封面，则上端标洋琴真本，下端又注改良竹琴字样；又如初二三顾茅庐，也是前后相接的一套，而其初册题下，既直标竹琴词字样，其二三两册之文字构造及调门的标注，又与洋琴全同；更如渠江打子、闹市复院、刺目劝学、祭祖、元和荣归、淮江团圆六册，也是一套，而其祭祖一册既上标洋琴真本，下标改良竹琴，其元和荣归一节，又在中缝上注明竹琴词字样；复如邠州回书的封皮也上标洋琴下注竹琴；闯宫一种亦然更在中缝上注明竹琴词字样；其余多种，大抵都不注明竹琴洋琴。据此可知道：两种琴艺的脚本，大体上是彼此通用的，其调虽有区别，其词却近乎一律。不过，有些竹琴的词本，多不注明角色、唱白、调门而已；实际上竹琴的调门确比较简单，其唱词不能分清，实言和代叙的甚多，例如标明竹琴词的元和荣归一折中有云："元和往事叙一遍，来与闻听喜心间。想当初你两人院中初见面……"前两句是代叙，后一句以下变成实言，其间并无界划。又有云："言罢叩头连称赞，亚仙吩咐站旁边。"后句既可看做代叙，又可把"站旁边"三字看成实言；（又凡琴书脚本的最末一段，多必是角色的实言唱，末加总结和预告，而此折之末段，则全为代叙。）惟说白词尚无此种现象。反之，洋琴的调门就较多变化，又一律注明唱白，唱词里也少有代叙，若有代叙也很清楚的分开。由此可以推断，洋琴戏曲化的程度比竹琴高，洋琴的脚本是琴书脚本的标本，因此我的研究，便以洋琴词做标本，并通名曰琴书。

无论就脚本看，或就演奏看，琴书都可以看做机体发育尚不成熟的戏曲，就脚本看，琴书的脚本里有代叙的词白，没有标注做工和过场的注脚，这和戏曲的脚本恰恰相反。就演奏看，琴书的演奏，奏乐和歌唱，两种以上的角色，可以由艺员一人兼任，其姿态动作表情，则以坐唱所容许的范围为限，且不能彩排，这也和戏曲不同。但琴书的乐器和调门，并不很简单，有时比最低级或较低级的地方戏曲还更复杂些。

琴书最常用的基本调门，是"一字"，"二流"，"三板"；一字调音律喡缓，多在开首唱和故事转跌另起处用之，二流平滑畅顺，是铺叙事实的，三板快促，多在完结及紧张问答处使用，这大抵和皮簧的元二三板相当。又其次为"苦平调"，是一种诉苦悲叹的音律，有时与一字相合，成为"苦平一字调"，而一字调又有"紧一字"的变化；"甜平调"在二十一册中仅见一次，（磨房相会。）另有"襄阳调"一种，也是常用的调门，但后列各调的词句构造与一二三板无殊。二顾茅庐中有两段"讴歌"，就是玄德兄弟路遇的牧童唱的歌子，其一词云："吾皇提剑清寰海，创业垂基四百载，桓灵季叶大德衰，奸雄贼子调鼎鼐……。"体同七言古诗，又闹市复院中，有春、夏、秋、冬四季歌各一阕，是郑元和学唱时唱的，故未注何调。以上两种大概都是常用的杂调，不是和洋琴的基本音律一贯的。复院中又有"湛湛板"词句构造系贫嘴快书："叫化子，似神仙，世人难学这清闲，无南庄，并北田，住的房屋不要钱……。"又正德访贤中有"千板"，网格也系贫嘴快书，内容却又像拗口令："哼咳！土地土地土地，门前一道碑。碑底下一个大乌龟，来了一个毛日鬼，肩挑一担水，上前歇歇气，乍断一个乌龟尾，那乌龟伸一伸腿，蹬倒了毛日鬼（'的水，毛日鬼'上五字原缺，依其意补之。）喊那乌龟赔他水，那乌龟喊那毛日鬼赔他尾。……"这两种杂调，都是戏曲里常用的"发松"的机关。再有就是"大腔"，也叫"放腔"，由全组成员合唱，最多不过两句，和川戏的"帮腔"相似。共有四种用法：一是一段唱的末尾两句，意在告一段落，并加重情绪，如经堂杀妻中，吴汉不忍亲手杀爱妻，将剑丢给妻子让她自裁的一段唱词末尾两句："将佩剑坠落尘埃地，看他知情不知情"。就标明"大腔"，词调内容是告一段落，"大腔"的唱又是加重情绪。二是标识故事的转折，用特异的唱辩明是代叙不是实言，如"黑虎缘"中，梁红玉走后，韩世忠想罢，另开一景的地方："且不言韩世忠梦寐清爽，再说这梁妈儿盼女回乡"，便标明大腔。三是开篇独白唱末尾两句如"祭祖告职"一折，开篇独白唱末尾两句云："且喜化行风俗善，正是官清民自安"。便标明"大腔"用意何在，却看不出来。四是总结本回预告下回的全折末尾两句，如黑虎缘末尾两句："值虎瞻韩遇名将，从良配玉下一均"。在一、二、四三种唱句上，大腔几没例外，第二类的唱句却不一定是大腔，又二、四、两类的用法，本质上是相同的，不过篇章上的地位不同而已。

总括的说：琴书的音律，调门相当多，用法也颇能错综，足以表现各式各样的情节和情绪；音象的一贯基调是黯淡的哀怨凄厉，但善为运用稍加改良，也可容纳比较慷慨沉痛激昂的音节，既不简陋，也不纯是靡靡之音。

二 章法

琴书脚本的文章构造，有些比较固定的通则，必须辩认清楚。

甲、字数：每回文字的数量约略有个适中的标准。初顾茅庐三一〇〇字，二顾三〇〇〇字，三顾三〇〇〇字，渠江打子四八〇〇字，闹市复院四八〇〇字，祭祖四〇〇〇字，刺目劝学四八〇〇字，元和荣归三二〇〇字，淮江团圆三二〇〇字，闹家上路四八〇〇字，观灯拾子四六〇〇字，风亭赏贫四二〇〇字，风亭雷报五三〇〇字，邡州回书三二〇〇字，磨房相会四八〇〇字，正德访贤六〇〇〇字，黑虎缘四八〇〇字，红玉从良三〇〇〇字，经堂杀妻二六〇〇字，闯宫六四〇〇字，东窗修本二〇〇〇字，统计起来，最少的二千字，最多六千四百字，适中的字数是四千二百字，这是依刊格计算的，七折扣除空白，适中的实在字数是三千字，即包含说唱文词共三百余句。

大抵凡是分段歌奏间歇收费的杂艺脚本，差不多都这样的长短，每段歌唱时间，约占三刻钟到五刻钟，因为艺员和听众的精神，都需要闲时休息，而听众随来随走，尤须分段停歇收费，以免白听，而听众口味不同，也必须时常更换情词。所以久而久之，形成这个约略不差的长度。至于京调大鼓等类，平均比琴书短四分之一，则大约是站唱的缘故，要之改编新本，非遵依这个长度，不能切合实用，文人闭门自撰的脚本，世人多不欢迎，就当是因为太长，不合口头的法则。

乙、开篇：琴书脚本每回开篇处，大抵由故事中人物独白唱的双重"诗篇"。黑虎缘开首唱云："男儿有志在四方，闻难起舞剑光芒，金人入寇蛇吞象，正赖将军灭犬羊，大丈夫不能谈兵虎帐，反听人指挥某干戈戚扬，知何日乘风长万里破浪，方遂某平生愿大任担当"共八句。同书紧接又唱"诗"云："一片降幡出石头，金陵王气至今留，英雄困苦寻常事，可叹蒙尘塞上秋"共四句，前者我名之曰"大诗篇"，后者名为"小诗篇"。（"诗篇"的意义详下）。

有的仅有大诗篇：元和荣归开篇老鸨唱云："卷帘瞧见燕来双，亚仙倚楹望郑郎，三载扬州空放荡，今朝才得走京邦，但愿他祖宗阴灵暗里向，紫袍金带转还乡。蠢才不必糊思想，红绫饼岂与乞儿尝"？下边就有"小诗篇"，有的又仅有六句的"大诗篇"，如磨房相会开篇处李三春唱云："西风凛凛吹暮秋，孤雁哀鸣绕南楼，叫人难禁腮边泪，提起愁肠更加忧，万种愁思对谁诉，不知何日能出头"。既仅六句，下边也没有小诗篇；有时又仅有四句"大诗篇"，如邠州回书开篇处刘高唱云："大将军南征胆气豪，腰横秋水雁翎刀，风吹鼍鼓山河动，电闪旌旗日月高"，既仅四句，下边也没有小诗篇，实际上这诗篇已经不分大小了。又有根本没有诗篇的，如淮江团圆，开篇便是一大段唱："郑澹离了常州地，回想往事悔不及，眼中不住弹珠泪，渠江何得任性施？登时将儿来杖毙，全不想夫妻年齿已古稀。……"共二十二句，又如二顾茅庐开篇处刘备唱云："彤云云布雪霏霏，林似铺山玉堆，探事儿郎进帐跪，（禀爷，介，何事?）卧龙先生今已回，玄德分①咐把马备。"仅五句奇数，下边即突转为白。前一例的唱词是回忆兼直叙目前之事，后一例的唱，直叙目前之事，中间既夹着白又夹着探事儿郎的答唱，虽仍是唱，实非诗篇。三顾略和二顾，也没有诗篇。

但开篇处具有前八句后四大小"双重诗篇"的，却是经常的正体，因为在我买得的琴书脚本中，除上举六个例外，其余如：红玉从良、初顾茅庐、渠江打子、闹市复院、祭祖告职、刺目劝学、观灯拾子、闹家上路、风亭赏贫、正德访贤、经堂杀妻、闯宫等篇，都是和黑虎缘一样有双重诗篇的。据此可以知道：有重双诗是琴书的正体。

小诗篇，以七言为正则，有少数五言的，如初顾茅庐云："英气凌霄汉，雄心贯斗牛，杯藏安邦策，愁锁庙廊忧"。祭祖告职的小诗篇也是五言。凡小诗篇诗，不论七言或五言，都四句一贯，没有某句增字减字的例子。大诗篇也通常是七言的，但可以在或一句上增字，增字的数目最多不过增到十字，减字是没有的。增字的句，多是第七八句，最移前不过第四五句。

至于大小诗篇的作用之不同，实在比较不出来。依我看双重的诗篇，是重复的机体，仅有一扇就够了，因此，仅有一个诗篇的，虽是例外，却是比较合理的措置。但诗篇则以八句为最宜，句数太少了，不容易完成诗篇的任务。原来诗篇的用意，在诗句的内容上说，是提刚②挈领，或显或隐的提示全篇的宗旨，故事情节和主角的遭遇与志愿，以便听众渐入"正封"预先对全篇有个概略的了

---

① 原文"分"，现写作"吩"。——编者注
② 原文"刚"，现写作"纲"。——编者注

解，在另一方面，是先行试唱不涉故事本身的直叙，以便招引听众入座，等待听众心安神静之后，再开"正封"。这两点和戏曲的坐台诗，说书的"小段""岔曲"等相仿，和大鼓书的诗篇相同。京调大鼓，大抵有八句诗篇，但没有双重的，又因为琴书的诗篇多是故事人物的自白，以致在内容上常常达不到诗篇的典型状态。

要之，诗篇是琴书开篇处必有的冒头，虽然不必双重，一扇却是必需的，便是数册一套者第二册以后的册回，也应该有诗篇，因为琴书的听众，多非连续一贯的从头到尾来听，没有诗篇必定妨碍他们对故事的概括理解，和半知半不知的结局的预期。

丙、叙引：唱过诗篇以后，必定紧接一段说白，仍是最先出面的人物自白，说白的内容，是该人物的姓名、籍贯、身世、志愿、遭遇和将行之事的自我介绍。如黑虎缘开篇处韩世忠唱过诗篇以后便说："某姓韩名世忠，字表良臣，原本陕西延安府人氏。自幼家徒四壁，孑然一身，落魄江湖，未能显达，现值无名氏募兵京口，准备勤王之师，是某投在麾下，暂谋生活，后图事举。无如将军好色，拥妓通宵，使某武士（疑系无事之误）换班上夜，功名须出于乱世，韬略未展于当时，遭逢不时，遇合难期，真来困杀某也"。其他诸篇也都有这样的说白，可见这也是一种一定不移的格式；因为包含在"诗篇"中的主要的是倒入的题旨梗概，自我介绍不能充分，为使听众比较详细的认识出面的人物，必须尽先使他做一番自我介绍才行。

不仅一篇自成套的和多篇连成一套的首册，有这样的说白，便是多册一套的首册以下各册，也多有这样的说白，如黑虎缘下册红玉从良，韩世忠唱过诗篇以后又说："某姓韩名世忠，自投军以来，只意干功立业，作忠心砫①石之臣，可恨遇非平原，毛遂无有自荐，

---

① 原文"砫"，现写作"柱"。——编者注

日则把门，夜则寻更，反不如犬。怆惶言谈，得青楼相知之感，英雄埋没，世情颠倒，此韩良臣之不幸，亦国家之不幸也"。他如渠江打子一套也是这样的，这种似乎重复的自我介绍，其实也并不全无必要，因为凡分段歌奏杂艺，必预先假定，每一段的听众全是新来的一批。不再加上自我介绍，是不行的。但也有多册一套之首册以下的册回，不再有这样自我介绍说白的，如二顾茅庐，刘备唱过诗篇以后，便径直的说："尔等备马伺候，介，知道，大哥吩咐备马欲向何往？……"我以为在续篇上的这种自我介绍说白，原则上是应该有的，不过，姓名、籍贯等项，可以从简，自幼云云的身世可以从略，而以前篇故事结果之简单的回忆提示为主，这样就骤看像是重复，实际上却不重复了。

这种自我介绍的说白，不论在首篇或在续篇，总以简赅确切为主，不能太冗繁，因为凡有唱的杂艺，都以唱为骨干。说白太冗繁必定沉闷而宣①宾夺主，又常常有预占了后事的毛病。如东窗修本一折中的自我介绍说白云："老夫武英殿大学士秦桧是也，已在宋王驾下为臣，官居左班首相，只因老夫与金国四太子兀术，两国有通谋之意，谁知岳飞挂帅，致使金兵不能前进。是老夫回得府来，与夫人商议，将一十二道绣龙旗，改为十二道假金牌，才将岳家父子三人调回府来，于去岁腊月十三晚上，已在风波亭上三绞废命。我想岳家父子须然不知要紧。那边关之上还有那结义的牛皋王贵等五十三人，俱是岳家心腹之人，倘若边关知此消息，必定要发人马杀回朝来，那时老夫难免有杀身之祸。这便如何是好？这这这个，又又便怎么？哦哦哦有了？这想今乃正月二十日，乃是朝贺上本之期，我不免今夜晚在东窗修道本章，将他五十三人调回朝来，一并斩首，岂不绝了后患？以免老夫杀身之祸，正是，斩草不除根，萌

---

① 原文"宣"，现写作"喧"。——编者注

芽依旧生，斩草除了根，萌芽永不生。呀呀呀，便是这样样样。"
虽然本事有深长的历史来因，不得不详为叙述，但空间太繁冗了，
像黑虎缘那样，可算简繁得宜的册子。

　　单依自我介绍式的说白说，大抵只限于两三个重要的主角，次
要的副末的脚色，多半没有，即便有也很简单，如黑虎缘和红玉从
良里梁婆，其实是第三主角，不过比韩世忠梁红玉稍轻一点，可是
在黑虎缘里她已经出场，并没作自我介绍，到下册红玉从良里边，
才有极简的一句，"老身梁婆是也"其他各册也都这样，甚至初二
三顾庐中的张飞关羽，并不算太轻微的脚①色，却也始终没有自我
介绍。（这或者是因为他们太为一般人所熟知了的缘故）反之，如
果是头等重要的主角，便是不在开篇处最早出面而在故事的中段出
面，也必有这样的自我介绍说明白，如黑虎缘中的梁红玉，中途出
场时就说："奴梁氏红玉，原本金陵京口人氏，自幼华才第一，色
艺无双，似月殿之仙人，自应有郎似玉，如霓裳之旧际，何愁贮屋
无金？不幸桃花迎浪，轻薄依人，柳絮随风，颠狂应客，浅斟低
酌，作尽日之绸缪，万呼千唤，为暂之依傍。未遇多情才子，先遭
好色将军，且等主人带醉，众客逃席，夜已深现，是奴禀去中军，
收拾琵琶，各自出府。……"并且前边还加上四句"诗"："淡扫蛾
眉点珠唇，玉容妆罢粉团春，薛涛闲盼从头数，如我芳名有几人？"
可见"自我介绍说白"一项，差不多是专为重要主角写的，这是思
想上的英雄崇拜，和文艺典型上的明星主义之反映，但使一切微末
不重要角色都自我介绍，也是不对的，要看该人物在故事中的地位
而定。

　　总括的说，适当的自我介绍说白，是必须的。但：一、须简赅
确切，二、须不侵占后事，三、须精当的承上启下，四、须斟酌人

---

　　① 原文"脚"，现写作"角"。——编者注

物的轻重，否则必会与其他的普通说白无异，眉目不清了。

丁、结尾：每篇结尾处必定是一段唱，磨房相会的末尾，刘高唱云："言话之间天也明，咬脐带来众三军，凤冠霞佩忙呈进，急忙上前拜生身，刘高一声传大令，紧紧围困沙陀府，忙拿洪信与洪义，再拿毛氏狗贱人，此刻之间齐拿定，刘高吩咐问斩刑，三娘上前忙挡定，尊声刘朗听妻明，虽然哥嫂一时蠢，刘郎面上启口恩。三娘为我苦受尽，今日焉能不准情，每份责打四十板，发配口外去充军，三春坐着八人轿，刘高父子随后跟，不日到了邠州地，岳氏夫人出来迎。此书名叫白兔记，父子双双坐龙廷。"这一种结尾唱段，全没例外，其余诸篇，不必再引了。

从此我们看出，琴书的体例，是以唱起以唱结的，琴书是一种以唱为主干的杂艺，以唱起以唱结，自系理之当然。至于以唱作结的特别理由，也有主要的两点：一、文字的结尾，便是故事的结局处，前文的来龙云脉蓄聚的气势，到这里才示显出来。要求较为强烈的表现，所以必须用歌唱来表达，以声和之，一唱三款①而吟咏之，才能有奔骤贯注的气象。二、用说明来作结，不仅气势松懈，而且起卸的界限必很模糊，不能使听众分明晓得到此已经告一段落，嘎②然而止了。

进一步看，这样一段结束全篇的唱，又有大体相仿和长度，遍数各篇，最少的有四句，（只有两种）最多的三十多句四十句，（比四句的多些）适中的句数是十句至二十句，我们可以说，这段结唱太长了固然不必，太短了也不合适，最好至少有八句，因为一折唱的音律，大体上要求完成一个旋律的"周期"（除说白问、唱答的场合），太短了不容易完成这种"周期"，而且也压不住艺术有机体

---

① 原文"款"，现写作"叹"。——编者注
② 原文"嘎"，现写作"戛"。——编者注

的阵角。这是音律方面的看法。还可以仔细考察这段结唱所含内容的特点：它是由两部分构成的，一部分是全故事的结果之总括，和将来展开的预期，这一部分一律是主角的实言，占据一段结唱的词句之大部分。另一部分是点明本篇的题目，和预告的题目，是艺员的代叙，通例仅占两句（参看上文论大腔的地方）。且一律用"大腔"唱出，如果太短了便不容易包含这两部分而完整无缺——倘如是四句，除去必有的点题预告之代叙，只剩了两句，用来作全故事的总结和预期，是不够的。我以为理想的一段结唱是十句，前一部分占八句，后一部分仍占两句。因为韵文的八句，在中国韵文史上，是若干年来磨练追索出来的一种定例句数，它可以恰好简赅的叙明一事一物，而达到文字构造的完整，律诗就是这个八句的标本，在中国音律史上，也是若干年来磨练追索出来的适宜的句数，它可以完满的构成一个音律构造的周期过程，而完整无缺。同时第二部分的两句，必须除在这八句之外，以免在文字音律两方面破坏了天然形成的完整机体，而且这两句例用大腔唱出，也应该自然成一部分，所以共是十句。反之，如果太长了，必定难免重复。

另外第二部分用大腔唱出两句代叙唱文，在琴书中也是一个无例外的定则，前引磨房相会的末二句，是全套已完的例子在全套未完的场合，又另有一种形式，黑虎缘云："值虎瞻韩遇名将，从良配玉下一场"渠江打子云："郑伯海渠江打子开舟去，皁田院收留教歌下一回"。要之，全套已完的这两句，总结全部套义已足，且须点出全套总名（按同例白兔记，包含邠州回书和磨房相会两回）而全套未完的这两句，则既须点出本回的题目，又须预告下回的题目。

三 文词

甲、实言和代叙：琴书的说和唱，全部是艺人设身处地充做故事中人而发实言，不是代叙，这由上文中引录的许多词句，可以看得出来。但琴书既是一种机体发育尚不成熟的戏曲，那样它的脚本就自然不免是一种形式不纯粹的剧本了。这种不纯粹之点表现在谁说谁唱的标注之不精严上，又表现在缺少过场和做工的注脚上，但最触目的是有时不免直接出现代叙的词句。这有两种地方，一是故事转进场而变换的关节上，如前引黑虎缘云："且不说韩世忠梦寐清，再说这梁妈儿盼女还乡"，就是代叙，和剧本的本性冲突，并且这是一个通例，凡遇到故事转进场面变换的关节时，差不多总是不能免的。东窗修本有云："且不言老秦桧东窗修本，岳武穆站一旁杀气腾"，也是露骨代叙，不是实言。因为琴书虽然似是戏曲，却只用言词来叙达，不用行动来表演，既然如此便不能体显空间的形象，没有过场，以致遇到故事转进场面变换的场合，便无法把事态演示给听众，所以必须用代叙来补足，这一种直接出现的代叙，在琴艺的本性中有深刻必然的根据。二是每篇的末尾，用来点题预告的两句，也是代叙，这一种的代叙，是附加上适应歌场外部环境条件的，除这两种以外，琴书没有直接出现的代叙，可是隐藏着的，和实言混淆着不容易分清界限的代叙，却实在很多，如闯宫里边，陈世美说："如此将银两腰牌与我追了，叱出宫去。说；吓……宫官"下边接着说道："吩咐一声叱出云，两旁校卫怎相容，就把三阳往外送，坐上难坏驸马公"。这四句，不仅是实言是代叙难以分辨，甚至是由谁说的也难以判定了。这是一个较极端的例子，别的例子到处都是。

概括的说，凡主角自述其已动作未动作，将动作，正动作，已言说未言说，将言说正言说，已企图未企图，正企图将企图，已知觉未知觉将知觉正知觉，和种种必须说到自身的形象时，就常常发生这种淆混，或整句淆混，或半句淆混，种种形式不一。因为琴艺以言词为唯一表现工具，而言词又必须出自故事中人之口，于是凡有侍于第三身代叙的事象，不得不变态缩压在故事中人的实言中表现出来，结果就造成实言和代叙的混淆不清。

这是一切将成戏曲而未成戏曲似戏曲又非戏曲，似叙述故事又非叙述故事的旧俗说唱杂艺共有的特征，在真的正式戏曲里边，这些事象的描写是放在括孤中的注脚，待行动来表演，在真的纯粹的叙述故事中，这些事象描写，是叙述的主要部分，而琴书的脚本，则介在两者之间，不过琴书的说白中却没有这种毛病，我以为，这种毛病，必须尽力的设法避免，以便使脚本的文词合理化，并加强其戏剧性，如果代叙势难避的话，也该用特别的文句，辨识出来，如前引"大腔"的例子。

乙、唱词和说白：琴书的脚本，由唱词和说白两部分构成，演唱时才配奏音乐；可知琴书表达事物，主要的是凭着说白唱词，音乐的作用，只在于和其声而咏之叹之所以适当的配备说白和唱词，实是创作琴词的首要关键了。

第一、唱词和说白在文词总量的比重。今依百分比考察一下看：黑虎缘唱六白四，红玉从良唱六五白三五，渠江打子唱三五白六五，闹市复院唱三五白六五，刺目劝学唱四二白五八，祭祖唱四五白五五，淮江团圆唱五五白四五，元和荣归唱四白六，拾子唱三八白六二，闹家上路①五二白四八，风亭赏贫唱四白六，风亭雷报唱四白六，邠州回书唱四白六，磨房相会唱四七白五三，初顾茅庐唱四五白五五，二顾唱五三白四七，三顾唱四五白五五，闯宫唱六五白三五，经堂杀妻唱五八白四二，东窗修本，② 唱六五白三五，正德访贤唱四五白五五。综计唱多白少八的③本，唱少白多的十三本，同时唱多白少的本和唱少白多的本之比例，大体上也就是琴书

---

① 原文疑缺一"唱"字。——编者注
② 原文如此。——编者注
③ 原文如此。——编者注

中唱词和说白间的总平均比例据此可以大体推定，现存的琴书脚本，大半唱少白多；但这是既成事实不是理想上应当有的合理状况，因为琴书是以唱为主的杂艺，倘若说白多过歌唱，必与这种本性相矛盾，且演奏起来必定显得松淡，所以就理想说，唱词应该多过说白。实际上就上述诸□看，除东窗修本经堂杀妻两种外，凡是唱多白少的，都是较好的，凡是唱少白多的，都是较坏的。明乎此，研究者才能不被既成事实蒙蔽，明乎此撰作者才能有理想的标准可循，适当配备唱词和说白的分量。

然而单唱是词①和说白的总量比例之适当配备并不能完全决定好坏，其次还要看一段一段的唱词和说白中间之穿串错综，是否匀停均衡。我曾把唱多白少的东窗修本和经堂杀妻两种，在凡是唱多白少者都较好的判断中予以除外，那就是因为它虽然有唱多白少的优点，可是唱说中间的穿串错综太不匀称均衡，以致把前项优点抵销了。我上边论"开篇自我介绍独白"的时候，曾引录过东窗修本的例子，现在当作普通说白来看，也嫌太长，共有三百多字，本占全篇实在字数六分之一，经堂杀妻中有一段更长的白，共七百字，占全篇实在字数三分之一强；唱的方面也同此情形，忽然一段极冗长，忽然一段极简短；东窗修本末尾为一段长唱共四十四句，约四百字。占全篇字数五分之一，经堂杀妻末尾又有一段更长的唱，共八十二句约六百字，几占全篇实在字数三分之一。这样极端的例子，大套常见，但比较仍是太长的，联白词却依然颇多，我们知道，琴书既近乎戏曲，就必须歌白均衡，虽然纯恃言词表达，却不能和纯是唱的北方各种大鼓视同一律。如果白词一段太长，必定显得松懈淡薄，如果唱词单段太长，必定变成单调直线，而且艺员精力不支必有败腔，如果在小小的篇章内既有太长之唱又有太长的

---

① 原文如此。——编者注

白，必定减少转折变化波浪曲线。依正理处置，单段的唱词和单段的说白，就其本身说不论在任何地方，都不应该过长，就彼此间的关系唱，更应认清唱前后唱①的说白，白前白后唱的之趋势，及附之而行的音乐之旋律，斟酌估定才行。（其理过刻细，不赘）、② 唱本身的长度，一应照顾到音乐之旋律之周期及其变化，二应照顾到所述情节之繁简而巧为剪裁，三应照顾到艺员的精力。说白本身的长度，则应以力求简赅精悍为第一原则。除非非用说白不能表达出的事物意象转折外，应悉皆变化成唱词。

再次便是如何适当的轮换运用唱词和说白。倘若仔细观察各脚本中唱词和说白的特点，就可以看出，唱词是表达精彩重要富有戏剧紧张性之所在的，说白是表达散碎转折的，唱词是主体，说白的作用是补足唱词的不逮，并用间隔开唱词的方式，增加唱词的力量。由此可知，凡精彩重要富有戏剧紧张性之所在，都应该用唱词，凡能用唱词表达的也应该尽量用唱词，比如有些太长的说白的单段，其中表达的多有一些往事的追忆和问答的过折，这一些都可能用唱词表达出来。反之，太长的唱词单段必须用说白来隔开，凡唱词不能表达的关节，都应用说白来渡过，否则勉强凑成唱句，就往往弄得意思隐晦文字不甚合理了。运用唱白的穿串来加强戏剧性，有许多格式：有一人正唱间，自以白问开旋又唱接的，如黑虎缘，韩世忠正唱"……叹口气化长虹直冲天上。（忽唱白）此时身体闷倦待某且睡片时。（又唱）将身儿倒卧在更鼓架旁"。有二人对谈白问唱答的，如黑虎缘梁婆白问："乖乖儿你今天啥子事，这们伤心呢？"梁红玉唱："怕只怕犯波涛一天风浪，迟与早横竖是母女惨伤。"有唱问唱答的：如黑虎缘梁红玉唱问："观贵庚差不多与奴

---

① 原文如此。——编者注
② 原文如此。——编者注

相仿，宜家室君可付桃夭一双？"韩世忠唱答："十五年混光阴三十日壮，事无成谁许某袒腹东床"。有唱问白答的，如红玉从良，兵甲唱问："莫不是洗衣服把他拉欠？"兵乙白答："哟，洗啥子衣裳？他的衣裳啥子时候洗过？"有白引唱演的，如红玉从良韩世忠说白引言曰："岳母，玉姐，我韩良臣岂是负义人也？"旋以唱来演义道："妈妈不必叮咛言，良臣岂是负义男，好歹不愁别一件，怕的是吴将军抱惜拈酸，论军法条条该问斩，借故杀我有何难？……"这都是一些最常用的格式，凡争辩，接谈，对叙，互叹，自问自答自解自劝自怅自悔自思自忆，都可以容纳在里边，更可以更复杂的变化运用它们。

最后还要知道：唱词多半只能由故事中的重要角色唱，附末细小的角色是不大唱的，反之他们的说白往往比较多些，这和一般的旧戏曲差不多。

丙、文体：琴书的旧词是韵文。（唱的不一定是韵的）而说白和戏曲的说白大体相仿。

唱词绝大多数是七字句和十字句外，有很少的一点八字句九字句，此外没有别种的句法。这四种句法随意□用，并不分段换用，变化虽然不多，倒还不太呆板，并且依照这种比较自由的活络，在音乐句法的范围以内，十一字也是可以用的，依各种句法的数量来看，在总数四千一百九十句唱词中，有二千零八十四句是七字句，八九字句没有严格的计算，约略估计，十字句的数目，大抵和七字句相等。

照中国韵文每句字数的发展趋势看，是由四言发展到五言，由五言义发展到七言，从诗经到唐诗是这样发展下来的，但发展到七言差不多算是已经达到了极限，以后在词和乐府歌行戏曲里边虽然时常出现七字以上的句子，然而总未达到决定的多数，重要的原因之一，就是韵文句的字数，被文言的格调束缚住了。反之，在民俗文艺上，虽甚至直到现在还仍有许多两字句和三字句，可是另一方面却久已突破了七字的限界了，先是由七字句添加衬字，造成八字九字十字句的例外，后来十字句就成了主要的句法。因为人类对事物的认识日益深入精详，要表现的事物也日益复杂曲折，单是简陋的七字句已经不够用了，韵文句字数量的逐渐增高，是认识能力扩大表现手段加强征兆之一，我们看到凡七字句多不如十字句畅顺充沛，就可以了解这道理。据此可以下个判断，在琴书和一切民俗韵文里，十字句是最主要的办法，是比七字句更有发展前途的句法，我们在撰作琴书脚本时应该切记这一点。

　　琴书唱词的韵脚，是奇数句偶数句叠押的，例黑虎缘有一段唱云："归来时见黑虎明明朗朗，冥冥中有道理莫非彼苍。韩将军非下流终居人上，着饰衣建牙旗指日鹰扬。……"就是说：奇数的末字和偶数的末字，音是一样，只有平仄的不同，这在二十一册中，没有二册是例外的。在这一点上，琴书的韵脚押得比士大夫的诗歌更严格些，因为士大夫的诗歌之韵脚，不过只押偶句末尾那一个字罢了。同时，琴书的唱词是一韵到底的，例如上引黑虎缘的一段唱词是"江扬"韵，而全篇通头到尾也都是"江扬"韵，从未换韵，这在二十一册中也没有一册是例外。在这一点琴书用韵，也比士大夫的诗歌更严格些，士大夫的诗歌，除去绝句律诗排律试帖诗以外，大多是时常换韵的。奇偶句韵脚叠押和一韵到底，是民俗韵文的特点之一，自民谣到戏曲多半都是如此，他们写作动辄五六百字（南山北征不过二百句耳。）的长篇，还能够使用这样严格的韵脚，可以看出创作力之强盛并且是有价值的艺术造诣，因为这种特点无限的加强了音乐性的力量。不过这种押韵的方法，并不能绝对的遵守，倘若找不到妥适的字，就宁可不押奇数句的末字，宁可分段换韵，也不能因为押韵妨害意思的表达。至于换韵，则可于隔过一段说白后行之。

一句词唱中音步语段的划分，也有一定的规律，大体上七句字是分成上四下三两个音乐——语段，如果再细分起来，就是二二三、三个音乐——语段：十字句是成上三中三下四三个语段，十字句原有另外几种音乐语段的分法，如三四三，四四二，五五，不过在琴书里却差不多仅有三三四这一种，因为这是最适宜的一种音乐——语段划分方法，唱着最便利，也最符合音乐旋律而其本身则为七字句。四三分法之细分为二二三的发展。语段——音的划分，是韵文音节韵律的主要构成部分，在这一点上，琴书的韵律法则也比士大夫的诗歌更严格，更精当些，士大夫的诗歌句子，是常常不分音乐语段的，只有一句内单字的平仄，琴书才比较不大注意，原因是唱声的永续可以改换平仄的性质，严格的句内平仄协调是不绝对需要的，可是如果能够完全协调的话，那就更好了。

琴书的唱词本质上是白话韵文，但因为中国方块字韵文的本性和不能彻底摆脱文言的影响，而脚本又时常必须请文人修撰的缘故，以此真正合乎口语的白话句很少，绝大多数的句子，就全是看来大体上是白话的语法构造、分析来看时，却多含着文言的语词、单字，还有古典的成分。如黑虎缘云："妾本是良家后命途多塞，在鬈龄失怙恃�①上贼船，落污泥岂能保白圭无玷，每想起身后事如坐针毡，决意在觅相知始终不便，不图富不图贵决图百年，搜锦盖典金钗而无怨，操井臼勤纺织冻暖相安。……"甚至有些纯由文人手笔作成的，竟然大掉书袋子，如观灯拾子云："妇人家乃生男子显光彩，谁不想谁丑谁嫁六甲怀，那知儿既生育命就这般歹，死丧无日已焉哉，他胡为飑扬在情理外，荏苒柔木儿长不成都，惘予小子孔棘且殆，娘有心视尔梦呜乎哀哉，不可为也延置之隘，实出斯话把生根开，只要我螟蛉有子依然在，就学那螺（？）贫赢之易

形骸，儿商彼东难预惴，娘也为有子之还兮等将来，父兮母兮要看实在，若遭后妇维历之阶，戒其伤汝才无灾无害，娘自己始终其永杯①，儿陡然其泣皇皇这才怪，莫非你心焉惕人口说不出来。……"观灯识子全篇都是这个样子。就成了异常蹩脚低劣的文词。自然这是个极端的例子，不过琴书唱词中含有文言的成分却是事实，若果新作或改编琴书脚本的话，必须努力把一切文言成分淘汰净尽才行。

琴书的说白，不是一般普通的散文，是一种有韵律的散文台词，例如红玉从良云："老身梁婆是也。只因昨夜晚下，我儿路过将军府前，回转看见啥子黑虎星出现，从早对我言明，而今从良不少一位夫人之位。闻听人言，韩世忠是个老陕，又是北个边人，人才出众武艺超群，他们北边人又结实，颇有力气，后来打得胜仗，回来做得十七八品官，还不晓得哟。趁他而今又无钱，这些便宜事情该有望的。老身平日都在与别人牵线子，自己找上门的新女婿，有啥子说的？还须亲走一趟则可！"仔细品它的风调，是和普通的散文不同的，因为它要在台上对听众唱一般的说出，凡是包含在语首语尾语句中间的音节，都要较平常说话更清晰而强调的发扬出来，事实上就不能不把平常的白话略加改造，正是语言的艺术精练化之一形式，而结果又每每仿佛文言。但是为要便于对着听众像唱一般说出而将语言素材施行艺术的加工，却并不一定要弄成文言的词句，严格守着白话的语言构造，还是一样。我们试看，前文引录的那段梁红玉的自白，可以看出，太过于文言化，反倒不好了，反倒使听众听不懂了。

大体上，琴书的说白，凡是正派主角的言谈，凡是比较冗长的自白，都往往文言化，凡是附末小丑的言谈和直接的对话，多半能

---

① 原文"杯"，现写作"怀"。——编者注

较严格的遵守白话的语法，前者上边提到的两段，可算是例子，后者如黑虎缘韩梁告别时，轿夫说："哎呀，那有这们多的话，总说不完，尽都不走，要打四更了。"红玉侍儿说："大班头你们闹啥子?"轿夫说："日妈的这们冷天气吗! 要回去睡觉吗? 挣你妈几个钱，我们在这门头上咱个尽等。"侍儿说："班大头你不要闹，我姑娘回去，发你添钱就是"。这原是话剧以前的戏曲上的通例，而且中外一例无别，丑角小人在台上说白人的常话，用以与说雅言的高贵人士分开，其实就戏剧史看来，这正是话剧据以向前发展的基础，我们平常便多觉察到，这些小人的白话，比高等人士的雅言更亲切有味些。因此，全部说白应该一律变成白话的。

不过琴书说白中有两三个常用的文言字，在与唱配合的条件下，实有独特的作用。红玉从良，韩世忠自白末句云："此非良臣不幸，亦国家之不幸也"，又如黑虎缘韩的自白末句云："遇合难期，真困杀某也"，句末的也字一面含有结束自白的作用，一面又是呼起下段唱的"叫板"，这个"也"字，现在一时还不容易找到白话用的语尾字来代替，如果一定要换字，就必须彻底变换全段的文气。又如上引梁婆自白的末句云："还须亲走一遭则可"的"则可"两字，渠江打子云："但见酒肆之中则可"的可字，也都是含有叫板作用的字，"则可"两字一般的可以改成"便了"或"就是"，在这一个例中可以将原句改成"还须亲身前云走走"，但单个的"可"字，和上述的"也"字一样，也不容易找出代替的字，只可以变换了口气不用它而已。

总而言之，琴书脚本的文词，韵律应该力求精密，文体必须勉做白话。

五　附语

以上各点差不多全是纯形式的分析，所有说到的各种问题，只有在实际写作起来，设定了一定的故事情节和题旨的时候，才能得到最后的具体解决，不过在写作以前，也应该预先熟知关于形式方面的种种法则，以便使写作有分明的途径可循。笔者曾依本文所述之见解将旧本黑虎缘红玉从良加以改编，其实地做法，待另文陈述。

> 附记：风土杂志主办人谢扬青兄，几次电话手札叫我给他写点东西，并且指定写关于民谣的，真是弄得我急头怪耳，无法应付。因为，对于民谣俗曲，我是略有一点小常识，但是搁置已久，性情又很懒散，手边却没有材料，迫不得已，只好捡出这篇旧作来塞责。这篇旧作，原名"成都琴词研究"，是民国二十八年（1939），我在四川省政府教育厅教育科学馆任职，兼任顾颉刚先生所办之通俗读物刊社编辑职务时写的。那时我们两种职务，全是研究并写作民间读物，所以曾对民谣俗曲下了一点工夫，此文便是当时的研究所得和写作经验之一部分。但有几点必须说明：一、这篇文字，纯正纪录为仿作而研究所得的经验，故对于竹琴洋琴之风土内容概未提及，仅只分析文词构造。二、那时到成都不久，搜集的材料既属有限，而研究也只是个表面，其中定有许多外行的话。特别是"板眼"方面，怕是连大体也没有弄清。——即使是现在，也还一样。三、当时少年夸大，随便就采了一个"成都琴书研究"的大题，现在看来实在有点妄肆，所以改成今题。四、原来的引言中，有许多八股官话，今已将最可笑的删去。我想不到，搁了九年多的劣稿，如今又拿出来发表；但我也不知道扬青兄是否能浪费他的宝贵篇幅呢？

作者附识三七年十月十日

选自民国三十七年（1948）十一月《风土什志》二卷四期

朱介凡

|作者简介| 朱介凡（1912—2011），湖北武昌人，民间文艺学家，歌谣、谚语学家，著有《中国风土俚谚小集》《中国谚语类编》《鸡儿喔喔啼》《中国儿歌》等。

武昌的叫卖声[1]

在未回到故乡的今日，这忆念是一种娱乐，也是一种痛苦。

从喜雨变到苦雨，因为担心农家的收成。其实，若就我个人来说，我总是爱雨的。雨叫我沉静，叫我能够坐在屋子里忆味旧事。我并非一个专爱追怀过往的人，但是一些旧事的忆味，却总是那样如老酒一样的醇厚；而故乡旧事的意味，叫人回到童年地境中去，更觉其于醇厚外，还有说不出的亲切与温暖。

---

　　① 抗战期间，作者流寓四川，在四川刊物上发表此文，深为读者喜爱。编者注

前天早上刚醒过来，一听呀，雨还是淅淅沥沥的在下过^①不停。我穿上衣，下床，还未踏出房门，耳朵里隐隐约约的浮起了一阵不远不近的细微叫卖声：

"整——胶皮——鞋子哟！……"

自然，这种故乡的叫卖声，今天那会来到长安的乡下呢？这乃是错觉，却也钩起我很多的想像，我于是继续的想来。在未能回到故乡的今日，这忆念是一种娱乐，也是一种痛苦。战后凯旋故乡，还能有旧日那样熟悉的叫卖声能够听到吗？一定有变易的！那些往日叫卖的人或者老死，或者会在战争中牺牲了。

例如保安门一带专在夜中卖花生糖、瓜子、蚕豆、香烟的四瞎子，一定早不在人世了。从前很多人说他是常在夜里遇见鬼的。他三十多岁，身躯高大，瞎半只眼。上街时，总是右手挽一个大篾篮子，身躯微向左倾，慢婷婷的走着。大篮子里面盛一些饼干盒和那敞口有盖的圆玻璃瓶，装着他所卖的东西，总有三四十斤份量吧。他做夜生意，黄昏时分，才在保安门城门口出现。天刚晚去卖给纱厂上夜工的人；夜深了，卖给那打牌的人；也有时卖与做夜生意的——私娼以及卖馄饨的。他的叫卖声，老是这一句：

"花——生——糖——哦……！"声音宏大老迈，令人起深沉之感。

"黑——盐豆，枯蚕豆哦！——"

这是普通挑担子或提篮子卖炒豆子的叫声。豆字多读成去声，有轻飘之感。枯字为武昌方言，言脆也。卖这食物的，多在吃早饭以后午刻左右，一到下午四点钟，就卖完了。他们用以量豆的器具，是一个一手掌可握拢的小竹筒，约可容一合的份量。那老做这生意的，小竹筒都使得红通通的发生光泽了，像是竹子里浸透了人

---

① 原文"过"，现写作"个"。——编者注

的血汗一样。

"白话报，白话报呀！"

十五岁的卖报童子，是如此短促而急速的喊叫的。他们多是浪漫派的人物一手挟满了报，一手提一单张报，做手势号招且准备收铜板进口袋；小流氓的歪戴帽，短装而衣扣不整，有时还拖着一双破鞋子，真如武昌人说的话："歪皮斜甲"的样子。他们是沿街叫喊，快步行进的，若同道多时，大家更是争先恐后。他们懂得人家看新闻的心理，往往将新闻渲染起来叫器，以耸人听闻，如"十八岁的姑娘上了吊"，"东洋兵又行凶杀人"，"阅马厂枪毙人"之类。

"换——钱！……"

破落户人家所最需要的声音。这声音有两种特色：其一是咬字吐音的干脆；其二是尾音的悠扬情调。当那抽鸦片的父亲瘾来了而荷包无钱，须卖祖产；或是赋闲在家的人①，厨房不能举火了，而无衣服首饰可送进当铺的时候，就只有清东西，等那卖荒货的来。其实他们此时所做的生意是收买，但武昌人通统叫他们为卖荒货的，大约是指他们买后再出卖的行为吧。这"换——钱……，"就是卖荒货的所叫喊，他们叫唤得这样干脆，就好像当他收买东西时，出了一个价钱，再也不肯加价一样。他们收买衣服，器具，字画，古玩。有时候，各人都有其一定的几条街巷，甚至于那几个主顾。不是厉害的商人，那是做不了这种买卖的。每到下午三点多钟之后，他们就群聚在火巷那一带几家茶馆里卸下担子喝茶，交换商情，并且等待旧货行的人来收买。商情的交换是这样的：譬如某街某家某一物件，已出了多少价钱他还不卖，若决定要克这个卖家的话，以后同行的遇到了这一家，必出较低的价钱；所以一个卖主若想熬价钱，往往越来越吃亏了。而他们将所收买的东西转卖与旧货

---

① 原版如此。——编者注

行，却是无论如何也要赚上三分之一，甚至对本的利润，因为他们自己都有小本钱，又有同业组合，不怕行商熬价的。他们大都有三四十岁年纪，是做的"吃肉的生意"，所以也就有不少的人，在一天生意做完之后，就要悠悠然的呷几口酒。

"解凉又止渴哟，一个大角子一喝哦！——"

如闻其声，是武昌长街上夏天卖刨冰的叫唤。常常是继续这叫唤之后，就听见冰块在刨子上丝丝嚓嚓的摩擦声。当一个顾客一路走来满头是汗，渴极待饮的时候，还没有喝上这点冰，看看那些满盛饮料的玻璃水盏，高高的冰铁圆水桶，早已心上就觉得一阵清凉了。这叫唤声，是最纯粹的武昌声音，又因为做这买卖的人，多为那纱局、布局的年轻工人，他们多下流味，所以这叫卖声粗壮里却带有轻浮。

"挑——哟，……牙虫咧！——"

是女性尖锐之音。她们多为沔阳人。小个儿，不大不小的脚，却健步得很。穿玉色竹布裤，有时再套上毛蓝布围巾，巾口上还用白线绣上朴素的花纹。梳了巴巴头，在发髻上插两根牛骨簪子，其中之一就是那用以挑牙虫的工具。任何人的牙齿里，只要找她们来挑上几下，总可挑出两条似蛆虫的虫来。有人说，这种虫原是她们养就的，晒干了附在工具上头，搁进口腔里搅上半天，就为口中津液泡发了胀，一拣出来，就好像真是在牙齿内的寄生虫了。又有说，她们也利用机会，让男人调笑。还有人说她们有出国至于欧洲的。这些传说究竟是否确实，我以未考证，我可不敢断定，不过大家皆如是说法罢了。

"猪——血！……鱼——渗。"

夜里十二点钟以前，在僻街静巷里，常可听见的一种叫卖声。

叫卖^①这食物的人，是挑一付前头盛有头号沙锅的担子，锅里飘浮着一块块煮成了淡紫色的嫩猪血。另一地处则盛着白色的小鱼丸子，这就是我们武昌人叫做鱼渗的。是刮下细细的鱼肉，和以作料，捏成丸子，渗在沸汤中而成，十分鲜嫩。要吃时，再丢在煮猪血的锅里，只要烫热，就可一并盛出，装在蓝花浅瓷碗里，加点酱油、细盐、葱花、胡椒粉、小麻油，吃到嘴里，真是香极了，也滋补极了。而价钱又是十分便宜的。

"油炸干子呃！"

这是急促不停顿而带着颤动的叫喊声。白日夜间都卖。也是挑担子，前头搁一口浅浅的小小的生铁锅，锅底上积有二三两麻油，煎上两三块臭豆腐干，黄黄的，焦焦的，香香的，热热的。要吃时，只围了他的担子站了，自己就筷笼取一双那总是半新的竹筷子，就锅里拣出你所中意的干子搁在瓷碗里，再蘸上一点红辣椒酱，吃得辣呵呵的，异常解馋。卖这东西的多是上了年纪的老人，大约是这样小火，浅油的炸豆腐干很需要耐心耐烦，而利息又最微薄的缘故罢。

"油果——饼子——热油果！……"

是晚叫卖油炸脍的声音。缓慢深长，不如汉口那样急躁轻飘——"油饺，油饺，热油饺！"从这里很可见出武昌和汉口生活情调之不同。

"白菜，萝卜，大蒜，芹菜——葱哦！……"

这是早上挑担卖菜者的声音。他要将自己所有的菜名，都一连串的报出来，而最后叫出"葱哦！"也有那比较特别的菜贩，他资本大，专做几条街巷中等住家人家的买卖，挑一付大箩筐，大箩筐里一层层的盛些小箩筛，装着所有合时令的蔬菜，鸡蛋，鸭蛋，皮

---

① 原版此处为省略号，似有误，今据以下文意补此二字。——编者注

蛋，咸鱼，海菜之类。他的东西好，品类多，价钱贵，能够赊账。他自有自己特别的叫卖法，那就是无需那样费力的把所有菜名都叫出来，也要叫"葱哦"的这种尾调。他们都具有城市商人的味道，方头大耳，衣服整洁，不似前一种卖菜的穿破衣，打赤脚，屡屡身上还有黄泥巴。

"热——尸幺哦！"

这是卖蒸番薯的声音。湖北人叫番薯为"尸幺"，乃形容他如番薯一样的实心实地。卖蒸番薯的多在秋天之后，番薯是用有盖的黄油木桶，桶内垫了多层的荷叶来盛着的。他们右肩挑了担子，在喊叫要开始时，就把左手掌来蒙了耳，并向左偏下头来。这情形常见于那扯直了嗓子叫喊的小贩，可不知是由于何种习惯了。

"大鲤鱼……活喜头鱼哦！"

是中气充足、精神活跃的叫卖声。前一句张口大呼，后一句音稍低而短促收藏。他们挑一付大的平底箩筐，一头盛有约一尺半直径的木盆，盆内清水中装着自四五两至一斤大小的鲫鱼，必尾尾皆是活的，这就是活喜头鱼了。另一头箩筐里则盛了一斤以上大小鲤鱼二三十尾，已经僵直了，但它们离开鱼船（那种船是前身余在水里，鱼可以在流水中生活）不过两三个钟头，所以皆很新鲜。箩筐里搁一杆总是附有点鳞和带鱼腥的秤。他们为要赶时间，在上午十点钟以前把货卖完，挑的份量又很沉重，至少是六七十斤。所以叫卖时扁担老是挑得两头上下闪动，而直向街上空地里闯着向前大踏步的急行。在我的印象里，这些鱼贩多半是年轻、健壮的汉子。他们做买卖是不噜嗦的。当与顾主看货讲价的时候，不是拾了鲫鱼的脊鳍，让它凭空里摆动活跃，就是在箩筐里板①开鲤鱼的腮给你看，以见货品的新鲜。买卖一成交，他收下钱，大略检视一下，就往那白帆布宽板腰带里一放，并不稍歇，

---

① 原文"板"，现写作"扳"。——编者注

挑上鱼担，就向前走，约走了三步之后，就放大喉咙的叫卖起来。在叫时也有用手掌蒙耳朵的习惯。

"冰碱！洋碱哦！……"

这一种叫卖声，总是与明朗的天气相配合。时间在晴天吃午饭的前后。他们叫的声调并不特别，只是他的家伙，服饰，货色，有与他的生意相一致之处。例如他除卖那种碎碱，像北方春天冰已解冻而未全行融化的光景，这就是冰碱了，成灰白色。洋碱是经过一番拣制的，小长方块，色极白泽。另外还有曹祥泰的警钟牌肥皂，这都是洗涤衣物的。两个原来是装肥皂用的木箱已作为担子，盛列这些货色。有一把长柄铁勺子，那是舀冰碱用的。他们穿的衣服，若是有色的，那色气大半是褪谢了，似乎表示他所用的碱和肥皂，是很能够去垢渍的。自然，也另有一层原因，当他工作时，他为什么不穿旧衣服呢？

"削——荸荠，殃荸荠哟。……"

多为未成年的童子做这项小生意。在夏日捧了一个筒箕装着荸荠叫卖。削荸荠，是新鲜的一种，削去了皮，成白色，贯穿在竹签子上。殃荸荠，也是一样摆设法，但只洗净后并不去皮，晾在通风处一两天，使内含水份稍减，皮有皱纹，才拿出来卖。吃在口里另是一番滋味。

"甜荸荠呃！——热荸荠哦！……"

时序已经交秋了，荸荠不能生食，就煮了来卖。也许是因为时令的关系吧，这种叫卖声是低缓沉静的情调。却不是小孩子所能做的生意，因为要挑一付担子。这担的前头是一个长方形立体木柜，柜里面有炭火炉子，火钳，蒲扇，柴炭等物。柜上头开一圆口。内中套有一口锅。锅里煮了一串串的荸荠，锅外沿的柜面上则搁了几个瓷杯，用以舀荸荠汤喝。后头的担子呢，那多是一深圆的箩筐，搁了荸荠。或是再加带一个小板凳，好在街上停歇时坐坐。

"油炸花生米！……麻油……锅巴。"

卖这食品的，他是挽一个大篾篮子。多在下午出现，其售品以油炸锅巴为主，其余的东西也都是油炸或油炒的，皆焦黄极香。是坏肚皮的东西，却是那爱吃零食人的合味食品。

"磨剪——铲刀！……"

带有乡下土音的一种叫声，一条扛在肩上的短脚长板凳作为活具。板凳前头绑一块磨刀石，板凳脚上盘一个洋铁罐盛了半罐子水。后头带一些杂七杂八的东西，并附上一个竹筒水烟袋或短的旱烟管。他们磨剪磨刀有本事，总要使刀剪磨出锋芒。在磨砺①时初试利钝是用左手的大拇指，磨完了就用一块厚布来试。工作一做完，他们靠得住要抽一袋烟。在烟雾缭绕中，这位工作者就沉在暝思里了。

"粪哟！——"

一清早的叫喊声。音极充沛短促，乍听之下总以为他是叫为"粪油"。武昌叫这类人为"挑粪的"。他们多住城外或四乡，天刚黎明，就挑一担空粪桶进城来沿街叫喊。在农作物极需肥料时，他们出钱向人买；否则，他要你给钱酬劳，他才肯挑，多半的挑粪夫是以此为职业的，他们把粪挑在武昌城外的小河粪船上，而后运走。当他们挑了粪桶走过街巷，人皆远远的就掩了鼻子，他们是不以为意的，想是久而不闻其臭吧。他们的口食很不错，每到夕阳西下，你散步到河边，经过那臭味四溢的粪船或是晒粪场附近，常见他们吃肉饮酒。我想，一到了国家工业发达不以大粪为肥料，或者市政昌明另有清除粪便的设备时，这职业就会取消了。

"栀子花——茉莉花——珠兰花哦……！"

一年四季皆有的卖花人，他们换一个平底细竹篮子，盛着那些

---

① 原文"厉"，现写作"砺"。——编者注

用细铁丝穿好的花朵，花的叶子是被去掉了的。为的不使花枯萎，篮底上夹有好几层浸透水份的布片。所有卖的花，都是妇女用为头上，胸襟佩戴之用。也有男子夏天为逼汗气，买来藏在衣袋里。卖花人他不管主顾新旧，照例要价有些虚的，大约因为能买花的都是荷包有的人，也就不在乎多出这几个冤枉钱。这些卖花人多为男子，衣服整洁，举动文雅。后来也有夹着卖玫瑰花的，扎为一束或者一个球。武昌人有一句俗话，是与这行业有关的，比喻一个人做事之花样多，总爱说："又是什么栀子花、茉莉花呀。"

"青果呃！……"

每年除夕近午夜时分，街上将要断绝行人，一切平常夜间的叫卖都已声销迹绝，就只有这一种打破寂寞的叫卖声，其余音袅袅难灭。这是卖橄榄的。除夕夜到处皆有守岁的风习，为的怕熬夜伤神起"虚火"，人皆爱于此时买几颗青果，含在口腔里，尝那酸涩清苦的味道，用来"清火"。这一叫卖声静下之后，不大一会功夫，就听见远远近近皮里泼拉的鞭炮声，人们都打开"财门"来"迎年"了。

> 附证：这些叫卖声的记述，尚未能逼真，应该附一个调谱，把这声音的长短，高低，强弱，都表示出来，才能确见其节奏与风韵。按声音之发，无论其发于人物或自然，皆有节奏的。叫卖声之具备节奏与风韵，所以也就并非今天才有的事。宋高承抚事物纪原有云："宋仁宗即位五十年，天下稔于丰乐。帝崩，四海方过密，故市井初有叫果子之戏。而其实始于至和嘉祐之间（公元一〇五四——一〇五六年）叫紫苏丸泊乐工杜人经之十叫子也。京师凡卖一物必有声韵，市人采其声调，问以词章，以为戏乐，其后盛行于世谓之吟叫。"

选自民国三十四年（1945）四月《风土什志》一卷五期

吴济生

| 作者简介 |　　吴济生，生平待考。有史料显示，抗战期间，他曾在重庆供职于中央银行，为相关金融出版物撰稿。

吃在重庆①

本市菜馆，上中下三等咸备，上自范围阔大的著名餐馆，下至过早、宵夜的小吃食店，无不应有尽有。俗有"吃在广州"的谚语，是说粤东筵宴，水陆具陈，一食百金，奢侈无比的意思，但是川地对于吃食一项，虽不及广州的奢侈，至于花色繁多，精益求精的程度，并不后于各埠，这可见我国人无论任何一省，研究饮食的风气，到处如出一辙的。

一　四大金刚的菜馆业

菜馆范围之最大者，以往当推留春幄（陕西街、）暇娱楼（县

---

① 此系作者所著《新都见闻录》一书之第二十四节。——编者注

庙街、）重庆餐馆（关庙街。）① 滨江第一楼（下陕西街）等四家号
称菜馆业的四大金刚。自去年滨江第一楼停止营业，将全部房屋，
出盘与民生实业公司后，有成渝大饭店继起，（三圣殿）范围与上
述三家相伯仲。后来成渝大饭店也将大部分房屋开为旅馆，仅留小
吃部分以维门面，所以实际上只有三家鼎立着。上述的三家，都是
层楼杰阁，夏屋渠渠，每家拥有明敞轩朗的房间若干号，专为婚嫁
喜庆而设，标曰"某字号礼堂"，如该号礼堂，已有人租用，则于
进门牌上标明"某府在某字号礼堂"，因每遇周堂吉日，同时举行
婚礼者，不止一家，故于进门时标明，以免贺客的误投。这种礼
堂，地位大的房间，可以敷设着十多桌的酒席，还是绰有余裕，房
间的四周围，悬着名家手笔的屏联字画，柜上陈列着尊罍瓶花，布
置得楚楚有致，一种古色古香的风度，使投身其中的人，俗念为之
一消。而菜馆侍役都是很整肃庄严，像是雁行一般的站着听到指挥
命令就立刻叫应着去做，没有遽色，也没有怠容，这都比下江菜馆
布置的伧俗和侍役的浮猾好得多。不过上述菜馆，都是代办大宴会
筵席而不卖小吃的，内中推留春幄的牌子最老，范围最大，一部份
的婚嫁喜事，还有赁他的礼堂举行以外，其他在现在状况之下，酒
席生意，非当清淡，均有难以维持之势，所以各菜馆老板，利用着
多余的住屋，租给人家，坐收巨额的房租。一面将自己范围缩小，
以咨调剂也未始非补救之计。不过照这种菜馆的趋势，无论如何总
须另变方针，以谋出路。因为在现在与未来，各方面经济力的减退，
有加无已，这种大规模的筵宴，将来日趋没落，是无可讳言的了。

---

① 原文标点如此。——编者注

二　小食堂

小食堂的形式，普通都于门前将鸡肉野味以及各种蔬菜之类，好像做标志似的统统都挂满着，同时门前悬出"今日开堂"的牌子一方，以表示今天是营业的，阶前陈列着松柏、冬青一类的常绿灌木数盆，这是本地菜馆的特有现象，为下江人所不经见的。这种菜馆，菜肴而外，兼售面点，咸甜皆备，花式繁多。至于本地菜馆的唯一特点，就在于"辣"，无论各种冷煎热炒，统以"辣子"为调和本位，真所谓"无辣不吃饭"。菜馆如是，家常也是如是。所以谈到"川菜"，没有一个人不联想到"辣"字上去的。据说渝地终年阴雾，少见阳光，潮湿瘴岚之气极重，惟辛辣之品，可以祛除瘴湿，抵抗阴寒，所以为日常生活必需之品，又本地人对于辣味，称"辣椒"，"辣"取其味，而"椒"取其气，本是截然两物，当地人混而名之曰"辣椒"，又曰"辣子"。辣椒之中，有"干辣子"、"胡椒末"、"广椒末"的分别，气味则以"干辣子"与"胡椒末"为最烈。自下江人士旅渝日多后，本地菜馆，为适应环境起见，有几家菜牌上注明有辣、无辣字样，使食客点菜时，可以别择去取。

三　本地的家常风味

关于榨菜的故事——榨菜一物，风行全国，人咸知为川地所产，而其缘起或未之知，兹特表而出之，以作食谱中之考证。距涪陵城不数里，有溪滨于大江之南，名洗墨溪。先是该地居民有邱寿安者，家世小康，平时自制榨菜多坛，藉供家馔，郇厨秘制，不是过也。前清宣统末年，邱君赴宜昌、汉口一带，随带榨菜十余坛，分食诸亲友，彼等初食榨菜，深觉制造得法，味极可口，同声赞美，邱君获此好评，还川后遂秘密经营，专以运销省外，继又联合戚友某，扩大资本锐意经营，凡二年，获利甚巨，后二人以意见不合，宣告分股，各自经营，邻人见有利可图，遂设法盗其秘方，争相仿效，而日臻发达。以后涪陵榨菜，遂名闻全国，行销省外者，年值二百余万元。以区区一菜，竟能风行寰区，而邱君之名转赖此一菜以传，也未始非一段佳话也。

泡菜——甘脆肥浓，足以快一时之口腹，不能作为普通佐膳的常味，古人所谓"盐菹"者，是寒素常食之品，即今时江浙等区的咸菜，于荤腥饱饫、肥腻杂沓之后进之，顿觉清净隽爽，无与伦比。盖人情于清绝时则思肥甘，于腻绝时又思清淡，大都如此。重庆地方有所谓"泡菜"者，其风味与下江之咸菜相等，而色泽的鲜美动人，更远胜之。大抵川人可说工于作菜，干的有榨菜，湿的有泡菜，都非他处可及。当地非但居家的制备着，以为每餐佐膳必需之品，就在各菜馆中，也预备着，于正菜之外，旁列泡菜数色，以应顾客之需，兹将其制造法略述于下：

泡菜材料，大都以青菜头、萝卜、白菜、莴苣节、胡萝卜之类为多，或者用普通菜蔬也可，将上述各菜，切成小块形，洗净晒干，备就瓦器所制的泡菜坛，然后以沸水冲食盐令成盐汤，冷后，放入坛内，同时亦将各品放入，并加入食盐、花椒、干酒、糖等调和物后，把口封住，静置数天，既可取食。看菜已完，再以生菜放入，并陆续添加盐及糖酒之类，大抵最初一坛，味不甚佳，待后来水愈老则菜亦日益可口。

回锅肉——回锅肉为适合佐膳之菜，以成都厨子烹煮者为最佳，故又名"成都肉"。本地菜馆中，每以之供客。其制法先将肉煮熟，再切成薄片，入油锅煎炒之，妙在肥而不腻，油而能爽，惟外省人啖之稍嫌味辣，或谓其隽处，亦即在辣上，如效下江制法，除去辣椒，风味必减，试之良然。

棒棒鸡——合洲鸡丝，俗称棒棒鸡，此为合川之名菜，制法以煮熟鸡肉，擘作细丝，然后以酱油、醋、花椒、生姜、广椒等，各种调和物交拌，五味错合，自成一种异味，最适宜于佐酒。此菜唯一特点，在啖后清芬辛烈，非特舌本留香，抑且快膈通腑，畅适异常。盖所谓气味俱胜者，但此种作用，其力全仗辣椒，故此菜非放辣椒，便不入味。

四　过早与宵夜

重庆人有一种习惯，于未进早餐以前，必先往市上略进糕点之类，谓之过早，因此本市有许多甜食店散布各处，就为的便于当地人过早而设。又有许多小食店，名称如九园、十园之类，除售酒肴饭菜以外，亦备面点包子之属，咸甜间有，这是适宜于本市人宵夜的所在。

甜食店专售各种甜食，如馒头、蛋糕、汤圆、银耳、米仁、莲子之类；又有所谓"发面糕"者，也是本地土产的一种，蒸白粉为之，发松得像蛋糕，又像馒头，味殊平平，不见佳处。"汤圆"为重庆名产，但市肆所售者，并亦未见高妙，此种甜食店，平时兼售豆乳，夏季则兼售冷饮。

最近苏常式之菜馆，应时崛起者，无虑十余家，皆兼售面点，如小馒头、汤包、鱼肉面无不具备，而且清晨即有，下江人之过早问题，可以解决。更有一种下江人所开小店，门前摆着烘炉，出卖各色生煎馒头及小烧饼，形式及代价，均与下江仿佛。又广东式之宵夜菜馆如大三元、冠生园、南园酒家等，均负盛名，未被炸前，营业之佳，盛极一时。

晚上售各种食物之吃食担，群现街头，有面担、有汤圆担、有馄饨担、憧憧往来，生涯很好；这和下江也差不多，无容再说。惟有一种叫卖"面炒儿"和"开水"的担子，"面炒"是黄豆粉、灰面、糯米粉的混和物，其状如蛋白，叠置大盘中，食时以家伙刨取细条，加以油麻、酱、醋等各种调和物，制法与凉拌面相似，味则不如凉拌面之可口。并有专售"开水"的担子，因渝地没有老虎灶的设备，普通人家，缺乏开水，往往向这种担上去买。上两种都是下江所不经见的。

五 外帮菜

渝地本为通商大埠，平、津、苏、粤，各帮之菜馆，早已有之，惟自去岁以来，下江人士来渝日多，为适应需要起见，于是苏、扬、京、粤的菜馆，更如雨后春笋一般的多起来。惟均不售整席而以零拆碗菜及小吃为多。生涯极佳，每届午晚两场，群往就餐者纷至沓来，尤以政府下令疏散妇孺以后及狂炸以前为最热闹。盖因一般公务员家属，先已疏散乡间，而自己则留城办公，午晚两餐，只有就附近菜馆果腹，于是各菜馆，凭空增加一批顾客，座无隙地，利市十倍，其情形正与去年春间上海饮食店之生意兴隆一样。兹略述各帮菜馆情形，以见一班[①]：此间平津馆子以公园之燕市酒家为最著名，龙王庙街之天津龙海楼及天林春次之。苏帮之菜，首推松鹤楼，（在柴家巷，五月三号晚间之炸，已毁于火）其次如五芳斋，乐露春（六月间被炸全坍）亦均不弱。镇扬帮之菜，有瘦西湖一家，广东菜馆，有冠生园、大三元、南园等三家，惟所烹之菜，较沪港等处，形味均损，因此间对于海产、水产、皆所缺乏，易地而不能为良，无足怪也。欲领略成都菜馆风味，则有成都味（在小梁子）及成都新记饭店。至如国泰饭店、远东酒楼、南京

---

① 原文"班"，现写作"斑"。——编者注

味雅楼、南京浣华菜馆，则以南京帮之菜相标榜，中以国泰饭店范围最大，顾客亦最多，远东次之惜五月三日晚间之炸，国泰、远东，均付一炬。公园路之老北风，及会仙桥之州老乡亲，两家皆以羊肉包子相号召，其实风味平平。茹素者则有磁器街之上海紫竹林素食处。至道门口之南京奇芳阁，及清真教门便饭处，是为清真教门而设的，内中例不售猪肉。西餐社沪港以外，有"曾经沧海，除却巫山"之感，此间虽亦有青年会西餐堂（公园路）、永年春（模范市场）、礼泰（新市场）、克利西菜社数家，不过都是粗具形式，物质缺乏，无容①讳言，不能以沪港目光相期待。俄罗大菜馆，前者无之，自去年有鲁宋菜馆于会仙桥设立后，柴家巷之摩登俄国大菜馆继之（炸后亦已毁），开设以来，生涯甚盛，然其情形，正与西菜社相仿，盖均之为环境所限，得备一格，已不落寞，正未容多所苛求也。

六　自助饭

去冬总商会设有自助食堂，是切合新生活而又最平民化的一种餐室。其中布置，除客座外，一边另设着长柜台，里面放着各色的熟菜，大约五六种，底下有热度温着，不至于冷。废除堂倌制度，只有司饭、司菜、司账等人员，司账、司饭用男人，司菜的全是女子，食者一到以后，她们就在一种很清洁的黄色瓦盂上，替你把白饭盛好，大约正在适合一人之量的饱和点，不至于感到不够。饭的代价是五分，不过饭盛就后，须得你自己端着，再留心看柜面上的菜谱，如红烧肉、豆芽菜、菜烧豆腐、红烧洋芋之类，大约最便宜的为五分，最贵的为角半，你只要对合意的示意一下，她们就为你

---

① 原文"无容"，现写作"毋庸"。——编者注

盛取若干，放在饭盂上面。如其一种不够，可以再点其他的菜，统统放在上面，你就自己端到座位上去吃，吃完后，又有一只橘子等类的水果，这是和西餐的水果有点相仿，随即有司账开就账单，就可付值出去。普通只要化上二三毛钱，点上二三样菜，就可以饱餐一顿了，因为没有堂倌，须得自己动手所以叫做自助。可惜这餐室开了月余就停止了。自动两字，非常新颖，我想下江营饮食业的，大可模仿一下，只要合于清洁卫生，经济平民化的原则之下，一定能为民众所欢迎的。

七　姑姑筵

渝地有所谓姑姑筵者，极负盛名，是于家厨、菜馆而外，别具风格的一种筵席。此三字之名，有似乎牌号，然门前未尝悬此以为标榜，其性质有似乎菜馆，而又与菜馆不类。盖菜馆不择顾客，客多多益善，而此处则非相知介绍者，不易问津，且办筵席只限一二桌，多则不应，以故较普通菜馆，更加矜贵。近人陈友琴氏川游漫记有如下的一段记载："姑姑筵主人黄姓名敬临，年六十二，曾于满清时代供奉于大内，精烹饪，调味之美，虽古易牙不能过，此次刘督办特宴吾人于姑姑筵，见翁所择日话联云：'可怜我六十年读书，还是个厨子。做得来廿二省味道，也要些功夫。'又曰：'做些鱼翅燕窝，欢迎各位老爷太太。落点残汤膳饭，养活我们大人娃娃。'语意中至有风趣。翁喜抄书，家藏万卷，多精本，手自抄之，每日十页或五页不间，今所抄成者，已满箱盈架矣。予见其工楷细书之通鉴抄本，叹为足与四库抄本媲美。刘督办赠以诗云：'久耳佳肴说静宁（翁之字），果然一饱两情深，长材治国烹鲜乎？新妇尝羹试味心，怀抱已饥惭饭颗，招邀朋饷契苔芩，相期灭寇来朝食。痛饮黄龙共酌斟！'翁为人办一席，必三数日前预约，不合意之人，每重金不能得其一菜也。全家男妇，均善烹饪，室宇布置雅洁，牙签万轴，手自揣摩，盃箸营生，以终余岁，其子别张一帜，铺名'不醉无归小酒家'，七字长名，他埠不多见，而成都竟自此相仿效，风行一时，盖蓉人好整以暇之表现云。"

按陈氏此记，作于民国二十四年，其实翁尚居成都，记中云云，均在蓉事也。至二十六年春翁移家重庆杨柳街至诚巷，居颇轩敞，迄今已阅二年，仍为相知治庖厨如故。今翁已于二月间归道山，笔者于三月间就询近状，据其家人告余，谓翁之遗业现仍由其如夫人张氏继续主持，席价定为四十、五十、六十三等，大抵自五十以上，则加鱼翅一簋，顾客之欲准此而加丰者，则或百余金，或二三百金一席，亦能为其代办。至此间菜谱原料，亦不过鸡、猪、鱼、羊、海味、蔬果之属，并无独特秘制，不过每一种菜，物料比求其新鲜，烹调必期其适口，总是郑重将事，不敢掉以轻心，以故筵席必须先期预定，而菜名则不能事先相告，盖如预先告知，设临时此品缺乏，或虽有而不佳，使竟付缺如，则无以餍食客之望，使以次物徒取充数，则又非求精之本意。但使食客于尝试之余，认为满意，确有此项价值，则此间设筵之本意也。又谓翁于年前迁渝后，其长子（名平伯）即上云在蓉开设"不醉无归小酒家"者仍在成都主持业务，其治味源出于翁，而作风又自不同，整席与小吃均能代办，与姑姑筵有异曲同工之妙。翁仲子名廷仲，在三十军集团任兵站总监，年来战争方殷，转辗前方，迄无音耗。此番翁殁，亦未回籍奔丧，想见其勤劳国事，鞅掌戎机云云。综翁一生，以割烹著名当代，而其子一则踵父之绪，而不屑屑追随，能别出心裁，另起炉灶，于以见创作力之不凡；一则国步方艰，未遑启处，夺情移孝，可为现代军人楷模。是父是子，皆有大过人处，非寻常所能及也。惟"姑姑筵"三字，不知何所取义，或谓小女孩群聚嬉戏，叠砖为灶，炊煮各物，就而食之，谓之锅锅筵，亦称"姑姑筵"，谓其女孩儿所作也。今翁以大烹饪而题此游戏名称，与上述陈氏笔记所载在蓉时之联语，均足以表示其襟怀之洒脱云。

八　水果与零食

饭后稍食果实，可以助消化，酒后稍进水果，可以解酲，足见水果对于人生，虽然不及饮食的重要，也是日常不可缺少之品，而在渝城四周烟煤浓烈，气氛浑浊之中，尤以多啖水果为宜，水果种类至繁，而川地所产，乃呈畸形发达，像是橘子、黄柑、甘蔗、柚子则非常繁多，至于桃子、梅子、李子、樱桃、香蕉、梨、杨梅、西瓜之类，则绝对稀少因为难得和易得的分别，价值方面，遂大相悬殊。兹分述于左：

橘子——我国政府已定国果，楚词橘颂曰："皇天后土，生美橘树，异于众木，来服习南土，候其风气"云云，其见美于古人如此，渝人呼橘子为"橘柑"，以内江、江津所产为最盛，此物数量之多，无与伦比。夏季市上，即有挑负出售者，惟其时色尚青绿，味亦不佳。迨至秋末冬初，则朱实渥丹，累累满树，大街小巷，盈担满筐，陈列在道旁，求售的，所在皆然。往年每辅币一角，可购二三十个之多，果实中物美而价廉的，无过于此了。惟去秋以来因外省人纷纷入渝，群起而购，橘贩子亦乘机大涨其价，故去年冬季，橘价已涨到每角只能购买十枚左右，但是照下江人的眼光看来，这还比下江来得便宜。考橘子气香味美，功能防止坏血症，用以制酿橘子露、橘子酒、橘精酒等，芳冽清芬为绝佳饮料。糖渍而压之，以作橘饼，又为糖食之良品。如将外皮曝干，即名"陈皮"，陈皮去内层白膜，则称"橘红"，功能化痰止嗽。又橘瓤满布纤维，包络如网，称为"橘络"，功能消食通瘀。均于国药中占有重要地位，渝地卖橘者每于未及售完之橘，剥皮去络，售之药肆，所剥之整个橘瓣如售买不尽，随即丢弃不惜。据云，剥售橘络，较售整个橘子为合算也。又此间橘子产量既多，果农不知保藏及加工制造方法，非于廉价期内，如数馨售，则腐烂败坏，无法补救，损失甚大。近顷经济部中央工业试验所，曾研究橘柑储藏及加工制造方法，已著成效。据橘柑之腐败原因有二：（一）由于橘柑皮上，寄生有青徽、毛徽、黑徽等细菌，此类细菌，在橘柑皮上，发育繁殖，即可引起橘柑之腐烂。（二）由于橘柑之果肉内，含有酵素，经过适当温度，酵素即起作用，能使果汁中之糖份酸败。前者可将柑橘以硫黄薰①蒸法，灭杀细菌，后者须将橘柑放藏于低温之处，是酵素停止作用。故橘柑之保藏，必须灭菌与冷藏并用，冷藏温度宜在摄氏二—四度方可安全保藏至四五月之久。至以柑与橘二者相较，则柑易于保藏，而橘皮至为脆薄，非腐败即干枯，不耐久藏云。

广柑——当旧历腊鼓初敲，橘子市面已将衰落时，又有一种柑子焉代以之与，色黄而浑圆，形色极似花旗蜜橘，至其甘酸多汁，风味隽永，实较橘子为胜，渝人呼为"广柑"。按李时珍本草纲目云："橘形小，瓣微酢，皮薄而红。柑大于橘，其瓣味甘，其皮稍厚而黄"，以此判橘与柑之异点，了然如画，故渝人称广柑可谓鉴别不误。广柑之价，较橘子为昂，去冬上市时，辅币一角，可购得二三枚，迨至蜡②尾年头，其价陡涨，普通一元只能购到十枚，嗣后还逐步上升，大者每枚竟涨至二三角，想上年决不至此，其为卖柑者至临时居奇，可不待言（先是腊尾年头，下江人士，多以礼物馈送亲友，广柑亦为最通行的礼品之一种，你买我也买的把柑价抬高，又因此物较橘子稍可耐久，一般居奇的索性保藏，慢慢的卖，

---

① 原文"薰"，现写作"熏"。——编者注
② 原文"蜡"，现写作"腊"。——编者注

所以价值一直高涨）。今时已属春暮，橘子早已绝踪市上，独橙黄色之广柑，大街小巷，犹有陈列待售者，惟价则奇昂，稍大者索值四五角，观其形色，倒还是晔晔然玉质而金色，至剖其中，虽非干若败絮，却因时间藏得差不多了，已经过相当温度，而将发酵，吃起来觉得水份有点酸败，非复如前的甘芳鲜冽，这样子不久也快要下市了。

柚子——此间所产柚子，有红瓤，白瓤的分别，红瓤的像沙田柚，白瓤的像文旦，吃起来味道不及沙田柚和文旦，不过尚可一吃。市上价目，每枚以大小为衡，大约不出一二角之间，其上市季节与广柑相同，至春初即行衰落，时令又不如广柑之长。

甘蔗——甘蔗为制糖原料，渝地所销售者，以红皮为最多，属内江、江津所产。又有一种皮色微青，茎干粗壮，与红皮者相埒，俗称之大河甘蔗。复又一种白皮者，茎干细长，为江津产，俗谓之小河甘蔗。惟此间蔗味，较下江所产者为淡，大约因糖份略低之故，市上摊贩常有榨取其汁以出售者。

梨——像天津所产的秋白梨、雪梨等，此地是没有的。只于夏秋之间有一种外皮黄褐色之梨儿，大者如盘盂，形式非常的壮观，剖而食之，肉粗老而多砢磊，不堪入口，此种梨头，渝人呼为鬼面梨，据云外皮极丑者，肉质尚可一啖。若外皮稍觉光洁，其肉必不堪食。余为是曾尝试数四，迄未见有佳者，无从征其言之信否也。

西瓜——西瓜味夏令消暑妙品，从前渝地并没有种植，附近也没有出产，自近年民生实业公司选种入川播种，才稍有生产，不过数量很少，又因地土关系，味道也不及下江所生的甘冽可口，而且价值也相当昂贵。

零碎小吃，可以消闲，可以怡情，惟久而久之，自成一种癖嗜，非此不可，则耽物丧志，亦非佳习惯也。重庆无十分可口之零食，仅有当地著名土产数种，列举如下：桃片——为合川名产，故此间之售桃片者，皆冠以合川字样，其实即是江浙各茶食店之核桃糕，此间所谓阔桃片者，阔度仅及江浙所售桃片之半，尽亦狭甚，而号曰阔，不知何解也，至于狭的，更其狭得只有小指般的一条，观其形式，殊为可笑。泡果——与苏常一带之栋①花糖、浙绍一带之冬锦圆相似，以米粉为之，而炸以油，中心虚松，如无物然，味殊平平。又有一种花生糖，系以水糖、饴糖、花生米混合制成，入春以后，小贩肩负待售者，几于触目皆是，销路亦非常广大，然其味又不如下江花生糖之可口。其制造区多在夫子池一带。

瓜子与花生，为零食中之最普遍者，此间因西瓜缺乏，致西瓜子亦异常稀少，惟南瓜子则甚多，茶食店及沿街摊贩均有出售，有粗种，有细种，有盐炒，有淡炒，然不知何故，其味无一佳者。至于花生，在下江常吃者有两种：一是外壳粗厚，果肉肥大之大洋参，二为外壳细长而麻，果肉统常三四粒之黄乔参。渝地入冬以后，市上有一种形式似黄乔参之咸花生出售，数量极多，街头巷尾，无所不有，此物为距重庆市区三十里有地号磁器口的名产，其制系以花生先在盐汤内渍透后，取出晒干，再经炒熟，其肉质洁白如玉，略带咸味，酥、松、香、糯，兼而有之，风味之佳，无与伦比，余于零食无所嗜，到渝后惟喜啖此，以为此地零食中之上品，殆无逾于此者，其他皆不足道也。所惜者市上摊贩，辄以箩筐之属，露列街旁，有时雨打风吹，未及售罄者，不免受潮化韧，即不堪食，又复搀杂于新制堆中出售，则良窳杂陈，使上口后，佳者仅得其半，令人难感满意。余意此物倘能合法精制，于花生未浸盐水前，先行拣择一遍，剔除其蛀坏、发油、不堪用者，炒熟以后，再经封藏得法，不使受潮，可以历久不韧，暇时取而啖之，真无上妙品也。此物仅行销冬季一节，入春后即已绝踪于市。

---

① 原文"栋"，现写作"冻"。——编者注

九　小菜场一瞥

川省土力肥厚，气候温和，虽在隆冬无凛冽之时；又经年多雾，滋润弥漫，最适宜于植物的滋长。所以农产品如稻、麦、粱、豆以及菜蔬、果实之类，都成熟的很早，而且丰蕃异常。和江浙等处的气候比较起来，大约早二个月光景，像是隆冬的季节，下江正在雪虐风饕，举目无青之时，而渝市城郊园林，业已新绿遍地，春笋皆已解箨，曾不几时，顿成绿竹漪，万个迎风之象。又时令未到寒食，而红绽樱桃，竟与玛瑙晶盘，竞献清艳。蔬果之属，有下江尚未萌芽，而此间已经饱饫者，可见得天独厚，不愧为天府之国了。

山城内菜市极多，往往于各城门旧址及相当的赶集地点，陈列各物，待价求售，所在皆是，至于正式集中的小菜场，则在新市区、杂粮市、雷祖庙一带。这几处中尤以雷祖庙小菜场的范围为最大，诸如牛、羊、猪、鸡、鱼鲜、菜蔬、果品，以及各式调味如油、糖、酱、醋等类，无不具备，需要何物，立刻可以买到。不过你如不欢喜携筐长征，去人堆里厮混的话，那只消在自己门前留意过街叫卖的担子就得，因为渝地无论大街小巷，只要是有住宅的地方，就川流不息地有往来叫卖的担子，除掉鱼鲜和海味以外，其余各式各样，照样都有，不过沿街叫卖的担上，价目虽比小菜场来得便宜，货色却不及小菜场的新鲜，这一层是要加以注意的。

因为附近各区，富于畜牧，所以猪、牛、羊等出品丰饶，猪肉一元钱可以购到三斤，牛、羊肉一元钱可以购到四斤左右，这比下江便宜得多了。惟羊肉因皮爿为制裘关系，业已连毛带革，全行剥去，出售之肉，零星散碎，不及下江羊肉丰腴嫩美。鸡肉也不及广鸡，越鸡的肥嫩，青菜、① 没有下江所产的肥大，大约精华全聚在根上了，原来青菜头是制造榨菜的原料，为川地大宗名产之一，系经盐渍后压榨而成，肉脆味浓，清芬殊绝，为盐菜中唯一的佳品，沿长江一带如丰都、涪陵、长寿、江北等县，均有大量制培，尤以涪陵所产为最多，也最著名。［参见（三）榨菜的故事］白菜也没有下江的肥大，有一种叫做莲花白菜的，包叶葳蕤，形如莲花，故以为名。又有一种野菜叫做弟弟菜的，据说和荠菜相类，不过市上很少。萝卜有红白二种，都比下江所产者为大，尤其是白萝卜，大的每个重到六七斤，售时以斤计算。芹菜一名药芹，气味辛烈，甬人多喜之，不意渝人乃有同嗜也。菠菜、田菜，柔糯与下江同，而内含多量糖质，使纯以此菜燀汤，汤味之甜，像加饴糖一样，则又与下江异。胡萝卜表里殷红而细长，味不十分佳妙，而作泡菜时，于萝卜青菜间拌杂一二，觉着赤白相映，色泽非常谐和。竹笋四时不断，现值冬末春初，所流行的为毛笋，形式粗巨，大者每株重至七八斤，售时亦以斤计。莴苣笋土名莴笋，因其色青，此间呼为青笋，其叶在下江为弃物，而此地人以之入馔，名曰莴苣尖。豌豆荚与扁豆相类，其藤渝人谓之豌豆尖，择其嫩者，亦以作菜。蚕豆有大荚细荚之分，售时有带荚去荚之别。甘薯有红白二种，红者之甘芳，胜于白者，此间贫家以为食粮，或搀杂于米内食之。又江浙所产之青韭，叶细而短，蒜苗则舒长如带，渝地与此相反，蒜苗稀疏短小，而韭叶有长逾两尺者，这都是不同之点。上述琐屑，无当大雅，笔者特就日常所见，拉杂书之，以见一班②云。

重庆虽号滨江之区，水产物却非常稀少。青鱼、鲤鱼之属，尚可以扬子江中网得，惟因难捉之故，数量既少，价复奇昂。市上新

---

① 编者注：原文如此。
② 原文"班"，现写作"斑"。——编者注

鲜活泼之鱼，每斤非一元不办，即盐渍之鱼，亦在五角以上，故渝人咸视鱼类为一种珍馐，寻常不以之供馔。但此间鲜鱼的丰腴嫩美，实胜下江所产多多，盖长江上游水流湍急，鱼类能在急流中游泳，其品质之粹美，自与安流中之鱼类不同，准优生学之原理以言，凡物之稀有者，其种必良，理固然也。至虾蟹之属，此间可说绝无出产，有之，亦惟春秋佳日，由好事之流，于下江运来少许，藉以应景，而已。

十　开门七件事的柴米油盐

米——重庆人所吃的米，分山米，河米两种。山米系本地出品，河米则从大河小河运来的，河米的质地，不及山米，故价亦较廉，购米之处，有米铺及米市，米铺子散处各地，而米市则在黉学街、米亭子、杂粮市一带，米铺所售者，以机器米为多，是山米抑系河米，不易分别。米市所售者，机器米和土法石滚捻的米都有，机器米糠秕尽去，而石滚捻的米则尚未尽净，所以机器米的价值比较贵点。量米的斗，有新老两种，每一老斗，约合新斗两斗六升半，譬如土法石滚捻的中档米，每石售价，新斗是十二元八角，而老斗就须三十二元，至如同档的机器米，新斗须十四元四角，老斗便须三十六元了。本地人的吃饭，多用蒸饭，是将米和水略为一炊以后，就把米捞出，另用蒸笼蒸熟，不似江浙人的将和水煮到融化为度，所以饭粒很是僵硬，不及下江炊法的饭颗舒软而易于消化。

柴——燃料以煤炭为主，木柴只用以为发火之具，本地人称为发火柴。煤炭种类很多，有南炭白炭、杠炭、煤块、连礁、煤球等数种，白炭、杠炭形式皆粗圆而长如条干，（杠炭为青杠木所烧成故名，）火力颇为耐久。南炭及煤，皆属本省出品，南炭其实也是煤的一种，惟较生煤烟少而火力经久，为炭类中之佳品，以上三种，皆属无烟性质，可用以烧炉子。连礶的形式，或细碎如屑末，或作细颗粒形，其整块者则曰煤块，皆有烟，可用以烧大灶。煤球有机制及手工制造两种，机制者较手工制造者为佳。最近市价，南炭自大河来者，每担价约四元余，小河来者，价约三元余，白炭、杠炭均在四元左右，煤块每担约一元八角，连礶约一元六角，机制煤球每担约二元四角，近来江南人旅渝日多，烧煤炭不惯，往往仍烧木材，以故木柴销路，亦较前顿旺，木柴原料有松、柏、青杠三种，每捆售价约二三角之间，在朝天门河边一带堆积求售者，一望皆是，至煤炭聚处，则在千厮门河边一带最多，其余不十分热闹之街上，亦多有煤炭店开设，惟以向江边购买，较为便宜。

油——渝地所用油类，有猪油、麻油、花生油、菜油、桐油、蓖麻油之属，江浙人所用之豆油则此间仅能举其名而其物甚少。桐油为此间大宗出品，然只能涂饰物品，而不能调和饮食。（另有专篇叙述。）蓖麻油亦仅以供药用，渝人烹调食物，普通皆用猪油、麻油，至于花生油菜油、则惟贫苦者以代猪麻油之用。又贫家用植物油注于瓦盏，夜间燃之，以代灯烛，虽光焰较黯，然无如火油之煤气薰[1]腾，则比较清洁不少。又有所谓莺[2]粟花油者，本地人呼为雅[3]片油，乃榨取莺粟花子之油而为之，据当地人云其味之浓醇馥郁，不减麻油，以之调味，生浇熟炒，均无不可，惟须乘新鲜时食之，阅时一久，即不堪用，曩年此油类为盛行，自莺粟既禁种植，此油亦逐绝迹于市矣。

盐——川盐分花盐、巴盐两种，花盐作颗粒状，巴盐则系粉末结成之块饼，重庆人以吃花盐者为多。花盐质地，色白而精，品鉴灿洁，味亦极鲜，江浙人现在吃不到好盐，当让川人出一头地也。

---

① 原文"薰"，现写作"熏"。——编者注
② 原文"莺"，现写作"罂"。——编者注
③ 原文"雅"，现写作"鸦"。——编者注

然川地虽有如此好盐，而不能利用之以造好酱油，在此间酱铺购来，以及菜馆所备之酱油，咸而带涩，无一佳者，余尝不解其故，继而思之，盖酱汁造成，固需盐力，然亦全赖日光晒曝蒸发之作用，江浙人之晒酱，于天气炎蒸时，将麦饼放以盐汤后，旦旦而曝之，时时而搅之，如是者数十日，使假烈日之力，底面蒸发俱透，于是色香味独绝，而家制之酱，较沽者尤佳，则以家人妇子，通力合作，不惜工本故也。今渝地终年阴霾，第一缺乏者好太阳，虽有好盐，无能为力，渝地之乏佳酱，职是故耳。

茶——在重庆最著名耳普遍的茶，要算沱茶（即是普洱茶）。此茶初上口时，觉有浓烈苦味，未几即觉口角留香，津津齿颊间，其情与啖橄榄相仿佛，所谓味美于回也。如在饱啖油腻之后，饮此茶一二杯，即觉腥秽尽解，爽气大来，盖此茶非惟色味之佳，抑且功能帮助消化，而价又极廉，每斤不过一元余耳。

酒——曲生风味，到处欢迎，此间之酒，多非本地所产，而是各地运来的，大曲酒、橘精酒、干酒、茅台酒、绍酒数种。大曲酒是川省泸系名产，以高粱、小麦酿成，酒色清洌，有似乎绍兴之白烧酒而没有白烧酒的酗，微带淡逸之致。橘精酒产于万县，气味较大曲为平和，而因酿合橘精之故，使饮后舌本流芳，香味津津，可说是酒类中的隽品。此酒档子极多，初购者每不易辨，以万县所出瓶贴上标有红字及绿麒麟商标者为最佳，去冬售价每瓶一元二角，今年市上极缺，其余气味淡泊，实不堪饮。橘子酒味极平淡，犹如橘子露然，实不能称为酒也，干酒之味，似大曲而较酗，价亦较廉。茅台酒为贵阳名产，色之清莹芳洌，味之醇醲和平，较大曲、橘精等酒，尤远胜之，允为无上佳品，惟价值殊昂，贮酒之瓶，作短圆筒状，首尾一式，样子颇为奇特，储酒质量，也不甚多（大约二斤多点），此间每瓶现市须售二元五六角，闻运至汉口，每瓶需十元，若运至上海则需二十元矣。绍酒通行海内，是酒的正宗，因山阴、会稽之间的水，最宜于酿酒，迁地则不能为良，所以别的县份，都有绍兴人，也时常如法制酿，因为水既不同，味就远逊，然在绍兴本乡，佳酒也不容易常得，因为所酿的酒，未必皆佳，且新酿之酒，难以入口，即有佳酒，非藏蓄到五年十年，是不配称为陈酿的。绍酒之最佳者，号称"花雕"，多是世家大族，自己开酿，择尤储藏，动经十余年，以供男女婚嫁时互馈姻亲之用，所以储酒之坛，外面必施彩绘，名曰"花雕"，此酒之佳全在陈醇，自当凌驾一切诸酒之上，且亦非市上所能购买而得，矜贵自不待言。嗣后流风日滥，浸失初意，凡绍酒之稍可入口者，无不冠以"花雕"二字，其实失之远矣。清梁章钜浪迹丛谈有论绍酒一条云："凡辨酒之法，以轻为贵，盖酒愈陈则愈缩敛，甚有缩至半坛者，从坛旁以椎击之，真者其声必清越，伪而败者其声必不扬。凡蓄酒之法，必择平实之地，用木板衬之，若在浮地，屡摇之则踰^①月即坏。又忌居湿地，居久，则酒味易变。凡煮酒之法，必用热水温之，贮酒以银瓶为上，磁瓶次之，锡瓶为下。凡酒以初温为美，重温则味减，若急切供客，隔火温之，其味虽胜，而其性较热，于口体非宜。至北人多冷呷，据云可得酒之真味，则于脾家愈有碍，凡此皆嗜饮者所宜知也"云云，其言凿凿有精理，虽绍人之号酒户识酒性者，鉴别力亦不能再加于此。余到渝后，见重庆市上有售绍酒者，其名有"仿绍"及"老酒"二种，据为当地人仿绍兴酿酒法所制，又有号称"绍兴花雕"者，据云确由下江运来，每斤售价一元，取而尝试，较"仿绍"等稍佳，而距"醇醪"二字尚远，然聊以解渴，慰情终胜于无也。

烟——纸烟一物，为各都市最普遍之消耗品，以重庆而言，每日之消耗于此中者，亦不知凡几，此间所行销之纸烟，向以舶来品

为多，自战事发生后，国产品运输不便，于外商出品之纸烟，销路乃大增，价亦陡涨，起码牌子，过去每包售洋一角者，今竟涨达三角，而贵族香烟如茄立克等，每听非七元不能一尝，（按此尚是春初之价，目下决①不止此，恐已断档矣。）殊堪咋舌。据新民报载重庆现有中西纸烟公司五家，以来货稀少，皆按日限止销数，且预先发出领购单，非有此单，不能买获到手，故一般零售纸烟之小贩，每日俱按时于午前拥集纸烟公司门前，争先批买，每日共卖出二十箱，每箱以一百条计，每条以五十包计，即每箱有纸烟五万枝。是可知重庆每日烧去纸烟达一百万枝，每箱以价值一千元计，则全市每日销耗于纸烟上之金钱，计有二万元之巨。此外由香港飞机上运来之大炮台，茄立克等，尚无从核计在内，以一纸烟之微，众沫漂山，积此巨数，良堪骇诧。去年本市烟商，曾拟定设厂自造计划，具呈财部，驳斥不准，未能实行，殊属可惜。又川地原有烟叶出产，足可供给本地消耗，有卷成似吕宋烟之烟枝者，不过气味浓烈，不如舶来雪茄烟之平醇，又有散售烟丝者，下江人士之旅渝者，对于纸烟之价值太昂，往往改吸本地卷烟及旱烟丝，亦未始非节物力而挽利权之一道也。

选自吴济生：《新都见闻录》，光明书局，民国二十九年（1940）

---

① 原文"决"，现写作"绝"。——编者注

黄 裳

|作者简介| 黄裳（1919—2012），原名容鼎昌，山东益都（今山东青州）人，现代著名散文家、记者，著有《锦帆集》《黄裳书话》《来燕榭读书记》等，有《黄裳文集》（全六卷）行世。

巴山寄语

小妹：

生活不安定极了。近天来，一直陷入一种迷惑中，好像一直到临出发的前一天晚上还不知道明天要去的目的地，也许明天一早就要到几万里外的一个完全陌生的地方去，也许不走，还要在这个地方呆①下去。这种心情，过去真是不曾经验过的。说到临别，似乎应当有一种惜别的举动。不错，也有许多人给我饯行过了，不过，在这当中，我不能无一种虚无之感。万一明天不去呢，岂不是演了天大的一出喜剧？所以，当一位朋友把一本精致的纪念册——上面还肯定了我要去的一个辽远的地方的名字。"××赴×临别纪

---

① 原文"呆"，现写作"待"。——编者注

念"——递给我的时候，我心里有的就是上面的那一种感想。

昨天晚上，一个人坐茶馆，无聊已极，天气暖起来了。在茶楼的竹帘隙里，我看见了一轮满月，刚升起来，红红的，周围的蓝天被衬得格外的蓝。茶馆里人多得很，谈话的声音鼎沸着，可是好像都与我不相关。我一个人，心里无名的"烦"，结果，哼戏。哼"坐宫"。我明白了一点事情。为什么杨四郎和他的公主住在那么美满的环境里，——那是皇宫，过着那么"美满"的生活，还要有烦闷，还要由公主来"猜一猜"，人是那么一种奇怪的动物，有许多事，不易了解，红楼梦里，说春天来了，贾宝玉就要感到"不自在"，莫名其妙的一种"不自在"。紧张惯了，不觉得难过，就是在紧张之后，另外开始一种紧张之前的一刹那，一天，一个晚上，好像闲得很，这时极容易发生"不自在"之感，所以我宁愿附议某学者的建议，干脆发明一种药品，使人变成一种机器，没有思想，只有动作，倒也干净利落，不是吗？话说得太远了，还是回到四郎探母上来罢。公主虽然在夸口，说她母后的军机大事由她一猜还能猜个八九不离十，可是在猜四郎的心事时，究竟是失败了。她提出的几点，也不能说不扼要，"莫不是，夫妻们鱼水少欢。""莫不是抱瑟琶另向别弹。"究竟还不能脱"女人本位"。同时，她究竟还有一个时刻不离的小少爷，分去了她最大的注意力。这使她与四郎的生活分离了，她当然无不满足，她怎么能了解驸马爷的"不自在"呢。至于末了的终于猜中了，那不过是写戏的人把发展归结到本题上去而已。据我看，那并非驸马爷真正的"不自在"的地方。

"四郎探母"终于不失为中国戏里的伟大杰作。我看戏十多年——似乎有写"十年梨园梦影录"的资格了，——四郎探母也听了若干次，昨夜，才又格外的了解了一点，于是我更爱"它"了。

今天早上起来，好天气，难得。蔚蓝的朝霞后面是一轮朝日，云淡风轻，麻雀叫得人心里乱乱的。好像有这么一日之间。朋友们到南温泉去了，我到哪里去呢？拿了墨水、纸、笔、过江，坐在那个可以望见远山，黄桷楼，瀑布，浅溪的楼里去，眼前的景物，使我迷惘了。我是如何地感到了"生之欢悦"呢？我要援引纪德的一些话，来说明我现在的情感。

人是为幸福而生的，全自然都如此教训。都是求欢乐的努力使的草木萌发，使的蜂房注满蜜，人生注满仁慈。

飘荡的微风，抚摩了花朵。我用了全心来听你，世界第一朝的清歌。早晨的清兴，初生的光明，沾的花瓣，……不要太延仁，顺从最温柔的劝言，就此让未来，轻轻地把你给浸遍。看来得如此偷偷的，太阳的温暖的抚循，纵然最生怯的灵魂，也不由不委身于情。

人生尽会比人所公认的更美。智慧不在理性，而在爱。啊！我一直到今日为止，生活得过于谨慎了。听新的法则，先必须没有法则，解放啊！自由啊！直到我的欲望所能及的地方，我要去，我所爱的你呀，跟我来吧；我要把你带到那边去，愿你能走得更远。

也许我抄得大多了，也许纪德文字的原意，和我现在的感想不太一样，然而无关，一切美的事物，都有待于新的诠释，才能发生一种新的意义。至少我来引用这些话，今天，在我是别有其意义的。不用多说，我喜欢这，这春天给带来的一切，给我一种新的生活力。这不奇怪吗？当我十九岁的那个春天，也是这样的一个下午，我一个人坐在沙发里晒太阳，看书，心里充满了"无常之感"，要不得的年轻的Sentimental。现在，我悔改了，我声明我厌弃那些"忧愁"。

公主在第二幕里出现以后，她的旗袍，她的高高的"两扮头"

（那种旗女的髻装），她的身段，风飘的衣袂，她的话语，"桃花开牡丹放花红一片，艳阳天春光好，百鸟声喧"。她的轻微的叹气。——可惜的是，这一些给那个抱了布孩子的丫头的出现给破坏了。

这两天城里在大演"董小宛"。我没有时间去看。昨天，在朋友案头拿到一册剧本，翻开来看，真不禁使我生气，说一句不客气的话，我似乎倒宁愿去看周信芳的"董小宛"去，我竟不能卒读这个"剧本"，因为里边实在太多"荒谬之处"。举例来说，第一幕开盒子会，顾横波吩咐兰儿，"我要痛痛快快的热闹一下，兰儿，你告诉门子我今天是不接待客人的。"我无缘去打茶园，不能知道群玉坊中是何景象（憾事），不过根据幼稚的想像，也可以知道顾小姐的派头，似乎不致如此的罢？至于后面硬请小宛说出许多连鸨儿都说不出的话，更是令人"发指"。总之，这戏合①我脑子里所想像的完全是两件事，南明史事是我所喜欢的，写史剧，也曾有此野心，然而仅凭板桥杂记和明季稗史就想动手，我却无此大胆，而更基本的点，如×所说，这些人的 Sense 似乎全有问题，才是最致命的地方。这和最近所见得一本根据了"明纪"（还不是"明史稿"）写中国史论集中的明史部分者，同为一个大笑话。

为什么说这些话，因为前几天曾经想写一篇"论浪漫"，曾经发意于此。据作者（董小宛的作者）说，这戏是他的"家事"，因之戏本身的目的，便在表扬冒辟疆先生的大义，甚至使小宛夫人的结局也是骂贼而亡，我觉得这是残忍的。

对于明末的东林，我始终无甚好感，四公子中侯方域自然是最丢人的一个。李香君的脱藉②，虽然由于杨文聪的帮忙，然而后面

① 原文"合"，现写作"和"。——编者注
② 原文"藉"，现写作"籍"。——编者注

出钱的却还是为东林所痛斥的阮胡子。然而侯生却眼开眼闭的接受了，这样的新人物，的确就是浪漫也还不漂亮，更无论后来的堂堂出仕了。小宛的脱藉，是钱牧斋的力量，而这位牧斋宗伯，后来却作了新朝的礼部侍郎。虽然在乙酉之后在同人集有学集中找不出与辟疆先生来往的诗文唱和，这也未便是由于宗伯的"愧对故人"，我想大概是因为某种原因刊落的吧，至于龚芝麓的无耻，却抬出来顾横波来痛骂一顿，似乎也有些冤枉。中国人似乎一向视女人为成事不足坏事有余的祸水，总是向女人身上一推了事。龚芝麓的"奈小妾不肯何"真是标准的无耻之论。郁达夫诗："尚书白发老江湖，卅二芙蓉句不磨。莫怪临危难授命，只因无奈顾横波。"实在骂得很痛快。

不知从何时起，中国人对浪漫的解释大变了。代表人物可以举出小杜来罢？"十年一觉扬州梦，赢得青楼薄幸名。"被视为浪漫的代表作，推而广之，唐伯虎、章秋谷，自然都是一派。殊有滔滔者天下皆是之意了。和这个相同的，还有一些事也使我怅然。如"荡子"在古诗中，不过是"游子"的意思，现在却变成了"淫棍"；"风流"本来是形容一种优美的风度的，变成了行为不检的省称。"报章文学"对这种概念之造成，大概有不少的劳绩。"牡丹花下死，做鬼也风流"之成为传诵众口的名句，实在不是偶然的事。因此，明末在秦淮河上当然也被认为标准的"浪漫时代"。四公子的艳迹就永远为天下仕女所称羡。然而对于如此的浪漫，我是不惜其"齿冷"的。

也许东方人真是缺乏幽默之感的罢。然则浪漫在中国之不被了解也许正是当然的事。我以为浪漫即是大幽默。世界上的事，有许多是要以幽默的态度来应付的。唐伯虎虽然不脱"才子"气，然而在中国的旧文人中，还算是懂得幽默的。最近看故宫画展，其中有唐的一幅画，画的是南唐的故事。这事在我是颇熟习的，因而也更觉得它的有趣。

这是一幅"陶谷赠词"。这故事很出名，记得明人杂剧中也有一出叫做"陶学士醉写风光好"的，也是说的同一故事。宋太祖的气量是颇小的，当他还没有到征服南唐的时机的时候，先派了一个以正人君子著名的陶谷去聘问，陶一向是"容色凛然，崖岸高峻"的。然而这却为韩熙载所看破，以为他并非"端介正人"而"其守可隳"的。于是就用美人计来引诱，"遣歌女秦弱兰诈为驿卒女以给之。"结果这位陶学士竟上了圈套。唐氏原图就画的是陶氏和弱兰的缱绻之态。弱兰弹琵琶唱歌，陶则曲一膝以手按拍。神气实在非常可掬。后来后主宴陶于澄心堂，陶还要露出大国威严来，装模作样，后来弱兰出侑酒，"谷惭笑捧腹"大为尴尬，弄得"倒吐茵席"，大失上国威仪，后来竟因此事而不得大用。

唐伯虎在画上题诗一首："一宿因缘逆旅中，短词聊以识泥鸿。当时我作陶承旨，何必樽前面发红。"极尽调侃之能事。

这里唐寅的话说得很是幽默。本来这种事是不必怕难为情的，然而一向以正人君子露面的陶学士，却不懂这些，难免为三笑姻缘的主脚①所笑了。

然而浪漫竟是与"胡调"同义么。这当然不是的。我以为应当讲求"浪漫的严肃"。像龚定庵那种"偶赋凌云偶倦飞，偶然间慕遂初衣。偶逢锦瑟佳人间，便说寻春为汝归。"的态度是要不得的，这只是儇薄，为中国人所误认为的浪漫，正是"儇薄"。王静安的攻击，是颇为正确的。

说一句笑话，浪漫是有家庭遗传的根性的，突然的有一个浪漫的子孙，是大偶然，我说一些门第非常好的朋友，是不能了解浪漫的，因为世家里活，正是世界上最被认为正常的生活。他们的无缘

---

① 原文"脚"，现写作"角"。——编者注

过浪漫生活，实在是命定的事，我们更怎样能希望他们来了解呢？如果不"攒眉而去"就已经是有"宿慧"值得佩服的了。

东坡小札有两句话，"饮酒薄醉，书不能谨。"一向颇为喜欢。现在正式饱吃大面之后，醺然之余，大谈浪漫，其不被认为陈腐与奇说者还应当准运气作准，如果能得嫣然一笑，已经是很满足的事了。

匆匆。

黄裳
二十二日在土桥。有好好的太阳。
选自黄裳：《锦帆集》，中华书局，民国三十五年（1946）

成都散记

关于成都，我最初的记忆是从几位唐朝诗人的诗句里得来的。杜甫晚年曾经在这里流寓过一个不短的时期。他住在故人严武的军中。等到严武一死，他就只好再流浪，流浪，不久就客死在耒阳。在这位大伟人的晚年的作品中，我找不到什么光与色，除了那一种重重地压在人心上的衰飒的气氛。

其次就是那一位中国的堂欢（Don Twan），晚唐的诗人李商隐，也在诗歌里赞颂了成都。出现在他的诗里的是美酒，当垆的厨娘，和妓女。这使我想起他生活着的时代，中原正是在大乱之后，然而在"蜀"这一隅，还是"升平的世界"。当时的人们所寻求的，除了鲜艳的肉和芳醇的酒以外，似乎就更没有什么了。"美酒成都堪送老"，他是预备在酒精的麻醉中过了这一生的。

当我所搭的载重汽车从驷马桥驶进成都市以后，已经是晚上八九点钟了。先是远远的就已经望见了隐在灯雾里的迷离的城市。在经过了两三小时的夜里行驶以后，心里是早就盼望着早早赶到了的。我站在卡车的前面，迎着早春的夜风，望着愈驶愈近的布满了华灯的街道，心里微微地感到了一些温暖，觉得是走进晚唐诗人的诗句里来了。

在车上时就已经受到了两位住在成都的商人的善意的警告，说成都的旅馆是常常没有空房间的。担心着会有露宿的危险，所以车一停就跳上了黄包车。看那黄包车夫的行动真是悠闲得很，不过才两个转弯，就已经到了预先打听了来的那一家旅馆的门口，在最热闹的春熙路上。

侥幸我被接待到一间最后空着的楼上的房间里。这旅馆的布置和北平的旧式旅馆差不多，一进门是一个狭狭长长的过道，里边是一个大的天井，四周环绕着客房。我的房间在里边的第二进里，天井里种了两棵大芭蕉，当我走出我的房间凭倚在栏杆边上的时候，正好摩着它的大而绿的叶子。

安放了行李，洗了脸，我就又走到街上来了。正在旅馆对面是一家茶楼，窗子开着，里边坐满了茶客还有着急促的弦管的声音。我看他们一面品茗一面听歌的姿态真是悠闲得很，然而我却不想走上楼去。因为我不愿再看到那些歌女的姿态。我从很小的时候起就已经厌恶了这个。记得八九岁时随了大人到北方特有的"茶楼"里去，看见壶前拉了一条绳子，一个个艳装的女人，侧了身子，一只手扶了那根绳子，在努力地喊出不自如的腔调来，两眼总是瞟着两边楼上的什么地方。这种姿态很使我不高兴，从此就不再走进那种茶楼里边去。成都的清唱不知道是怎样一种情形，中国究竟是一个广大的国家，虽然地方隔了那么远，我恐怕真会有类似的情形。倒还不如让我在街上跶着听着这悠扬的弦管，想像着这些风雅的人们在过着"燕子笺","桃花扇"时代的那种生活的好罢。

　　街上的人还是那么多，可是商店都已经在上门板了。灯光渐渐地隐了下去，后来只剩下一个卖甜食的担子的油灯还在闪烁。那是一个老人，稀疏的白发，干净的青布棉袄，勤快地煮着那些甜甜的"吃的"。左面的担子上一排排着十九个碗，里边泡着莲米、西米、青梅、银耳……他的两只手熟练地从里边舀出莲米来，倒在左边的一个小铜锅子里去。放好了水，盖上盖子，一个垂了双鬓的女孩子替他抽着风箱。一会儿，他又开锅子，加两勺糖，再盖上，添两块枯枝，汤就开了。倒在小瓷碗里，加上一枚有着长长的柄的小铜调羹。我坐在暗暗的灯光里吃了一碗，默想着过去在那儿看过的一张宋人画页，"货郎图"。那小车儿的装置就十分像眼前这一付。多么齐全地安置着那些小巧可也是必要的材料。这个老人和他的小孙女——应当是罢——是多么平安多么和协的操作着。

　　我慢慢地吃完了莲子汤，胃里充满了温暖，慢慢地走回去。回头看看，小摊子的灯火还在寒风里摇曳，这时街上的人更少了。我想该不会更有什么主顾了罢？

　　由于疲倦，回来后就上床睡了。

　　夜里十一点多钟，忽然为一种歌声惊醒。这是一个女人的歌声，另由一个男人用胡琴和着。歌声非常激越凄凉。从直觉里觉得该是"凤阳歌"之类，是流浪人的歌声。胡琴的调子单调地回复着，女的自己还拍了板，更增加了音节上的凄切。我努力想听出她的词句来，可是终于听不出。

　　一时在枕上想到了很多事情。也都是值得悲哀的事情。

　　我记起了一个月前过的那些无聊日子，那时我看过的那一出戏，和在戏里扮作护士的一个女孩子，她那摇摇的身段，雪白的素服，小小的加了里边的白帽子，和那帽檐下面的甜甜的眉眼。

　　当时她给了我一种悲哀的感觉。路上我时时想起这影子，在南京朱雀路的晚上曾经想起来过，现在就又想起来了。这几乎已经成为一种象征，使我每逢感到忧郁寂寞时就要归结于"悲哀"。这使我看人间的风景时失去了颜色，我想我们真不该有那么"一面之缘"。

我在成都的第二个早晨是一个难得的晴天，有着淡黄色日光的晴天。很早我就已经醒来了。算了口袋里只剩下仅够吃一顿简单的早点的钱，我不得不去到一个学校里去找一个旧日的朋友，有没有把握可也完全不能一定。那学校在成都的西南角上，学生则全部住在文庙里边。当我踏进那朱红漆的大门以后正巧遇见了T，我们已经有六年没有见面了，然而一见却还能认得。从我们的衣服上看来，他似乎比我还窘，可是他究竟招待了我这个远道的朋友吃了一顿早点，用掉了他才拿到的一点救济金，这笔钱他是要用来维持一个月的。

得了T的引导，我在一个外国牧师那里拿到了一笔"旅费"，这点钱用来买车票到重庆是不够的，我还得等候了随后来的朋友，自己先用这笔钱来看看这个城市了。

在一个下着小雨的下午，我踱进了武侯祠。

在红漆剥落的山门上挂着准许民众公开游览的牌示。因为这里是驻了军队的。这使我想起了在百花潭的门口徘徊着，终于不得进去；同时想瞻仰一下唐代大诗人杜甫的草堂的想望也失望了。这一种游山玩水的兴致，现在似乎已经没有那么浓厚了。可是当时却的确是因为得以踏进这个古柏参天的院子而欣喜着的。

这些苍翠槎枒的树木，在杜甫的诗里就已经出现过的了。是不是天宝以来的遗物呢，这我无从知道，然而它们的确给这所庙宇增添了阴森的古味。古柏丛中散布着一些卖面食的席棚，雨后零落的样子芜秽得很。有两座唐碑在碑亭里，这恐怕是文献足征的最古的遗物了罢？

再进去是汉昭烈帝的正殿。两庑里塑着蜀汉的文武官僚。大概是很近的塑物，也实在不大高明。我看那大概是以三国演义为蓝本的。五虎将的神态几乎完全一样，除了黄忠特有的白胡子以外，如果没有刻了名位事迹的牌子，我几乎分别不出他们的名字。

昭烈帝的塑像在正殿里，左右有关张陪祀着。在角隅里还有着北地王刘谌的塑像。可是怎么也找不到那位乐不思蜀的阿斗。祀其子而祧其父，这在中国的旧礼教上讲起来，似乎是说不过去的事，然而在这里也就可以看出一点人心取舍的标准来，"三国志"引"汉晋春秋"曰：

"后主将从谯周之策，北地王谌怒曰，若理穷力屈，祸败必及。便当父子君臣，背城一战，同死社稷，以见先帝可也。后主不纳，遂送玺绶。是日谌哭于昭烈之庙，先杀妻子，而后自杀，左右无不为涕泣者。"

这在民间戏曲里即是有名的"哭祖庙"。这里的祖庙不知是不是现在的武侯祠，因为庙门本来是还题着"汉昭烈祠"的。

最后一进是武侯的享殿。武侯的塑像全作道家装。这应该是三国演义的功劳。把诸葛亮在民众的眼里提高到神的地位，与吕洞宾成了一流人物。其实他本来是一位儒家，从隐逸的地位走了出来想藉了蜀汉做一些事。虽然"羽扇纶巾"，宋朝的苏轼就已经这么说过；后来魏晋人的服履风度，我想也应当从他那里受到相当的影响。

这里也照例有着"灵签"，由道士管理着。我也求了一根，花了一块钱从旁边买到一张批词。现在已经忘了上边所说的语句，不过只记得里边说的是吉祥的话而已。

从武侯的享殿走出来，到隔壁昭烈帝衣冠冢去，要经过一个水阁的小院，那里也有卖茶卖酒的。小院后面有一段短短的弯曲的围墙，墙后面全是碗口粗细的大竹子。地方非常幽静，使人想像着古时的隐士，芒鞋竹杖，在这样的院落里徘徊。

在如雾的细雨中我走出了"丞相祠堂"。

我坐了黄包车在凹凸不平的路上走着。经过了有名的"万里桥"。三国时费祎使吴，对送行的人说："万里之行，始于此矣。"从此就开始了他的穷年累月的长途。那块万里桥的石碣，上面贴满了红红绿绿的什么堂之类的广告纸。那有名的锦江，也只剩下了浅浅的伏流，水的颜色也变黑了，可以和南京的秦淮比美了。

小时候看由"警世通言"改编过来的"今古奇观"，深深的沉醉到那美丽的故事里去。在"女秀才移花接木"那一章的序幕里，知道了薛涛的故事，和她那有名的"五色气"。我曾经走遍了祠堂街，玉带桥和其余有名的几条文化街，想在南纸店里买点笺纸，而带回来的却只是失望。他们所有的只是一些刻着粗造的人物山水画的信纸和已经成了宝贝的洋纸的美丽笺之类，这和北平的本纸店里可复刻的"十竹斋笺谱"一比，就不禁使人叹着风流的的歇绝了。

一切旧的渐渐的毁灭下去，新的坚实的工业文化还没有影子，成都却已渐染上了浓厚的浅薄的商业色彩，成为洋货的集散地，和一些有钱和有闲者消费的场所。在这里，我对那还多少保持了古代写文化的成都的生活方式，和其他的一切深深的有着依恋的心情。

我去望江楼的那一天，也是一个阴晦的日子。

像江南所有的花园一样，一进门就是夹道的翠竹，和铺了石子的小径。只转了一个弯就可以看到那块题着"薛涛井"的石碣了。这块碑虽然不过是汉朝的东西，那井还应当是唐代的遗址罢？

这园子里全部的建筑都是同光时代的遗物。崇丽阁的阁门是锁着的。那高大古老的建筑里锁了一楼阴黯。我试着去推一下那上了锁的楼门，它发出了奇怪的声音来，从雕着精细花纹的木格子里看去，那一层层的木制楼梯上，铺满了灰尘。蝙蝠和燕子在这里找到了它们最好的巢居。

我在"吟诗楼"上坐下来休息。楼前面是一株只剩下了枯条的衰柳，锦江里的水浅得几乎已经可以见底了，对面是一片黑色的房子，使人感到了非常的压迫。

在回廊的另一面有着薛涛的石刻小像，上面叙述着她一生的事迹。这使我记起了那颇为浪漫的故事。那是说在她很小的时候，她的父亲出了"梧桐"的诗题，她就作了"枝迎南北马，叶送往来风"的句子。根据了这个她的父亲就断定了她未来的飘零的身世。这故事虽然浪漫，然而那真实性也就非常可疑了。这无疑的是传统的试帖诗的表现法。如果是出诸名公巨卿之口，就该说梧桐是栋梁之材一类的话了。

在这样的地方，照例是要有数不清的对联和题额的。也照例都是一些赋得名手的杰作。不过这里边也还有可爱的对联。现在我还可以清楚地记来的是胡宪的一联：

独坐黄昏谁是伴
怎教红粉不成灰

我徘徊在这充满了阴黯的园亭中，深深地感到了美人迟暮的哀怜。

最后他们究竟来了。当一天我在街上回来以后，打开我的房间的门，在铺满了可爱的金黄色的日光的桌子上，我看见了他们给我的便条。

我已经决定要在后天离开成都了。我们就计划着怎样消磨这最后的一天。我们到新西门外边骑小川马到草堂寺去。川马小得和驴差不多，骑在上面颠得很不舒服。每一匹马有一个马夫牵着，他很爱惜他的马，不肯使它驰。我们骑在马背上，得得地踏上了石桥，览着充满了古风的两旁的店铺和风物，颇有点贾上人在驴背上的境界了。

经过了百花潭，青羊宫，我们走上了一条田垅间的便道，马夫开始让他的马小跑着，这时我回忆起在归绥骑蒙古马到昭君台去的事，觉得可笑，而同时也颇有辽远之感，这实在已经是六年前的旧事了。

草堂寺埋在一丛荒秽里，那有着飞檐的亭阁，已经剥落得不成样子，使人想起水浒传里叙述鲁智深走进瓦官寺里去的情景。这里就连那煮粟米粥吃的老和尚也找不到。埋在荒草里的墓塔的碑石上生满了绿色的苔痕，石壁上的浮雕也都盖满了泥污，我们终究离开了这无人的古寺，又骑在那小川马的背上去了。

下午我们去过了一种完全异样的生活，坐在一家据"指南"里说是正宗的川戏的剧院里。当我走进这木造的大厅以后，很快的使我恢复了十几年前在北京听戏时的印象，虽然这印象已经是那么淡，淡，几乎已经没有了些微的痕迹。不过当我一坐上那窄得像一条木棍似的凳子上，堂倌随即送过一壶茶，而且把包茶叶的纸系在茶壶盖上以后，我的深深的埋藏着的记忆，又忽然活动起来。好像又已经坐在那已经有了几十百年历史的戏楼里，望着那曾经歌舞过多少名优、演出过各色戏曲、徽腔皮簧的舞台出神了。

这舞台还保持着它古昔的风味，在电灯旁边还骄傲地排着两盏煤气灯，它们发出的光也的确要比淡黄色的电灯要亮得多。

关于川戏，我的知识是很浅薄的。它似乎与皮簧不无关系，因为有许多调子的名称是一样的。关于它的流变，考查起来，应当是颇有趣味的。不过现存在我仅是以一个"素人"的资格，来领略一种新的声光色的印象而已。

每一出川戏差不多都有一个颇美丽的名字。很像花曲里的折名。其中有一出是述说妲己和文王的儿子伯邑考的故事的。那女主角利用了繁复的动作刻画她的心理的变化，有不少美丽的身段。这实在是一种发展得很完整的歌剧。

最后的一出戏是宋末的崖山之役，陆秀夫背了幼帝赴海的故事。这出戏里有不少战事的场面，更在不少描写民众流离的地方。在这里充份①地表现着川戏在音乐上的特色，主角唱过一句以后，就有和音起于舞台的四周。更夹杂着一种叫做"海螺"的管乐声，激越，悲凉，流亡的民众的无告的神色，被无情地如实地写出了。

四川是从古以来就常有战乱发生的地方，这悲苦的经验被写进戏剧里，音乐里，如此深刻，如此广泛的活在每一个蜀人的歌音里，成为一种悲哀的调子。这使我联想起那啼血的子规，和江上的橹声、船夫的歌声，觉得这些似乎是发自同一的源泉，同一的悲哀的源泉。

第二天我就离开了这个城市，丁送我到车站去。那是一个叫做"牛市口"的地方。这一次是客车了，我被安置在车子中间的座位上，没有左右前后动转的自由，可是在驶过蚕丛的蜀道时，却必然地会有与车篷接触的机缘。然而我究竟安心多了。车窗外虽然又是阴沉沉的天色，却不必忧愁再重逢被雨打得透湿的那一种不愉快的经验。

选自黄裳：《锦帆集》，中华书局，民国三十五年（1946）

---

① 原文"份"，现写作"分"。——编者注

江上杂记

一

小妹：

很久没有写信给你了。现在我正坐在作事地方的办公桌上，无事可做，想想还是写信给你，告诉你一点事情。重庆的夏天真热，昨天听说已经到了一百十度，屋子里虽然有电扇，可是吹来的全是热风。我这里下午就有太阳晒进来，只好搬家。还得看那一位的桌子有空才能搬过去坐，简直成了吉卜西①人了。现在是九点钟光景，这里倒还可爱，不时有小风吹进来，骄阳晒在草地上，告诉我天气是多么好。远远望过去是歌乐山，山顶上生满了小松树，好像民国十几年的时尚，女人在脑门前留了一片前刘海似的。麻雀时常飞到开了的窗子上停一下，我注意到它们全是张了嘴的。这在我过去的经验并不如此。难道说是因为天气热的关系吗？

我想现在 S 路该是可爱的，法国梧桐早已长满了叶子，给马路留下了两行荫凉。我有一个时期每天清早到学校的图书馆去，总经过那里，虽然是夏天，也并不热。看一看你的窗子，总是关着的，那时你大概还没有醒。现在你那儿该还是清凉的罢？可是这里却这么热。

离沪之前一个月，常和 S 去吃成都川菜馆，那时想想该也有点

---

① 吉卜西：现作"吉卜赛"。

感情的关系，可是那天你们给钱行，谁提议到锦江去，给他嘲笑了一下："人家要到四川去，你请人家吃川菜，人家吃的日子多着呢！"后来自己想想也不禁哑然，那天结果是吃了洪长兴的烧羊肉，站着吃，吃得饱饱的。后来和 T 到 DD'S 去，想吃点凉的，还闹了大笑话。他记住了一个冷饮的英文名（从旁边听来的）就照样叫了出去，下女却拿了一份炒鸭蛋面包来，真是够丰满的一份。后来算是解释清楚，她去换了两只高脚杯子，里边盛了淡黄色的酒，各有一个吸管，顶上插了一颗红樱桃，这不用说是为女士们预备的。我们这两位男士只得赶快喝掉，再叫别的。你看够不够窘的？

话说得多了，我现在想先告诉你一点关于吃的事情。或如"师父"所云，"食道"的研究。这一次旅行，因为有"师父"在一起，所以一路上颇吃了些好东西，在河南吃了黄河鲤，洛阳吃了中州菜。最可笑的是在常家湾，一块风沙蔽天的地方，我们想吃甜的，结果由堂倌贡献意见，叫了一样"拔丝馍"（馍读去声）仿拔丝山药之例，把馒头切成一块块的小方块，用糖来炸了吃的。

这些都是路上的花絮，到了四川以后，我们就尝试川菜了，不知道是否上海的川菜变了味还是怎，头一次就碰了个大钉子，那是在"朝天关"（将到广元的一站）一家民家夜饭，主人把过年的风鸡拿下来给我们作菜吃，不料第一筷就把我辣倒了，原来鸡是用辣椒末浸透了的。偌大一只鸡只好不去领教，到外面吃了汤圆算数。

从此就对叫菜怀了戒心。每逢叫菜必先讲好"免辣"，有些本来无辣的菜也如此，因此引起了堂倌的暗笑。

到成都，已经进入四川文化中心区，当然研究食道也以这里为最适当的地方了。"师父"他们是先根据了一本成都指南的指示，对每一个代表地方性的小食店都去尝试过。记得有一次到望江楼去，经过东马路，有一个城隍庙。据导游，那里的豆瓣是有名的，我们就在席棚下面坐下来，要了三碗，眼看堂倌把一勺勺的红色黑色的作料加进去。我因为有过先前的经验，所以敬谢不敏，但"师父"和宗江却硬了头皮把它们喝下去了。他们告诉我这"颇有道理"，不过我是不相信的。

前几天"师父"从成都来信，说及花会事："此地花会（青年宫）开始，已游三次。有如北京之厂甸。规模宏大，城内名馆如赖汤圆、吴抄手、涨秋等皆有分号，另有物产展览会，颇示川省物资之富也。"这里边所提到的几家小食名馆都值得一提，赖汤圆在春熙路转角，所卖即鸡油汤元，吃法较为特别，预备了芝麻酱和糖，混了放在小白铜碟子里，把汤元蘸了来吃，别有滋味。不过我仅能欣赏糖与芝麻酱，鸡油味则不大好，真可谓"买椟还珠"了，赖汤圆只有小小的一家门面，座上客常满，更还有在门外立等的。我们去吃时不过一元半五只，实在是价廉物美。即在赖汤圆对过有一家艾饽饽，我颇喜欢吃，这本是北平的名产，你想必吃过。

至于"抄手"，即我们所谓"云吞"，这种东西大概还有不少种特别写法，哪个算是标准，也不能知道，吴抄手之妙，妙在那里，也未能说，或者是清辣得好罢？反正我一看那浇上去的红色辣油，即便心悸，好处便也无从欣赏了。

李义山诗，"美酒成都堪送老"，成都的佳酿，我也还未能吃到。不过所谓"绵竹大曲"，却实在不错，师父的来信中也数数提到："昨晚请新来同学吃饭，大喝大曲，今晨尚有醺然醉意，""前日尽六两大曲，回宿舍后，头晕晕颇有酒意。"你可以想见他的那份醺然的味儿了。小时不能喝也不敢喝白干，仅用筷子在酒盅里沾一下，尝尝酒味而已，近半年来则颇能欣赏大曲。觉得葡萄酒之类甜甜的糖水儿是没有道理的。不过这也仅限于好大曲，若是加了酒精的劣品，也还不敢承教。

此地的酒店只能卖酒，不能吃菜（花生米豆腐干不在此例）而饭店里则不许卖酒，成都则不然。大曲有许多种，我平常吃的是红糟曲酒，还有一种更好的陈年曲酒，味儿更浓，酒店里卖酒的杯子有许多种，普通酒大抵用素白瓷杯来盛，或有加蓝花的。红糟曲酒酒杯则是细瓷而有花卉图案的。陈年曲酒则用玻璃杯子。吃毕算账时，只要看吃完的空杯子，就可以知道价目。还有一种橘精酒，是泸县的名产，在随便什么野外或江边的茶馆里，都有着一瓶瓶的橘精酒在出售。瓶甚小，大约只盛四两，用高粱梗子塞了瓶口，上贴印花。在临江去处的茶馆里，我常常去叫几瓶来喝，看看江景，也颇有意思，只是近来水位大涨，我常去的那一个菜馆，已经搬走了。沧海桑田，在这儿大约每年可以看到两次变换。

成都的菜馆除了外江的如大三元，冠生园之外，本地馆子则无不有一个雅致的名字，如在陕西街上的一家"不醉无归小酒家"即是。那块匾写得也飘逸之至，小小的两间门面，里边倒也相当大。绿漆门，还有屏风，和街市的喧嚣完全隔绝了。"不醉无归"，多么平安的一块小天地，"师父"来信中说，"最近且吃不醉无归小酒家一次，的是不错，唯贵得惊人耳。（百元左右一人）"在成都，普通十元可以吃一顿饭了，所以说贵。"师父"且曾对四川菜加一总论，他说：

"成都食道似已无可述，集近日研究结果，四川本地菜仍是无大道理，其味以强烈刺激为主，无淮阳菜之 Delicate 也。"

这应当是饱食豆瓣后的实话，是确实可以相信的。

四川的水果委实可以称赏，这里似乎已经是副热带的气候了，所以可以看到棕榈树、广柑、橙子都有，广柑便宜时每只一元左右，最近则因久已下市，所以贵到十元一只，无法问津了。还有奉化真种的水蜜桃，也不错，但也太贵。

重庆有两处温泉，一个在北碚，是北温泉，另一个则是南温泉。北温泉还没有去过，南温泉则已与"T"去玩了一次，我们沿了大路走去，到堤坎，那地方的瀑布非常可爱，路边有一个石像，磨顶，衣服则是明制，神情活现，雕得很不坏，但不知道是什么人。

从堤坎到南泉，大约有五里水路，我们雇了一只船，只十元，可谓便宜，一路经过花溪等处，风景的确不错，舟行在两山夹着的河水内，悬想当有九溪十八涧之妙。路上经过一块大石头，上边长满了青苔，破破烂烂，真像一棵中空的古树，还有一个地方，峭壁上刻着某烈妇殉身处的字样，当日她就是从那高高的岩石上跳下来的。这使我想起绿珠坠楼的故事，四川的节烈之风似乎甚盛，又因为石头方便，到处都有旌表的牌坊，这舍身处就是南泉的十景之一。

温泉是就石基刻成的浴室，也有游泳池，我们在那里浮沉了半日，还有几位女士同泳，池子太小，几乎没有回环的余地。

从泳游池出来，到冠生园去吃了饭，有牛奶和点心等，本来还想到建文峰去看一下，这是明太祖的孙子为燕王永乐赶出来，逃窜南荒的传说中的遗址，本来建文的生死是一个谜，有许多神话，应当是当初怀念建文的臣民造出来的，也不一定。不过昆曲中有"惨睹八阳"，那"收拾起大地山河一担装"的词句十分动人，袁四公子寒云就很喜欢演这出戏，也许他还有什么深意也不一定，我只是颇喜欢这由帝子变成的和尚，"一瓢一笠到襄阳"，天下行脚，和我的心神有些相近罢了。我们因为疲倦不曾去，仍旧由原来的水路乘船回来，飘飘的，大有"春水船如天上坐"之意了。

回来坐"滑杆"，这是一种山轿，藤椅子两边穿了两根长竹杆，由两人抬了走，是走山路最舒服的"代步"，等滑杆到了长江江边时，我已经有些睡意了。

昨夜在芭蕉院里乘凉，看见了弯弯的下弦月，不禁忆起了小时爱读的"宋人话本"中的"冯玉梅团圆"里所引的一首民歌，"月子弯弯照九州，几家欢乐几家愁，几家夫妇同罗帐，几家飘零在外头"。此歌虽俚，然感人至深。关于此歌，"云麓漫钞"中是曾经讲起过的。

"云麓漫钞"是南宋初时人的著述，当时正是建炎之后，时逢离乱，我们想像①吴中舟师在月夜荡桨于姑苏的河港里，或者是一片空濛的水，或者是曲港菰蒲，曼声作歌，声音凄楚，是怎么的一个境界。

更阑人静，我也要睡了，因为明天还要早起。

夜安

七月三十一日

二

小妹：

在北碚匆匆过了一月，正是一整个三月。信却只写了一封，不知你已收到否？重庆近来少雨，这在多雨的巴子国是很少见的。因之，在碚总算过了一段相当舒适的日子。曾经去了两次北温泉，又欣赏了两次嘉陵江的绿。这种碧绿的江水是久已有名了的，在古人的诗句里我何可以想起"蜀江水碧蜀山青"来，近人汪辟疆也有"嘉陵水色女儿肤，比似春莼碧不殊"的诗句。一天晚上，吃过晚饭，几个朋友到"江天茶馆"喝茶去，说说道道到了十点多钟，踏着一天好月色回来，到了房里，却不想就睡，因为月色实在太好了。我又一个人走出去，沿了江滨乱走，从高高的石级层上慢慢的走下去。这一排白石台阶，有人数过，大概是一百三十级，一直延长到江边的乱石堆里，从这堆零乱的石块堆上踏过，跳到江心里的

---

① 原文"像"，现写作"象"。——编者注

一块石头上去，在旁边的水潭里，有着摇摇的水草和蠕动着的一个个黑黑的蝌蚪，摇摆着它们的尾巴，这些尾巴是要在春天的第一次雷声中，才会掉下去的。

坐在这石块上，抱了膝，暗绿的嘉陵江就在面前流过去，发出一阵阵的涛声来。远处的山峦，却被围在一片雾影里了，月亮似乎很高而小，对江的灯火暗暗的，不时有一两个摆渡的黑黑的影子摇过来，木桨打水的声音震破了周围的寂静。我又随意念了几句：

> 峦影空濛星影稀，月华流浣失裳衣。
> 黛鬟每忆芳春晚，秋水应随艇子归。
> 书里斠寻仍脉脉，梦中重见更依依。
> 嘉陵江水真醇碧，许绾纤纤锦带围。

请不要见笑罢。这些零乱芜杂的"梦话"。因为我走回去的时候，回房的人却已经睡熟了。我自已也迷迷濛濛的似在梦中。

对于北碚，我实在更想多加些赞颂，现在我只想说这是一个可爱的小地方，当我还没有感觉到厌倦时就离开它了。因此，北碚在我是可爱的，而且，在这里，我又看到了许多"似曾相识"的影子。我近来很相信"缘"了。今年春天少雨，我觉得似乎也有些遗憾。然而总还有机会让我欣赏雨景。那时，我坐在一个小楼上，一片明窗净几，窗外是雨丝风片，一片碎石子的小径洗得非常干净。竹篱边的一丛丛的桃花、山茶，被雨一洗，显得格外的明艳，可是也有些零落了。江水表面上是一片乳白，柳枝斜斜的。

我很觉得可惜，在这样的环境里，竟不能作些事。当时的心境乱乱的，真不知道要做什么的好。虽然也无计划，因为城里重演"处女的心"，使我对那"自幼儿生长在梅龙镇，兄妹卖酒度光阴。我哥哥……"又发生了浓厚的兴趣。我曾经想改编"骊珠梦"。关于李凤姐，我是颇有些缘份的。十年前，春假旅行，在大同曾瞻仰久胜搂，居庸关亲临白凤冢。对这一代美人早就有些"表扬之心"。两年前，在上海写小文章，也曾对明武宗的事迹少少调查。等我把这个小计划告诉了几个朋友时，得到杲良在成都来信，抄来了许多武宗本纪的材料。W也和我谈过一些，还特别用了他的善于突发的奇想给我的计划，披上了瑰丽的外衣。我希望最近有暇，能给凤姑娘好好的描绘一下。

我又想起一件事，在碚时曾听了一次×先生的演讲。关于×先生，我的印象和我的想像很合得来，他是一个白白胖胖的绅士派头的那么一位读书人。他讲得一口北平话，有些轻俏，引起了我的"听相声"的经验。因之他的讲演，也颇能引起人们的笑声。我只记一点有趣的事罢。他说，西洋某诗人曾有一句诗，"嘴唇只在不吻着的时候才能唱歌"。他引申其义说，"每一个人，不管他做不做诗，当他恋爱的时候，他就是一个诗人。"说完后沉默半响，"我也有这个经验"。胖胖的面孔很正经，我以为说这话的态度很可取。

末了，我还是说一点自己的事罢。过两天，我就要飞到昆明去了。我虽不想援引某名人的话以自重，然而却也有些同样的感想。我想写这些信的工作应当暂时告一结束了。因为更有新的好玩的事情可做。也许再写，不过题目是要换一个的了。

我似乎惆怅得很。想起了我离家前买的那两册布满朱红的圈点的"李义山诗"，在那黯黄的书页上，有两句句子："玉珰笺札何由达，万里云罗一雁飞。"

请来信，由W转。

匆匆

三月二十一日

选自黄裳：《锦帆集外》，文化生活出版社，民国三十七年（1948）四月

茶　馆

　　四川的茶馆，实在是不平凡的地方。普通讲到茶馆，似乎并不觉得怎么希奇，上海、苏州、北京的中山公园，……就都有的。然而这些如果与四川的茶馆相比，总不免有小巫之感。而且茶客的流品也很有区别。坐在北平中山公园的大槐树下吃茶，总非雅人如钱玄同先生不可罢？我们很难想像短装的朋友坐在精致的藤椅子上品茗。苏州的茶馆呢，里边差不多全是手提鸟笼、头戴瓜皮小帽的朋友，在丰子恺先生的漫画中，就曾经出现过这种人物。总之，他们差不多全是有闲阶级，以茶馆为消闲遣日的所在的。四川则不然。在茶馆里可以找到社会上各色的人物。警察与挑夫同座，而隔壁则是西服革履的朋友。大学生借这里做自修室，生意人借这儿做交易所，真是，其为用也，不亦大乎！

　　一路入蜀，在广元开始看见了茶馆，我在郊外等车，一个人泡了一碗茶坐在路边的茶座上，对面是一片远山，真是相看两不厌，令人有些悠然意远。后来入川愈深，茶馆也愈来愈多。到成都，可以说是登峰造极了。成都有那么多街，几乎每条街有两三家茶楼，楼里的人总是满满的。大些的茶楼如春熙路上玉带桥边的几家，都可以坐上几百人。开水茶壶飞来飞去，总有几十把，热闹可想。这种弘大的规模，恐怕不是别的地方可比的。成都的茶楼除了规模的大而外，更还有别的可喜之处，这个是与坐落的所在有关的。像薛涛井畔就有许多茶座，在参天的翠竹之下，夏天去坐一下，应当是不坏的罢？吟诗楼上也有临江的茶座，只可惜楼前的江水，颇不深广，那一棵树也瘦小的可怜，对岸更是些黑色的房子，大概是工厂之类，看了令人起一种局促之感，在这一点上，不及豁蒙楼远矣。然而究竟地方是好的。如果稍稍运用一点怀古的联想，也就颇有意思了。

武侯祠里也有好几处茶座。一进门的森森的古柏下面有，进去套院的流水池边的水阁上也有，这些地方还兼营菜饭，品茗之余，又可小酌。实在也是值得流连的地方。

成都城里的少城公园的一家茶座，以用薛涛井水作号召，说是如果有人尝出并非薛涛井水者当奖洋若干元云。这件事可以看出成都人的风雅，真有如那一句话，有些雅得俗起来了。其实薛涛井水以造笺有名，不听见说可以煮得好茶，从这里就又可以悟出中国的世情，只要有名，便无论什么都变成了好的。只要看街上的匾额，并不都是名书家所题，就可以得知此中消息了。

大些的茶楼总还有着清唱或说书，使茶客在品茗之余可以消遣。不过这些地方，我都不曾光顾过。另有一种更为原始的茶馆附属品，则是"讲格言"。这次经过剑阁时，在那一条山间狭狭的古道中，古老的茶楼里看见一个人在讲演，茶客也并不去注意的听。后来知道这算是慈善事业的一种，由当地的善士出钱雇来讲给一班人听，以正风俗的。

这风俗恐怕只在深山僻壤还有留存，繁华的地方大抵是没有了的。那昏昏的灯火，茶客的黯黑的脸色，无神的眼睛，讲者迟钝的声音，与那古老的瓦屋，飞出飞入的蝙蝠所酿成的一种古味，使我至今未能忘记。

随了驿运的发达，公路的增修，在某些山崖水角，宜于给旅人休息一下，打打尖的地方，都造起了新的茶馆。在过了剑阁不久，我们停在一个地方吃茶，同座的有司机等几个人。那个老板娘，胖胖的一脸福像，穿得齐齐整整，坐下来和我们攀谈起来。一开头，就关照灶上，说茶钱不用收了。这使我们扰了她一碗茶。后来慢慢的谈到我们的车子是烧酒精的，现在酒精多少钱一加仑，和从此到梓潼还得翻几个大山坡，需要再添燃料了。最后就说到她还藏有几桶酒精，很愿意让给我们，价钱决不会比市价高。司机回覆说燃料在后面的车子里还有，暂时等一下再说。那一位老板娘话头不对就转过去指了她新起的房子，还在涂泥上灰的，给我们看了。她很得意的说着地基买得便宜，连工料一起不过用了五万元，而现在就要值到十万元左右了。

到重庆后，定居在扬子江滨，地方荒僻得很，住的地方左近有一家茶馆，榜曰"凤凰楼"，这就颇使我喜欢。这家"凤凰楼"只有一大间木头搭成的楼，旁边还分出一部份来算是药房。出卖草药，和一些八卦丹万金油之类的"洋药"。因为无处可去，我们整天的一大半消耗在那里，就算是我们作事的地方，所以对于里边的情形相当熟习。老板弟兄三人。除老板管理茶馆事宜外，老二是郎中，专管给求医者开方，老三则司取药之责。所以这一家人也很可以代表四川茶馆的另一种型式。

我很喜欢这茶馆，无事时泡一杯"菊花"坐上一两个钟头，再要点糖渍核桃仁来嚼嚼，也颇有意思，里边还有一个套阁，小小的，卷起竹帘就可以远望对江的风物，看那长江真像一条带子，尤其是在烟雨迷离的时候，白雾横江，远山也都看不清楚了。雾鬓云鬟，使我想起了古时候的美人。有时深夜我们还在那里，夜风吹来，使如豆的灯光摇摇不定。这时"幺师"（茶房）就轻轻的吹起了箫，声音极低，有几次使我弄不清楚这声音起自何方，后来才发现了坐在灶后面的幺师，像幽灵一样的玩弄着短短的箫，那悲哀的声音，就从那里飘起来。

有时朋友们也在凤凰楼里打打 Bridge，我不会这个，只是看看罢了，不过近来楼里贴起了"敬告来宾，严禁娱乐，如有违反，与主无涉"的告白以后，就没有人再去"娱乐"了，都改为"摆龙门阵"。这座茶楼虽小，可是实在是并不寂寞的。

选自黄裳：《锦帆集外》，文化生活出版社，民国三十七年（1948）四月

杨静远

| 作者简介 |　　杨静远（1923－2015），女，湖南长沙人，现代著名作家和翻译家，代表作有译作《柳林风声》《彼得·潘》。抗日战争期间流寓四川。

让庐日记　一九四二年[①]（节录）

1942 年 1 月 1 日

这是新的一年的开始。虽然以绵亘的时间长河看来，从昨天到今天，并不和其他的日子两样，但人类却一定要强加给它一个大帽子，作为另一"年"的开始。每个人都有他的感想，这些感想都差不太多，大概总不外是"对过去的检讨"、"对将来的希望"……我，似乎也不例外。我不愿说什么，也没有什么可说的。只是，当我偶然想起今后永远不能用 1941 年，不禁有些难过，像是伤心，像是留恋，像是追悔，更像是茫然。我用一种不愿意的心情来迎接

---

① 抗日战争期间，作者父母杨端六、袁昌英教授随武汉大学迁至乐山，作者则正式考取武大。——编者注

这一年的来临。说实话，我不欢迎它。但它自然而然地走到我面前，奈何！今天很沉闷地过了一个白天，除了到白家吃面，就是坐在房里看历史书，这样好像有点对不起这新年元旦。我想很少有人会像我这样念书吧！妈妈很晚才回来，我和弟弟到马路上接她。今晚的雾很大，是她的脚步声使我们分辨出来的。妈妈一回，马上就热闹了。吃过晚饭，我们玩骰子，掷猴子，用花生作筹码。

1942 年 1 月 4 日

今天是年假的最后一天，早上起来就忙着出门。妈妈、弟弟和我走到半边街，给我买了一双皮鞋，150 元。真没想到这么贵，可是不得不买，如果再挨挨，也许又涨上一倍了。

1942 年 1 月 5 日

今晚有号外报道湘北三次大捷，歼灭鬼子兵三万五千人，啊！真了不得！但不知婆和大伯、三叔怎样了，希望有好消息来。

1942 年 1 月 7 日

下午还了四封信的债。抓着一本《侠隐记》（大仲马的小说《三个火枪手》），看得丢不下。我觉得它像中国的《水浒传》，虽然是叙事体裁，没有多少情感的发挥，但是写得那么动人，翻译得也恰到好处，所以迷人极了。它比《水浒传》更好。中国小说免不了有那些俗套，尤其是章回小说，就是《水浒传》这样的名著也不能脱俗。外国小说就是这一点好，别出心裁，不受格式的限制。里面的对话可爱极了，天真极了，自然极了。抒情小说中的对话往往过于深刻，过于矜持。虽然这是它的好处，但看起来不如这种小说来得舒服、轻松。伍光建的翻译是够格了，他不让你觉得你在看一本翻译小说，他尽量用本国的术语，非常通俗，但一点不粗俗。我对

《侠隐记》里的人物，向来是有感情的，所以现在看它，好像老友重逢。虽然是下册，一点不感觉没头没脑。

1942 年 1 月 21 日

今晚真是不平凡的一夜。我们同桌八个人大谈特谈，谈各人的情感，牵涉到爱情。我大大地激动了，现在才慢慢平复浑身的战栗。开始是由曼青谈她的罗曼史引起的。我们闹她，要她的信看，她也给我们看了。一封是"光头"的，一封是"胖脸"的。于是引起她谈往事，这儿不能细写了。总之，她是一个极重感情的人，她的热情，使她自己受尽痛苦。讲完后，谢菁赠给她一句话："你不要把你的心完全托在男女爱情上，世界上还有许多事情值得你注意。"她回答她现在早已改了，一切都看得比较淡了。接着她批评我们几个人谁的感情最热，谁最冷。她说我最冷。我也不否认，也不承认，因为我实在不知道自己是属于怎样一种性格。但是，这些话激起我的狂热，我不顾一切地告诉她们我幼年的秘密。那是一直蕴藏在深深的心中，从来没有透露给任何人的。我告诉她们，我在九岁时开始爱一个男孩，那真是一种奇怪的爱，从来没有告诉过一个人，连父母都不知道，而那个男孩更是一点不知道。我私下狂爱着他。无论在屋里，在路上，在任何状态下，我都希望他突然出现在我眼前，希望他和我要好。但当我实际遇见他，却什么话也说不出，只感到满心的羞耻，好像什么人都洞悉了我的心情。我简直想他想疯了，可是我从来没有一点表示。直到十六七岁，忽然我不想他了。那种变化的突如其来，和它的起始一样奇特。从此，我的心理比较健康了，再不想什么人。她们给我解释，说我那时根本没把他当个实在的人，他在我心中只是一个完美的、理想的偶像。后来我和他接触较多，发觉他并不是一个理想的，于是淡了。我现在想起来，真不能断定，如果那时他向我表示什么，我会怎样？是让理智冰住，还是任热情烧毁？我更不能断言，如果将来遇见同样令我动心的情形，是理智还是感情占上风？我的生活太平淡了，没有遇到过一点波动，所以一点经验也没有。接着，钟慧念了一段她的日记。说到一双明亮的眸子曾引起她的爱慕，但后来她的对象死了，她的爱情也随着死了。说到刘年芬、敬婉，她俩完全是平平地长大的，她们的世界，除了家庭外什么也不包含，所以她们是一点心思也没有。至于俊贤，我们都不知道她将要变成怎样，现在尚没有长定。最后是谢菁。她，我一直觉得是有许多内容的，因为她在我们中间经历最丰富。她告诉我们她吃过的苦，受到的物质压迫。有一个时期经济来源完全断绝，有一两年穷得连买邮票的钱都没有，苦得不能忍受，她说这种苦我们都是吃不消的。

1942 年 1 月 23 日

上国文课后在图书馆外石廊上坐着看书、晒太阳。当我靠近那几桶沙子时，随手抓了一把沙子玩，忽然发现里面有许多云母片，在太阳下闪光，于是就把它们费力地捡出来，放在纸上。我想如果能捡出许多来，粘在纸上，不是极美的吗？我仔细看那沙子，发觉它们每一粒都有美丽的颜色，红红绿绿，十分好看，但现在混在一起，只见一片灰色。原来宇宙间有的是美，只要我们用心去领略就可得到。像沙子的美，大概谁也会忽略过去的吧！

1942 年 1 月 31 日

回家。晚上在床上和妈妈谈话，说到这次的战事，想来觉得奇怪。怎么希特勒一个人可以把整个世界颠来倒去，一个人可以杀死几万万人，可以使全人类痛苦！在我们中国，日本几个鬼军阀，也不知道为了什么，使两国的人民这样痛苦，而他们自己又得到些什么好处？毁了无数的财物，他们并不能享受到。杀死无数的人，他们的寿命并不能增加。为什么德国人要以为除了他们自己外都不是人？为什么科学如此发达的国家会有这种荒诞的思想？就是因为他们把别人全当奴隶，所以使全世界流血痛苦。唉！如果把这次战争制造军火的钱拿来造福，还怕不够吗？这就好像几兄弟抢一些钱，本来可以大家均分的，但他们不，每人都要独占，于是花钱打官司，雇人打架，打得头破血流，花的钱比那些钱还要多，这不是可笑到极点吗？不单是德、日，其他帝国主义者又何尝不是这样？他们侵略殖民地，还不是拿殖民地的人不当人？世界大同的境界真是可能的吗？什么时候会来？

1942 年 2 月 1 日

晚上在床上又和妈妈谈话。

我："中国抗战以来幸亏连年没有荒年，只要有一次灾荒，就惨了。"

妈："去年不是差一点？"

我："什么？去年不是很好吗？"

妈："你还不晓得呢！去年春天旱得好可怕，天天大太阳，晒了一个多月，一滴雨也没有。那些市民求雨哟，闹得好厉害；我们都急死了，天天起来就望雨，可总是大晴天，那真急死人啊！"

我："你说那些人求雨，真求雨吗？"

妈："怎么不真求雨！家家户户烧香敬神，请和尚打醮，市民联合起来，请求市政府把老霄顶的灵官菩萨请下来，抬到公园门口，什么专员、什么军人都被逼着叩头哩！"

我："哈！他们真叩头吗？奇怪，怎么这种事会这样正式地弄起来呢？"

妈："市民急疯了呀！他们逼着那些要人叩头，谁敢不叩？那种时候你不依他们是会引起乱子来的。他们讲灵官菩萨说 4 月 29

日一定有雨，那时候还是两三个星期以前。以后又禁屠十几天，满街锣鼓喧天，每天唱戏……"

我："怎么？给神看？"

妈："自然。这叫作娱乐神明呀！我只看见过一次。扎的大台子，上面坐着小孩了念书呀什么的……都是演以前的故事，多半由小孩子年轻人演，抬着满街跑。"

我："唉，可惜我不在这儿（我在重庆上学），不然看看多有趣。可是神灵不灵呢？"

妈："是呀！到 27 日那天晚上，下起了倾盆大雨，真把大家快乐得要命，百姓们都狂欢了。"

我："这么说还是不灵了，他们不是说 29 日吗？"

妈："不，灵官菩萨发慈悲，说早给你们下两天吧。以后就好了，再没有像那样旱过。不过已经吃很大的亏了，许多东西都旱死了。去年只收八成，不然还要好些。"

我："总算没有荒，那就好了。荒年真来不得。中国人的命就靠在天上。"

妈："那是来不得的。"

我："可是我觉得这帮人真可笑，怎么这样认真地搞迷信呢？现在是什么时代了？"

妈："愚民百姓没受过教育，怎么不迷信？"

我："这些人既然这样信神，怎么敢做坏事呢？"

妈："所以呀，真正的愚民百姓做坏事的少，就是因为他们有这种畏惧。现在一般做坏事的，都是那些刚刚有一点新知识的人。他们还没有受到好的教育，什么国家观念、社会观念、道德观念一点都没有，而他原来的宗教观念又消失了，他毫无顾忌，什么坏事做不出？又比如有人仗势作恶，你发觉了也无可奈何他。"

我："这真是不得了。我想，惟一补救办法只有教育！真的。

我现在觉得我们这些大学生责任的重大，以后教育民众的义务全该我们去担负……但是，有些大学生我看着真着急，他们很少想想这种重要的事。他们只图自己快乐，从不想想国家对他们的希望。念书呢，也好像是为别人念的，能偷巧就偷巧……唉！说得泄气！"

1942 年 2 月 6 日

考完了回家。妈妈告诉我：干妈、小滢回来了①，后天我的生日请她们吃饭。

1942 年 2 月 8 日

今天是我的好日子。我现在离成年只有一年了，整整一年。我已经在这世界上过了 19 个春秋，19 年甜酸苦辣的岁月。对于世界，已有 19 年的认识。虽然生活风平浪静，但这 19 年该包含多少内容呀！这是一个人的少年期，所谓"黄金时代"。现在我一步步走开了，已到门旁，再迈一小步就走出这黄金屋。以后，我要真正地面对广大的世界，要用自己的双脚负起这具沉重的身子，用自己的双手拔去乱草，为自己闯路了。我不敢回头看，过去的 19 年不再是我的了。现在的我，早已不是 18 岁的我，更不是 17 岁的我，那时的我已消失了，如同消失在天边的一缕薄烟，谁也不能再见到她们，除非从相片中看到一个假的形象，或从旧信中抓住一束空洞的灵魂。为什么时间留不住？为什么人们必须顺从地被它驱着往前走，毫不能反抗？无论什么人，穷的、富的、丑的、美的、强的、弱的、幸福的、痛苦的，都一样，必须被迫着抛弃少年朝前走，走向老之邦。时间是最公平的……从今天起，我开始一年的新生命。

---

① 干妈凌叔华两年前带着女儿陈小滢回北平奔母丧，此时回乐山。——作者注

惟一希望我"脾气进步"。以后学着有涵养，切不可放肆。切记！切记！起来已 8 点 1 刻，妈妈说，那正是我 19 年前降生的时刻。从那一分钟起，跨进长长的人生，而从今早起床的一分钟起，我已踏进第 20 个年头。征途是长的，我却希望走得慢些。起床后，从小阁楼箱子里找出邵伯母送的那件皱绸夹衣，加在衬绒袍上。那衣服缩得很小，可是没有别的衣服好穿。换上一双新麻纱袜，穿上新皮鞋。然后忙着布置房子，到 12 点才弄好，客还没来，就和弟弟到外面采野花。太阳好极了，可是什么花也没有。还是冬天，花儿不敢露面。不得已采了些菜花、野草，胡乱插在瓶里。苏先生来了，她看着我向妈妈说："真是春花开放呀！"等了差不多一个钟头，干爹、干妈、小滢才来。干妈、小滢已有两年半没看见了，干妈胖了，小滢高了。她们送我一个顶美的黄缎子小盒，上面绣有珠花。打开一看，里面许多五光十色的小玩意：一只小铜墨盒，一套极小巧的玩具茶具，一只假珍珠的猴子，一个小银算盘，都躺在绿玻璃纸条中。我高兴极了，不知说什么好。但是，有一个黑影子站在高兴的后面，督视着它，那是忧郁、怀念的影子。我没忘记我以前的那些小宝贝，我从六七岁起日积月累收藏的那许多好玩意。那是再也不会有的了①。我心痛，我惋惜，我竭力忘去它们。两年半来，我已做到不去想它们了。但只要想起，就好像冷水灌入心中。同时，这两年半自己控制的工夫，使我变得不太喜爱它们了，我的心慢慢离它们远去。这方面，我是长大了些——然后，我向干爹、干妈拜了寿，就吃饭了。

---

① 我有过一小皮箱的亲友送的小工艺品，在 1939 年"八一九"大轰炸中烧毁。——作者注

1942 年 2 月 10 日

回家后妈妈告诉我日本鬼已在新加坡登陆，这是死灰色的消息。虽然早料到会有这样的结果，但总希望多守些时候。现在什么都完了，新加坡等于没有了。英美的骄态固应得这种惩罚，只苦了我们中国。天气转入严冬，时局亦转入严冬。将来是否有回春的一天？

1942 年 2 月 15 日

今天是旧历大年初一。整天下着鹅毛雪花，美极了。我把手从檐下伸出去，粘了一袖子的雪花，全是六角形极精美皎洁的结晶体，三五成堆地摆在一起，有趣极了。宜姐、金根德来了，在书房里烤火谈话。金根德说我的先生都夸我聪明，我听了当然高兴。虽然知道虚荣心是无意识的，别人夸我未必就是我自己真好，但有人夸总是难得的事，尤其是老师。

1942 年 2 月 17 日

上午妈妈给我剪头发，她问我想不想做事。她说有人请她翻译文章登在某刊物上，40 元一千字。她没工夫，要我替她翻译，但要用她的名义。我当然愿意，钱我倒不在乎，练习英文是主要的目的。当时她就给我在 *Reader's Digest*（《读者文摘》）上找了一篇短文。下午她出去回来，告诉我是要小说，并且只有 20 元一千字。于是我今天的工作是白费了——新加坡已经丢了，据说英国有 5.5 万多人投降日军，举起白旗哩！总之，我们上当了，和这种懦夫同盟，真倒霉。现在同盟国中，无愧于人的还是我们老中国！我们才可以挺起胸来向着全世界，我们是光荣的。但光荣是一回事，困难又是一回事。资源从哪儿运来？蒋委员长到印度去了，看有什么办法没有。

1942 年 2 月 19 日

妈妈告诉我学校里一位职员因时局问题急得发疯，睡在床上玩一根绳，用手指捻着画圈子，说是和罗斯福打电话。一会笑嘻嘻地告诉大家不要紧，罗斯福说有办法，放心好了。这种触目惊心的事真可表现出战争的痛苦与罪恶，谁听了不心惊？

1942 年 2 月 21 日

今天得到一个顶坏的消息：郭霖伯伯①死了。他得病不到一个月，想不到竟死了。一个人的生命是如此脆弱的。郭伯伯真是个好人。他的学问、道德、人格修养、待人接物都是无缺点的。我永远忘不了在东湖游泳池的情形。他那瘦精精的身子上套着一件黑线游泳裤，蹲在架子上伸手伸脚做姿势，和下面水里的一个人大声谈笑。妈妈说："郭霖真是个好人，待人那么诚恳！记得刚到乐山不久，在鼓楼街，他和我们在一起住过一个多月，天天骗弘远吃饭，故事都不知讲过多少，真有耐心。唉！想不到现在就这样去了。十几年的同事，伤心！"为什么好人都早死？该死的人却不得早死？郭伯伯这样去了，留下一大家子的妻儿，以后怎么办？——妈妈又叫我继续那篇翻译，因为现在有一个刊物《世界青年》，可以投稿。

1942 年 2 月 24 日

晚上十九保牛灯来我家耍，两个童子蒙上布装作牛，前面用红纸糊一个牛头，一个童子在后面，用破芭蕉扇赶牛，前面一个童子拿一篮干草喂它。那牛扭来扭去，耕田，吃草，睡觉，擦痒，神情很像，只是形状差远了。这代表中国的艺术精神，一切是象征的，示意的，人们只可意会它的趣味。中国的戏剧也是如此。

---

① 武大机械系教授。——作者注

1942 年 2 月 25 日

　　早上爹爹看见我和弟弟在床上穿衣，说我们不应该。我抗议道："这是习惯，没有害处的。"他说："习惯应该改过来，一个人应该勇敢些，不要怕冷不敢下床。"我说并不是怕冷，热天也是在床上穿衣的。他就说："那就该振作些，懒散是不对的。凡事由小见大，小事做不好，大事也不会做好。古人说修身而后齐家，齐家而后治国，治国而后平天下，就是由小做大的意思。"我说："有些大人物在外面干出轰轰烈烈的事业，家庭却是一团糟哩！"他说："那等你做了大人物的时候再说。大人物的事太多，当然没有时间照顾家庭。你现在还不是一个大人物，为什么放弃小事？所以曾国藩是可佩的。他的国事那样忙，还常常写很长的家书，教训他的子女，真是了不得，我们都赶不上他的精神好。"晚上白先生来，说起重庆的和平消息。日本人现在是尽力拉拢我国，说只要我们和它讲和，可以答应一切条件，什么东三省、新加坡、缅甸都给我们。显然，这是可笑的利诱。"它知道我们现在是什么都没有了，仅有的只是那点不屈不挠的精神力量。现在只需用利诱来破坏这种精神，中国就完了，一切由它摆布。以后它解决了英美，中国还成什么问题？"我说："日本人失策了。它激起这么深的仇恨，是无法挽回的了。还想我们和它讲和？"虽说如此，只怕重庆的大人物们不少动心者，真是危险极了。

1942 年 2 月 27 日

　　昨天把翻译稿给妈妈改了，今早开始重抄。下午钟先生①来，告诉爹爹一桩可气的事。乐西公路要买他的酒精，市价原是 60 元一加仑，他们要他开票时写 70 元一加仑，帮助他们作弊。这么一

---

　　①　全华酱油公司的老板。——作者注

来，他们可以净赚国家几十万元。钟先生当然不做这种事。竟然公开地作弊，唉！真是个弊国。这种事还不知有多少，禁不胜禁！国家的财产就是这样丢失了的。爹爹说："如果开始就好好地管理，现在的情形应该好上百分之五十。"

1942 年 2 月 28 日

今天是郭（霖）伯伯下葬的日子，妈妈早上坐车去了。吃过早饭，我也出去。由高北门下来，遇见一大群人，原来是给郭伯伯送葬的队伍。我看见一个黑木棺材，外面罩着花圈。后面跟着两乘人力车，坐着两位女人，正倒在车背上哀哀地哭，那是郭太太和他的妹妹，棺材前面，是白带子牵着的家属。两边和更前面的就是送葬的同事和学生了。我难过极了，想想那黑箱子中躺着的是那活生生的人，矮个儿，一团和气，天哪！他睡在里面不气闷吗？我的脸烧红了，我忍住眼泪。我知道妈妈一定在前面的人群里，穿过人丛找到她。她的脸色真难看，黄蜡一般，她愁苦地望着我，要我同行，我因菁在等着，只得匆匆离去。走了不远，眼泪止不住地涌出。

1942 年 3 月 1 日

叔哥带给我一封信，是戚光的。拆开来，里面附有三张相片，两张是东湖中学的校景，一张是他和另一个小孩的合影，都是民国二十五年摄的。不知怎的，我感觉一种特别的滋味，从来没有过的。我不知道这是否叫作柔情。我觉得一切万物都可爱，我的脾气也特别温柔起来。我有点发抖，有点心跳，有点害怕，可也有点高兴。我不知道是不是每个女孩都要经过这样一种情形。我自己分析一下，大概是一种印象作用，以前我不知道他是什么样子，没有一个具体的概念。他写信给我，我也只觉得在看小说，好像自己是个旁观者，观察别人的动静。现在，一个具体的形象摆在我眼前，我不能再否认这事实的存在了。这个人，思念我五年多了。他的真情，我能不感动吗？照他的行为和信的内容看来，他是一个很好的青年，较高尚的人格，庄重的情感，不像现时一般青年那样狂乱。难道我不能和他做朋友吗？可是，我又犹豫：也许他说得好听，事实并没有这样好？也许他以光明磊落作幌子，却怀着一颗莫测的心？也许他并没有诚意，糟踏我珍贵的感情？于是我迷惘，我彷徨，我失去了主张。妈妈在这件事上一点也没有了解我。她说："这个孩子进行得太快，以后不要理他。"这几句话很伤我的心。我本来可以和他随便通通信的，但是妈妈不喜欢，我又怎能瞒着她？下午妈妈要出去的时候，我吻她，她慈爱地微笑说："我静伢子就只爱妈妈一个人，是不是？"我带着特别的心情说："是的。"她重复一遍："全世界最爱的吗？"我又说"嗯。"的确，我是最爱妈妈，最坚定、最永恒地爱着。但是，这颗未凿的心开始起了什么变化吧！至少，它的一部分，不是母亲的爱所能涵盖的哩！妈妈每天嫌我小孩气，长不大。她不知道，孩子已在不知不觉地长大了。如果她一旦发觉我长大了，不知要怎样伤感哩！总之，我今天是被什么丝缠住了，不得脱身。也许这朵花开得不适时，它看见早春的萧条景象，又缩进苞中，等待浓春的鸟啼来唤醒它哩！4点钟以后妈妈到干爹家隔壁的杨家，杨人楩先生（武大历史系教授、杨东莼先生之弟）结婚，因为今天是元宵节，特选此吉日：花好、月圆、人寿。昨天是送别，今天是迎新。昨天是白，今天是红。昨天是悲伤，今天是欢乐。昨天是啼哭，今天是嬉笑。昨天是棺木，今天是酒水。昨天是中华民国国民的减损，今天是中华民国未来国民的创造。吓，多么刺目的对照。饭后我千情万绪，挑灯写日记。外面人声喧哗，陈嫂说是抓贼。原来元宵节这天，作兴到人家田里偷菜，据说吃了健康无病。也不知是当真还是开玩笑，那些乡下人大闹捉贼，打啊打啊地喊成一片，很奇怪的风俗。

1942 年 3 月 2 日

下午写信给瑛兰（王瑛兰，南开同班），求她帮我。她和戚光是西南联大同学，也许可以告诉我一些关于他的事，告诉我值不值得和他通信。

1942 年 3 月 13 日

上英文课时谢文炳先生叫我们下星期以 fate（命运）作题，作篇短短的演讲。晚自修时把演讲稿先用中文写好，再译成英文。今晚大家讨论这个问题：究竟有无命运？对这个，我又有无法言表之苦。命运对我不是一种迷信，不是所谓天数注定，不是一种不可抗拒的自然力。我意念中的命运，只是一种机会、巧遇。但要说巧吗？并不。万物的发生，万物的形成，都基于一种机会（用这名词并不很恰当）。那么，又有哪一桩事特别巧呢？比方说，Fate 这个故事里，那女孩凑巧遇上那学生，结婚了。但这又有什么巧呢？你怎么知道她就不该在以前的某次遇见他？你怎么知道她以前没遇见他就是不巧？你怎么知道即使这一次不遇见他，以后没有更巧的机会遇见他？你怎么知道她不遇见这学生，就不会更巧地遇见其他的人？许多事情既然发生，你以为是巧。也许在没有发生的事情中，有你意想不到的巧哩！要说巧，万物莫不巧。世界（不，宇宙）是在动变，一切万物像一盘球珠在盘中乱滚乱撞。它们或者相撞，或者擦过去，都是没有理性的机会。人，不过是万物中的一种，并不能摆脱这种不能控制的机会。但是，人们是太主观了，以为整个宇宙是为他们设的，他们想用人力来控制宇宙。其实，这怎么可能呢？于是，他们创造宿命论，以为宇宙给他们安排了一切遭遇，不由他自己变更，这不是可笑吗？

1942 年 3 月 16 日

上英文课时，谢（文炳）先生得意地笑着进来，好像说："今天看你们受罪了吧!"我第三个讲，在我前面两个男同学都没背出来，拿稿子念的。我知道我一定背得出，就空手上去。我的声音非常响，并且竭力使每个字发音清楚。我讲完后，谢先生微笑地赞许道："All right，quite good。"下课后，谢先生告诉我们本学期有演讲会，我们大半要参加。看高尔基创作选，看了一个《筏上》，一个《奥维尔夫妇》和《大灾星》，我最喜欢《大灾星》，不，是最怕，描写母子俩非人的生活，看了叫人恶心、发抖，好像遍身爬满了蚂蚁或蜘蛛。晚自修时看了一遍 The Turning Point of my Career（《我一生的大转折》）了，我预备翻译的。

1942 年 3 月 18 日

焕理交给我仰兰（马寅初的女儿，南开同班）的信，是用英文写的。我用英文回了她一封信，这样于我们都有好处的。谢菁从四楼回来，告诉我们王梦兰肺病非常严重，可以说无救了。

1942 年 3 月 19 日

下午和妈妈走进城，到公园门口买了 14 个鸡蛋送给王梦兰。上四楼看她，她的肺病很重，大概少有希望。可怜一个这样有希望的学生不能为祖国尽责，不幸地消损在病痛中，像一颗将琢成的美玉被马蹄踏碎了。

1942 年 3 月 21 日

刘蕴代替曼青演戏（《北京人》），因为曼青实在不会说国语。蕴不满意她的角色，是个三十多岁的女子，大概嫌老了。杨宗淑拿过剧本来翻看，嗤着鼻子说："这剧本选得不好，尽是些老太婆。"

原来演戏是非演年轻美貌的女子不可!

1942 年 3 月 26 日

下午走回家,一路上春光明媚。桑树全抽出嫩绿的芽,麦子全结了穗,菜花黄得发青。那江里的水,似乎和冬天也不同了,漾着春意,碧油油的,不像冬天那般清冽。水上漂着翘头的竹筏,水中映着白云的倒影,竹筏好像浮在白云上,好个神仙世界!

1942 年 3 月 27 日

上完论理课回来,曼青就在房里闹。原来她接到姐夫的信,臭骂了她一顿,反对她和小洪订婚。我们看了信,都气破肚子,他一个狗屁姐夫,有什么资格管人家的婚事?她决定结婚,和小洪一同去西安,远走高飞。她之所以急于离开,是因为姐夫恐吓她说,已经写信给黄司令,要他逮捕小洪。这种目无法纪的军阀,怎知会不会给小洪亏吃?她预备 4 月 1 日结婚,不通知许多人,仅请我们寝室的同学和小洪的几个同事。我觉得这简直像小说:一对年轻的恋人,为了摆脱家庭的束缚,勇敢地毅然出走。我希望他们前途光明,我担心他们遭遇不幸,因为他俩都是不懂事没经验的孩子。我只得暗暗祝福他们。

1942 年 3 月 28 日

下午回家,走到全华公司仓库,看见家了,忽然后面皮鞋声响,原来又是那个鬼兵(一个多次在路上骚扰我的兵)!他还是满脸堆笑,问道:"今天下午没有课?"我气得说不出话来,只说:"请你走开!"我不能让他知道我家在哪里,立刻掉转头来跑。一直走到陈家,直走进去遇见妈妈,喘着气告诉她,她叫我等她开完会一同回去。等到他们会散了,和妈妈一同走回。我一肚子气,专门冲她发泄。妈妈正经地教训我："最近我们得到蓉姑姑（父亲的二妹杨致殊，成舍我先生的发妻）的消息，她在香港病得厉害。成舍我想常去看看她，家里那个小老婆——现在是正式太太了——还监视他，不许他去看蓉姑姑，把她当作外遇。这就是因为她一时气愤，不顾一切和成舍我离了婚，现在弄成这样悲惨的结果。一个人应该学着在感情爆发的时候用理智管住自己，不能任性。任性只能得到最坏的结果。你这一点小麻烦算什么？哪个女孩不遇到这种事？你都不能容忍，将来遇到更大的困难怎么办？"我听着，没作声，气渐渐地消了。快到家时她叫我不要告诉爹爹，那会使他气死的。可怜他那么大年纪，一天到晚苦恼，让他平静一点吧！我心酸了，哭起来，到门口，她给我擦泪，然后敲门。

1942 年 3 月 31 日

早上曼青整理好东西，小洪来了，我们大家把东西搬出去，放在车上。他们预备明天走，先到峨眉，等拿了薪水，再到成都。啊！别了，冤家朋友！我们看着你们俩坐在一只木盆内，漂向海洋。虽然现在是风平浪静，可是试望海洋，看得见边际吗？……不料事情突变。下午午睡起来，忽然门被打开，两个女子冲进来。一个是曼青的侄女，另一个是她的二姐。她们冲进来，粗暴地问："曼青到哪里去了？她的东西呢？"我只得告诉她们人出去了，东西搬走了。她们四处看了一会儿，又急急忙忙跑出去。我和谢、年芬疑惑了半天，决定去找曼青、小洪，让他们想办法。因为黄家要是知道了，事情就糟了。果然，黄家门口围满了人，穿军服的、便服的，都在谈论这事。黄家的事，都因为那位黄少爷，曼告诉我们他爱她，所以醋劲大发，一定要阻止他们的婚事。殷告诉我们，洪、曼二人不见了，不知躲在什么地方。各处都在找，尤其黄家找得凶。我们十分为小洪担心。他无钱无势、无亲无故，又是个外省人，如果被他们抓到了，这般万恶的军阀要怎样就怎样，旁人哪能说话？

1942 年 4 月 6 日

曼青走了，已到荣县，预备再走。她父亲前几天回了，非常难过，想找他们回来，但他们不便回来，最好由她父亲出面给他们登报宣布结婚算了。

1942 年 4 月 8 日

晚饭后和小杨、小谢又到四楼看王梦兰。王梦兰昨天发烧了，今天还在发烧。她一个人苦极了，很喜欢我们去谈笑，可以暂时忘记痛苦。她说我们这一班外文系同学和以前不同，大概是抗战的熏陶，自有一种风格，没有那种公子哥儿、大小姐的脾气。她说，以前老实本分的总是没人看上眼，几个漂亮的时髦的就特别出风头。的确，我们这一班别具风格，念起书来都用功，玩起来又活泼，男女同学间没有一点怪现状。我们没有错给人挑，要说有，只是太顽皮一点。

1942 年 4 月 9 日

回家把稿子交给妈妈，看了一点 *Gone with the Wind*（《飘》，周鲠生叔叔从美国寄给妈妈的）。下午回校看梦兰，一会儿菁也来了。我们说到同学，说到先生们。梦兰说她很喜欢方重先生，他懒的时候就念过去，高兴时讲得真好。她说朱光潜先生学问好，是用功得来的，可是只能做个高深的学者，不能凭天才创作。他讲书吸引人极了，叫人不能分心，因为内容太丰富了。他在黑板上写的都是书上来的，从不自己写什么。她又说陈通伯（陈西滢）先生她不喜欢，说他自作聪明，专好损人。我们又谈到教授们的家庭状况。

她说以我家和陈家最好。我告诉她我家比陈家差远了，她也说知道我家被烧过。说到苦的，是谢文炳家、陶因家等。她说陶因有骨气，韩文源①曾请他教书，他拒绝了。另外两个像方重和某某就答应了。听说每星期三个钟头，一月 500 元哩！军人有了钱有了势，就想和文人结交结交，博个名声。文人欠清高的就何乐而不为。像陶因这样清高的有几个？我们又谈到读书。她说希腊神话很美。我问她有什么好处，她说本身并没有什么价值，可是要读诗和散文，一定要知道希腊神话，诗中引其中的典故多得很。同时希腊神话本身富有幻想，非常美，念起来是一种享受。她又说到教授们子女的教养，说有些人把子女教得很大人气，善于交际，会应对，像×家的几个女孩就是这样。她以前以为教授的女儿都是这样的，见了我才知道不完全是。她喜欢我的态度，不做作，不会耍手段。当我们讲话时，电灯忽黑忽亮，黑的时候，有一次张韵芳进来擦一根火柴，说："我给你们点枝蜡。"她点了蜡来到窗前的桌旁，一会儿见王晓云又在门口出现，擦一根火柴，红光照着她的脸，显得很神秘，说："我来给你们点枝蜡。"我们呆了片刻，大笑起来。原来她没有看见里面已有光了。可是这情景多么像舞台上的一幕！两人在同一地点，同样擦火柴，说一句同样的话，这不是好像一幕含有某种意味的情节，使人不由得从内心发抖。我们又讲看书。张韵芳说她看得快、粗，不求甚解。王梦兰说她看得慢。两人争着自己的方法对。我说两种方法都可用，要看书的价值如何来定。我自己看得慢，细细地体味书中的字句，常常有一段我看得出神，翻来覆去地看许多遍。我看翻译作品，就喜欢给它挑错儿，看到一句译得不恰当，就想如果是自己会怎样译。回来，王瑛兰的信在我桌上。我欢呼一声：我期望它多久了呀！看下去我的头重起来，好像倒悬着。

---

① 乐山驻军三二补训处首脑，地方军政势力。——作者注

她提到戚光了。起先我紧张地笑，渐渐地收敛了笑容，心头升起一层灰色的雾。她是这样写的："我问了一个在南菁中学和他同组的女同学。据说他还有点口才，爱发议论，可有时连他自己也莫名其妙。在班上很调皮，也还有点志气。曾在汉口爱过一个女的，在紧急时不愿离开她，后来她和旁人结婚了。在南菁曾写信给一位长得很美的女同学，人家把信退回来，碰了个钉子。对于你这件事，我认为你采取的方法不算错，我要对你加以谴责吗？一点也不。假如那样，我就是把这件事估价太低或太世俗化了。静远，我想我可以信得过你的慎重和高超……我时常觉得大多数的人太不值得人爱，连看两眼也不值得。不是我狂妄，也许是因为一般人的素质都降低了。当然，我对于自己也照样不能完全满意的……人的一生，可以像浮在川流上似的随着流走了。这其中有的是闭眼塞听，连靠岸最近的东西都看不到，身下波涛澎湃的声音也听不到，就那么去了。聪明的人只知道自己警惕！"她的话多么真挚，多么诚恳，我为自己有这样一个朋友而骄傲，为国家有这样的青年而庆幸，为人类有这样的灵魂而欣慰。我们在一块时彼此不太了解。可是分别后，我们都互相坦白地表白心情，交换心之流。我对她产生了一种不可抑止的依恋。关于戚，我的一腔热血冰冷了。我的憧憬被无情地击碎了。我曾把多少纯洁的幻想寄托在他身上，谁知他竟是一个好追逐女性的无聊青年。都怪我自己太好动感情，太容易相信人。瑛兰说的大概不错，他不是一个坏人，不过是个狂妄的浮浅的孩子，但我瞧不起，尤其不能容忍他的滥情。

1942 年 4 月 11 日

下午走回家，快到张公桥时，我不想走街上了，转入醒园的小路，走到山间。这边人很少，清静极了。可是我也担心，怕遇到歹人。这么大太阳，正午天，实在不该怕，但这是乱世，一切反常；

同时，这是春天，可恨的春天！走到小河边，看见许多兵在河里洗衣洗脚。我紧紧地贴着山坡走，不愿让他们察觉。我现在见了兵就讨厌，尤其挂皮带穿皮鞋的军人。在神圣的抗战期间，恨军人似乎是种罪恶，可是真正拼死杀敌的军人我看不见，见到的是挂军人招牌的流氓。

1942年4月12日

上午抄好壁报稿，题目是《生活》。我给妈妈看，她说很好。我想起孟先生（孟志荪，南开中学国文教师，后为南开大学中文系教授），我太对不起他了，毕业后一直没给他写过信。我应该把作文寄给他看，他对我的作文指导最得力。我先把《生活》抄了一份，以后再抄《散步》就可以寄了。如果我的翻译发表了，也得寄一份给他。他看了该多高兴呀！我不会忘记许淑莲和马仰兰告诉我，孟先生说我是我班最有艺术天才的，并且文学内在力最丰富。我不否认，但我不能骄傲。我得沉着地干，不负他的期望。

1942年4月15日

文庙布告板上一条长东西，是什么人责骂峨眉剧社的启事。说剧社演《北京人》，既无任何名义，票价又贵得不合理，5元起价，最高达50元。说自备发电机，恐怕是调用学校公物。又不是捐助公益事业，难道想自己赚钱吗？现在这种学生团体简直不像话，比如上次的音乐会，听说收入6000元，支出6000元哩！他们两三个人在三天之内开伙食账就是200元，大家唱歌前吃鸡蛋，唱歌后吃汤圆，全是公账。请了一位张舍之先生来小提琴独奏，住上五六天就是一千元，凌安娜女士连同先生、小公子大概也不会少。一切是糜费，是为己。幸亏我没有加入任何团体，太乱了！晚上谢、殷、杨钻在报堆里，谈着。从她们的话里，很明显地表示她们同情苏联，平日对于小说的兴趣，主要也在苏联。我一个学文学的，对政治根本不发生兴趣。我不喜欢一种以政治作背景的文学。浪漫派文学是我的嗜好，也是我的目标。管它民主也好，社会主义也好，共产主义也好，我都不参与。

1942 年 4 月 7 日

早上到文庙门房，送信人交给我一封信和一只罐子，是妈妈送来的。我看信，眼泪流下来。是的，我知道昨天那样赌气走，对于他们是多么难堪，我一点不能压制自己的怒气。妈妈仍把菜送来了，并且教训我，感化我这颗顽劣的心。她写道"……你今天那样生气地离开家，使我心中十分苦痛。我不谅你会为那一点小口角，而且是和那样幼小的弟弟口角，就冲气走了！爹爹不做声，可是听他再三叹气，就知道他是难过的。你起先说走，我以为你有能力管束自己的冲动，做事会再三思索一下的，不谅你做人的训练仍没有到家，还是那么娇养成性地行动着，使自己平日最亲爱的人，自己的骨肉，那么难过。我心里非常苦痛。你走之后，一阵莫名的悲寂填满我的心坑，眼泪向上涌，可是我不让它流，因为我的眼睛再不能多流泪了，我不是为自己而苦痛，为的是想着你如果不把这种逞性的习气改掉，那么，你将来一定要受到很大的失败，你在人生的大道上是要吃尽悲苦的。我的宝贝，你知道妈妈对于你是多么怀抱着厚望，是多么要你幸福的！静儿，我这次的伤心如果能引起你的反省，你以后做事，能常常体谅别个，能够使你更长大一点，那我也就不是白受的了！"

1942 年 4 月 19 日

晚饭后，令如、俊贤、年芬和我四人去看《北京人》。到中山公园，坐在 5 元的位子上，年芬叫我们坐到 50 元位子上去。因为

50 元的票很少人买，空位子多得很，并且不查。三幕戏，从 7 点多演到 12 点，不算不快。对于全剧，我还算满意。

1942 年 4 月 21 日

早上和年芬（为食堂）买菜。中午的菜是四样"豆"：豆腐、豆渣、蚕豆、豆芽，大家都笑我们买的菜。小滢今天生日，干妈给我们看她做的怪点心：把鸡蛋打一个洞，灌许多佐料进去，如香肠、荸荠、糯米、肉、葱等，蒸熟了，非常有趣。干爹告诉我中央日报社《世界学生》月刊广告上有我的名字，原来是《好的仇敌》出来了。我希望它快点寄来。

1942 年 4 月 22 日

上英文课时谢先生告诉我们背诵代表选出了，是我、蕴和绍温。

1942 年 4 月 23 日

回家后妈妈给我看《世界学生》上发表的我的译文。纸很坏，但印刷得相当清楚。妈妈高兴得很，我也有点高兴，但不觉得什么。

1942 年 4 月 24 日

菁给我一本《第四十一》看。我很欣赏它，那书外形很别致，是正方形硬面的一小本，很好的纸和印刷。故事是苏联红军中一个女兵和白军的一个中尉恋爱的悲惨故事。那女兵押这中尉去他们的政府，在海上遇风暴覆船，两人逃到荒岛上，在一个渔夫的大盐鱼仓中过了许多时日，两人恋爱了。但当他们发现有船来救时，那女的一眼望见是白党的船，她记起上级吩咐她："万一遇见白党时，记着不要把活的还给他们。"于是她冒然一枪把他打死了。等她跑去看他的尸体时，忏悔撕碎了她的心。故事是很美，很动人的，译得也不坏，可是正如这书的装订一样，是很奇特的。妈妈交给我一本《世界学生》，我把它寄给孟先生了。

1942 年 4 月 27 日

看完《茶花女》剧本，虽然也很惨，但远不如小说动人。结尾是两人相见以后玛格丽特才死，这样的结局是再圆满也没有了。又从菁那里找出一本《我是劳动人民的儿子》，是苏联卡达耶夫著、曹靖华译的。那本《第四十一》也是曹译的，拉甫列涅夫著。这两本翻译的风格很不相同。

1942 年 4 月 28 日

晚饭后看王梦兰。她这两天心里很不痛快，因为病似乎没有希望。她说昨天发了一顿"理智"的脾气。她要推倒小凳子，但心疼上面的两只杯子，就小心地拿开杯子，重重地推倒凳子。真可怜。一个人要发脾气都得有顾虑，多么不幸！她和我们讲她小时的事，那是她最幸福的日子。父亲在江西做官，她在家做官小姐，派头十足。慈爱的母亲娇养她。11 岁时母亲死了，幸福就不再有了。第一个继母是个肺病老妖精，她们一家害肺病，祸根是她。第二个继母，骗了她家许多财产去了。父亲死了，哥哥死了，一个侄子死了。死猖獗地盘据她的家。她想母亲，希望此刻有一个温存的人在她床边照顾她。她虽满足于同学们的情，但同学们一个个都是硬性人物，不了解病人心情，不会温存。又谈起疯子，说疯子是幸福的。由此说到我的事，就是那单思我的学生。据说就因为在珞珈山时看见过我一眼，从此就患了单思。天晓得，那时我才 10 岁哩！她说那人为了我，竭力要把自己造成一个品学兼优的人，用功极了，功课极好。只有一次微积分考坏了，心里一急，就疯了。

1942 年 4 月 30 日

下午退贷金①了，不过与我没关系。同学们很多要出去买东西，我想买练习簿，因为日记本快完了。到昌言书庄去问，较好一点的硬面簿要 35 元，差的要 15 元。我不但买不起，还看不上。晚饭后出去的人真多，因为大家手头都有货了，可以吃吃玩玩。全女生宿舍几乎走空了。灯来了，我就抄完译文。

1942 年 5 月 3 日

背诵预赛日。早上不免心跳，怀着莫大的兴奋。我们几人：年芬、蕴、绍温在路上吃了一个生鸡蛋润喉。到礼堂立刻抽签，真倒霉，一共 41 人，我抽了一张 40。8 点开始，一共七位评判先生。轮到我上去时，心里一点都不怕，但浑身抖得凶极了。七位先生算好，在黑板上算总分。我看了半天，心都冷了，我的分数那么低，比年芬和蕴都不如，但取是取了，我不在乎名次，反正决赛时重来。但我着急不知缺点在哪儿，怎样改正。

1942 年 5 月 4 日

谢先生告诉我们，我和蕴取了。下课后，那位华侨（胡寿聃）和陈仁宽来找我们，请我们参加他们的英文会。上完生物课，又回家了，因为同学们已替我把床上糊了桐油石灰，塞臭虫洞。

---

① 当时各国立大学发给获得政府货金的学生每人 2 斗 3 升米折合的法币，作为伙食费，没有用完的退给学生。——作者注

1942 年 5 月 6 日

去学校时路上碰见谢先生，和他一同走，他问我演讲题想好没有，我说想了一个 Perseverance（恒心），他说这题目太普通。他想了很久给我想了一个 Provincialism（乡土观念），我觉得这题目也还好，虽然太难一点。蕴她们昨天去开了那英文会①，已经分派好了工作，每人两个小题目，一个是 My daily life（我的日常生活），一个是二人会话，另有两个小讲话，抽签分派的，这次轮到我和景芳。这下可要忙坏了，但我喜欢的工作，怎么忙我也甘心。

1942 年 5 月 8 日

今天接到两封意想不到的信。一封是《世界学生》月刊社寄来的稿费单，叫我签名盖章寄回，他们再给我汇钱来。我看见上面写的稿费是 30 元。同学们看见了，要我请客，我也答应了。另一封是元松（周元松，周鲠生之长子，我小时的朋友）的，他是看了我的翻译，来向我祝贺的。他说我翻译得那么好，使他脑中浮着一个永远的印象。他说我的文学修养可谓到家了。这当然是过奖，但我的工作能引来一个老朋友的信，是多么可爱啊！晚上写好 My daily life。真的，我对于我现在这种生活颇欣赏，可以说是心醉。我像生活在一种纯性灵的享受中。我有朋友，我有灵感，我一天天地觉得在进步，我有完美的家庭，我有赏识我的师长，我有重视我的同学。我在无论任何人群中都占有很优越的地位。但，每当讨论时局时，我就被一层阴影罩上了。缅甸已全部失去了，战事节节败退，前途似乎无望，个人的幸福是空的。这幸福好像是开在大树上的一朵花儿。当大树连根倒下的时候，花儿岂可独存。

---

① Echo Club：跨系的小型学习英语的组织，一共 8～9 人，一直坚持到毕业。——作者注

1942 年 5 月 9 日

今天国文作文的题目是《五九国耻纪念感言》。做完回来，谢菁要陪小杨照相。我忽然心动了一下，我何不也去照个相？已经有一年了。我觉得在这种年纪每年的照片都是极可贵的，眼睁睁让年华逝去不留下一点痕迹吗？但我计算着费用。太贵了呀！刘景芳她们都鼓励我去，说我太俭省了。是的，我对于父母用心血换来的钱是不愿浪费一分毫的。但是，我不是新近刚赚了钱吗？于是我决定和她们一同去照相。我们四人到婺嫣街明星照相馆，我和小杨一人照了一张一寸的。晚上去看王梦兰。她现在稍好一点，一心想回家。她告诉我，谢菁的那个会很希望我参加。有一位男同学向张韵芳说："我们是不是要像杨这样一个人加入，像画画报头，写写散文，她的散文写得很好。"张告诉王梦兰了。我说我不敢参加，因为怕太忙了。她也劝我少加入团体，加入一个就好好干一干。我说如果他们要我帮忙，我很愿意给他们画画报头之类。上次谢请我画了一张，我画的是大渡河边的景色，一行纤夫拉纤，天上一队征雁，是用墨笔画在绿底纸上的。

1942 年 5 月 13 日

下课后，和菁买了一斤杏子，两块钱，拿回来剥了，用白糖拌好，中午蒸了给梦兰吃。她高兴得很，她说就想吃酸酸甜甜的水果。

1942 年 5 月 15 日

中午老姚给我一封航空挂号信，是戚光寄来的。里面有 10 张照片，是昆明、仰光、汉口、武昌等地的风景名胜，有几张好看极了。信很短。我真感激他。晚上到四楼陪王梦兰，她说我们天天这样也不嫌烦，像外二的就不同了。她们也和她很熟，但她病了以后就一次也不来看她。她说我们的作风完全不同。是的,我几乎认为这是一种义务了。当一个病人需要安慰时,去看她是义不容辞的。我几天不去就不舒服。其实我并不太喜欢去,我担心受传染。

1942 年 5 月 16 日

晚饭后,全女生宿舍热闹起来,因为今晚开欢送大会。我们出个小节目,我演花花公子,她们给我借了一套西装、手杖,把眉毛涂得浓浓的,眼圈黑黑的。戴上呢帽,她们都不认识我了,说像极了。第一个节目就是我们上台。我们六个湖南人,第一个上去的是黄经畹,她饰陈媒婆,化妆极好,做得够劲儿,把台下的人都笑死了。第二个是宜姐的盐铺老板,也很不错。第三个杨得珉的交际花,第四个就是我,我上去,尽力装流氓相,我的词是这样的:"你们猜,我是谁? 我是王家八少爷。会打牌,会抽烟,花天酒地天复天。留学欧美七八年,花去法币千万千。专修男女罗曼史,洋字认得半肚子。人家称我花花公子。"第五个是丁莹的小孩,第六个是万永范的老头。然后,头二人上去,我和交际花上去敲门,唱"砰砰嘭嘭,咳,有人敲门……"最后是后二人进来,大家一同"哈哈喝喝"笑完了下台。台下笑得很厉害,我们成功了。我连忙回来换衣洗脸,赶去看她们表演……在演第三幕剧《未婚夫妻》时,雷雨大作,雨倾盆而下。风雨操场许多地方漏水,地湿了大片。忽然电灯熄了,全场漆黑。外面闪电发着刺目的白光,在一片黑暗中照出雨洗的世界,惨白的,像一种非人间的幻景。全场观众,静静地等灯亮。雨极大,似乎要把屋顶压倒。雷在怒吼,似乎要把整个屋子吞下。我避雨站在后面,听前面的女同学齐声高唱,非常兴奋。我欣赏这壮丽的场面。场外的自然势力正在张牙舞爪,场内的人心正奋力和它搏斗。歌是如此的雄壮,好像要镇压作恶的邪魔。

1942 年 5 月 18 日

接瑛兰信。她真好，对我是一片赤诚。她劝我不要和戚深交，我一定要听她的话。下午到宿舍对面陈仁宽的哥哥家开英文会。我们这八个人，四男四女，互相都没有意见，也没有猜忌，空气极自由、极融洽。

1942 年 5 月 21 日

早上上国文课，看见街上铺子都关了门，听说是政府要征收营业税，商家不肯，于是罢市。吃中饭时又听说打死了人，街上戒严，好像是商家打死了一个税务员，打伤两个。下午钟慧接到小洪的信，报告我们好消息。原来他们两个要结婚了。他们跑出去以后，苦也吃够了，在成都什么东西都卖光了。逼得没法的时候去找了她爸爸。爸爸究竟是爸爸，总不能看着女儿饿死。于是在 21 日结婚，正是今天。好了，这个问题总算解决了。

1942 年 5 月 22 日

下午正要午睡，来了警报，只得起来。还懒懒的不想动。陈佩珩忽然喊一声飞机来了，那边几个人慌张地往这边跑。我和殷、杨三人大受惊吓，我想跑出去，又想拿点东西。一会儿，大家才明白，原来是中国飞机。菁说："我没想到你们那么怕，我把你们估计太高了。"这话引起我的反感。我立刻回她："难道害怕就低了吗？"我觉得这种英雄观念是可笑的。如果真是敌机来了，生命在危险的一瞬间，为什么不怕？我宝贵我的生命。因为我不仅为自己宝贵它，同时也为我的父母亲朋宝贵它。说得更堂皇些，为我的国家宝贵它。我绝不白白牺牲。同学们又退四月份的贷金了，每人有 50 元左右。我却要交七十几元。同样是吃一个月饭，我的家境也许比有些人更差，却有这样不公平的待遇。希望下半年家搬进城，一切就好了。

1942 年 5 月 27 日

下午热得要命，看《新世训》（冯友兰著）。晚上菁说王梦兰去看过董医生。他向王晓云说梦兰没希望了，因为她害肠痨。肺病人得了肠痨根本没救。我听了难过极了。本来也知道会如此，但总是自己骗自己，觉得还有一点希望。现在只是时间问题了。不知哪一天我们忽然不能和她谈话了。我们向她说话她听不见了。她的灵魂也将要随着身体一同消灭吗？那优美的崇高的灵魂！为什么灵魂会随着肉体去呢？灵魂不是比肉体高吗？我不知道灵魂是否不灭，但即使不灭也没有用，它总不会在这世界上存在了。晚上张韵芳、王晓云来找我们签名，请同学们分担王梦兰的伙食费。啊！怎样能使她快活一点呢？不能好好地生，总该好好地去呀！

1942 年 5 月 28 日

王梦兰真的不行了。瘦得不成形。我看着她那无神的眼，发着微弱声音的嘴，忽然想到那可怕的结果。一个人活着好好的，一会就没有他的存在了，这是可信的事吗？她这两天打疟疾，烧得极端痛苦，而她的心情更坏，时常想到死，虽然她自己一点也不明白她病情的严重性。我不能设想到那一天，她成了我们回忆中的角色，我们悲痛地叙说的材料；再以后，我们只把她淡淡地记忆着；慢慢地，我们的关心移开了，再不会有什么了。庞大的世界是不会感到这些微小的变化的。但对于她自己，却是最大的转变。由存在变为不存在，还有什么转变比这更大？

1942 年 5 月 30 日

晚饭后开南开校友会。男同学来了许多，先生里只有吴大任先生和吴太太。我们先改选干事，一共七位，很不幸，我给选上了。毕业同学只有马本师（马寅初先生之侄、养子）和另一位。他向我打了招呼。游艺开始，他们一定要我独唱，我只得唱了一曲《问》（易韦斋词，肖友梅曲）。

1942 年 5 月 31 日

早上下大雨，屋檐边像瀑布一般泻水。今天是英文演讲比赛的日子。借了一把大破伞，和蕴一同走，伞上的水直往肩上流，也顾不得。到了 18 教室，裁判没到齐，我们只得打着伞游游荡荡，一遍一遍地背。快开会了，我们抽了次序，她是 7 号，我是 9 号。我心跳得像要呕出来，胸口一阵热一阵麻，难受极了。好容易开会了，裁判是三位：黄方刚、朱光潜和干爹（陈西滢），方重先生是主席。讲的人共八个，因为二人没来。为了镇定自己，我用手指玩着技巧。轮到我了，反而镇静下来，走上去，朗朗地讲起来。我得益于喉咙极好，因为听见自己的声音很脆。大体我还算满意。一刻后，裁判们算好成绩，当场发表，是黄方刚上台宣布。他先把第五名的名字念出来，然后再说那是第五名。然后依次报下去。第一名是胡寿聃，这是一定的。第二名是陈仁宽，第三名是我，第四名是刘蕴。宜姐等着我一同回家。宜姐告诉爹妈，他们都很高兴，妈妈更是快乐得只是笑。吃过中饭，叔哥来了，妈妈教了我们一课法文。晚上爹爹和妈妈讲时局这样坏，说不定哪一天日本鬼真的打到这里来，想想我们这一家该逃到哪里去。我听了又恨又烦。如果真来了，我们就死去吧，逃到哪儿都是一样。如果国亡了，就是自己得以逃生，活着也没有意思。他们说，就是日本鬼把中国整个占了，也不会久的，也许多少年以后中国还会复兴，所以我们年轻人必须活着。爹爹说，到那时只有化装成乡下人往深乡中逃，只要鬼子不知道我们是谁，也许可以免一死。我心中暗想，我这样一个女孩子怎样也逃不过的。黑云罩满我的心，我感到一切都灰暗了。妈妈告诉我松姐（周如松，周鲠生先生的长女，留英归来，夫为陈华癸先生）昨天结婚了，这是可喜的事。

1942 年 6 月 1 日

上午 11 点半左右，殷进来说王梦兰到医院去了。我连忙追出去，一直赶到仁济医院，她已住进一间三等房。房里六张床现只住四人，8 元一天。她睡下后，我们也回来了。午后，马本师来找我，他向我讲仰兰要向我借 *Gone with the Wind*，他暑假回去时带去。我约他到家里玩，说爹爹、妈妈想见他，约好明天去。

1942 年 6 月 2 日

10 点多钟马本师来了，我们一同往家走，到第一宿舍找了叔哥，给他们介绍后就一块儿走回家。到观音庙一带，太阳有出来的意思，有点闷热，我忽然产生一种奇怪的感觉，觉得街上的人都非常可爱。我看着每一个人，亲切地感到他们是我的同胞，我们同是中国人，我多么爱他们啊！可是我的心却很悲戚，好像就要和他们永别了似的。马毕业后到綦江的一个冶金厂（资委会办的）做事，因为邵象华先生在那里，他是马的老师。马说那里书极多，又在乡间，安静，好读书，他感到四年来尽忙功课，书读得太少了。他真是个有志气的青年。

1942 年 6 月 4 日

杨令如讲了一个高×（教授）的丑闻。他在一个旅馆住时，有一家人办婚事，新娘来了，可是新郎还没来，于是新娘一个人睡一间房。半夜他穿了一双别人的皮鞋潜入她房里，她大叫，他就丢下一只皮鞋跑了。大家调查起来，他不承认，硬说是那皮鞋的主人干的。可是谁都知道是他。

1942年6月7日

妈妈讲房子（让庐）① 空出来了，我真欢喜，下学期我可以不住校了。

1942年6月11日

晚饭后叫厨子打了点咸菜豆腐汤给梦兰。她现在已坏得很露骨了。眼睁不开，嘴唇干缩，合不拢，喉中时时有痰堵塞，话也说不出来。她自知不久了，她说："这两天气短了，大概就在这几天……我没有悲哀，因为痛苦太大了……"一个垂死的人的心情，不是我们生气正旺的人所能体会的。她觉得她已不和我们生活在一个世界上了。与其说悲哀，不如说干着急。我的眼被急切的火灼干了，流不出一滴泪。我凭着医院的栏杆望着黄昏的远景，一切显得灰暗，好像我自己就是梦兰，好像我不久就要消失了。远处的军号嘶鸣着凄怆的调子，愈增加这景色的了无生气、死寂、绝望。是的，大概就在这几天了。当同班的同学们沉浸在毕业的欢欣与未来的美梦时，她放松最后挣扎着的紧握人间的手，带着所有的怨恨、痛苦、欲望沉沦下去了。我曾答应她，等家里的番茄成熟时给她带些来。她很想吃。现在番茄还没到成熟期，她已不能等待了。

1942年6月13日

下午热极了，还得上通史课。陶振誉先生也真做得到，三个钟头讲完五代、宋、元、明、清。最后还照例发一通牢骚。……他又

_____

① 陕西街尽头49号的一栋中式二层楼房，苏雪林先生曾住过。现又租给苏先生、韦从序先生和我家三家合住。——作者注

说中国人不愿接受西洋科学，为的怕它夺去固有文化。如果这次抗战胜利，许多人将要提出什么"孝悌忠信"的重要了。这是什么意思？难道他反对这些旧道德吗？但随后他又说，新文化与旧文化的接触是要经过"拒"、"受"、"调和"三个阶段的，这样说又似乎旧文化有存在的价值了？回来时见布告栏里出了一张大布告，原来是我们英文演讲比赛奖金额公布了。第一名200元，第二名165元，第三名130元，第四名95元，第五名60元。我得到130元，还不错。同时我的稿费30元也寄到了，我一次得到两笔自己赚的钱，非常得意。晚上去看梦兰。她今天发高烧105°（F）①。她太痛苦了，这样还不如早了结。张韵芳给她买蛋糕去了。王晓云和谭馥瑜就要毕业。王已考完，她说要等王梦兰的事有一个结果再走，说是要等她找着了好地方安顿下来，其实谁都知道她指的结果是什么。她还要给梦兰买布做睡衣，梦兰要的。真凄惨，不知她能否等到衣服做好！

1942年6月14日

今天是这学期最后一个星期日，也是最后一次上课，黄方刚的论理课。他老不下课，后面的男同学就用脚在地上擦，"哗哗"地闹成一片。

1942年6月19日

回宿舍后请她们到珞珈餐厅吃包子，每人四个左右，共20余元，我的客算请过了。晚饭后和菁去看梦兰。她换了房间，是特等号。她弟弟（堂弟）来了。

---

① 近于42℃。——作者注

1942 年 6 月 20 日

下午考完生物，预备回家。下文庙的石阶时，后面一个人轻轻叫了声"Miss 杨"，一看，是个不认识的男同学，很高，很瘦。我很诧异，问他什么事。他的神色显得有些不安。他从书中翻出一封信交给我，说："请你看看。我是历史系二年级的，叫蒋炎武①。这里面有我的自我介绍。"我全明白了。我一句话没说，也没笑，接过信来，然后他陪我一同走出来，一同上城墙。我仍旧不言不笑。他也说不出什么话，只说我的演讲稿做得很好。我告诉他那是先生做的。他又说听说我对文学有兴趣，他也常常写文章，我只"嗯"了一声。他又告诉我信封里附有两份印刷品，下次他还要收回的。在城墙上走了一段，他从小路回宿舍，我也就带着信回家。到家时满头汗，把信交给妈妈立刻洗了澡，然后慢慢地看信。信有六七页纸，外加一张相片。妈妈随便过了一眼，爹爹却从头到尾看了一遍。妈妈笑着说这是个 foolish boy（傻孩子），不要管他好了。爹爹却说不见得，他觉得他不单纯，大概是个左倾分子。我接过来看，大概内容，先陈说自己的履历，再表明自己的志向。他 1919 年出生，原在杭州某中学念书，抗战开始时投笔从戎。信上写"在英的萧乾先生曾在报上登出：×××现已在前线，是文艺朋友中从军的第一个。"另一张报上也登有一段消息。他得到一个什么宣将军的宠信升为副官，在当阳一带打过仗。后来病得厉害，就回内地休养。他爱好文学和历史，常常作诗投稿，在学校是"文岗社"的一员。好活动，但没有政治背景。他的抱负极大，拿自己和荷马、莎士比亚、李太白等大诗人相比。他现在正创作长诗《战争与和平》，已完成 5000 行。这诗将会集古今中外名诗之大成。他一年来就注意我，钦慕我，现在不得不表白，希望我——他所尊重的人——也

---

① 笔名芮中占，曾发表长诗《南下列车》。——作者注

同样尊重他，做他的读者，或批评家。他不但长于文艺，对于体育也不后人。最近乐山县运动会他得了 400 米、200 米等几个项目的锦标。当然，道德方面也是个无可指摘的热血爱国青年。有几处措词非常可笑，如："据说令尊令堂不喜欢你交朋友——但，我例外……""听说女孩子们以得男朋友的信为荣耀，或是公布，或是打回票。但我想你不会是那样卑鄙的"。我看完信，不高兴。即使他有点文学天才，但一个人自夸到这步田地，能说是可取的吗？他好像在命令我接受他的友谊，我难道就让步吗？并且，我没忘记那不交朋友的原则。爹爹、妈妈更是坚决反对，嘱咐不要理他。爹爹把信给我封好，写上封面，叫我交到门房退回去。他们还给我许多教导。爹爹叫我为前途想。当真，想起前途，还有什么事更值得注意的！并且，这人思想比较激烈，摸不清是哪一路的，还是小心为妙。

1942 年 6 月 26 日

今天是暑假的第一天。看看书，做做家事。晚上和妈妈谈起六朝文学，她问我六朝是哪六朝？我刚在通史课里学过，就说是吴、东晋、宋、齐、梁、陈。爹爹说不对，应该是两晋宋齐梁陈。他们两个你一言我一语惹得我气了，就尖了舌头讽刺他们："当然啰！你们还会有错吗？你们是生成的历史天才，人家学了一辈子也不如你们。"妈妈骂我，说我说这种话太不对。爹爹就责备我没有研究学问的态度。他说一个问题应该有疑问才对，才会进一步研究，才会得到真知识。他们讲了很久，但声音都是平和的。我平心想一想，自认过错，于是接受他们的教训，并且希望学好。

1942 年 6 月 27 日

早上看了一些《新世训》（冯友兰著），看了许多 Golden

Dreams (《金色的梦》，英国童话集)。今晚英文会开同乐会，玩游戏。第一次玩的是乌龟赛跑，四个纸乌龟穿在绳上，手牵着绳扯动，乌龟慢慢前行。看见那乌龟慢慢地往前爬，真笑死人。第二个游戏是把一个指环穿在绳圈上，大家坐成一圈，手里拿着绳，一人站在中间猜指环在谁手里。还有一个游戏是每人背上贴一张地名，每人想法去看到别人背上的，却不让别人看到自己的。接着吃茶点，太丰富了。回宿舍后很累了，菁要我和她同睡。她替我弄枕头，弄这弄那，好像一个大姐姐，我觉得她可爱极了。

1942 年 6 月 28 日

上午，我们一同到医院去看梦兰。她是不久了，同学们已在给她预备后事。她不大和我们说话。有一次她叫我，向我说："我老没和你说话。"我说："不要说话，我知道你苦得很，躺着休息吧。"她微弱地呻吟道："我没想到死是这么痛苦的。"我说不出话了。

1942 年 7 月 2 日

我真不愿意写今天的日记，早上和爹爹、弟弟进城打针，到文庙遇见陆维亚先生，她看见我，告诉我一个震人的消息："王梦兰死了！"今早 4 点钟死的，9 点钟送葬。我急忙打了针，赶到宿舍。一进寝室门，只见一屋子人都在忙着，满桌满地的纸花，同学们在扎花圈。弄好以后，就一同到医院去。刚进门就听见唱诗的声音。找到一个小房子后面，见一小方地，许多人站在周围，每个人的眼都是湿的红的。小块地的正中摆着一具白木棺材，前面是一些花圈。一边站着一个外国人，一边站着一个中国人，正在做祷告——这就是我看见的王梦兰了！本来没有眼泪，但看见大家都哭得悲切，自己的眼泪也止不住流了出来。我看见顾先生、年芬、蕴、桂芳、钱琳先生、易澹如等在我身旁，那边一角是王晓云、张韵芳、谭馥瑜、冼岫等，王和张哭得极伤心。那边还有一些男同学，梦兰的堂弟也在里面。大家唱赞美诗，我唱不出来。我只想着：这是最后的答案了。好久以来这悬案灼焦了我们——快死了吧，没有几天了吧，明知那一天终会而且很快地到来，可是谁也不敢想那一天真来了会怎样。现在，那一天已来到我们头上。我什么也想不出，只知道躺在那白木长盒子里的是一个人，一个熟识的面孔，她，几天前还亲口向我说过话；那时她还和我们一样，是一个有生命的人。可是现在她的生命已没有了。究竟她的生命到哪儿去了呢？我觉得茫然。仪式举行完毕，宣告两点钟送葬，大家都要散了。王和张哭得倒在地上不肯起，顾先生叫同学们扶她们回去。下午向墓地走去时，王晓云和我共伞。她告诉我这两天的情形。两天前梦兰已神志不清了，常说胡话，身体已不能转动，连翻身都不行，大小便常常弄得一床。清醒的时候，还嚷嚷要到成都去。肺已不便呼吸，胸口闷塞时就用手抓，把胸口都抓紫。太痛苦了，的确；天气又这么热，她是在极度痛苦中死去的！我们上一座小山，坟场在山顶。到了山顶，荒凉的景象触目惊心。这是武大的公墓，也就是所谓"第八宿舍"①，近年来死的学生都葬在此地。一座座圆圆的新坟，表示他们骨骸的所在。梦兰的棺材停在空地上，旁边是挖掘的墓穴，但只有5寸深，大家一看，大闹起来，这么浅怎么放得下棺木！于是叫工人临时赶挖，大约又等了一点钟左右，墓穴算做成了，马上就要下棺。冼岫、徐友悌等叫我过去学一首送葬歌，在下棺时唱。接着就盖土。王晓云掩着脸哭起来了，我一见她哭忍不住眼泪也出来了。这时坟已大体筑成，只需往上加高。时候已不早，5点多了，负责人报告可以散了。于是把三只小碟子放在墓前的土地上，放一些蛋糕果子之类，插两枝烛，刘素容拿起一串鞭炮放起来。情况太

①　武大有六个男生宿舍，一个女生宿舍。——作者注

凄惨了。我含着要迸出的眼泪，跟大家一同鞠了一躬就掉头下山。和干爹从原路回来，到干爹家休息了很久才动身回家。这时已起大风，天上乌云厚积着，要有暴风雨的样子。妈妈已晓得这伤心的消息，只是叹气。晚上果然下大雨了。我睡在床上，听见外面雨打芭蕉叶的响声，从窗隙中看到青白色的闪电，忽然伤心起来。我仿佛看见那风嗥雨啸中一座孤零零的坟墓，新砌的黄土堆中躺着她的身体。现在周围一个人也没有了，留下她单独睡在那凄冷荒凉的山顶上，在那哀号的黑夜里。冰冷的雨打在她的棺材上，或者还浸入棺材里，她一定冷得发抖。啊！无助的苦命的人儿，这就是你最后的遭遇！我总是疑心她会在棺材里活转来，即使是一瞬间；天啊！还有什么刑罚比这更酷虐吗？她会如何地呻吟转侧，用骨嶙嶙的白手在棺材里乱摸，乱抓，击着棺盖，想打开这可怖的笼子；撕着心口，为了要呼吸最后一口气；出着汗，流着泪，绝望地诅咒人类给与她最后的折磨？我浑身起了痉挛，躺在床上痛苦地呻吟起来。室外的雨愈下愈大，一阵阵打在我受伤的心上，电光示威地晃着，带来猛烈的雷吼，大自然在震怒了。在自然的威胁下，我思索了，是的，自然在启示我，一切都在它的掌握中，整个的宇宙、地球、生物、人类……都在不断地依从它的轨道行动。而它，并非什么主宰，不过是一个冥冥的混沌。它不会支配万物，而万物莫不顺从它的规律。想想自然的伟大，便觉得人类的渺小。人类几万年来，哪一个不是生出来又死去了？一切生物都免不了死。死是属于自然的。一个小虫儿生出来，又死去了，有谁痛惜？人又有什么两样？然而一个人死了，却给其他的人如此的悲哀，这是为什么？因为人类太复杂了，人类何必如此复杂？像虫儿一样简单不是快乐得多吗？痛苦是人类自己造成的。他们用人为的方法造成许多痛苦，又把自己装到痛苦中去，这就是人类智慧发达的结果。

1942年7月7日

抗战五周年纪念。一天来了四次客,三次是亲送结婚请帖来的。一个是刘乃诚先生(武大政治系教授),一个是爹爹的学生,一个是王铁崖先生(武大政治系教授)。上午看《春雷》,是妈妈的学生陈瘦竹作的,干爹给它写过一篇介绍,实是不错。

1942年7月8日

早上赶进城开英文会。散会后到宿舍,到宜姐房里,见一个穿红衣的女孩,原来是安祥(我三叔的三女,考取武大外文系),我高兴得叫了一声,她是今天才到的。晚上,爹爹带给我两封信,一封是雪华的,一封是重庆黄角垭新村9号严武寄的,我一看就知道是蒋炎武写的。我在灯下慢慢地看那六页的长信。首先,他告诉我他到重庆了,为了一个妹妹。接着向我介绍那妹妹。他说她要考武大,望我和她做朋友。然后,说到他不满我的一个朋友——那一定是菁。他说我一定把他的话或者什么信告诉她了。他骂她是"这样的家伙:在男子面前是女人,在女人面前男人",由此引起一大段议论,关于他所谓的女流氓、女市侩、女可怜虫:"首先是实利主义,与男子正当的精神上的交往是不起兴趣的,懒得接男孩子的热情的信,更难理智地同情地回信,可是一听到请客,随便就像'叫条子'开堂,而且随便什么都肯吃,只要男人家送她……在若干女性们身边挂起走的,是什么?是西装架子、钱包包……社会上,家庭里,充满了这许多女性……为什么女子们这么'慌'……"他这样向一个女子公然侮辱女性,想要博得我的同情,做梦!然后,正题来了。我一直怀疑他收到我退回的信没有,这才恍然大悟。他接到了,而且大骂我一顿。"最初简直是愤怒——你知道我那野马脾气。花了好大力,才压平下来,复归静智……可是那不过是一封平常的同学间的信,请求友谊的信——我还没有向你求爱呀!如果有这么个冒失鬼，胆敢向高贵的你求爱，那么打回票是太客气了——你还可以有更不礼貌、更不容情的拒绝……原来我等了近一年，考虑了快一年，一切都是错！错！我不该这么坦白，这么冒昧地把自己剖露在一个不相识的女子面前！爽性我写了，给一位天真无邪的、不识一字、更看不懂我的意思的乡下女孩子看倒好……我对你的敬意、对你的'好人'的信念，因你一上来这次不礼貌的行为而动摇了——可是我马上就抓住自己……你也许没有我理想中的天神似的女子那么勇敢、坚贞、贤明，乃至于泼辣，但无论如何，我敢相信，你还没有那时下习气的庸俗、卑贱，加上愚蠢……说学业，说体格，说节操，说志趣，说一切，你眼前所见到的，难道不配做你一个普通的朋友，不配得一点应得的如份的友谊——最低的对人的礼貌？……难道我还不够崇敬你，不够爱慕你，一切都为你，无时无地心中没有你！真的，说来不好意思，我宁愿侍从你，不愿侍从任一大将……为什么？为什么我这样迷了心？发狂想？你有什么好处？更给了我什么？什么叫做美？美是无内无外，内外混然合一的。美是外面的，内而外，内外交融的……你还算聪明、活泼、谦恭，那不待言。所谓坚贞、贤慧，乃至泼辣，那还不是一年两载所能验看出来的。一句话恕我狂妄，还够得上做我的朋友……"一点不错，确是狂，狂得忘乎所以。这简直是强迫别人和他做朋友，天下竟有这样的狂生！下面一页写了些生活事，最后郑重地请求我回信。底下署名："你忠实的谢青春。"我看过了，显然，平静的心境给搅乱了。说不出是生气还是什么，但我一想不值得为这生气，就不管它了。我将它交给爹爹，自己洗澡去了。等我洗过澡，看见爹爹气得要命，他说："该死，这东西，简单是个鬼！前半是恐吓，后半是侮辱，恐吓侮辱，就是这四个字。这封信不可以退回，等我拿它交给校长看，看看现在学校里有这种学生！让他去对付。"他气得这样，我觉得也太过。但却因此引起我无限的灰心失意，我觉得人类整个是坏的，无可救药的。人的心里有毒腺，不断溢出毒液。整个人类的历史是罪恶的记录。未来更是没有希望。妈妈和我争论，说我不应该想得这么空远。现实摆在面前，我既生为人类，就该守己尽职，做一个好人。尽管他人坏，我把自己做好了就够。我们讲了很久很久，我渐渐平静了。

1942 年 7 月 10 日

上午到文庙第六教室开王梦兰追悼会。妈妈已来。房里挂满了挽联，摆了许多花圈，正中挂上梦兰的遗像，是画的。仪式肃穆地举行着，许多地方叫人难受得要流泪，不过我忍住了，让眼泪从鼻孔中流出来，喉头噎得生痛。

1942 年 7 月 16 日

晚上爹爹讲起战局，很不好。听说日本鬼分四路进犯云南，湘北方面又蠢动，他们的计划是要下长沙、衡阳，打通粤汉路，就可以从东三省一直通车到广州，南北串通。现在我们军火又不得进口，英美又迟疑不决，真困难。

1942 年 7 月 17 日

晚上他们讲战局很坏，云南保山好像已失守，祥云吃紧，昆明也危险了。下午画了一张很好的画给菁，是送给南强的那张《小伯爵》中两母子的木刻像。我想她一定看得出我对她比对其他两位不同些。

1942 年 7 月 18 日

变化无常的天气：早上下大雨，无风；雨收天晴：下午闷热，又引来一场狂风暴雨。雨乘风势，横扫过来，房里都飘进雨，只得将窗全关上。凭窗看雨，只见园里树叶在风中乱舞，忽然想起一个词"绿舞"，不是很恰当吗？从篱笆中望出去，只见一片银灰漠漠的世界，吼着，啸着。一个念头抓得心头直痒：如果这时候打一顶伞跑出去逛逛，该是什么滋味呀！我要看看那疯狂的自然，我要和它做朋友。若不是脚肿穿不进皮鞋，恐怕真的出去了。

1942 年 7 月 20 日

看 *The Inn at Terracina*。这一编里有一个故事 *The Belated Traveller*，我很喜欢。我现在发现 *Washington Irving*（欧文，美国作家）的女性全是一个型：柔弱、娇脆、敏感、纤细、胆怯、温顺；她们的容貌，都是一种病态美：苍白的脸，深黑的眼睛，鲜嫩的唇，我一闭眼就看见她们。可爱确是可爱，但太忽视了女性的人格。但他的文字是太美了，太美了，美得使人不敢动弹，生怕惊破了这么美的梦的境界。

1942 年 7 月 24 日

早上妈妈进城，回来时带给我一封信。我一看封面是渝戚寄，不禁有一种不祥的预感。果然不出所料，这位公子哥儿坐飞机由昆明到重庆，问我武大如何，颇有想转学武大的意思。我的心顿时沉重起来。我以前做错了，不应该和他太熟悉。我近来渐渐反省，觉得他是一个无甚可取的阔少。现在如果他真要来，看我怎样对付。大危险当然没有，但正像爹爹所说的："麻烦，一天到晚纠缠，弄得你没法读书。"现实点破了我的幻想，我看清了他不过也是一个平庸的现代中国青年，有着他们的一切缺点！瑛兰看得比较清楚。为什么我早不听她的话？每个女孩（至少是大多数）由无知走向老练必须经过几番挫折、几次失败，然后才从经验中得到知识，作为她日后行为的规戒。无知是热情的，总把一切人看得太好，把他们从庸俗的实质中提高出来，适合到自己最纯洁的理想中去。等到几次理想的破灭以后才认识了真正的社会。我把这些事看得过于严重，是由于严肃的人生观，实际这在一般的女孩中是不足为奇的，但我不愿在我的人生过程中有任何瑕疵。我不愿让别人对我有任何评论，我不让芸芸众生把我拖下水。

1942 年 7 月 26 日

上午宜姐来了。饭后我拉她到书房里告诉她我的麻烦事，她也替我着急。她说现在学校里同学对我非常注意，一定要小心不让别人抓住破绽说闲话。关于戚，她想回一封硬信，叫他不要来。至于蒋呢？她早知道蒋，说他凶极了，曾为刘英士的事要动刀杀人。她劝我不要惹他，只不理他就没事的。一会儿妈妈也来加入我们的谈话，她说许多这种人还是为了我爹爹的地位来找我的，以为和我做了朋友，以后在社会上地位有了保障。宜姐说为我本人的也不少，现在同学中慕我名的多得很，没有一个不知道我的。妈妈说我那英文会最好不要弄久了，因为不知道那些人到底怎样，有些聪明的追求者想出各种办法来和你接近，后来混熟了，要脱身也不能够。我怪她把我们这个会这样想，但她说得我害怕了，预备下学期脱离。但怎样脱离呢？是个大难题。

1942 年 7 月 29 日

焕葆来找我玩，告诉我一件事：卢×被开除了，因为做了妓女！这真是难以置信，可这是实在的。卢×不但做妓女，还偷东西，她家里并不是很穷，她做这种事完全是自己堕落。晚上坐在白家门口乘凉。白先生讲起韩文源，妈妈说，×先生有一次请了他和几位外文系女同学一同吃饭，意思是想让韩物色一位对象，听说韩有意娶武大女同学哩！

1942 年 8 月 2 日

回了一封信给戚，语气相当凶："接到你的信，很令我惊奇：你已到重庆了，而且是'飞'到的。似乎不必，是不是？抗战给与中国人惟一的益处是叫人学会'吃苦'。我觉得'吃苦'有无上的光荣。为什么不乘机会多多训练自己？为什么要逃避困苦？您离开联大也令我不解。事实上，联大是国内比较好的一个学校。外界的吸引力不成为理由。如果真有心向学，在任何环境下也不受阻碍。也许是时局问题，昆明有成为前线的危险吧？你问我的事，我照答就是：武大不好也不坏，渐渐向下走。图书尚多，课程不紧，环境适于念书，但对于不念书的也一样方便。"晚前给妈妈看，她说不要寄，因为他看了会误会。天晓得！

1942 年 8 月 3 日

晚间暴风雨把我们全惊醒，真骇死了，那风吹着芭蕉一片声响好像一把大扫帚粗狂地扫着水，刷，刷，刷啦！几次我都以为河水涨起来冲到屋前了。打了一个霹雳，我以为头顶给打了一个洞，似乎闻见硫磺臭。上午看《女郎爱里沙》，虽然恶心，但感动不少，刺激很深。下午看《荡寇志》，也颇能欣赏中国的文字，评语实在评得好。

1942 年 8 月 4 日

昨晚失盗了！早上醒来就听说白先生的蚊帐给偷去了，起来后才知道昨夜"君子"光顾茅舍，从园门弄进来，在白家后门弄开门，进堂屋偷了一只白瓷面盆，一顶帐子，一只温水瓶，还有杯子、肥皂、毛巾之类，损失相当大，现价总有上千元。白家真不幸，家具已经够少了，现在连一个面盆都没有了，还向我们借了用。

1942 年 8 月 5 日

看焕葆借给我的《西风》征文集《天才梦》。这种文章完全是仿美派的，内容空洞，但文字轻松，看起来很舒服，可供解闷。但也不见得写得十分好，我相信我那篇落第的苦命小说比他们中间的任何一篇不差。

1942 年 8 月 6 日

上午被《天才梦》迷了一时，直到看完。里面一共 13 篇，是按名次排的。我的意见却不同，以我看来，《无边的黑暗（我的回忆）》（排第七），方菲作，比其他的动人，比较脱俗。《会享福的人（我的嫂嫂）》（排第三），若汗作，也不错。《黄昏的传奇（我的第一篇小说）》（排第二），南郭南山作，和《天才梦（我的天才梦）》，张爱玲作，材料都很好，却不动人。《误点的火车（我的倔强）》，梅子作，和《淘气的小妮子（我的同室）》（排第六），鲁美音作，一样文笔清快，近于美国文体。《断了的琴弦（我的亡妻）》（排第一），水沫作，倒是像真情，足以引起人们的凄怆之感，但也许作者稍欠天才吧！

1942 年 8 月 7 日

妈妈一早去学校阅卷（招生考试）。晚饭后在院里坐着，说起武大这次和川大、东大联合招生的不幸，叫人好气又好笑。成都大作其弊，试题早泄露了，不知是哪个学校干的好事，听说有人专门做这生意，卖了 10 万元的试题。听说印题是川大负责，所以有些蹊跷。但武大试场发现了这事就郑重其事地宣布重考（数学），川大就含糊了事，结果武大的名誉传坏了，川大却若无其事！

1942 年 8 月 10 日

晚上和白先生谈天，谈到鬼。白先生说鬼可以照相，如果用科学来解释，大概是光的反射现象。也许在多少年前发生的像，光传走后又反射回来，人眼不能生印象，照片却可以感光。如果无线电发明能够追回光，那么，古代的事迹都可以像电影一样摆在我们眼前了。今天有个好消息，美国已两路进攻日本，一路是阿留申群岛，一路是所罗门群岛。

1942 年 8 月 12 日

下午法文读不进，翻出旧文稿我的第一篇小说来看，觉得还可取，可是要改的地方很多。但这不合时宜的小说终是一个难题，不容易载出。想想只有《西风》适合这种文体，但我不屑于投给《西风》。

1942 年 8 月 16 日

妈妈进城看房子打灶。回来告诉我们让庐楼上的詹主任已搬走了。现在我们把房子修理好就可以搬进去了。

1942 年 8 月 19 日

安姐已考取了武大，真高兴，从此我们四姊妹都在武大，多么好！今天是"八一九"，我家遭难三周年的纪念日。

1942 年 8 月 21 日

中午爹爹回来，带给我三封信，一封是菁的，一封是瑛兰的，一封又是蒋炎武的。瑛兰的信是使我振作的刺激素，使我精神奋发。蒋炎武又是五六页纸，依然一样地夸大，把他的伟大计划告诉我。这一次没有上次那么来势汹汹了，几乎是哀求的口气。我看了烦不过，但幸亏有瑛兰的信在先，增强我镇静的力量。

1942 年 8 月 23 日

昨天晚饭后和妈妈、弟弟到马路上散步，月光很好，我们三人拼了两首诗，录如下：

明月圆圆在高空，（弟）

碧空如洗片云松。（妈）

树色朦胧灯影暗，（我）

流水淙淙梦呓中。（我）

三人同行影依稀，（妈）

衣衫窸窣语声低。（我）

扇儿飘飘轻似羽，（弟）

背载明月议归期。（我）

上午到让庐收拾房子。11 点左右苏先生过来，邀我们三个（宜姐、叔哥）去吃中饭。苏先生做了许多菜，多半是她自己的“产品”。她又生怕我们吃少了，拼命把菜塞在我们碗里，可是她自己却吃得很少，她的身体那么坏，却只管刻苦自己。然后我和宜姐到白塔街。我先去找干妈，她们住在林春猷先生家。我进去看见干妈、小滢，给她纪念册，她们都惊奇我的画。他们吃午饭时，林先生一定要我吃一块苹果 pie，又强迫我吃半个小面包，最后又是一小块 pie。我看看他们的餐桌，真没有一丝抗战气，还是那么丰富，中西合璧的。饭后小滢带我参观房子。我对那一派富丽堂皇的景色，心里颇起反感。白牧师们真不像传教牧师，这么享受！到家听说弟弟考取了五年级，第一名，白同云（白郁筠之子）二年级，第一名。我们石乌龟地方大生色。

1942 年 8 月 29 日

晚上睡下，想着这是最后一夜在这房子里，以后也许永不会回了。但并不觉得难受，大概因为进城心切吧。

1942 年 8 月 30 日

宜姐来，第一句话就告诉我："婆死了！"我惊得闭不拢嘴。原来前几天爹爹就接到大伯的信，说婆病了。我们相信婆身体健旺，从没害过病，以为会好的。爹爹还寄了钱和药去，没想到她老人家一病就不起了。婆今年 85 岁，算是高寿了，但我们总以为她会再活三四年。这消息爹爹还不知道，现在暂且瞒住他，等搬好家安定下来再说。唉！可怜的婆，可怜的爹爹。

1942 年 8 月 31 日

清早醒来，知道自己已住在城里，有点高兴，有点惋惜。

1942 年 9 月 1 日

早上送弟弟上学，到文庙取成绩单。拿到成绩单，一眼望去都是甲、乙，仔细一看，果然没有丙、丁，先放了心。爹爹回来，先看信，刚才来了一封大伯伯的信。刚吃几口饭，忽听见爹爹在房里唏唏地大哭起来，我知道是那话儿来了，吓得进去看他。爹爹哭得很厉害，我知道没法劝他。信上讲婆去世的经过，说是临终时查得病已好，只是年事过高，无疾而终。信上又提起一应后事费用大概要五六千，要爹爹快寄去[①]。

---

① 我父亲是有名的孝子。我祖父壮年病故，祖母能干，独自支撑着穷家，把六个子女抚养成人。我父亲是她最钟爱的二儿子，八个月时患天花，祖母双手托着他许多天，直到天花出透，没落下一粒麻子。我父亲从小事母至孝，关爱姊妹，发奋进取，六人中他的成就也最大，扶助弟妹子侄不遗余力。抗战期间为安全计把老母送回湖南，以致未能亲自给老人送终，是他毕生遗憾。——作者注

1942 年 9 月 6 日

下午和小滢同去赴缪敏珍的婚礼。冠瑛先来了。到商会时已满是人，女宾中有许多不认识，最打眼的是一个极高、极瘦穿黄色旗袍黑短外衣的女人。那面孔尤其生得怪，活像上海时装店玻璃柜里摆的蜡人。另一个矮的，也打扮的妖娆。冠瑛告诉我这是两位姨太太，高的是阎幼甫的，矮的是上海银行某人的。丁燮和太太还是像在珞珈山上时一样浓妆，和她们两位搅在一起。将行礼的时候我们挤到礼堂去看，军乐"吧"地响了，把我吓了一跳。那声音真惨。一会儿，新郎揪住（只能说揪，因为他好像把全身都附上去似的）男傧相颤巍巍地先出来。接着是新娘，前面是女傧相陈美玉，旁边由父亲搀着，浑身剧烈地抖着，弱不禁风地走出来，敏珍头戴花冠，披粉红纱，穿白缎礼服，那么大而不合身，愈显得人瘦。脸上是尽可能地打扮，可是反不如平时好看。我一看见她，加上那阴风阵阵的结婚进行曲，不由得心中凄怆，眼泪直要流出来。可怜的敏珍，她是被玩弄着的。在这样一种滑稽剧式的场面中，在一些莫名其妙的人群中，在众人看热闹的眼光中，她举行了毕生最隆重、最庄严的典礼。像这样演戏似地做着，俗套地举行着，别人在看戏，她自己也甘愿做剧中人。冠瑛也回头灰白着脸向我说："我觉得真惨，真惨。"我想起鲁迅说的"结婚是性交的广告"，同时又想起 Edmund Burk[1] 在 *Reflections on the Revolution in France* 中的话："All the decent drapery of life is to be rudely torn off. All the superaded ideas, furnished from the wardrobe of a moral imagination, which the heart owns, and the understanding ratifies, so necessary to cover the defects of our naked shivering nature, and

---

[1] 爱德蒙·伯克（1729－1797 年），英国政治家、作家，反对法国革命，其名著《法国革命回想录》代表了当时欧洲复辟主义思潮。——作者注

to raise to dignity in our own estimation, are to be exploded as a ridiculous, absurd, and antiquated fashion. "这两种表面上似乎相反的论调，仔细想想，并不一定相冲突的。后者责备法国的暴民破坏一切所谓 drapery of life（生活的帷幔），破坏一切"遮盖赤裸的战栗的人性"的"道德想象"，我想他如果参加这婚礼，恐怕不会将它列入他的 drapery of life 吧！他所指的是一种优美的、崇高的、脱俗的、完全属于性灵的，所谓 the heart owns, and the understanding ratifies 的人生仪节，并不包括这一类世俗的、强作的表面文章。其实，这种赤裸的人性，是不可免的，但怎样将它用自然的美掩饰起来而不显粗劣呢？那是惟有懂得风韵的人才能做到的。但世界上这样的人何其少呢？行过礼，新人们照相去了，我们坐下来吃"席"（许多人的目的），听说有 16 桌。一点多钟以后新人们才转来。我们见了敏珍一面，就辞谢回去了。回到家，他们还在吃饭。我坐在门口。清凉的夜色，将我昏涨的脑子洗净了，我很满意回到家里。刚才的经过像另一世的事，但又似乎离得很近，那乱哄哄的声音还在耳边震荡哩！

1942 年 9 月 7 日

韦家昨天搬到楼上来了[1]，我们又多一新邻居。我没和他们来往过，也不想来往。看着韦先生我不由得想起白先生，他们是多么明显的对照。白先生的风趣，有味的谈吐，可悦的面容，使我无限留恋。

1942 年 9 月 10 日

上午看完 *Sleepy Hollow*（欧文的《见闻杂记》中的名篇《睡

---

① 让庐是城西陕西街尽头（49 号）一座中式两层楼房，楼下住着苏雪林先生家和我家，楼上住着经济系的韦从序教授家。——作者注

谷的传说》），接着看狄更斯的 *Oliver Twist*（《雾都孤儿》）。这书不如 *Sleepy Hollow* 的文字易读，句子长长的，处处含着诙谐。我只看两三页，已经感动得哭笑皆非。晚上，有人在外面喊苏先生，说是张先生①来了。果真是张先生。他休息一会就坐在门前谈话。我觉得他一点也不是那个据说凛若冰霜的人，很热闹，很健谈。他讲了一个故事，我认为是很动人的材料。那是他自身的经历：在昆明时曾患一次极重的胃病，吐泻黑血块，所有的西医束手无策。最后有朋友介绍一位名国医。他去求诊，医生说病很深，叫他慢慢治。先给他开了一种很热性的药，吃了五副②后，不见好，又吃五副，稍见好，于是继续请他诊。吃了五六个月，病好了。医生给他配了一种丸药，告诉他以后继续吃就可以不再发作。他回去后三天，一日看报，忽见大字标题《名医×××被刺》。他大惊，原来这位名医就是以前的范石生③军长。他大概在年轻时作恶太多，得罪了许多人，结下仇恨，年老后自己忏悔，行医救人。但仇人终不放过他，把他杀了。我想，这就是悲剧。仇人要报仇也是合理的。范军长已经改邪归正，并且做过许多好事，如果不死，更不知要救多少人。错在谁？在以前的军长，那已不复存在的军长。这情形就和《原野》相近。仇虎不能向活着的焦阎王报仇，只得向他无辜的儿子、他的好朋友施毒手。妈妈说她要把这故事写成剧本，我很赞成。

1942 年 9 月 13 日

陈仁宽的哥哥、嫂嫂来了。他告诉我这学期他们要组织一个

---

① 张宝龄先生，苏雪林先生的丈夫，应聘来武大机械系任教授。两人因性格不合，长期分居。——作者注
② 原文"副"，现写作"付"或"服"。——编者注
③ 范石生，国民革命军第一集团军十六军军长，1939 年 3 月被人枪杀于昆明。——作者注

chorus（合唱队），印了很好的歌篇，有专人指导。看样子他很想要我参加。如果真弄得不错，我倒愿意参加。

1942 年 9 月 18 日

爹爹下乡回来，告诉我们一个消息，从王（星拱）伯伯那里得来的。新疆省主席盛世才向来亲苏，很想把新疆划入苏联。他有一个儿子，老四，太太是共产党人；最近老四被谋杀了，调查出来是他太太杀的。于是盛写信问斯大林为什么要杀他的儿子，斯大林回信说他并没有意思要新疆，现在更无暇理会新疆的事，老四的死与他无关。盛知道苏不可靠，才决心归附中央。苏联的军队已自动撤退若干，现在中央军已派往新疆了。

1942 年 9 月 23 日

上午上英诗，朱（光潜）先生确实讲得好，我快乐极了。

1942 年 9 月 24 日

今天是中秋节，可是阴天，不能赏月。上午上了一课英诗，朱先生叫我学他的腔调念诗，我念不出，窘得脸通红。下午是两堂干爹（陈西滢）的英国文化课。

1942 年 9 月 26 日

今天是弟弟满九岁的生日，真快！听到一个可怕的消息：矿冶系教授王胡子死了，是因为贫血症，实在是营养不足。据说他预定的十年计划，连新鲜蔬菜都不吃，只吃腌的咸菜，肉类更不用说了。这是武大教授中死去的第二个，以后呢？唉！

1942 年 9 月 28 日

干妈告诉妈妈，熊佛西的太太（已离婚）朱君允来了，她是新聘的女生指导。

1942 年 10 月 3 日

晚饭后似乎听见有人叫"杨伯母"，以为是 fancy（幻觉）。过一会，真正有人在叫，我惊异地叫道："大概是松姐姐来了！"哈，一点不错，是他们俩来了[①]，我喜欢得大叫起来。他们的行李都留在木船上，因为明天就要走了。妈妈、弟弟同他们到馆子里吃点心。回来后给他们打水洗澡，谈了些话，大都是生活（新婚生活）方面的琐事。松姐姐结了婚真是谈话都不同了，尽是柴米油盐家务事。

1942 年 10 月 4 日

早饭，相当丰盛，可谓琳琅满桌，除我们六人，又加上李皓培先生和刘秉麟伯母，他们都是得到消息后赶来的。饭后坐着听他们谈话。我发现陈先生是个自信心极强的人。由于家庭环境的关系，养成大少爷习气，永远是自己对，别人意见再也不能容纳，心直口快，爱辩论，不怕得罪人。脑子清楚，见地的确不俗，学问想必不错，是学生物的，在农业改进所做事。日常生活方面，毫不落"现代青年"之后，电影、扑克都拿手；对于女性的批评，也是 taste（情趣）不离题；谈话不乏风趣；谈话时带种演说的神气，眼睛不望人，不喜欢自动向对方开始一个话题，所以，有一刻儿当我们两人对坐时，谁也不开口，真是不堪的局面。松姐姐虽害肺病，却看

---

① 周鲠生先生的长女周如松，留英回国后和陈华癸教授结婚，两人都在成都工作。后来周如松一直在武大教物理，陈华癸在华中农业大学任教，中科院院士。——作者注

不出，精神好，极健谈，新婚之乐给她注射了兴奋剂，似乎希望无穷。她已有三个月身孕，也看不出。午前我同他们去看顾先生，又去看陆先生和她的小毛毛。我看毛毛倒不如看陆先生自己多，我觉得她那种无言的微笑的注视，含着无限的满足，真是甜蜜极了的母爱，人性是多么奇妙啊！晚饭后我去开英文会，欢送刘景芳。有一个节目很特别，是每个人发自内心的自我介绍，这是有一点价值的。回家时，进门第一个感觉就是冷清，我忙问松姐姐走了没有，妈妈说走了。我好像失去了什么似的，心顿时沉下去了。我躺在床上，说不出的悲伤。我想：松姐姐来了，又去了！她的面容、声音只在我眼前一晃，立刻又消失得无影无踪。时间这么短，把它称个梦都嫌太匆匆，真是昙花一现！

1942 年 10 月 7 日

下午蕴交给我两条白绫绢，要我画画，然后大家签名，送给景芳作纪念。晚上画好了。一张是一只燕子衔了一封信，上面印有红心，下面三片枫叶，旁边写着"The winds will carry back……"（风将带回……）；另一张是一只红帆船，岸上有人招手。都是用白先生送的三色笔画的。

1942 年 10 月 10 日

国庆日，外面热闹非常，我一天没出门，坐在家里看书，过得寂寞而惨淡。下午爹爹清东西，要到重庆开参政会。这次要搭周凤久①的汽车。

---

① 周凤久，20 世纪 20 年代赴法勤工俭学，学土木建筑，曾任湖南公路总局局长，湖大工学院教授，新中国成立后任华南公路修建指挥部总工程师等。——作者注

1942 年 10 月 11 日

顾先生来了，和妈妈谈起新女生指导朱君允先生，说学生们和她大吵。妈妈同情她，顾先生却有点幸灾乐祸的样子。晚上吴洁如和陈俊来了，她们告诉妈妈一个消息，说陈上晓也死了。我听了张大嘴，几乎不能相信。妈妈也惊得说不出话来。我想起陈太太的苦命①，觉得人生无味，又想起上晓可爱的容貌，天啊！她是我平生见过的最美的女孩，那么娇艳，笑起来像太阳一样灿烂，怎么就变成土了呢？她的未来该有多少无量的美梦，该是个多么无忧的可羡慕的人儿！红颜多薄命，我又怎能否认这句俗话的定论呢？

1942 年 10 月 18 日

和菁先到牛耳桥看乐山地区运动会。回来时走得很快，赶过冼岫②等。菁告诉我，那是冼的男朋友，他已和某女子非正式结过婚，有了小孩子，现在把妻子丢在五通桥，和冼玩在一起。我说冼真可惜，长得那么美而不知自重，菁说她不可惜岫。

1942 年 10 月 20 日

听说今天运动会很热闹，上课的人已寥寥无几。妈妈回来，同苏先生买了二百捆柴，还有一些零碎东西。钱不够了，要向学校借钱哩！

1942 年 10 月 21 日

文学史换了罗念生先生教，他的发音也怪极了。到图书馆借

---

① 陈太太的丈夫先死于肺结核，九个子女相继被这病夺去生命。最后死去的是一对姊妹花，上蝉是武大外文系的高才生，毕业后不久就死去，剩下最后的也是最美的上晓也死了。陈太太后来出家当了尼姑。——作者注
② 武大外文系三年级同学，因貌美被公认为武大的"皇后"。——作者注

书，写了 *David Copperfield*（大卫·科波菲尔）和 *Nicholas Nicleby*（尼可拉斯·尼可尔贝）两本，只借到后者，有八百多页，真够我看的了。

1942 年 10 月 22 日

下午陆先生叫住我，告诉我平价布已到了，爹爹、妈妈每人一丈五，叫我写一张条子请总务处不要剪断。走到白塔街，碰见安祥、方荤、冯家禄、余宪逸四人，她们拉我去看运动会。到会场时正赶上武大女生和技专女生赛排球，看得真开心，我们大胜，3：0。归途，落日的余辉在前面引路。晚上，接到《世界学生》，发表了我的第二篇翻译《我一生的大转折》，高兴之下，又鼓起文兴。

1942 年 10 月 24 日

今天天气极好。早上出去，坐在一块草地上背英诗。太阳抚着我的背，露珠在前面的草里亮晶晶地变颜色，真是世上最美丽的珠宝，但是，不用钱可以得到，而有钱也不能将它占有。下午我们一同到山上去看武大正在盖的教职员宿舍①。那山上风景却是美极了。站在城墙上，一眼望去是寂寥的群山，山间和峪中垦着梯田，像一层层的楼梯，山上的梯田好像盘在头上的发辫。田边，镜子般发光的一小片，是一口小塘。城墙下是草地。城上的红土、石阶，引人遐想。我不能抵抗那发狂的好奇心，一定要从一处断壁上爬下来。那石级很陡，被太阳晒得发白。我爬下来，禁不住心底泛着野性的喜悦，好像变成了一个神仙。背后，远处的山巅上就是老霄顶，有一个灰色的圆形堡垒，颇富中古传奇故事的神秘森严意味。我简直

①　陕西街尽头山坡上一处叫万佛寺的平地，武大借来为无房教职员盖了几排简易平房。干妈凌叔华自费在此盖了几间带一小楼的房。——作者注

疯狂地爱上了这地方，但也许房子造好后它就要变样了！

1942 年 10 月 26 日

韦先生告诉我们，邮票加价到一封平信需要 1.16 元。真岂有此理，以后信都不能写了！晚上赵师梅伯伯和戴铭巽先生来了。赵伯伯刚从巴东回来。现在他们两个 bachelor（单身汉）同居，倒也有趣。

1942 年 10 月 27 日

妈妈看了我给仰兰的信，说我英文进步了。她又告诉我邮票不加价了，因为"国防最高委员会"不批准。这就好，还能写写信。

1942 年 10 月 29 日

下午第一次上经济课。先生是彭迪先，四川人。叶至美（叶绍钧先生之女）坐在我旁边，此外都是一年级的新同学，不认识。下午接到健哥哥（李荣梦，我大姑妈的独生子，父亲曾帮助他留学美国获康乃尔大学土木工程博士）送来的帖子，我们惊喜地看到那是张结婚喜帖，和一位叫赵一恒的女士。真有趣，他居然结婚了，我多想看看那位新表嫂！

1942 年 10 月 30 日

早上菁悄悄地告诉我："蒋炎武被开除了！"我惊问为什么，她说是为了这次运动会上和人打架。他和老师吵，又殴打同学，校方认为"不堪造就"，开除学籍。我听了很生感慨，为自己放心，又为他摇头。下午接到雪华（王世杰先生的长女）的信，我站在走廊上凑光拆信时，心跳得多厉害呀！看完信，心沉重得像铅一样，想不到她长成这样了。她说得不错："我渐渐觉得自己心里的童稚之气已消磨殆尽，虽然我仍然嘻嘻哈哈如前，可是对一切事物的看法已不再有少年人的眼光了。"什么使得她的热情化成冰呢？这是年轻人应有的现象吗？我很惋惜，几乎是悲痛，在我们之间的这一道沟是不容易搭桥的。她永不会再"年轻"起来，而我永不会走上"老练"的路。最后一个消息更重地打击了我："Deana Durbin① 死了，生儿子时死的，20 岁！"有着一切幸福条件的人也会死！命运是什么东西，这么可怕！

1942 年 10 月 31 日

今天是武大校庆，放假一天，并且举行各种庆祝活动，像球赛、书画展览、菊花会、平剧、话剧等等。但是我呢？一天没跨出大门。我还是被昨天雪华的信缠绕着，心里不痛快，只得在书里找安慰。她不能同情我，甚至拿我当孩子，讥笑我的不成熟。对于一切事感兴趣在她眼里是那么傻，我简直对她绝望了。她，朋友是朋友，但不会情投意合了。

1942 年 11 月 10 日

下哲学概论课回来，碰见陈仁宽，他告诉我这次来的目的，是因为他们的英文剧② 有困难，找不到女主角。刘蕴和方葊虽已答应加入，但不肯担任女主角，因为这角色太重要。前思后想，觉得只有我适合这角色，想请我演。我先推不会演，缠了半天，就说没有时间。实际上我未尝不动心，但明知那是不可能的事，我不能丢下功课，不能使爹爹不快，尤其不能让自己陷入昏乱的心理状态，我

---

① 狄安娜·杜宾，美国少年影星，以甜美的歌声著名，我们上中学时喜爱的影星之一。——作者注

② 原拟演王尔德的 *Lady Windermere's Fan*（《少奶奶的扇子》），因找不到演员而作罢。——作者注

得保持冷静、清醒。我自知理智不够坚强，不能把握在某种场面下不被 spoiled（宠坏）。所以，让虚荣心受一次创伤吧。老实说，在我们等妈妈回来的时候，我很动心，很希望妈妈能答应，似乎有一股不顾一切舍身为艺术的狂热。但妈妈回来后，也替我推托，说我父亲不喜欢我参加活动。陈说如果我不答应，这剧就不能进行，只得换一个剧本了。问 Miser（莫里哀的喜剧《守财奴》）可不可以，妈妈说 Miser 很容易演，但没有意味。他走后，我费很大的力才把自己的情绪压下来。晚上，正要读书，忽听窗外有人叫我，我一听是爹爹，快乐得跳起来，赶快下去接。果然爹爹回了，走了恰一个月。我们把他的东西清理好，有些是朋友送的，有些是他买的，价钱是不用提了，一小瓶白喉丸，就花了 800 元！他还给我们买了两包棒头糖，每块 1.5 元哩！我真惭愧，但又庆幸没有答应陈仁宽的要求。我宁愿做爹爹的好女儿，不要做名女主角！

1942 年 11 月 11 日

吃过晚饭听爹爹讲重庆的各种故事、新闻，听得津津有味。然后回到桌上写 Oliver Twist 的报告。真困难。我有满腔的想法不能表达。当我要写一个重要的意见，不知从何说起，在摸索如何表达时，那意见已飞逝得无影无踪。我想如果让我用中文写，该有多省心呢！

1942 年 11 月 13 日

饭后叔哥陪我到中国银行去取汇来的稿费 54 元，路上他告诉我一桩骇人的新闻：鄢××做贼被发觉，席卷而逃了。现在学校要开除他。我才知道鄢××就是鄢教授的儿子。回来我告诉爹爹，他也很吃惊："这真是奇怪得很，教授的独生子做贼……可见现在的教育，现在的大学是什么东西了。"晚上白先生来坐了很久。他说现在法国维祺（即维希，法国亲德的政府）政府已反德了，贝当已自动向美国投降加入同盟国，因为德军不遵守和平条约，开入法境。他们又谈了些国外的战况，最近形势很有好转。但一谈到国内，都叹气。爹爹讲了些军界吃空饷的事，说到处都是一样，一层层地瞒上去。像公共汽车"带黄鱼"① 就是一例。

1942 年 11 月 14 日

晚饭后，我们到苏先生房里听她的侄子苏经国讲他从腊戍（缅北城市）逃回的经过。他是西南联大机械系毕业的。他说到日本坦克怎样夹在成千上百的汽车中混入中国国境，在惠通桥隔岸向保山开炮，敌机怎样肆虐保山城，他们又怎样在纷乱中弃保山逃走，把自己的东西都丢在保山了。他说桥对岸的敌兵，被一营国民党军队抵住了，终不得过河，最后桥被我们自行炸毁。他们逃难曾四五天没吃东西，饿得吃生豆子。在缅甸我军死亡无数，而英军保养得很好，逃进中国受优待。美国现在已有八九架运输机从印边飞到昆明，但完全由美国人管理，不许中国人插手，并且飞机到昆明下货后就起飞，因为美国人不信任中国人，说如果让他们自己管理一定要带化妆品之类的东西。我们觉得这也是事实，中国人应该惭愧。回来后，我的感情起伏。我想象战场上的悲壮，比较我们后方的死寂，觉得自己简直是个无用之人。我渴望着去前方，亲眼看看战斗中的祖国，亲自做一个战斗中的一分子。我要面对战争，不要让战争拖着我跑。战争啊！这以无可计量的物质、精神、热情、生命的牺牲换取来的无价的 treasure of pain（痛苦之宝藏）！我对我的祖国产生了无限的爱，祖国！这胸怀广阔、能够容纳一切善恶的慈祥老人！我爱它，因为我只看见它的美丽，不在意它的缺陷，如果用得着我报国，我不再吝惜自己的生命。

---

① 汽车司机受贿赂夹带非法乘客。——作者注

1942年11月15日

全家同赴湖南同乡会。九点半到江边，坐船到对岸，我们越过卵石滩，到目的地——楠木林。会场在河边沙滩上，就在一所大宅的门前。这房子以前是保育院，现在似乎驻了兵。会场围成一圈，布置得很好。只是江边风大，坐久了很冷。上午的节目多是硬性的，有爹爹、刘秉麟伯伯、妈妈、杨人楩先生讲话，有欢迎词、答词、选举、介绍等。休息时我和安祥跑到河边的高芦草里玩，手里抓一把，身子软软地倒下去，落在草窠里。在草里，看不见外面，只有一派江水横在眼前，给芦草切成一段段的。对面的山，像笔架，影子在水里。身下的芦草又干净又厚，躺在上面，对着景色，真有世界变成 unsubstantial（非实体）的感觉。

1942年11月16日

中午我们请苏经国吃饭。我很喜欢他的随便，不拘泥。他的眼睛很亮、很灵活，面色很新鲜，整个模样长得不错。我见了他就觉得怪亲热，好像自己的哥哥一样，不感到生疏不可近。

1942年11月18日

苏先生开教授会回来，说开会的结果，要打电报给教育部反对加薪制度（院长加400元，系主任加300元，普通教授加0）。

1942年11月19日

秋雨梧桐，愁杀人。可是这满腔说不出的情绪，又怎是愁字可以表达的呢？整天都想哭，但哭不出一滴眼泪；我发狂地唱着悲歌，也不能把我的伤感送出一些。灰色，世界末日般的灰色，笼罩了一切。压在心头的惆怅，有谁了解，又有谁能慰藉？父母不了解我，同学更无知己，书本呢？不知怎地也失了效用。这孤单，这内心的寂寞，叫我到哪儿去申述！读 Wordsworth（华兹华斯）的诗，几句便摄住了我的灵魂，我对它有一种突然的顿悟，而在以前我是不能领略的："Or is it some more humble lay, familiar matter of today; Some natural sorrow, loss, or pain, that has been, and may be again?"[①] 这，对于一切不可解释的无名烦恼可以包罗尽了。早上吃点心时，听见苏先生对妈妈说："我侄子今早走了，因为太早，所以没有向你们辞行。"如果是离别，我宁愿做行人。行人是有前途的，许多分心的事使他忘去离别。留下的人，却是伴着留下的空虚，闭起多余的嘴，垂下失望的眼，埋着寂寥的心，吞下无限的幽怨。我永不会忘记三年前的秋天，在那静僻的闭塞的黄梁子乡间[②]经历的一次离别。我那时正患脚趾炎，痛得不能穿鞋。我趿着鞋走到门口，目送那行人的背影，直到看不见。回来，看看一切都没有变，只是缺少了生气。我待在窗口，向着一片广阔的田野，幽幽地唱歌。那情境是多么可怜。虽然现在情形又两样，我不过刚认识他，说不上什么感情，但我是那么喜欢他，觉得他和蔼可亲，富有朝气。但他去了，不知不觉间，连送别的机会都没有，我怎能不有所失？妈妈告诉我好消息，说奶妈[③]给我做了两双皮鞋，我听了欢呼："那我真成了大阔佬啦！"看了奶妈的信，我哭了。感谢她的一封信，居然把我郁了一天的哀情发泄出来。我再也不能怀疑世上有好人。奶妈，一个稍有知识的民间妇女，无论她的信写得怎不通，她的感情是崇高的优美的。尤其使我心痛的是她仍旧按旧礼节和我们分主仆，这在我来看简直是社会的讽刺。我有什么资格被她

---

① 华兹华斯的诗《孤独的割禾女》："要么是一支平凡的曲子，唱的是当今的寻常琐事？常见的痛苦、失意、忧愁——以前有过的，以后还会有？"译文录自杨德豫的《湖畔诗魂》。——作者注

② 1939 年大轰炸后，我家先搬到离城 40 里的敖坝乡间居住。——作者注

③ 在珞珈山时我弟弟的奶妈，姓刘，湖南湘潭人，和我家感情极好。抗战之初回老家，开皮鞋作坊，一直和我家保持联系。——作者注

称为"小姐",她怎么就是我的仆人?我不过仗了我的幸运,生在"上等人家"。她是我的朋友,是的,我要把她当朋友对待。

1942 年 11 月 20 日

晚上,给这期新来的《文艺先锋》迷住了。我觉得里面的每一篇都很值得一看。严正的批评和精彩的描写,都给我的艺术良心一种正面的刺激。毕竟这个时代里还不乏头脑冷静、思想清晰的人。我应该怎样振作自己才成!睡前忽然心血来潮,把三年前黄粱子的一段别情写了一首诗,当然是不成样子,但确是真情的表现。

1942 年 11 月 25 日

昨天叔哥告诉我生活指导组有我的快信。信封上写的成都金陵大学蒋云成(蒋炎武)寄,还有谁!我气得不想拆,丢给菁,她一看就笑。又是那一套,以为我不回信是犹豫不决,还说他在这学期看见过我三次,我也看见他,并且似乎想找他说话。这真是滑稽,我根本没有看见过他。他说这次被开除是学校的师生排挤他,与我的父亲也有很重要的关系。天晓得,爹爹直到别人告诉他才知道开除的事。信一共五张,不外是疯狂的自夸,他怎样有希望,怎样已在文坛上做了一颗光荣的星,将来对于世界的贡献会有多大!呸!我把信给了爹爹。爹爹说他真蠢,骂别人的父母而又希望别人和他做朋友!妈妈说"简直是个疯狗"。

1942 年 11 月 26 日

下午上英国文化课,干爹(陈西滢)的笑话真多,每课都要讲几个,我们笑得要命。晚上剖开了韦太太送的大黄柚子。我每天看着它呆呆地坐在桌上就心痒,到底把它开了,味很好,水多。

1942 年 12 月 5 日

晚上，受不了这几天良心的鞭鞑，终于下决心，动手写文章。我的材料早在心里，就是上皞、上晓的母亲。我又怕那不够，就把我那篇被弃的小说重新拾起来，和这篇拼在一起。我开始写了，直到打过三更以后很久才停止。

1942 年 12 月 11 日

上散文课方（重）先生带我们到图书馆去看百科全书和西洋文学丛书。我们在书堆里钻来钻去，快活得不得了，又自己悲伤，觉得生命太短，不能把这些书都看完。回来时安姐告诉我女舍出了一件可羞的事：老姚管挂号信，忽然发觉丢失了一封，他知道里面有一千元的汇票，急得要命，去邮局通知，叫他们不要付款。邮局说后来是有一个女同学来取款，他们没给她，并且把她认清楚了。现在决定在星期日全体女生排队，让邮局的人来认。

1942 年 12 月 13 日

江云娥说，那偷汇款的事还没有结束，不过人是知道了，多半是万××。

1942 年 12 月 14 日

峨眉剧社要演《莎乐美》和《群鬼》（王尔德和易卜生的剧），出了很引人注目的预告。

1942 年 12 月 17 日

今晚女生宿舍开座谈会，讨论《莎乐美》和王尔德。请了苏先生、妈妈、朱君允先生讲。开始由陈玉美讲《圣经》里莎乐美的故事，然后丁景云（女主角）讲剧情。然后妈妈讲王尔德研究，像活图书馆一样，她把每个剧本请一个同学介绍内容，如《少奶奶的扇子》、《*The Importance of being Earnest*》（《名叫欧内斯特的重要性》）、《不相干的女人》等，她才开始讲王尔德的生平、教育的影响、环境的影响、唯美派的主张。讲完以后，朱先生也讲了她的意见。相形之下，她讲得显得拉杂、不充实、没有系统。回来后，心里很满意。

1942 年 12 月 23 日

我们班讨论这次郊游的计划，决定每人出 25 元，到乌尤寺去玩。可怜家里这一向正闹钱荒，学校里预支薪水，还有 20 天才有新的，所以每天算就了只有 30 元以下可以用。今天一天装玻璃、买电灯开关等已用了近百，紧得很，可是钱还是得出，真是苦！我的画名一出，问题又来了，好多女同学请我画小人头、贺年片，拒绝又却不了情面，接受实在是吃亏，我已连着几晚耽误在这些事上，而且，我的心机、我的精力花在没有价值的工作上。她们拿它送给朋友们贺年，只把我当作一架制贺年片的机器，一点也不尊重、不鉴赏我的艺术！

1942 年 12 月 25 日

晚上没灯，我伏在窗口唱歌，窗外的景致打动了我，唱完歌，我拿了纸笔在黑黑的窗洞里写起来。我要练习在黑暗里写字，以后可以多多利用时间和地点，并且黑暗里幻想最集中。妈妈很赞成我这异想天开的办法。她似乎也很惊异，说："咦，奇怪，为什么这样一种方法，从来没有人尝试过，倒给你发明了！"想想以后可以躺在床上写作，多么可贵的能力①！

---

① 在黑暗中写字的方法，我一直持续到老。——作者注

1942 年 12 月 26 日

午饭后赶到宿舍，同菁等一同来到河边，班上同学都在等着，于是坐船直下大佛寺，在一个半亭子半屋子式的楼上开宴。我们每人交了 25 元，所以东西很丰富。菁预备的游戏很有趣，有两个猜谜游戏是她事先和我商量好的。一个是由她猜数，她用手指按每个人的太阳穴，按我的时，我就闭嘴咬牙，咬几下，太阳穴就跳几下，结果她次次都猜中，大家惊奇的了不得。第二个是猜人，她猜时我模仿那人的姿态，她看谁的姿态和我一样就猜谁。除了一个nobody（无人）外，也是回回猜中。还有一个好玩的是每人在纸上写一问一答，然后交换纸条，交错中，凑成极可笑的问答。可怪的是居然有许多很对得上号，比方，"你不吃饭吗？""我要吃粪。""你为什么卖弄风骚？""人家说我像猪八戒。""妹妹我爱你，你答应吗？""我只爱那大渡河的流水。"把我们肚子都笑痛了。

1942 年 12 月 27 日

下午天气很好，我们全家和张先生、苏先生到山上去看已完工的武大新教职员宿舍。房子虽不好，上面的空气、风景却好极了。晚上妈妈宣布，她的五幕抗战剧《饮马长城窟》告成了。我为她高兴，但想想自己一篇可怜相的小说还在不死不活地拖着，又急不过。

1942 年 12 月 29 日

向菁借了一本鲁迅的《坟》，那是一本短文集。我觉得他的思想和我的常常很吻合，我常想到而说不出的，他都替我说得很透彻，像《我的节烈观》，简直是把我常常愤愤不平的意见发挥出来了。我愿意看他的书，不是为了他的主义，而是借他的文字疏通我自己的思想，把我一团乱丝般的思想梳理出一个头绪，成为系统。

1942 年 12 月 31 日

1942 年的最后一天。我明知这种主观地分割时间是可笑的，但也不得不在习惯前屈膝，于是，我居然伤心了。我悲哀这世界上再也没有一个 1942 年，除非再生一个耶稣，不过那个耶稣并不是这个耶稣，而那个 1942 年当然不是这个 1942 年。我哭丧着脸向人诉苦："你看我连 1942 年都没写熟哩，现在又该换 1943 年了。"但时间是无情的，它要来终是要来。

选自杨静远：《让庐日记》，武汉大学出版社，2003 年

林如斯　林无双　林妹妹

|作者简介|　林如斯、林无双、林妹妹，均系林语堂的女儿，1940
年随父母从美国回到重庆，历时四月。时如斯十七岁，无双十四岁，
妹妹十岁。

战时重庆风光[①]

一 决定回国

三年来同胞们在受痛苦，在打仗，同时我们在国外却奢侈的享受着，作了四处旅行。我不能再忍受下去了，不管如何我都要回国。或者也还是为了些私事吧，但无论如何我们必须回去了。

从新闻纸和杂志上得到一点点关于重庆的消息，不过我渴望着更多得一点罢了。我怎么能得到啊？今天十行，明天二十行的。未免太不满足我的胃口。当我见到一些这类照片的时候，它们便成为至宝。——但这能有多久？一个人数完照片的草案之后，就没有事做了。

"你不快活吗，在这儿度过了中日战争的时期？"当然不会答：

---

① 原书有说明和前言各一。原书说明："林语堂氏于一九四〇年夏偕其妻女由美返国，转往内地各处视察，搜集写作资料，费时四月有余。旋于冬季重赴新大陆，为国宣劳。本书系氏应美国出版界之请，将其全家游历内地所得，由其女公子写成，并经林氏详细校阅。全书文字浅显，笔调真挚，有趣事轶闻，有风土人情。天文地理，油盐酱醋，无所不谈。尤以描写'地下室'生活，最为紧张动人。读完本书，无异游历内地一次。"

原书出版前言："我们要求林语堂的女公子们写了她们去重庆巡礼的记事。在她们两年前所写的《吾家》一书的最后数页中说，她们将回到抗战中的祖国去看看。果然，后来她们成行了，在那里，特别在战时首都重庆，她们经历了一段不平凡的生活，和普通人民一道，经受战争的洗礼，也加强了胜利的信心。她们跟随自己的父母，绕过日本封锁线，深入大后方，在重庆共住了三个月，在这期间，遭遇了四十次轰炸，最厉害的一次是她们动身的前两天。只因为她们的父亲要回到美国去为祖国呼号和写作，她们才恋恋不舍的告别了。

如斯现年十七岁，无双十四岁，妹妹十岁。"——编者注

"是"，但是唐突的"不"也未便说出口。他们要求一种解答。我怎能解释呢？我不能说出为什么"不"，即使我说了，没有人会了解我。我只好嘤咛一声就默默地走开了。

我所憧憬着的新中国，对我还是一桩神秘，当我读书疲倦的时候，我喜欢沉思她，当我烦恼的时候，我便专心于她，这对我是一种有效的药剂，一切忧愁都融解了，我得到一些安慰。但这对我还不够哩！

我听到关于新中国的讨论，赞助的也有，反对的也有。既然除传说和新闻报导外我再不晓得何事了。我便忠实于前者，我讨厌人们对赞助方面怀疑、猜忌和开玩笑。他们老是最喜欢去找一点瑕疵和一点不相干的小节来为他们的懒怠做最大的辩解。我听见这种人在争辩这次伟大抗战中的一个小点时，便觉得他们是错了。

人类的自尊心使人们不致伸手乞讨，我不能向有身份的人们这么说："救救中国，我们的人民在受罪！他们需要衣服、食物和药品！救救这些英勇保卫国土的人们吧，我们的人民是应当救援的呀"！试想，有身份的人说这种话显得多么可笑，甚至孩气！你必须像这样说："中国这个国家正在保卫自己，抵抗法西斯日本强盗的侵略，自然他们正为食物短少和医药设备不足而苦恼。所以我敢说，一个享受和平的国家应该尽可能的多给中国以援助"！这样当然，我便会忘记上面那个句子，有身份的人们也会同样。这才是吹进他们耳朵的受听的熟悉的柔和的声音。他们也许只听到最后几句可怜的话。经过几点钟的考虑后，他们也许决定送十块钱给中国。啊，上帝，天哪！虽然我为了我的祖国，需要这十块钱，但这一定得这样苦心孤诣和雄辩滔滔才能得到吗？我得道歉，真实的感情用平淡的言语说出，他们是不了解的。他们所了解的言语只是说出言语的轮廓，并且要快。我很清楚为什么人们不急急援助，个人的自私阻碍了它。诉诸这套堂皇的语言写出来的东西显得多么可怜啊——像是一片带着各种香料和薄荷的肉，一个人吃下去还会想到是一片肉，那就是运气了。但是肉味在哪里呢？

这种体面或可以说是平稳或正常吧。这便构成日常生活。但对于许多理想和可爱的梦是一种多么大的阻碍！我会和一个人辩论这事，她说了些关于个人主义的事情。这是因为人们一向惯于生活在自私和懒惰里。只有在我们国家的制度里才能轻易的忘记生活上必有的痛苦。有一次我几乎和她同意了，但我现在却不能够。我相信现在谁要是抛弃他的自私和努力克服一切当前的困难和痛苦，是一定能做得到的。这年头谁也不愿轻易忘却痛苦的教训。我看见那种平稳或正常的生活里男人们和女人们怎样玩弄慈善和援助穷人了。这是他们玩的新花样，不过增进社交的无聊和猜忌的另一途径吧①了。被迫在慈善跳舞会上跳舞是多么可怜啊！许多人以为是一种新鲜的消遣，假借甜蜜的慈善的名义卖掉一批旧衣服是多么容易的事！

够了，我在探寻着真正的慈善和人道，我晓得在重庆会找到的。

回国去——什么地方再有比这旅行更吸引人的吗？自从侨居外国多时有了新的见解以来，祖国的观念变得模糊了。但是决不要使祖国的观念从我们的脑中暗淡下去，我们不能允许这样，所以我们回国了。我们并不是回到古老而舒适的家，而是回到战争中的家。我们要去到中国的中心，那儿我们家庭中谁也没有去过。我们只认识抗战前的四川，不过是有许多美丽的峡谷，充满内战和吸鸦片者的省份吧了，这样是一个外国人的感想，当然大大不合时宜。等待我们的将是全然不同的新经历，但也算是回家，因为四川就是中国一部分，只要是中国的土地都可以算做家，哪怕在西藏的山谷里。

---

① 原文"吧"，现写作"罢"。——编者注

于是我时常想念重庆，苦苦描绘它的轮廓而不可得。包裹分别的包起来，好像我们一去不再来似的。我们骄傲的扬着头告别亲友，站着像是一群强壮勇敢的兵士。到重庆去呀！

我不想带着半点讥讽的微笑或颇为冷淡的声调来述说我的故事，虽然这似乎是使人谛听和相信的方法。我不愿意以漠然来代替诚恳，或是装成一个能控制感情的，永不会为任何快乐或忧愁所激动的老人。（如斯）

二　日本

"鬼子"和"日本"这两个字是世界上最坏的字了，但你不能怪他们，因为他们人民像这样，所以才有这名称。我希望我能够去炸死日本皇帝，再使火山爆发，活埋皇帝和日本，那就会是我最快乐的一天了。那么谁也不会再想到这些矮子要来征服全世界了。与其做鬼子的一个奴才，我还不如死掉。你不能强迫我去爱一个"樱花的国家"。呸！这种名字，他们不过是群好学样的人，好学样的人罢了。我最爱鬼子中的人，就是日本的汉奸①。战争过去后，我要去生一把大火，把所有日本东西都烧光，那时当然会留下日本女人和小孩子，我们不要再去吵扰他们，让他们独自埋葬日本好了，我要到人们家里去，叫他们把国旗挂出窗外，叫警报器老在响着警钟——谁还理它？啊！那时候谁也不管我去做什么事。我要穿着红衣服去和农人们跳舞。（妹妹）

---

① 她的意思，是指反对日本法西斯，同情和帮助中国的日本人。——原编者注

三 香港

这就是香港吗？当我到达九龙湾时，我带着这样的看法，而当我住了两星期离开这儿时，我还是带着同样的看法。是的，它正和我所想像的一样。

碇泊的时候正是清早。在晨光中香港显得纯洁无垢。生活的第一瞥，就是看见许多广东女人和小孩划着舢舨向着大轮船驶来。女人们衣着肮脏，舢舨是棕黑色，形成水面上一片片的黑影。孩子们钻入水里去捞取便士，正如夏威夷所见的一样，女人们握着用竹片做成的网来取钱。小男孩们和小姑娘们也都站立在舢舨上，侧目斜视着靠在他们旁边的又高又大的轮船。海中风浪很大，舢舨波动着，不过男孩们并不在乎这些。每个船上的人都倚着栏杆望着他们，有些中国人在甲板上散步。

一种异样的感觉攫住了我。祖国，战时的祖国！我记起以前读过的关于那些舢舨被炸和沉没的新闻。这只是一瞬间的思想，马上我便为快要和亲友们再见面的想头所占据了。

码头上站满了中国人，摆渡上站满了中国人，在他们后面的香港也是住满了中国人，我的同胞们！那些流汗、跑路、叫嚣、等候的，全是中国人。中国人的脸，中国人的身材，中国人的眼，和中国人的头发！我看呀，看呀，向任何地方看，都是中国人。我看呀，看呀，足可以补偿几年来我所看的外国人的数目了。我要一直看到不再觉得中国人的面孔有任何特异之点，一直看到我不再想看，那时我才满足了。那时我才会成一个真正的中国人，因为我已熟悉中国人的面孔了。至少，这儿有中国人了，虽然还不是中国的本土。

在香港的两个星期，欣赏着衣服、店铺，和食物，我们医好了我们的思乡病，并且完全忘怀了。真有意思，我们会见了所有的亲戚，和我们的表兄弟们一直谈到深夜，他们当真一点也没有改变呢。我们一天谈到晚；我不这样别人也会这样，做梦也有谈话声音，还有那么些箱子，无论来去我们都带着，我们的膝盖碰着箱子，我们的东西丢进箱子，我的确也想把我自己锁进一个箱子，以便离开所有讨厌的箱子。既然在香港每事都显得重要，我们出去的时候也就好像有什么重要使命似的，并且，我们急促的做着每一件事情，好像每一件事情都会消逝而一去不回。在香港我们拼命东瞧西望，一直到我们把这些东西瞧腻了的时候。

我们要乘飞机走，应该在行李限制内尽量多带衣服。一般说来，这限制是太严了，所以我们每人只能带一双拖鞋，一些睡裤，和两件衬衣。有的人想三件外衣可以放进去，然而没有多的空隙来放别的东西。母亲的权衡轻重是非常见效的，谁也不抱怨了。我们放进一大堆又加上一点，结果当然是过重的行李，但是晓得了过重以后，我们抛出了一些，又塞进去一些，最后弄得我们也不晓得到底过重不过重和什么东西不在里面了。我们希望这件大行李能在三个月后经过越南到重庆去，但是因为越南事件的爆发使它不会送到中国了，当然这是以后发生的事。

我们在香港的生活有一点像我们的包裹，所以两个礼拜后我们已懂得了香港的一切精神和"谋事在人，成事在天"的大道理了。

香港和别处一样的热闹。街上出现着摩登少女，穿着裸出肩头的无袖衣服，傍着沮丧的流亡者散步。有些人在露天茶馆饮着柠檬水，吃着巧克力饼，和倾听着男高音歌唱，不远的地方却有着无遮盖的人们在街上过着日子。整个的城市有着光明和黑暗的两重性，而黑暗面要占大半面积。街上人山人海，看见街角一个带着干枯而突出的眼睛的小孩，靠着他的母亲悲伤的坐着的形象，是会叫人不舒服的。中国人需要慈善是在香港不是在内地，在这地方穷人和无家者都感到确实丧失一切了。

甚至在上流社会和许多离群索居的团体也是混乱的。东西方不同癖好的会合，东西方奇异事物的混合，东西方奢侈品的交流，使一切陷入一种各种各色所混成的香料一样的令人作呕。

香港有四种不同类型的人。第一种是生于香港、长于香港和同化于香港的。他们就是埋头于商业上得失的人，不管打仗不打仗。假使环境不同，假使一个人生在江苏，而他的铺子被日本人烧了，他也会去恨日本人，而为着自己的利益被变成一个爱国者。但现在当他皮肤还没有受伤的时候，他还是干他的买卖。这二种类型是那些因为有特殊的责任和工作才留在香港的人。第三种，是当广东被威胁的时候，只是偶然不往北而往南的逃来的流亡者。第四种是了解这战争，而好像战事并未爆发似的生活着的人。内地人谈起到香港来就是这样的意思，并且带着不同情的态度。

我不愿在香港多逗留一天，我愿意住在别的国家，或我自己的国家里①，哪怕一天到晚在空袭，也比这里好些，这里实在是恶劣和污秽不堪。（如斯）

四　香港

香港也是这样的一个城市。你在什么地方和谁吃饭是要由别人来决定的。从厦门和上海有许多亲戚跑来看我们。当我们的船一靠九龙，我看到了伯叔们、舅父们、姑母们、姨母们、姑表兄弟们、姨表兄弟们和一个姨侄来迎接时，我真是快乐极了。我们好久没有看见他们，许多人面貌和态度都有改变了。我和妹妹互相碰着肘。

香港是古怪的，因为这城有世界各国的人跑来跑去，而这里许

---

① 指当时香港处于殖民统治时期。——编者注

多中国人都有着外国人的态度和神气。

在我们准备去早已向往的内地以前，我们先到这里的店铺去。人们告诉我们重庆没有多少东西好买，于是我们开始打开我们的箱子，放进大批洗头水、肥皂、饼干、糖果、牙膏、牙刷、香烟和一大堆这一类的物品。箱子被送到海防去搭滇越铁路火车，但结果再不会到我们手里了。行李被翻来复去好多次，幸好我们有许多表兄来帮忙我们搬。

啊，香港，香港，我们准备到重庆去，可是我们还要在这儿等！我还不知道什么叫做空袭，但是我必须并且也高兴到重庆去。
（无双）

五 飞渝

夜里九点钟，访问者一涌而来道别，像在每一次离别时那样。父亲和母亲只好向着亲友们无意识地微笑着。他们在珍惜着最后一分钟的会谈。"分离"这个字在空中飘荡着，隐含在每句话里面，这就是所谓离别了。

我急于想离开这无聊的城市到重庆去，我们都很疲倦，开始打瞌睡了。

我和母亲睡在一起。我醒来看见月光照进屋子里。到重庆——我们的战时首都去，多么兴奋啊！我一点也不喜欢空袭，但也并不害怕。

深夜里，时钟响了。生命显得两样了。为什么人们争夺土地而打仗啊。为什么人们战斗着，生活着，猜忌着，只知生不知死，好像他们是长生不死，所以老是打仗啊打仗，忘记去享受了，人们多么奇怪，当我们老了，死了的时候，才晓得怎样去学习充分享受生活。人死了以后一定会有什么，不然人们也不会热心探讨了。而当我们晓得时，他们死了，一切都归无用。为什么人们失去了他们的头脑，从不晓得真实的过活，为什么人们为着钱抱怨生活，而斤斤计较于一个便士的出入？

时钟响了一下，我们预备两点半起身到机场。但是谁也不会设想飞机会不会出事，因为飞越日本占领地域的危险是很大的。

明月比我所想的还要光亮；这同一照耀着的月亮也给人们以一种冷淡、忧愁的感情。

这么长的几点钟像是几年似的，等候，等候，专心等到两点半。

终于时钟响了，我们起来，打着呵欠与伸着懒腰，似乎忘记我们为什么起来的了。

我们动身穿过我们所讨厌的寂静的香港街市。店铺都关着，门窗上着木板。

我们到了机场，我还是头一次离一架飞机这么近，我觉得好像是乡下人了。我们衣袋里放着口香糖，人们说飞机飞得很高的时候，会用到它的。当我们跑进跑出的时候，当我们从咖啡店走到行李过磅和检查的税局的时候。口香糖一点一点的跌掉了。机场非常大，月亮照上去好像铺了一层雪。我的胃作起声来和打嗝了，最后痛起来，我晓得我实在是太兴奋了。

人们说现在月亮太亮，还不能飞，要我们等一等，等月亮下去一点再说。

风吹来每一个人都有寒意，并且感觉新鲜，但不晓得风自己怎样感觉？

我们直到四点半钟，月亮被云遮住一点的时候才起飞。留在最后的亲戚向我们挥动着手。但是我们摇手的次数多了，我们的手臂都摇得酸了。

当我们的飞机起飞的时候，我觉得有点头昏，但我的脑中只晓

得一件事，我打着盹，晓得我正在往重庆的途中。（无双）

六　雨中散步

早晨两点钟，我们从睡中惊醒，起初我只想再片，接着我记起今天我们要离开香港，飞过占领区往重庆去。明天我就可以看到、触到和嗅到重庆了。

旅舍和城市一样的静。我们轻轻的走下楼梯，但是仍然发出声音！因为我们要飞往重庆啊！天空寒冷，大地寂静，在沉寂和黑暗中，我几乎不敢呼吸了。但是我的生命充满了明日。我扶着各种东西跑来跑去。我的胃里好像有一只蛙在跳跃，我怎能安静的坐着呢？我们和我们的舅舅和表兄弟们走进两辆车子里去。车子驶过九龙的街道。城市松弛了，再没有白天的紧张，而生存在各种怪异的梦里了。

机场很有意思，许多飞机停放在机场上，角灯的光照耀着它们。有些机器在开动，许多人工作着。整个地方是活泼的，有生气的，甚至显得有危险性的。

我们到达时已经两点半钟了，月亮还是像灯笼似的挂在天空。我们还要等候，于是到咖啡店里坐着，把衣领耸起，啜着滚热的咖啡。咖啡一会儿喝完了，我们不再要第二杯。我们到处去看飞机起飞。飞机是多么奇怪的东西啊，我老不相信它会飞到空中去。

什么时候我们才能走？马上吗？在向舅舅和表兄弟们道别以前我们等了好久，我看见他们中有几个人似乎有些嫉妒我们，我怎么能怪他们呢？我庆幸自己有往重庆去的好运气。P. T. 君也和我们一起去，他也和我们一样兴奋。甚至母亲也是。月亮在四点钟渐渐下山了。我们得意的走上飞机，骄傲的向着亲戚们挥手。我望着天空，一会我就要在那里了。门砰地一声关闭，机器发动了。旋转一圈后我们已经到了天空。香港愈来愈小，从空中看来显得很美。我们愈升愈高，一会就钻进云里，但还在往高处升。现在我们正在飞，明天就会到达重庆。

我深深的埋坐在圈椅中，想得太兴奋，新环境的感觉太新奇了。起初我觉得很危险，后来我也处之泰然。我不再理会到危险，而它也从我的脑中消逝了。

飞机在云层中滑行着，我觉得假使我走出去一定可以在上面行走，不会跌下，在这纯洁无瑕的空气中必会生出这样的怪想来。我觉得飘飘欲仙了，但其实不然。飞机中的每件东西都是真实的，明天是真实的。比起别的日子来这是一个奇怪而不平常的旅行。我不愿意走出去。在飞机中舒服得多哩。

我晓得我们自己脱离危险了。曙光已透露出云层。什么地方光彩较大？云层突然变换着绚烂的光彩。白色的光透过云层射到地面上去，天空愈来愈亮了。云层反映着闪耀的白光，太阳的光很强。太阳像是上帝，太明亮了，逼视它会伤害眼睛，因为人们不能忍受这样的光亮。但是它的线条的闪耀我们却可以看得见，飞机银色的翼也在闪耀着。天空不能再比这美丽了。多么光辉的一天开始呀，对我是多么好看的一天呀！

但是看到日出以后我睡着了。虽然我曾约束自己不要睡。

当我醒来往下看的时候，已经是四川境界了。空际是多山的，但斜铺在山上的稻田四处可见。有一次我们看到几个农人在耕田，我觉得快乐极了。这就是我们正在保卫的国家啊。我们怎能忍心失掉它？在白云之下一个国家正在复兴自己。每个人心里都相信国家的力量，旧生活，旧习惯在腐朽和灭亡下去，新生活有力的昌盛起来，我们怀着跳跃的热心，期待着新生，旧社会已凋零衰败，只不过预示着新生命的来到吧了。有着前途的国家是一个充满了希望的国家。这国家不仅是保卫自己，和遭受苦难而已，同时还建设，还创造。这是我们在空中所想的，我们要到地面上去证实。几点钟以内我就要降落地面，我高兴在地上生活。不久我就要混在我的同胞们里面，我会变得比我现在看见他们那样小，我便被草地、绿山和许多同胞所包围，多么高兴的事，我也可拿来和现在所见的比较一下了。我只抱怨着我们来得太晚！

八点钟时，飞机内的信号显示了，我们束紧了座椅上的皮带，因为已开始降落了！在说话以前，我已失去了思想的定向，我知道在我耳内三小时已不能正常工作。在一种旋转中，好像出了事一样，我发觉飞机已降在重庆的机场！机场位于河之中部①，抬起头来我看到重庆市了。

"我们到啦！"我们一起喊。好哇！我们下了飞机，第一次让我的脚踏在重庆的土地上，董先生和 F. M. 来迎接我们。我们急忙到检查行李处去，急于想快点办好手续。导引我们到重庆去的是很多层石阶，顶上排比着许多重庆的房子和重庆的居民。挑水夫匆忙地挑着水走向险峻的石阶，轿夫们几乎成垂直线的把乘客抬上去。一路有重庆的柱灯和人行道。两岸是一幅中国的风景画，除了美国标准油库以外。啊！这就是我们在国外时常听到的油库吗？

检查过后，董先生问我们坐不坐轿子。"不，我们要走路！"石阶很宽，约有三百级以上。我们吃力地爬上去，但这算什么。这还只是开头呢。上了二百级以后我们停了一下，P. T. 君发觉他的热水瓶和怀表互撞，怀表损坏了。我们忍不住笑起来。两个热水瓶好久以来成为一种累赘，我们还不大晓得以后会那么有用。

一会我们走完了石阶，进入一辆汽车里。董先生说我们运气很好，半点钟以前刚刚解除警报。我们感到很侥倖②，如果警报刚发

①　原编者注：指珊瑚坝，抗战时是民用机场。
②　原文"倖"，现写作"幸"。——编者注

生在我们到达时，我们的遭遇会完全不同了。

防空洞！山坡上有好几处入口，还可以看见到里面有几处分支。数目相当多，但觉得黑暗可怖。重庆！我们终于来了。这街市，这房屋，我虽然还不晓得它们有什么可爱之处，却已准备爱它们，第一瞥我已有好印像①了。随后我们到旅馆去选好房间。我们居然在重庆起居了。屋子刚刚油漆过。还有一股油漆味。啊，甚至这气味也奇怪呢。

重庆下了一天雨来欢迎我们，这是最大的恩赐。那天中午父亲和母亲被招待到委员长和蒋夫人的乡间私宅去饮茶。P. T. 和我们另一个表兄出去了，这个今天早晨我们才知道。P. T. 在寻找职业，H. C. 带他去了。只有 C 先生和我们留在一起，他已为我们在北碚找好一所房子，离首都有五十英里。我们急于观光北碚，但更急于观光重庆。于是我们决定穿着雨衣出去。C 先生借了父亲一件雨衣和一双套鞋。于是我们冒着大雨出去，雨下得越大越好。

这天中午老天特别开恩。除了下雨还使我们能看到肉眼以外的东西。道路是泥泞的，雨天中国的道路到处是一样。我们从孔夫子的时候就有泥泞的街道了，下雨天道路泥泞，充满了泥浆和污水是一件多么自然的事呢？我的皮鞋不再触着洋灰路，这是一个新奇的感觉。

旅馆离城还有一点路，开始倒像是一个乡村旅行。除了雨声以外，四周很静。我们渐走渐近重庆的市中心区。重庆的古老的式样是美丽的，因为任何一排房屋都美丽，因为河流和山岗所围抱的城市有着美丽的条件。因为任何雨天景色更显得美丽。我深深庆幸我是在重庆。

我们路过一处军事学校，里面发出用健康和强壮的嗓音所唱出

---

① 原文"像"，现写作"象"。——编者注。

的战歌，这立刻给予周围一种战时的气氛，尤其在这样的雨景中，一切都隐在朦胧的雾里，这声音听来更抑扬有致了。我忘却了我的思想了，它显得琐碎和无关重要。我急于观察久已在脑中惦记的一切事物，而现在是呈现在眼前。我急于想忘却自己，融化进更伟大的真实里面去。我愿意把我自己的身体和手，放进群众中去，不再认出它们，如像我不能从一群蚁中辨认出一个特殊的蚂蚁那样。但我却不能不以第三者的眼睛观察一切。

　　一路上我们遇到许多穿制服的人，他们给予首都一种战时空气。当我们走到街上时，人越来越多了，好像每个人都跑了出来，或者坐在街上看得见的窗口旁。店里货色不多，但人山人海。母亲在炉边烧煮食物，媳妇在盆里洗着衣服，父亲作着买卖，孩子们在旁边游戏。到处店铺我看见家庭在工作和谈笑。这里有铁匠、鞋匠、面包师、卖肉商，但他们的生活都差不多。像一切中国有名的都市一样，它也是一座人口拥挤的都市。每个人都在忙。在街上我们在人群中穿来穿去。轿夫们在街市像是上等人似的谈话和动作，一切的劳动者都是如此的。有些兵士沉思的走着路。穿着衬衫长裤的学生们在书店中翻着书，战时的工人们在街上大声笑着，不可避免的像其它城市一样，有着许多闲荡汉，每个人都跑出来，甚至在雨天——或者也就是因为下雨吗？

　　我慌张了，忙着在人群中找寻去路。每个人都在注视着路，我从赤足，布鞋、小偷中辨认出我自己的一双皮鞋。皮鞋已湿透了。在重庆穿皮鞋只是富人的权益。它要卖到六十到七十块钱一双。那么我也是属于"皮鞋阶级"吗？但是有总比没有好呀。C先生的布鞋本可以绞干，但他不以为然，跑去随便买了一双只能走短路的皮鞋。

　　我们看到一处防空洞，黑暗、潮湿和漏水。我们在外面只能看到里面的一部分，因为洞是弯曲的，进路也弯曲，看见它们是一件不愉快的事，但是奇怪的是到处皆有，许多条街上我们看见人们用锤子砸着石头，在雨中不断发出一种清晰的响声。我听说石块先用炸药炸开，再用人工去砸。"劳工神圣"，在重庆是真显得如此的，轿夫每月有一百元至二百元收入，别的劳动者也比教师待遇高，中国人的劳动力被便宜地和大量地榨取得这样久了。现在在战时却已得到国家的尊敬。他们一向受人卑视。但是他们才真正的是新国家的建设者和卫国的干城。他们建筑了滇缅公路，新的铁路，他们挖掘防空洞和整理废墟，所有的机器和必需品的运输都由他们的肩头担任。劳动力比战前昂贵多了，我想是应该的。因为他们不过是得到他们早就应得的报酬吧了。

第一次散步我立即知道了两句最通行的口号："有钱出钱，有力出力""抗战必胜，建国必成"，到处都见得有。我以为这是很好的标语，战争在正直的人们看来就是如此简单的。人们能简单的做到这一点就很好了。如果没有钱我们就出力，如果没有力，那么我们就应当出钱：我以为这是致胜的最好方法。

我们继续前进，来到一处废墟，这里去年五月有五百人被炸死。C先生说，他们被火逼退到德国公使馆的一面石墙前，石墙很高，难以爬越，只有被烧死的一条路了，并且指给我们看那地点。我们静静地站在废墟前，都静默下来了。五百人被害在这地方吗？这里现在是一块空地了，甚至没有生草，好象纪念着这五百死难者似的。躺在现存的店铺和活着的人们中的那块地显得荒凉、空虚和令人生怖。据说这儿被命令空起来，目的做为纪念五百死者的无字碑碣。现在又是五月，让这事永远，永远不要再发生吧！想起来太可怕了。这不是我们第一次和战争接触吗？假使这五百人死于水灾或别的人类不能防御的灾祸倒也吧了。但却不是这样；这些死者是被敌人杀死的，这与死者同样的人，这与死者几乎同样大同样高的，多方面相同的人。不过仅有些微的差异吧了，为什么这差异得一个人杀死这许多和毁坏他们的财产？还有那么聪明的人发明炸弹帮助这些人屠杀。这是反常的。否则也许所有住在这些店铺和房屋的人们可以从这次屠杀免难，也许他们的房子可以保持着自然的适令和不遭遇这等命运！但这不过是轰炸季的开始吧了。我向何处能取得保证？把戏依旧玩着，这残酷的把戏！

"回去吧！"雨停了一会，我们回家了。赤足者们依然踩着泥浆前进，好像对着这块空地挑战似的。我也溅着泥浆前进，虽然穿着皮鞋的人不应该如此。

在归途上，我看到同样的店铺和同样的孩子们，因为我已看过了他们，便注意别的事物了，一些不可捉摸事物抓住了我。我感到它的力量和它的工作。这事物也可以从每个行人的脸上看到的，虽然他们毫不觉得。而这就是生活，在这个颇有意味的词里。生活充满了障碍和苦难，新的生活呈献在我面前了。这就是我要在重庆所采访的，否则我将感到失望了。在这种新社会黎明前，好的充满了希望的生活四处存在着。我受欢迎了，我觉得他们让我共同生活。这是真的。这将是我的家，因为这是我的国家，而我和这里任何居民一样属于她。人民和街市都是我们的，每个人的。我实在是属于这里，所以回来了。我将过着一种新生活中的一部分。我是衷心的和热诚的来接受那种生活，因为我已经是他们中的一员，重庆居民中的一员。我实在是属于这儿！

我注视着泥泞，我的鞋深深陷入了。我踢踢踏踏的走着。我踩着别人的足迹走，别人又会踩着我的足迹走，结果谁的足迹也认不出，变成一片互相践踏的模糊足印了。

天已晚了，C先生给我们买了一本预备学习的抗战歌集。当我们走过军事学校时，晚饭号已在吹了。

这是在重庆黄昏中一阵清晰的声音。

我们在门口遇见了P.T.君，他在刮着鞋泥，我们也学他的样。

（如斯）

七　去北碚的汽车旅行

我们租到一辆公共汽车，去北碚的那一天正下着毛毛雨。一路上我们可以看到稻田和四川的高山。

田里还只刚刚的插了稻秧，一片碧绿色使风景更显得入画了。

我们的车子颠簸着前进，但我毫不在乎，因为这是在中国，我自己的。我不在乎汽油的怪味，因为是在中国。我不在乎硬的木制坐板，因为是在中国。不管什么东西，我总觉得是我自己的。没有出国的人们是不晓得祖国的可爱的。

我们去的城是很著名的。等在我们前面的是什么样的生活，我们还不晓得。但一定会是使人兴奋和觉得伟大的，因为中国正在抗战，与我几年前所听到的中国是大大的不同了。

当我们到达北碚时，我们被引到新居去。那是一所难看但还算是城中最新式的房子，砖头全是灰色的，整个看来是黑色，而我们黑色屋顶上面的瓦片，堆在屋顶上面，像是一人戴着一顶不合适的帽子。

许多乡下孩子围观新来的人，如中国的一般情形一样，注视着，笑着。他们帮助我们拿手提箱进房子里去，每人得到半块钱的酬报，使他们非常高兴。

这时我们都进去了，因为天气潮湿，我们的套鞋上沾着泥，我们的手上沾着土。但是这算什么？这是中国的泥土呀！一个人重踩着他自己国家的土地，感觉她的存在，是多么好的事。（无双）

八　北碚第一天

在北碚，我们的房子是不十分可爱的，虽然北碚是一个可爱的小地方。我希望能住在北碚；这是整个战时生活的一个缩影。

当我们从泥泞的小路上下车，第一次跨进我们的家的时候，我们听到一阵象是放机关枪的声音。机关枪在北碚干什么呀？当走进空洞的有回声的屋子，便有达！达！达的连续音响。这里我们要一直住到中国胜利以后，那时我们便会旅行扬子江顺流而下了。为了等待这时候来到，我们要住在这里，帮助国家和工作，和听着达！达！达！达的音响——直到中国胜利。既然是在打仗，而我们又愿意忍受一切，就让它一天到晚的达！达！达！达吧。

我们不喜欢这房子，但还是住下了。我们拖进行李和整理床铺。我们一面将行李打开，一面将床铺刷干净，接着一切都弄得十分舒齐了。我们做完工作已经五点钟，需要休息了。但是还有一张泥污的地毯和椅子还没有安排好；手提箱四处都是；我们需要水、洋烛、水缸、火炉和许多别的东西才能过日子。啊！工作的开始！每一个人都高兴透了。我们向窗外看了好几回。我们还不清楚那些街，那些房子，甚至方向，北碚是怎么样的？多远？多大？我们只能看见一座有着房子的绿色土丘和一条道路。机关枪声已停止了。晚号响了。我们在什么地方？"挂起帐子来吧"。我站在不十分牢的窗栏上做完了。天已黑到使我只能看到小小青色的土丘和几亩庄稼。还是先把屋内收拾好，再去注意外边吧，于是我们擦着桌子，钉上钉子，挂起绳子，好象我们很久以来便熟悉这屋子似的。让外界和北碚在我们脑里休息一会吧。

正在纷乱的当儿，教育部的王先生来了。我们很高兴他来，同时想起他在杂志上发表的幽默文章，他的为人和他的著作一样。他微笑的时候眼睛眯成一条缝，大笑的声音非常深沉、热烈和爽朗，态度恭恭敬敬，欢迎我们到北碚来。使我们觉得一定会爱北碚，机关枪声音都毫无关系。我们既无柴也无食物，也没有一定要在家里吃饭的意思，也就不推谢他邀请晚餐的盛意了。我们草草的第一次在家里盥洗了一下，抱怨着肥皂和手巾，从我们自己的水瓶里倒出用水。水清洁和寒冷，我们扭干了手巾挂起来。这真有趣，以后还要有味呢！我们拿了手电筒，锁了门，动身到城里去了。

十分钟舒服的散步后，我们在城外的王先生家门口和他会面了。路上渐渐热闹起来，我们跨入市区，这里一共有三条主要的街道。天色已很晚了，但人们还没有燃起植物油灯。我们对这城粗粗的逛了一下。当我们数了共有五家书店的时候，很觉得高兴。或者还和对河有复旦大学的情况有关吧。后来我们折回到酒馆里去，那儿已有很多顾客了。我们走上动摇而窄小的楼梯，占了一个雅座。这里有C先生和C太太，希望得一个小孩的王太太，还有从教育部来的萧先生和许先生。许先生个子大而严肃。萧先生则矮而愉快。我们同桌而坐。现在谈话和吃饭都嫌太黑暗了。我们听说电还要等一会才会来，于是坐着等。突然间大家"啊"了一声和拍着桌子，信不信由你，电果然惠临了！我们屋里显得非常光亮，因为方才是太黑暗了。北碚是天真的，单纯的，非常有趣。

晚餐是丰盛的，在北碚人民和达！达！达地开着机枪的士兵看来是太丰盛了。这是我们在北碚最好的晚餐，席上我们这批从外国回来的人忍不住发出一大串关于空袭的问题。一般的意见是：一个人必须事先预防；我们私下却以为在北碚是无轰炸的危险，我们尽可不必过虑。

归途是美妙的，没有街灯，仅有我们的电筒射出的光圈导引我们回家。天空凉爽而黑暗，我们到家后燃着了洋烛。我们的房子离城太远了，不能改装电灯，但是听说在九月里可能装成的好消息。

我们上床很早，非常兴奋，我们的邻居杨太太，答应我们一有警报就来叫。

我把我的衣服，短裤、鞋子，一支洋烛和一盒火柴放在床边的椅子上，我的电筒放在枕头下。就钻进被窝躺下了。今晚有空袭吗？不一定，他们说。新来的人必须要将北碚的地势弄清楚，现在我却要睡了。在睡梦中，我准备随时可以醒来，母亲和衣而睡，仅仅脱去了她的鞋，那晚没有发生什么事，仅仅给我们准备好下一个新奇的日子吧了。（如斯）

九　城

差不多收拾和摆设停当以后，我们往四境去散步。简单得很。也是像别处所有的店铺一样，仅仅几家酒店，几家书铺而已。主要的街只有一条，在这雨天充满了来来往往的人，因为可以不怕空袭。

路旁有许多卖橘子的小贩，以后我才知道，如果我们每天要吃橘子，必须象别人一样的和那群小贩讲价。小贩们谈笑着，同他们的货主坐在人行道上，阻挡着行人去路。

这儿每人都很和气，生活在这里一定会有趣的。情形和中国其它各地一样。这正是我所关心的。

孩子们追随在我们身后，他们晓得我们刚从外国回来。有几个孩子还特别跑到前面频频回首看母亲的那付式样精美的眼镜。以致几天以后母亲想换一换它了。一切都很平常，只有贴在街角的几张标语引起了我们的注意。

"蒋委员长万岁！"

"好男去当兵！"

"有力出力，有钱出钱！"

这正是中国。女人们在街上喂着孩子，随意的张家长李家短的谈着。老人们整日坐在家门口，嘴里含着已经熄灭了的长烟管。我在此地才晓得中国人发明了衬衫穿在裤子外的新方法：奇怪的是每人都有一件衬衫。有些人穿着中国式的裤子和外国式的衬衫。

北碚从没有被炸过，这就是我们选定住在这儿的主要原因，所以这儿看不到像重庆那样的废墟。

我们沿着嘉陵江走去，对岸就是复旦大学，那里还有人养着牛和羊，可以供给村中的牛乳和羊乳，这真是村中可以引以自豪的。

街上脏也罢，人们却很豪爽。我一看见北碚就喜欢它。

我们还没有尝到过一次轰炸的滋味。我想这就是能非常坦然的、充分享受北碚生活的一日的缘故了。（无双）

十　福嫂

四川人是这么善良和简单，我们的女仆福嫂就是一个典型的四川乡下人。

她不笨，做事很好，非常利落。一天她告诉我战争开始以来她的遭遇。

"许多人跑来了，有上海人、广东人、南京人、北平人、汉口人、云南人、贵州人、香港人。"看得出战争增进了她的地理知识不少，这些名字都是她所学来的。

"人的种类很多，"她说："有中国人，日本人，外国人。"她告诉我们她从来没有看见过一个"鬼子"或一个外国人，我说北碚有一个外国人，她几乎不相信我。我还说她并且到过我们家里，不过她没有看到吧了。

"他们像什么样子？"她问我。我告诉她，他们有红的、黄的或棕色的头发，和灰的、绿的或蓝的眼睛。福嫂觉得奇怪非常。我想我不应该告诉她，我知道她会怎么想。果然有一天她问母亲鬼子是什么样子。母亲说，他们的面孔和我们一样，不过有些矮吧了，她甚至觉得可怕起来。她一点也不清楚他们，仅仅只晓得他们和我们是大大不同。她甚至不晓得轰炸有什么意思，仅仅只知道鬼子是残酷的人，我们正和他们打仗。

日本鬼子以为轰炸可使我们屈服，真是可笑极了。福嫂从不想到他们是文明的！到重庆来使福嫂每一件事都感到新奇。抗战给予像福嫂这样的人许多智慧，而她也快乐的学习着。（无双）

十一　在北碚的生活

我们在北碚的房子不在城里，是在乡间，但只要几分钟就可以走到城里了。周围有三幢房子和我们的一样。每天早晨母亲常常起得最早。我们早餐的食品是一锅粥，豆浆、花生米和咸菜。饭后我们念书。有时我可以看见窗外有两个人担着橘子走过，我们常常向他们买橘子。他们的橘子还是去年冬天放在沙里保存下来的。我一看见他们，便喊着母亲问要不要橘子。母亲答应的时候，我便向他们说："嘿！我们要买橘子啦。"于是他们笑嘻嘻的来了。每个大橘子值七毛钱到一块钱，小的值四毛钱到五毛钱，母亲常常买一大堆。

当我们走进屋里时，我忽然瞧见一群人往乡间跑。我叫母亲来看。我们的房东杨太太向我们喊："林太太，林太太，挂一面红旗了。"我们开始把面包和橘子放进小袋去。无双跑到厨房去告诉厨子，赶快把豌豆汤拿出来。我们匆忙的喝了汤，拿着伞，带着我们的小袋子和装着贵重物品的精致的手提箱到防空洞去，我们在烈日下往山上辛苦地爬着、爬着、爬着。到达宋先生房子的门口时，紧急警报已响了，我们还得再爬一段山路，才能到达他们防空洞，H

太太和她的家庭早已在那里了，防空洞里比较凉爽。宋家防空洞有两间房子。不幸我们和 H 太太同在一间！啊！那种气味！一进去我便想："难道没有听到锣响吗？我晓得她们会早到，但你们不相信我。我不是告诉过你们了吗？"我们坐在长凳上，电话铃开始响了。他们彼此喊叫着，弄得我耳鼓都生病了。十分钟后飞机声模糊的听到；愈来愈近，好像一面鼓的声音。我闭着眼，张着嘴，蒙着耳朵，以便不听到这可怕的声浪。在世界上我顶恨这声浪了。四或五队敌机沿着同一方面过去，我们设法消遣这四个钟头。最后一队飞过去后我们的背几乎驼了，跑出来呼吸新鲜空气。我们携着小袋子，迫不及待的等候着解除警报。这是空袭中最愉快的一幕了。忽然那声音响了起来，每个人都含笑的站起。我们赶回家去，庆幸我们的房子没有被炸。我们的仆人青山从附近的井里舀了些水来。我们洗了脸和手，喝了一些水，几小时后我们吃了晚餐，大家到花园里闲谈了一会。我望着天空，晓得明天一定会和今天一样的晴朗，以后我便去睡了。（妹妹）

十二　第一次轰炸

北碚从没有炸过。

我们来到的第二天早晨，没有解开行装，还在整理什物的时候，有一队飞机来了。我们第一次到防空洞去，虽然这里没有被炸的危险，我们又有许多事要做，不久我们就出来了。杨太太也在家。北碚的人们只有四分之一逃警报，我们觉得他们太神经过敏了。

那是第一次听到日本轰炸机的机声，那时我们十分冷淡的听着。我们毫不害怕，因为不晓得怎样去害怕。我知道它正向重庆飞去，去破坏，去屠杀，去自己找死。我们在屋檐下伸直着颈子去瞧飞机。我们赶着出来时，每个人手里都有事做。人们所被扰乱的和他们所看见的就是如此。我们听到各种关于它们的描写。有人说敌机只有苍蝇那么大小，蜜蜂那样肥胖，通常是九架为一小队，三小队编成一箭形前进的。有人说是像蚊子的哼声，又有人说像是雷鸣，有人说像心跳，或像听到甲板下部蒸气室的机器推动的声音。有些人根本没有听到过，因为他们用棉花堵住耳朵还不算，再用两手掩住耳朵。有人说最初像是蜜蜂的嗡声，渐渐的像是波涛击着海岸，最后则有类怪人的打鼾。你感觉如何呢？人们说："你会弄习惯的""飞机干它的，我干我的，各人干各人的好啦！""不要夸口呀；可怕得很呢！"我自己却从没有一次空袭的经验；我怎么说得出呢？

这时飞机闪耀着银色的翼出现了，显示着死亡的预兆。"今天是特别美丽的排列呢？"C 先生指出。"而且很近！"他加说道。我们愤怒的注视着。天空是多么的蓝啊！我们中只有他能看见，因为他一天天看熟了。我不咒飞机，天空会诅咒它们的。即使我要诅咒，我诅咒谁呢？驾驶者吗？不是，机器师吗？不是，工厂里的制造者吗？不是。谁呢？不消说是日本军阀啦！这就是所谓东亚"新秩序"的一部分。应该多多诅咒他们！！这是对东亚的污辱！

飞机愈飞愈近了，这声音将永远留在我记忆里牢不可破。当它们刚飞过屋顶，我们低下头松了一口气的时候，炸弹落了下来，震动了地面。不断的爆发，不断的震动，不断的轰炸。终于飞机声音渐远了。我发觉自己傍着父亲和无双匍匐在地上。C 先生和 C 太太同样躺在另一个角落里。母亲和妹妹不见了。房子一点也没有损坏。"妈！妹！"我们在房子里跑着，遇见她们从厨房走出来。"炸啦！炸啦！"我紧咬着牙齿。外面人声嘈杂，我们赶快跑到山坡上去看。躲在洞里的几个人也跑出来看是谁家被炸。烟从城市中心冒出来。糟了！糟了！糟了！炸弹炸中了我们的神经。第一次被命中了——炸弹离我们只有一百码远。我们逃脱了，几片碎破片就是我们房子所受的唯一损伤了。

每个人都不安了，因为这是第一次，第一次是最叫人惊恐的。朋友们彼此问候着，谈着他们自己的经验。我们听到各种不同损失的报告，许多人炸死或受伤，谁也没有想到它们会炸这城。后来我们又听说当炸弹炸中王先生的房屋一部分时，他正跳入一道干沟中去，王太太已怀了孕，跳不进去。王先生伤了肘，他笑着说在汉口和重庆的轰炸从没有像这一次离得那么近过。萧先生头上围着一条绷带走进来，像是一个受伤的英雄。怎么回事？当他不得已跳入冢沟时他的头部碰伤了。我们吃过饭的那家酒店也被炸了，里面还有一个避难的北碚人。昨晚我们还是那家酒店最后走的顾客中的几人呢。现在是完了。这就是战时的生活。

我们的神志还没有从这次事变中清醒过来。又听说有几个人，包括一个大学教授，被炸死在大学庭院中。日本飞机借口来轰炸的理由之一也许是因第十八军暂扎在这儿吧，（昨天是他们举行机关枪实习）他们正在北碚的运动场上开一个运动会。在前线已经习惯了轰炸，弟兄们毫不在乎，依旧继续他们的比赛。这只是假想的理由之一吧了，其实是无根据的，为什么离运动场很远的江苏医院和大学也被炸呢？这是有碍的目标吗？（我们要问，为什么第十八军开往前线很久之后还有第二次第三次的轰炸？难道说，这离前线六百里的地方，还算是有碍的目标，要他们来扔一个炸弹吗？）

这天我们大家都不高兴。我们的神经不宁。我们整理行囊的工作进行很慢，一听见有什么新闻或一个拜访者，我们便跑了出去。我们没有心做事，除了去听别人的谈论，就是我们自己谈论。整个北碚失常了。这天晚饭后，当无双和妹妹已睡时，我站在小小的走廊上呆望着前面的景象。天还没全黑，左面的山坡上四个兵士正在掘地。我可以听到铁铲碰地的声音。他们掘着，在他们旁边，我看见有一口棺材。四个人低着头不停的工作。我看得天都渐渐的黑了。我下意识的看着。因为我觉得非这样不可。四周非常寂静；人们差不多都在家里吃饭，预备今晚早一点就寝。我看见兵士们掘了很久，才把棺材放下去，慢慢的盖上泥土。谁是不幸者呢？也许是一个士兵同志吗？或是一个年青的职员？兵士们沉默的走散了，没有一块石碑或一块木片来做坟墓的标志，湿松的泥土，是新坟唯一的记号了，不几天的功夫青草就会生出来覆盖住吧。

这瞬间我想大声喊叫。这时，中国，我们的国家，我们的人民，我们的土地，充满了我的心怀。这四个掘坟人看去是多么冷淡，对死者甚至连葬礼都没有举行！他难道没有一个亲人？或是他的亲人在别的边远省份吗？谁也不知道这一座坟和这一个士兵，除了这四个人以外，而他们也还是沉默的。

夜色渐渐的浓了，也许会有夜袭。这时我的爱国情绪高涨，更深切的知道战争是怎样一回事了。我惦念着这四个兵士，相信中国会从这一切忧愁和苦难中新生。我是这样的坚信，好像上帝对我说过似的，也许"他"这样做了。

"早一点去睡，把东西像昨夜一样摆在床边吧。"我排除思虑地闭上眼睛，走进被摇晃的油灯所照亮的卧室。（如斯）

十三　第一次轰炸

北碚以前还没有被炸过。我们很佩服鬼子的聪明，想他们决不会浪费他们有限的炸弹来炸一个村落，连炸中的炸弹的一半价值也没有，而炸中的也不会有未炸中的一半多。但是明显地日本想法两样，所以来炸这小村子。

这是我们在北碚的第三天了。我们这批从外国回来的人，还没有熟悉周围的生活。

"嘿！谁也不会这么笨来轰炸北碚！"每个人都说；所以我们和大多数人一样，不去防空洞里躲。

我们和朋友们呆在家里，敌机来了，一种十分深长的怒号听到了。这是可怕的。怒号愈来愈近，声响也愈大，轰、轰，一直到轰声响到我们耳朵里不能再高的时候。

我们跑出去看到它们了。共有二十七架，一架轰炸机被两架战斗机陪伴着。

"嗨！今天的行列特别美！"我们的朋友说，一点也不害怕。这才是中国人，当轰炸机隆隆飞过我们时还有指出行列美丽的闲裕。

"他妈的！"他诅咒着。

人们关照母亲和父亲把眼镜摘下，怕它们的反光会引起机关枪扫射。

怒吼过去了，我们还呆着。

一群过去了，又是一群飞来，仍然是徘徊者，徘徊着，好像载重过多似的。这种恐怖的机声使我们每一个人都怀着憎恨而兴奋起来了。它们仍在徘徊着，每一次从二十七架到三十六架。

"哈！"我们的朋友又叫着。"看，那一架旁边只有一架战斗机陪伴。那一架旁边没有轰炸机。""看、看！我们的空军在还击它们，力量着实不坏呢！"

我们耐心的看着，自信的怀着日本飞机决不会轰炸我们的信念。

是该杀的第六批飞机使北碚着了火。

这时飞机飞来了，隆隆之声进入了我们的耳中。它们正从我们头上飞过。我们的邻人也跑过来看：并且指出，"这次很近了！"

它们盘旋着，现在正好在我们头上了。假使它们要炸我们，可以正中其的。

"危险过去了！"父亲说。

当我们听到爆炸声音和看见火光冲上天空时，父亲一字一顿的说着。房子震撼着，炸弹继续投下。

我们全都跑进屋里，平平地躺在地板上。母亲和妹妹跑到另一个地方去，但我们都怕得无暇兼顾她们了。

轰炸突然开始了……

我们张大了嘴，以便使耳中的空气压力减少。轰！轰！轰炸继续着，每一声都像是一个锤击在我们心上。

于是它们完成任务，飞开了。

我们躺在地板上，直到声音消失以后。我们不想起来。后来我们大家聚在一起，去找母亲和妹妹。我的感情中混合着愤怒、不安、憎恨和苦痛。

"母亲！妹妹！"我们喊着，但是她们没有答应。后来她们从地窖中爬出来了，手挽着手，因为惊怕而面孔苍白了。

"厨子叫我们到地窖里去。那里安全些。"母亲说：其实谁的指示靠得住呢？炸弹没有眼睛呀。

我们跑出了房子看，烟直冲云霄，黑色的烟雾使人发生一种灾祸的感觉。

从这时起，一有警报我们就到防空洞里去，不再在外面冒险了。（无双）

十四　城

我曾爱过一个城市吗？假若我们爱过，那么就是北碚。啊，北碚，要我忍受离开她的烦恼真会使人发疯！

我们几乎每天清早或傍晚进城，因为没有别的地方可去，并且我们老有一点事情要做。这是一座繁盛的城，虽然是废墟，烧焦了的土地，还是可爱的。店铺的东西很贵，因为明天也许被炸。每次轰炸后北碚更光辉的存在着。炸弹把一切渣滓都淘汰了，所以每次都更显得纯洁些。现在剩下的只是精华的部分了。

三条主要的街道我们早已非常熟悉。经过多次的巡游以后，每个角落都清楚了。街道是古老而典雅，人民是现代中国有趣的混合。人们从各处来，可都非常愉快的为北碚所同化了。周围浮着友爱的气氛。我们全体有一些共通之点，举例说，当电灯总开关开了时普遍"哈"与"啊"的快乐呼声。这是很可笑的，老幼都是这样的喊。还有别的地方电灯这样被珍视的吗？当我们看见一些房子被烧着时，心里含有同样的感觉。假使你在店里谈论起前次轰炸的时候，他们会乐意告诉你一起夸张的故事。你知道，我知道，天知道，而当我们射落五架飞机时，就轰动全城了。每个人都晓得啦，包括那些不读报纸的人们。当市场上充满了谷子时，每个人都有谷子了；当端午节来到时，每个人都拥挤到广东食品店去买粽子吃。真有味！这像是穿了一双旧鞋子，舒服并且自在。这里没有油腔滑调的人，假使有，在北碚就叫他们旅行者或临时客人。北碚是每个人都爱的地方，不愿意她有异端，炸弹毫不能动摇我们友爱的空气。仅能加强它吧了。

但是，你要问，在北碚的人们就没有几种不同的类型吗？有的。这里有懒惰者，放荡者，保守者，急进者，瞧不起洋鬼子的人。我们自家一块说起厦门方言时，别人还以为我们在说外国话哩。我们肩上扛着六尺长的甘蔗。我们讲着价，并且说"假使你不照那价卖给我们，炸弹会来光顾你，那时就后悔不及了！"老板摇着头笑着。"不，不，炸弹不会炸中我的"。

城市是这么小，每天在街上都碰见同样的人。我们只是面熟，不晓得姓名，有时遇见次数太多我就忍不住笑起来了。有一个女孩梳着很奇怪的发辫，老是穿着美国装，我想她一定是属于某些剧团里的。她好像老是等候着什么人。她不美，也没有见她说过话。还有一个男人有很长的袖子，头上一簇剪短的乱发。他在邮政局做事，每当我寄一封约值八元去美国的航空信时，他老是怀疑地看着我，似乎在想：为什么这里竟有人寄信到美国去，花掉整整的八块钱呢？

接着我们遇到面熟的人。他们都在相同的钟点到城里来，所以我们不得不遇到他们。四周充满了"你好，你好"的道候！

市场靠近嘉陵江，几条主要的街市都在一个较高的坡上，四周都是私人住宅。

没有比战争这件事再能把我们结合在一起了。我看到伟大而强烈的同胞爱怎样的消灭了微小的猜忌。

我们见过房子烧掉了，人们怎样惋惜它们，我们中的感情是相同的。我们注视着废墟，也注意着存在的屋子，我们既不嫉妒也不嘲笑人家。毁灭的机会是在我们约束能力以外的事。每个人尽量出力或招待朋友到他们家里去。当有些房子决议要拆掉开出避火巷时，房主们衷心的顺从了，他们搬了家，因为每个人都爱北碚。愿意把他从毁灭中可能地多救出一些。而当旧的房子烧毁时，我们随处建设起新的房子来。

我最爱北碚，是在清晨七点钟的时候，那时我听见在河岸上船夫们上下货物的"嘿啊！啊啊"的喊声，那时木匠店里凿子和斧头敲击着木头，那时人们正从废墟里收集着砖头和玻璃，当我看见工人们在挑着水，面团在油中滚腾着，妇人们洗涤和捶擦时，我高兴我正是他们中的一个。当街市上拥挤时，每个人在做生意，在吵闹，在买卖，在议价，在计算时，我也急急忙忙去做些事情，以便掺进他们一块去。

这儿有工作和生活，战争和收获，厌倦在这儿没有位置。每个人在劳动，不是用他的手、他的脚，就是用他的头脑。天气酷热，每个人流着汗，去卖力工作，去奉献，去生活。废墟让他去，没有人理会他们。一个人的职务是建设，不是去悲伤失去的东西，是要在一个短时间内做很多的事情，因为时间是极端可贵和有限的。这像是在夏天饮一杯热茶，宁可使身体顺着自然秩序发汗，比啜饮一杯冰水和最笨的躺着乘凉好。

当工作的色、味、声包围着我们时，我觉得这一切正是我们国家抗战的象征。这不是寻求妥协的和平，而是要不惜受难与痛苦来抗战到底。不夸口，也不要求荣誉。他们做事是为自己和为国家。有些人是不自觉的这样做，有些人是下意识地，一切的人工作着，好像他们弯下身躯去抓一把泥土，紧紧的握着不放，决定不放弃它。啊，还不止此呢，还有那江，那山，那北碚一排小屋的古老的屋瓦！要是从他们把这些剥夺了去，他们怎么得了呀！有些人住在北碚是因为他们的房子被敌人烧掉了或占据了，他们的城市和村庄被敌人强暴的亵渎了。我们要收复失地，敌人毁掉了旧房子，我们要在它的位置上建设起新的来。

我记起从飞机上看见的乡村和城市来了。他们看来像是小小昆虫的住宅。我也希望能成为这群小昆虫中的一个，努力寻求立锥之地，以便日后无困难的住进去。我不管这是这样的渺小，如在飞机上看见似的。让我做一个昆虫吧，因为实在我也仅只是一个昆虫呀。让哲学家站在一旁嘲笑吧。让永生来嘲笑吧，如果它愿意；让历史去批评或说理吧，如果它愿意。但是让我为我的真理而活着，并且为它战斗。谁也不能说我错，因为这是我愿意做的。生命除了生存竞争以外还有什么意义呢？有些人为疾病而战斗着，有些人为待遇不平而战斗着。每个人战斗着求进步和自卫。所有的人乐意地生活着，因为前面有一个理想。没有理想，真理不是真实的。人努力去改革社会，去制止战争，虽然他不过是住在房子里。世上有变革和战争，革命和换代。但没有一代失去了希望。当我观察在北碚的人们，他们的面孔，他们的眼睛，和透视到他们的欲望和理想的时候，我确信北碚和中华民族会永存下去，这些面容向我保证，没有贪婪，没有兽性的表观，没有下贱的行为，没有醉生梦死的表现，不轻佻也不冒险。这是人类所有最佳的面容类型了：这是自尊的面貌，这是人类的至性和有文化素养的面貌。有时我觉得人和野兽之间的差别十分微小，而我们所珍贵的就是这一点微小。有时我不能从那些发明的装饰和花粉之中看出。这是纯粹动物的生存状态吧了。虽然具有礼貌和知识，和做事的老谋深算，一个人都依然只能是一匹畜生，从脸上可以辨认出来，谁有一张高贵和聪明的脸。纵使一个人不认识一个大字，他依然可以是一个有教养的人。还有什么比一个人知道了他的生存状态和畜生一样这回事更令人沮丧的呢？那么，做人的骄傲和光荣就要一起丢尽了。人需要过一种人的生活，即是万物之灵的感觉。畜生只是畜生，而一个人，却是一个人。永远是有这种分别的。当然在北碚是无须乎说教的。用不着来啰苏。

啊，北碚！看到了我在外国所梦想的事，是多么的奇怪啊，北碚可不在乎别人怎样批评她。她管自生活着，这就够了。

在每隔三天一个市集的日子里，农夫们从四乡甚至二十里外跑来了。他们从黎明动身，带着青菜、陶器和藤篮等各种东西在这儿集合了，他们做着买卖，在城里跑来跑去，也许带回几样东西。约摸六点钟，他们到了城里，把篮子排开在街上，等候着买主。这像是一个乡村市场，农人们有着充裕的时间做着买卖。他们懂得了战时的各种变化，也懂得提高卖价，因为现时是什么东西都贵了。他们看到满载军用品的车子滚过街上时，便点着头，或是伸伸舌头道："是哟！嘿，现在是新中国啦。是哟！好家伙，嘿！我可以打赌，我们这些武器，定会打破日本人的脑袋！是哟！"

他们坐在路旁含着烟管，注视着眼前的事物，女孩们穿着制服喘息的跑过来时，就是这么一句"这年头！"听到医院里的免费注射时，他们不安的彼此相视。年头改良了，当然；许多事都不同了，他们也听到战争和重庆空战的新闻。他们现在都懂得了！当他们看到女孩们走往前线去救护伤兵，当他们看到了难童们被组织了起来，用读书和做工来好好的教育自己的时候，就懂得我们一定会战胜的道理了。难道以前有这样的事么！中国已发生了变化。空袭吓倒他们了吗？啊，毫无关系！他们经过了内战、饥饿和战时地主的重税。这算什么？这儿有一种"作风"：当敲着锣向他们要这要那时，人们随便躲在什么地方去，这就行了。在另一个晴天的市集上，他们到城里去，也尽可能的做着买卖。他们有腿可以跑呀。要腿做什么的，真是！躲在山里的树下以后，他们抬头看空中落下的炸弹。凶吗？好家伙！烟，尘土，还有那种闹声。房子的倒塌声，幸亏他们住在乡间。他们下了山，既没有炸死，那么轰炸后就可以为了责任而集合了。他们多方面分配去做不同的工作，去帮助抢救值钱的东西，去抬伤者到医院去，去推倒危险的房屋，去清除街道。他们晓得怎样帮忙。他们看到了轰炸后的牺牲太大了，真惨，他们的同情心被引起了。

是的，就是这些人民，农夫们和劳动者们，才是打胜仗出力最大的人。中国人的力量是从田间来的，而不是从城市来的，他们是兵士，他们运输着机械。他们建造滇缅公路和其他的铁路。他们耕田和修建房屋。没有他们中国就不堪设想了。这是中国最好的人民，也是在这次战争中最吃苦的人民。他们在战前的许多年一向吃苦，现在他们懂得怎样帮助国家和保卫乡土了，他们以为这是世上最美的地方。流汗的是他们，牺牲最多的是他们。知识分子也吃苦，但比较起来太渺小了。我想观察一下阶级区分，虽已大大的减少了，但还是有些。对在战争中的国家来说，对新中国来说，这实在是一种美中不足。这是有钱人的过错，他们对穷人阶级抱着卑视态度，自以为有权奴役他们，命令他们，可以为所欲为。一个主人和一个仆人的关系自然也只是人与人的关系，决不能允许做出逾越范围的事，从什么地方来的这主人和奴才的观念呀？这些在战时是正在消灭了，但还不能即刻清除。我看到学生们和青年工作者深入农村，去向人们宣传、唱歌和演讲，并帮助他们，兵士和劳动者，受到青年学生的尊敬。他们为中国人民而工作，他们了解中国人民是伟大的，青年和老百姓合作得很好。在另一方面也还有旧思想，这是我在中国知道的唯一不愉快的事情。应当晓得中国人民在世界上是最好的人民，真正有教养的人民。毫无雅利安人的自高自大的感觉。中国人民是奇特的。

劳动在中国是昂贵起来了。也应该如此，因为一向太便宜。下面是一个真实的小故事：

一个政府书记①有一次要求加薪，已等不耐烦了，他辞职去拉黄包车。有一天他发觉坐车的人原来是他以前机关里的上司，后者也认出了他。到达目的地后，这个上司下车对他谈，说他的加薪已批准，劝他回去。这前任书记摇着头，快乐的说道："不，即使加了薪也不及我现在的收入多。"于是他就起车子走了。这人现在每月可赚三百块钱了。（如斯）

十五　炼乳和咖啡

在北碚我们吃牛乳时，先要把它煮开，趁热吃，我想你是知道其味如何的。有时我们合在粥里吃，但仍没有冷牛乳的一半味道好。北碚的商店里，只有有限的几罐炼乳和咖啡，价钱非常贵，一罐咖啡要卖到二十元，一罐牛乳五元或六元；约一英寸高的小罐头

---

① 这里所说的书记，是指干着誊写一类工作的人，或叫文书，或叫录士，属于低级职员。——原编者注

要卖到二元五角一罐。可是，我们上山的时候就去买它们，因为这里买不到牛乳，我们第一次买来的牛乳是褐色的，母亲说是腐坏了，但父亲说不，因为罐上写的是"咖啡牛乳"。父亲用手指沾了一点来尝味，我们都跟他学样，只有母亲还在将信将疑。它味很好，我们涂了些到面包上去，但我们小心着不涂的太多，因为这是非常贵的，即 Sanw；Hillsbros，和 Maxwell①。牛乳吃尽后父亲洗了罐头，敲平铁边使成为烟灰碟。咖啡罐也是非常有用的，我们摆了很多有用的东西在里面。

我不喝咖啡掺牛乳，但是喝牛乳掺咖啡。这里的糖有些不大像糖，颜色既不是正黄也并不正白。我们瞧见的"卫生牛油"其实并不见得卫生，所以我们从来不买牛油。至于果酱呢？这里根本没有果酱，每个人都无须果酱，也不知道果酱是什么东西。（妹妹）

十六　唐老板

唐老板是一个木匠。他造我们的小房子。在他的草屋内一共约住了三十个人。草屋是用席子和木桩支在地上的。男人住在楼上，女人住在楼下。他们住在我们的正对面。我们可以看见他们做什么事情，因为他们只有三面墙。

当我们初到北碚时，我们寻找一个女仆。唐老板和他的媳妇到我们家里来了。他的媳妇叫亭嫂，她恰在找事情做。于是我们雇用她了。一天晚上亭嫂和母亲谈话，无双和我听着。母亲问："你的丈夫现在在什么地方？"亭嫂答道："我丈夫又要和别个结婚了！"我们都不明白，问她是什么意思，她说她的丈夫不晓得在什么地方和一个女人订了婚，"当他来这里时，他是和我结婚的。"我们听完

---

① 这是外国牛乳罐头上的商标。——原编者注

都笑了。

还有一个唐老板和他亲戚们的故事。一天我听到唐老板和他的妹妹争论什么事情，以后就天天听到他们吵闹，一直到她搬到别处去，而当她走在路上时，他们还是彼此大骂，弄得每个人都跑出来看热闹。

唐老板从来不躲防空洞，他的一家也如此。一天他们看见日本飞机丢下许多传单。（妹妹）

十七　康仔湾（译音）

我们在很坏的防空洞内受不住，一个礼拜左右，当警报来时便离开村子躲到乡下去。

一个朋友找到一处我们能去的乡间，离北碚约二或三里远，有四十分钟的路程。

北碚在一年中这时候是顶炎热了。而我们来到这里正遇到最坏的所谓"轰炸季节"，天空很少降雨给人们，而代之以空袭，飞机每一个好天气都来，完全料得到。

每天，当红旗挂起时，即表示飞机已从汉口起飞了，我们把熟鸡蛋和面包放在篮里，一大早便动身。我们和北碚的大多数人一起步行着。可以看到人的潮水流向乡下去找寻平安，我们每个人准备着潮外的事，都带着乡间通行的帽子，如果在路上遇到飞机就把它们顶在头上，随时准备躺在沟里或潮湿的稻田里。

在中国有一种颜色最为普通，那就是防空色，一种军服的绿色，大多数人都尽可能的穿上这种颜色的服装，因为假使你躺在草地上不动，飞机是不会从草地里辨认出你的。红色和白色是被禁止的，这种颜色顶引起人注意了，任何人穿着一点纯红的东西就容易被当成汉奸，我们应当小心，日本人只要一发现有人，就用机枪扫射，或投下一颗手榴弹。

我们不得不赶快走这一段长的路程，当我们到达目的地时，多半已响起了第三次警报了，我们从没有享受过这步行。

我们要去的陈家，房子大而且空，有好几个院子，一座道地的中国式的房子。前面有一所学校，学生在没有警报的时候就读书。看他们跟着一个女教员唱着那些功课，真是有趣的事。

陈的家庭就住在内院，他认得我们那朋友。他们是很好的，对着他们的那间空屋就是我们屡次停留的地方。他们是很好的人，也很和气。陈太太一来，就坚请我们和他们一同午膳，我们说，袋子内装有熟鸡蛋，不麻烦他们了。但是他们老是找机会为我们整理着东西。在那间房子里我们挤在一起，坐在硬板凳上。

我试着在警报期间读书，但这有什么用？有时飞机飞近了，有时远了。我们被引到后面的竹林里去。假使敌机要炸那房子；那儿危险较小，而敌机大约也不会轰炸竹林，如果飞机驾驶员没有看见有人走进，但我老是怀疑鬼子驾驶员的准确性，他们有时会炸不中房子而炸中树林的。

一次我们的飞机和敌机发生空战，我们听到炮弹和机关枪的响声。我们害怕着惟恐有一粒子弹掉下来打中我们。但它们没有经过我们的头顶。站在树林中时，我们用树叶折叠成许多小玩意，挂在树枝上。每一次我走出来，我就做好一个，以至做了许多，以后雨和风把它们吹掉了，下次我又会再做。

有一次敌机突然来到。我们来不及走进树林中去。敌机咆哮着，这种惯常咆哮像是巨人的呻吟似的。你准备等死了。这声音在屋里响得特别大，我们惊慌着，流着汗，战慄①着。飞机像是正在我们头顶上。持续约有十五分钟；它们绕着我们兜圈子。当我们知

---

① 原文"慄"，现写作"栗"。——编者注

道有一个秘密军事会议在一英哩外举行时，我们的惊恐更为增加了。甚至懊悔不该到乡下来。我们几乎断定它们要轰炸我们了，那时候的恐怖像是在每人头上压着一块木头，不能再想什么事了。我们到房子的一边去，因为屋中心上面有一根大梁，假使房子倒下来，一定会打死我们。这种不可终止的恐惧是世界上最糟糕的事了，这就是说有一些可怕的事要来临，而你却不知道什么时候和怎么来法，但你确知马上就要来的，你只得等候着，听天由命了。它使我们因惑，我们老是等候着那该诅咒的飞机下蛋。飞机嗡嗡的绕着我们飞，像是一群野蜂。

我们恐惧得无话可说了。父亲去关那通到空阔庭院的房门，他晓得绝不会有什么愉快的事要发生了。关上门的房子，使闹声显得更大。

很有一会轰炸才停止，敌机飞远，我们平安了。

我想疯狂的喊叫，我想飞到空中去和它们打一仗。假使我被炸弹炸死了，我想，我会变成一个鬼，我会升到半空去扼死每个驾驶员，使扔炸弹的机器失去作用。那么飞机就会飞回汉口去，炸弹既没有扔下，着地的时候一定会触发而炸死他们自己的。我不断的遐想，想得我的脑筋作痛。

午后，我们听到汽车的喇叭声，看见人们叫着和走着，还有抬着的轿子，我们晓得已解除警报了。当我们回家时，我们有时间来观察街市。我们必须经过天然桥。那儿有卖糕点的铺子，在市集的日子人们才来。还有学校，我们老是看见小学生们端坐在座位上，一个很老的人当教师，眼镜架在鼻梁上。我们走过时，孩子们吃吃的笑着和指点着，教师却似乎没有看见。他一动不动，手里的书贴近面孔，挡住了看学生的视线。还有一家死了一个什么人，请了一个和尚念经。和尚似乎不理会空袭，安闲的敲钟和讽诵。他的钟声很像发警报的锣声。路边的人向他喊，制止他这样做。

"喂！还在念经。你聋了吗？空袭警报了呀。你想叫飞机听到你敲钟吗？"他们指着和尚，而他仅仅在黄袍内耸耸肩，停止念经了。他是一个老人。

这样，每天我们总得三或四或五点钟才能回到北碚。我们感谢又过了一天，希望第二天会下雨。但第二天仍然如此，这将继续到战争终了吧……

每次空袭时，我仿佛觉得和所有的中国人在推一块大石头。有时石头碎了一点，一片片碎石飞到我们身上来。有时我们躲过了，但更多的时候躲不过。每次警报后，我觉到已将石头推下了一层石阶。这是很艰难的工作，但我们愿意做。因为我们晓得如果我们不推，对方的人就会推向我们这边来，那时将使我们失去地盘，或甚至碾到我们脚上来了。

推呀！推呀！推呀！我们要忍受每次空袭，不想偷巧逃避。

（无双）

十八　康仔湾

康仔湾是防空洞的代替物，有一时我们很高兴到那儿去。对我们，意即指离北碚六华里或两英里的农庄。M先生第一次带我们去那儿。

第一次警报来时，我们看不到城中升起红球，但是我们也一样能知道，因为我们的房子是接近大路的。我们看到老幼的人群跑着，就知道是跑警报。当我唤住他们中的一人问："是空袭么？"他点着头继续前进。空袭，我们日常生活的一部分！

于是带着几个袋子，背起我们的热水瓶，把我们的帽子系在颔下，便加入人群里去。我们离开一个目标——一座有着三条街的城市。路上并不挤，但四处是徒步者。有些人肩上肩着行李，手里拿着包袱。有些人，常常是青年人，空着手走着。老人或病人坐在轿子里，后面跟着家里的亲人。缠足妇女困难的时候到了。裁缝带着他的饭碗、熨斗。一个熨斗要值二十五元哩。每个人戴着一顶草帽。

路线是临时形成的，但却是一条交通要道。我们向前走着，因为警报而走着。天气很热，每个人似乎在想着什么事情。我们向同一方向走去；有几个人现在想返回北碚！有时一辆载重车很神气地驶过，为我们留下一阵尘土。时间很急迫，但我们仍然落后，我为我的脚不能走快而感到生气！但并不犯愁，假使敌机来了，我随时可以跳进稻田里去；假使我被命中了，那真是得到"航空奖券的头奖"。我有这样的幸运，还是没有呢？无论如何，我还想再看一次敌机，自第一次轰炸以来我还没有仔细的观察过它们。我继续走着，虽然是颇为勉强的。路上的行人渐渐的稀少了，因为人们分散到田间小路去。约摸①半点钟以后，我们也离开大路转入小路。转弯抹角，我们到了农庄，在那儿我们等候平安的度过空袭。

M先生在文化协会工作，而这农庄的一部分也还是属于这协会。这房子在去年夏天北碚新屋未落成前当做办公室用过。

这农庄很好的掩护在一片茂密的竹林中，所以从空中很难发现。这是一座道地的有着庭院的中国老式房子。左面一排是一列空屋，我们在空袭时就留在那儿。

在这里最初的经验是恐怖。我一生中还没有现在这样害怕过，我必得说。既然是完全缺乏经验，我也不必羞于说出了。

我们坐在好意的陈先生和陈太太借给我们的凳子上啜饮着茶。在农庄内空气还是紧张的，孩子们禁止谈话，妇女们轻声耳语。当听到飞机声时，我们宁可沉默或低声耳语，也许这是在危险来到

---

① 原文"摸"，现写作"莫"。——编者注

时，自然而然的表现吧。

一个不妙的消息听到了——某军事机关正在邻近的农庄内开会。这儿可能有汉奸，当我们坐着用大草帽扇凉的时候，我们不禁的谈论起这事来。也许敌人已得到消息而来，会殃及到这座房子吗？

虽然在乡下只有几座农屋散立在稻田内，我们还可以听到大路上一个人敲着锣表示第三次警报。M 先生有着长期的躲空袭经验，他带着我们到这儿来，因为他想这里是安全的，去年夏天他自己也住在这里。飞机响声过后，他走进后面的竹林中去。我们还留在屋里面。我们静静的等着时间逝去，但一种可怕的响声听到了。"飞机"！我们站了起来，准备应付任何危险。我们轻轻的关上木门，好像是怕被飞机听到似的。

日本的飞机！这是中国人最讨厌最可恨的声音了，每个小孩都晓得，甚至遥远的西部的苗人和倮傈人都明白，都憎恨这些死亡的散布者。当我听到时，我的血沸腾着，甚至我的指甲和我的毛孔都充满憎恨，这种无言的但深刻的情绪，使我们有一种强烈的要求，成为一支唤起每个中国人行动的号角。现在想起来，这难以遗忘的声音还在耳边。这是我自己的良心。用得着说日本人是残酷的吗？用得着说战争是可怕的吗？它增加我们的憎恨，作为中国人群中的一个中国人，我毫不惭愧的说出我的憎恨。但是我恨谁？不是个人。我恨日本这个国家，这一个野蛮的字眼，却有着许多解释。野心的日本，残酷的日本，野兽般的日本，侵略我国的日本！要是我所提到的这些，不再有日本字样了，我才能不恨日本。但即使侵略者都死了，我相信他们的记忆也会长存一个时期的。

当我们的兵士在战场上杀死日本人时，他们不会想到这些日本兵士的个体。在战场各地开火和爆炸下，他们所想到的就只是我们所提到的那些日本，也就是他们斗争的对象。当我们的飞行员飞到空中击落日本的飞机时，他们所想到的也就是我们所提过的那些日本，而不是日本的飞行师。是的，在战争里，有着人道心肠的个人是被遗忘了，埋葬在虚伪的名义下。我了解一个日本母亲接受一瓶她儿子的骨灰时是怎样的感觉，但一个中国母亲眼看他的儿子被杀死也有同样的感觉。在战争里到处是恨事和苦难。

我想，即是有着警报，我们还是这次中日战争中最幸福者。我们有希望，痛苦一过，就可达到较好生活阶段。我们是有前途和希望的，没有任何明显的障碍。我们觉得，我们正在接近一种生活的理想，一种较佳的社会了。不仅要保卫我们已有的，并且还要建设新的。战时的痛苦，只是过渡到有较好生活的新国家的诞生的一段阶梯，痛苦是无关重要的事。我们乐于忍受，日本人更糟糕，被称为侵略者，被强迫去作战。还有一群人比日本人的情形更坏，那就是伪满洲的伪军，被迫打自家的同胞。"对我开枪吧，要不，我背后的日本兵就要冲过来了！"这是一个伪军向战场这边中国人投降时所喊的话。中国人回答："那么到这边来吧！"在那伪军回答以前，一粒子弹从后面射杀了他。战争中有这样的残酷的事，轰炸亦然，这不能算是最坏的事！

还是回到康仔湾的恐怖经验吧：当飞机飞得更近和俯冲声更大时，我们站了起来，背倚着壁。声音愈来愈大以至几乎不能忍耐了。我们五个人挤在一起，妹妹的脸紧贴住母亲的。飞机约有二十七架，像是在我们的屋顶上盘旋，不断的兜圈子。轰炸机的降落声像是一只野兽攫住沉重的食物似的喘息着。几乎像是死刑前的鼓声。目标一定是军事机关的集会：它们立刻要扔下炸弹了。它们盘旋着，声音忽而小，忽而大。一个年老的妇人几乎晕厥过去，我们的情形也差不多。我们瞧着横跨天花板上的大梁，尽可能的紧贴着壁站着，生怕炸弹炸断了梁，倒下来压杀我们。这种期待至为可怕。我们不敢偷视，只能无助的站着，好像仅在等候飞机把房子和我们一起炸毁似的。这情形大约继续了十分钟的光景。我们奇怪怎么能忍受过来的。不可能，不可能。我的面孔青白，血液凝住，似乎不能动弹了。当这一瞬过去，我们才开始奇怪它们为什么不扔炸弹。最后，真怪，他们飞远了。我颤抖的开了门，我们从极度疲乏中坐到椅子上，流着汗，喝下去的三杯茶都蒸发了！奇迹呀！

　　M先生跑了进来，我们诧异的望着他。他看见了飞机，我们问他是怎么回事。他态度平常而冷静。"敌机遇到了一架中国飞机，彼此在北碚的高空盘旋，后来又向重庆飞去了。它们一定被我们这架飞机弄得狼狈不堪。哈！哈！"他还能笑！什么？它们不是离我们屋顶一百尺左右盘旋吗？我们告诉他这想法，M先生解释说，这房子是空的，关了门后声浪显得更大了，以至对于距离的感觉和闹声的方向辨不清楚。此外，我们看不到飞机时，总觉得可怖。我们是怎样的一群自扰的大傻瓜！这样无端的惊慌，但我倒喜悦这是无端的呢。我们笑了，却不是开怀地笑，因为心中的恐怖还没有完全消失。

　　有这次经验后，我们就到竹林里去了，那儿没有空屋那样可怕的气氛。那里是机关枪和手榴弹的较好的防御处，林子很密，竹子十分易于弯转。手榴弹掷中时，它的碎片不能飞得很远，所以危险大大减小了。

　　在康仔湾的几个紧张的钟头里，我们派一个守卫的人专门去留心，一听到日本飞机接近的声音就来报告，以便我们及时进入竹林里去，小心着不要摇动或响得太厉害。一种轻微的动作叫日本人看见了，就是一个中国人的记号。因为，日本人是存心要摧毁中国的呀！

　　当一只马蜂嗡嗡的掠过，或一个苍蝇来找寻食物，或一队中国飞机飞过时，以为又是警报了。后来，我们习惯听到一架或三架一组的中国飞机的响声。

康仔湾是非常有趣的。甚至在这种荒凉的地方中国伟大变革也可以感觉得到。在前面有两间房子是乡村小学。屋内地板虽不规则，却是清洁的。在刷得很白的壁上挂着学生们的图书和习字，此外还有坦克、飞机和机关枪的图解。在黑板上被一些刚学写字的小孩写着拙劣的字体。有些应该有门和窗户的地方却空着。但这仍不失为一个教室。我们仅是一次看见学生们在教室里，当警报响的时候，小学生们也分散了。他们都是邻人的孩子，如果不是因为战争，他们决没有机会受到教育的。学校可以任意入学，教师由教育部津贴任用，这仅是战争爆发后教育部诸政之一吧了。教师们，同着别的人从敌人那里逃出，飘泊到中国西部来。他们成百的失业了，所以教育部开展识字运动。这小小学校里共有四班，教师们既有工作，又能维持生活。学校上下午分别开课，早晨有两班，午后有两班。

中间的房子被一个四川本地人的大家庭占据了，右边一排是安徽来的另一个大家庭，陈先生和陈太太是从河北的西北来，那儿近来也打过好几次仗。另一个是从重庆来的文化协会的职员，M先生是从广西来的，而我们是从福建来的。多么复杂和不同的方言！唯有战争能做到这样——使人们结合在一起。在这间小小的农屋内有多么不同的习惯、观念和生活方式，能知道多少故事呀！

午餐时，我们从路边棚下一个女人那里买来甜饼、熟鸡蛋和茶来充饥，因为位置的关系她生意极好。M先生，那使我们能来康仔湾的人，最喜欢吃鸡蛋，父亲买了约十五个鸡蛋，M先生觉得不大够，老是额外的再买六个八个来，我们的袋子只能容下父亲所买的，M先生买来的只得装进衣袋和拿在手里。

在康仔湾的午餐约比平常早一点钟。我们拿出所有的鸡蛋和甜饼来，烧水冲茶。空袭中举行野宴！

不久我们发现了一座院子，并且很喜欢它。院子的一部分被凸出的层檐遮住，另一部分裸露着，我们老喜欢坐在那里，因为那是午后最阴凉的地方了，四周很静。屋里堆着很多旧杂志。一天我翻开一本杂志，看到一篇非常动人的文章，是一个航空员的寡妇在他死后周年祭时写的。词句简单，可是她回忆和对未来的希望可以感动一个铁石心肠的人。当我读着时，我仿佛听到中国的侦察机在天空中飞翔，搜寻任何敌机的踪影。我放下杂志了，我们做了什么呢？

乡下没有解除警报这回事，我们只有估计着这是该回家的时候了。康仔湾永远是有趣的。这里没有外国味。只有在这里我们完全忘记了所有的外国习惯。我在这里好像是家里一样。回家时，我们要跨过稻田到大路去。有一次我遇到一群乡下孩子边走边愉快的谈着笑着，突然间学校老师来了，他们自动的停止了谈笑。他们又变成了安静的服从教师的学生。直到教师走过很远，他们才敢谈笑，又变成乡下孩子了。

一路上，我看见许多人回北碚。我们意识到已经解除警报，每个人都约在同样的时间回家了，此外，还有许多乡下人到城里去。每个人因为热和紧张都显得疲倦的样子。回去的时间总好像慢一点，因为已没有在路上遇到敌机的危险了。（如斯）

十九　防空洞生活

北碚的人和在自由中国任何地方的人们一样。空袭来了，我们应付它们。空袭不来，我们倒觉意外。当一连三四个晴天他们不来时，这就是说他们在几天以前已大炸了一次，现在需要休息了，我们以为鬼子是变聪明了一点。他们又来时，人们无所谓地跑到防空洞里去。

没有生命，金钱和财产有什么用呀？每个人都要活命，旁的什么都不管了。金钱流通着，人们倚靠着它生活。假使运气好，我们每礼拜买几只鸡吃，否则，没有也行。女人们也共患难。生活就是这么简单。人们工作着仅能混饱肚皮。贫富现在都平等了，每个人只有一条命。金钱、珠宝、房屋和田地算什么呀？现在每件事情都是无意义的。每件事情都简单。我们快乐是共同的，那就是当一天我们打下了五六架敌机，我们对自己的空军能力感到高兴的时候。我们的忧愁是空袭来的太频繁和来的太久，还有物价高涨。老年妇人进出防空洞的可怜的情形是有目共睹的事情。

一把椅子，一张桌子，一间屋子算什么呢？它们全是空虚的。没有它们我们可以坐在地板上，若是我们有了，不过是奢侈品，我们感谢还能有这些东西，当天雨时我们感谢上苍，大家跑到城里去兜圈子，高兴我们还能这样办。

但是人们并不忧愁。人们做事的责任心突然提高了。每个人在生活中都有他的目标，在所能生活的每一个钟点都尽做事。我们也有一个共同目标，我们等待着那么一天——这是最后胜利来到的一天！我想像，那时汽笛和鼓声都要响酣了，每个人都无所顾忌了。爆竹将从早闹到晚。

"打胜仗后，我要一路喝着酒到北平去！"

"我要在街上和每一个人跳舞！"

"我要把店里的爆竹全买来分送给每一个人"。"你放过爆竹吗？"我要这样问他们，假使他们摇头说没有，我就要说，"那么，拿这些一直放个心满意足吧"。

"我要买敲警报的锣来，一直敲到我的耳朵发聋，手臂伸不直才罢！"

"我要一天大叫到晚，嗓子坏了我也不管！"

"我要满身穿红，烫头发，像上海女人那样动作，还要招摇过市！"

这样在我们热烈谈话中，警报响了起来，每个中国人都像觉得有一把刀子开始割自己了。

我们怀着新的勇气到防空洞。

"总有一天，总有一天……"（无双）

二十　嘉陵江

是一个晴明的早晨，我们晓得敌机一定又会来。但是空袭能使我们一天到晚不出门吗？不，附近有一个温泉，还有一个钟乳石的天然洞穴。所以我们一大早就动身到北温泉了。

我们穿过城市来到江边。诈多载重和未载重的船只非常忙碌地来去，木头撞着木头的声音和人声混合。有些驳船装满了疏菜，有些装满了一笼笼鸡，有些是木材器具。市场上有这样多的船只和交易，北碚在这一点看来实在算是一座繁荣的城市了。这一带的河床很宽，激流打响着露出水面的圆而光滑的峭石。有时我们只能看到峭石的顶；今天，江水很低！我们看到了它们整个显露。这就是北碚命名的由来了。"北"是指"方向"，"碚"是"水中的峭石，"意思就是"北面的峭石"，在英文中叫起来是很古怪和不自然的，但中文却不然。

我们在江岸小路上走着。我们右边是江，左边是一座峭崖，有着许多岩洞，可算是最好的防空洞了，因为炸弹在未爆炸以前就要滚进水里去！江水流得很急，我们看见顺流而下的船非常迅速和平稳，而上溯的船由岸上的船夫们用长绳拉着前进，我们看见每一个顺流或逆流的人都是忙碌的，我们自己也应该忙碌，因为我们不愿意在岸上散步的时候会遇到轰炸机。走了两里路后，我们到了一个码头，就雇了一只船。这船洁净而宽大，未油漆的船舷由于久用显得光亮而平滑。我们坐在船两边的舷，悬着两腿，驶往温泉去。微风很清凉，布棚遮着了阳光。刚才太阳底下走过路，此刻真是爽快极了，真快乐。我们开始享受着，忘记一切事情，每一件简单的事情！

我们缓缓的逆流而上。紧靠的两岸都是矗立的高山。从低的水面上看来，它们高大得不可思议，好像是江上的天然要塞一样。有一处江水和峭壁做成了一个典型的四川的峡。山上布满了矮丛林和常春藤，在褐色的江水上形成一片碧绿。但是一些事情骚扰了我们，像是在热天穿上一件长衫似的。也许我们带着随身的东西回去的时候，我们的房子会不见了——这是在这些空袭的日子中共同的思虑。这儿也许有空袭吧，但泉边有许多岩洞，讨厌的是那个我们带向防空洞去的内有珍贵物品的袋子。在警报中走出时，我时常讨厌带它。这是空袭中必要做的事情。但是今天我们是在游历，没有比袋子再重要的事情做了。我们轮流的拿它，我老是高兴把它递到别人的手里去。

船继续前进着，我们无所事事的坐在船舷上，我们瞧见在□处山上孤单单的一座房子，四周有一簇美丽的小丛林包围着。父亲说这真是很妙的居处，离空袭目标很远。就是嫌太孤单了一些，C先生说这叫做"鬼屋"，没有人愿意住进去。这是不确的事，但我非常感到宽慰，无双、妹妹和母亲也这样。父亲并不想驳斥这迷信的谬见，也不想急于去住。也许是迷信，我不管，让我也来迷信一番吧。

不久我们到了北温泉，爬上很高的石阶上山顶去。我们累得喘不过气，急于要找一个歇凉的地方，我们都很惊奇，原来这里是一座很整洁的公园。我们来来去去的走着，风景非常美丽。有一间招待室题名为"数帆楼"。

没有飞机和空袭的消息。午餐后，带着餐后懒散的样子散步到两座庄严的寺院建筑去。但是天啊，其中的一座已变为一间俱乐部，另一座变成了理发室。真使人昏倒了。这是什么年头，多么乱来！我真要抱怨现在的世界了。看见这些庙宇真要叫人划十字喊出"这年头！"一张乒乓桌子放在观音菩萨的前面，乒乓球时常打到观音的身上。靠近这桌子又有"弹子戏"和别种游戏在小桌上玩着。庙的右厢是一个图书室，有着流行书画的和别种的杂志。这还不错。在另一个殿里，顺着庄严的石阶走上去，在四大金刚的可怕的眼睛下，一个理发师穿着白色制服，正在替一个舒服的闭着眼躺在一把彩饰的旋椅上的人剃头。毫不理会金刚的眼睛是这么可怕！这小理发师非常安详，霎着眼睛，灵巧的抚摸着顾客的头。这庙有又高又大的天花板，宽广的门，温和的风自由的吹进，在这里剃头真是最舒服的事了。

我知道中国庙宇从不会变成一个避难所的，但我禁不住惊奇，学生们在靠近香烟缭绕的三脚炉，用英语喊着，"Twelve-all! Fifteen-sixtteen!"① 显得十分安闲。

仍然没有敌机来，也许今天没有敌机来了。我们到洞里去。幸而我们带着电筒，但是母亲向黑暗的和狭小罅隙的入口处看了一看以后，决定留在外头，C先生也同样留在外头。

于是我们走下去了。我的头被悬空的山石撞了一下，好像我走入另一个世界里来了。出奇的冷和莫测的黑暗。洞的模样奇形怪状，而前进又非常困难。有时我们必须摸索前进或抓住潮湿的岩壁以便支持。电筒在这时毫无办法，不怎么亮了。这倒并不十分有趣。我们走下了石阶，足下摸索着更多的石块。一分钟后我们发觉已走完第一段石阶，我们更往前进，直到走完了四层石阶后才算走到了底。地下早已泥泞难行，在深处我们可以听到地下泉水的流声。我们最好还是回去吧。我真感谢今天没有警报。在这种地方躲

_____

① 这是打桥牌时的叫牌。——原编者注

警报真糟糕了，如果炸弹从上面的缝隙中透射进来，我们无疑的自投罗网。任何石钟乳掉下来就可以阻止我们出去。想一想我们的骨骼在这儿冷却吧！我感谢任何人，只要使日本空军首领不要决定在今天做此旅行吧。

父亲在一个危险的地点骗我们说，我们的电池用光了。我们晓得他在开玩笑，但是这几秒钟的战栗和恐怖却毫不减少，因为这是十分可信的。

接着我们又在温暖的太阳下了。

约摸四点钟时，我们回到河岸，下了船。玩得很开心。我们坐着，让水流将船带下去。在未到北碚以前的黄昏暮雾里，江水平静，青山依然。恬静中风景含有一种深邃而天然的高贵。一天的游玩以后虽倦犹乐，我们尽情观赏着周遭的事物。

一只驳船满载着木材顺流而下，船夫们一面划桨一面歌唱着，驳船的每边有六个人，他们的动作完全符合歌声的节奏。他们所唱的这种歌我们以前从没有听见过。或许这是无字的歌，为船夫们的天籁，从没有被记录过吧。声音飘过水面，升入山中，强而有力，一个劳动者的歌声是不同于厅堂音乐的。啊！这江山，这人民！在疲倦中我饥渴的欣赏一切，这是一些我不能向自己保持沉默的事情，全世界，每一个人都应该知道我们的国家是一个可爱的地方。驳船超越我们过去了。我不能充分描写出来，文字不能表现于万一，世界的伟大孕育出这样美妙的事物。当一个人深潜其中时，肉体和理想合而为一，一个人能够抛弃所有的感觉和欲念，只有灵魂存在，自由的像一只鸟，在无尽的天空翱翔。

战争、炸弹、榴霰弹、人民、山岳、河流、痛苦和慰藉，一切奇妙的混合成一个概念，一个感觉。而只有这感觉在这瞬间是为我存在的。这是精神的出舍。人们能尝试这种崇高的喜悦是何等的美妙啊！（如斯）

二十一　榛林

在北碚我们从来没吃过任何外国食物，有些聪明的人却开了一家酒店，弄来一些外国食品，还有咖啡和冰淇淋。这酒店叫做"榛林"。M先生十分喜欢那里的食品，所以他每天都去。

榛林的主人是一个上海人。他花了一大笔钱从上海运来各种东西，但也从那酒店赚了大批的钱。他把酒店装饰得很美丽。壁上柯伯耳和嘉宝的画像都是他自己画的，画得都很像①。店内共有两层楼，上面一层是中餐，下面一层是西餐，榛林在北碚很有名。这儿有咖啡和炼乳卖。我们去吃过两次。招待非常坏，要等到半点钟才能吃到一碟东西。

在北碚七点钟以前电灯不亮。当屋内突然亮了的时候，大家都要"啊"地一声。但不知怎么回事，这光线使我瞌睡。真是天晓得！第二次轰炸时榛林全部被毁了。他们想救出一点东西，结果所获很少。我们听到这消息都互相发问。"M先生到哪儿去吃饭呀？"我们再看到它时只剩下一片瓦砾了。（妹妹）

二十二　宋家防空洞

当我们去康仔湾觉得越来越远，走起来感到吃力时，我们的房东好意的为我们介绍一处私家防空洞，宋家的防空洞，他共有十二个孩子，从三十岁到两岁。我们以为防空洞是不怕炸的。于是每次空袭都高兴的去那洞。洞内例外的很明亮，他们把石墙上刷白了，又开了两扇深而非常窄长的窗子。还有另外几个来客也在这里，所

---

① 这两人都是美国著名的电影明星。——原编者注

以有时显得颇为拥挤。在北碚两三架电话中的一架就是装在这洞内，构成防空情报网的支部。

我们天天都去，很熟悉它了，同时也颇为爱它和这里的人。这些人有些很好，有些怪可怜，有些太自私，他们使防空洞内充满趣味。有个 H 太太，她称她自己和孩子们为"卫生家"。啊！你不知道他们在防空洞中是怎样重要的分子呢！她和三个孩子老是占据着每间屋子里两张长凳中的一张。她肥胖肮脏，又有臭气。她俗气无礼，谈话如牛吼。但是她还是一个医生，某教会大学的毕业生呢。

"哼！"她夸口道，"你不知道我！从前，李太太有一次几乎死掉了，要不是我，唔，她现在早死啦，'嘿'我的婆婆说，'着什么忙！'假使我那时听了她，你现在怎么说！我吃完了饭就跑去看，她正在呻吟。要是去迟了一分钟……还有她的那几个孙女！整个家庭的命运都捏在我的手里！"

她有三个女儿，一个正是她的小小缩影。一个很瘦和狡猾，还有一个男孩，不可教的小孩。最大的一个大多数时间留在学校里。

这样的妇人和这样的孩子们，一天，当敌机飞得很近了，她向她九岁的孩子唱着《乔治亚进行曲》来故意捣乱。H 太太是专门喜欢探听坏消息而当作好消息来散布的人。

一天父亲正在说德国有两万架飞机，而 H 太太刚一听到两万这个数字，立刻就对每个人嚷道，"听，林先生说日本有两万架飞机来轰炸我们，别奇怪，你听说过吗，杨先生，两万架？"还有就是拾着接线生打电话时所说的片断来讲给每个人听。一天她听说父亲和别的几个人到县一个地方去了，立刻她跑回来，说是日本鬼子已炸中那地方了，直到接线生不得不来否认这消息。每一次还只是二次警报时，她总是说，"不，第三次了，我刚离开家便听到拉，呜呜呜。它们当然立刻就要来了！"于是她笑着，露出了满口的金牙。

因为是空袭情报网的支部，这里有两个人坐在电话机前讲话。他们必须要大声叫喊才能收到消息。

"喂喂喂！什么？合川吗？这是北碚。敌机过了合川？方向北碚？不，不是这儿，……炸声听到了？什么地方，向南？"于是这人停了一下，接着又拿起听筒，向重庆或别的地方喊，"北碚叫，敌机过了合川，方向北碚，北碚。"

立刻我们听到飞机声飞过我们的头顶了。

"敌机过了北碚，北碚。喂，重庆，重庆，重庆吗？重庆？重庆电线断啦？炸啦？什么地方？谁？哦……"这就是他们谈话的方式。有一次当他们接线时，我听见一个人喊，"你们午饭吃什么？什么都没有？我有壳子，壳子哟！"他愉快的笑了。

我们时常听见重庆的轰炸，那种深沉的爆炸声。

"喂：敌机正过北碚，方向重庆，共三十架：谁？不，没有炸弹，正向你们飞去……。"

喊叫继续着，每天他们从警报的开始叫到终了，到没有什么消息来的时候，我们晓得敌机就快要离开了。

我们渐渐的不大害怕了，由于听音的多种经验，可以辨别出它们在什么地方飞，近还是远。我们可以辨出是重庆的轰炸还是别的地方的轰炸。我们可以辨别与他们不同的自己的飞机。还可以辨别由远方轰炸前来的撞击声，警报或家鸽的铃声，我们的驱逐机或战斗机，日本的侦察机或轰炸机。我们能听到离开很远的声音，我们的耳朵已训练得能侦知任何细小的声音，我们已变成听觉过敏了。诸事都过得顺利，一直到北碚第二次轰炸的时候。（无双）

二十三　H太太和她的家庭

H太太是一个非常、非常肥胖的妇人。她有四个孩子和一个婆婆。她使防空洞内充满了难闻的气味。但是她的最坏之处还是她的孩子们，而她的孩子们中最坏的一个是那讨厌的男孩子，他同时要做一个老大哥和一个婴孩。牙齿痛时他便哭了，他把饼干浸在水里吃，好像味儿跟冰淇淋一样好，他吃着他母亲嚼烂了的饼干。当他需要像一个老大哥的时候，他便走去轻轻的拍着宋先生的孙子，他自己还必须拍着才能入睡呢。

他们在防空洞内一地都撒上碎饼干、面包屑和鸡蛋壳。每个人都讨厌他们，连 H 先生也在内。当 H 先生在这儿的时候，她像耗子一样静。他责备她不该让孩子们吃生李子，他们两个都是医生，用英语谈话。H 先生在一个什么山上的医院工作，有时他回来一天或两天。当他走开的时候，婆婆真是可怜；她被她的孙女又拧又打，他们吃面包的时候什么也不给她。他们占了这么多的地方，以致有时宋先生都没有地方坐。

宋先生和宋太太是很好的人，他们从不抱怨什么事情。有时他们不去坐长凳，而去坐在角落里的小凳上。虽然他们是主人，可是他们让客人们享受最好的座位。（妹妹）

二十四　第二次轰炸

当我们听到轰炸声时，我们正在宋家防空洞里。炸弹落得太近了，太近了，这是不能喘气的几秒钟。洞里的人们很害怕。大家都急着跑出去看，但年纪比较大的警告大家等一等。好容易等声音渐远了，洞的门打了开来，就听到杂乱的说话声了：谁的房子？火吗？什么地方？多大？有几处？我也急于一瞧。每个人都失去了镇静，心在空气中浮动着。我们的防空洞曾被厉害的摇撼过，但洞是无恙的。我也走出来了。是的，被炸了。我想打什么人。四周浮动着尘土。附近的一间农屋着了火。一股浓黑的烟柱从城内商业区冒了上来。我们的房子仍在那儿立着，蒙了一层尘土。杨太太的房子附近中了一个炸弹！有的人赶下去看那损失；有的人站着。我皱着眉头观看。我们的房子安然无恙，但是……

那近的山坡下，一个老人从一间正在燃烧着的房子跑出跑进，非常镇静的迁移着他的行李、桌子和凳子，好像火不是在他家燃烧似的。他不去救火。为什么？我们看他跑进跑出都不耐烦了。他继续搬东西。远处是另一堆火，轰炸的范围这次比较广大。江苏医院方面也冒起了火。我很伤感和兴奋。没有一个我的同胞是安全的。我跑出跑进的把外面的情景告诉母亲。警报还没有解除，我们不能下去。我们都好像失去什么，每个人心里是彻底的空虚。宋家的房子是完好的。但杨太太的房子受损失很大。离山坡约一百英尺的田里，有一个更大的炸弹坑，尘土带着硫磺的黄色。这是一个燃烧弹，但什么也没有烧着。那老人仍旧搬来搬去，甚至看都不看那火。城内的黑色的烟柱已经扩火和延长了。周遭都很凄惨，看见北碚觉得凄惨。当我观察了一番后再看那老人时，那火奇妙的灭掉了，现在仅只冒烟了！也许那房子内有什么人帮助救灭了火吗？那草舍的一半还是完整的！

解除警报很久才来，我们立刻奔下山去，今天情形很不同。一个电报办事处里的人走过，笑着说他的被服因为想用来灭火而燃烧着了。一切都好，就是被服上烧了几个洞。

我们回家去。锁同门扣都震掉了。一扇门倒了下来，我们担心着因为头痛没有躲警报的福嫂。她对她的胆怯笑了又笑。危险的时候她躲在桌子底下，她觉得要出什么事了。到处都是灰尘，许多块玻璃都打碎了。我们的床覆盖着一层土。客厅里一部分天花板掉下了，屋顶的瓦都滑落下来。我们惊奇着锁竟会这样的脱去。

有些人在街上跑着，到处都听到扫除碎玻璃的声音。我不能保持通常的镇静。没有人能够。我惶惶无主而不能安静的坐下。我们下山时，看到火扩大了。厨子预备了晚饭，我们照例的吃了，很早就入睡。

没有什么事要去做，我非常的想去睡，但是我躺在床上，觉得我在此地纯粹是偶然的；我不能睡着。兴奋，心中感到空洞。或许我的一部分脑子失去作用，它的空间让愤怒的兴奋占据了。靠近我们屋子的大路，平常是很静的，此刻充满了脚步声。东方的天空被火照亮，火，破坏！于是这儿有生命与死亡，忧愁与快乐。我愿意这只是一个人的错，而这一切，都会随着他的生命埋葬了。

我可以把发生的事当做纯然物理的性质来看。火可以用眼看见，脚步声可以用耳朵听到，尘土和碎玻璃可以用双手感觉到。一切都很清楚和简单。某一个鬼子转动了开关，一个炸弹从空中落下来，当它击中一座房子时，爆成一片片榴霰弹，而还含有硫磺的榴霰弹接触什么东西，什么东西便燃烧了。火着了，火烧倒一所房子，房子没有了，一家人没有地方睡觉了。这就是这么简单的事情。但我希望有更为分忧的事情，使我的情绪紧张。这种单纯使我恐怖，在这夏天的夜晚，没有风吹过我的窗子。蚊帐一动都不动。外面热，里面也热，可我还是什么都不管地睡觉了。

早晨醒来时我想起昨夜太兴奋了。我记起轰炸这事实，但那不像回忆，像曾喝过一杯水那样的简单。不过我仍不能照常读书，我需要忘记我的感情。

这就是说整个的市场和周围很多的房屋都烧光了。只剩下河边一排房子，其余都没有了。人们整夜的救火，但木头房子烧得太快。整夜，人们向乡下搬家。今天又是晴天了。又来警报了，连着五天都有。第二天下午我们到城里去，正在一次空袭之后。在乡村大路上每个人都带着一付①匆忙的样子，我们有点忍不住，但我们

---

① 原文"付"，现写作"副"。——编者注

知道为什么要在这个时候进城。每个人都突然改变了脸色，掩住鼻头。这是什么？当街上人都四散而逃的时候我们也跑进书店。原来是在抬死人！为什么掩住鼻子呀？这就是那个人，你可以闻到。只见四个人带着担架走近了，书店老板的眼睛紧张的注视着。由于突然的冲动，我转身向街上观看着。一瞥就足够了，我连忙掉转头。我用手紧紧掩着鼻子。我必得对一些东西掩着鼻子。接着我看着周围的那些面孔，他们都现着同情和哀伤。所有的人都好像是一群孩子在怕一个妖怪。一个他们害怕而不愿多想的妖怪。一个威胁你所有的每一件东西的妖怪。死亡对我们就是一个妖怪。重踏的足步声走过了，一些恐怖的事过去了，街上又充满了从店铺里跑出来的男人们和女人们。有些事我们怕着，有些事会发生在我们之中。我们都说："可怜！可怜！"

可怜。我们可怜那被炸的人，我们可怜生命已离开了他，我们可怜那现在被我们讨厌的人，也许可能是我们之中的一个吧——无论是谁。他一定在乡下停留过的。以后他就失去家庭了。这里他被拉开，埋掉，他是轰炸中的牺牲者。他是一个老人，一个店老板，还是一个农人呢？我只看到他的肺和五脏已被日光晒紫了。他简单的裹在一张席子里。他是一个好人，一个坏人，一个有野心的人还是自大的人？没有人知道，也没有人想知道，我们只知道他曾经活过，至于他的意见更不必提起了。我们也无须乎知道。周围活着的人都是像我这样的想。生命是热烈和健康的。我们沿着街走去，每个人都沉默无声，也没有说话的必要，我们仅让自己奇怪的思想奔放着而消逝，我们应该忍耐，因为还有很多这样的情形。城里的每个人都见了，向死者的呈现投以难过的一瞥，但是他们继续他们的工作。

到达街角时，看见前面的事情，我们突然惊愕的站住了。什么，一切，都随着那场火不见了！一切都跟地面一样平。这里一定有上百家房子被烧掉了，变成我们所看见的黑烟，化成了泥块。我们低头看着靠近我们脚下的混合着碎玻璃和废物的烧焦了的砖头，它们延绵排列约有一百英尺长。我不相信我们的眼睛。现在变成能够遥指的空场了，从前这儿有过一家店，我们还从那里买过几张凳子哩。这里曾经十分拥挤过，在现在上空飞着鸟雀的地方，从前是人们睡觉的二层楼。但是现在人们怎能睡在同一的地方呀。好像是我们视界突然加快了，通常在一百年以后一个人只能看到墙壁的小碎片剥落下来，而屋梁是极慢极慢的腐朽的，所以这变迁使人难于置信。这就像一个人被禁了三十年后，重新出现在一个不同的世界里，看见他的儿子已经长了胡子。太突然了，太厉害了，我们难以领会。孩子们在废墟上翻捡着他们能要的值钱的东西。有几个烧掉家的人就在原址废墟上搭起草棚来。每个人停下来看着，因为这是难以相信的。青年和老头都有同样的感觉。壁上贴者布告，通知所有无家可归的人可以渡过河到复旦大学去，那里可以解决住和食，在废墟自身中显示了新生命和希望的光辉。

废墟老是使人们觉到生命、财产和野心的无用，因为废墟代表着时间。废墟是自然退化的象征，所以永远是可悲的。但是我们当时却没有想到这一着：我们只想到我们的男女同胞被弄得无家可归。我们离开这里，漫步到北碚的完整地方去。我们遇到另一个牺牲者：我们赶快跑进一家店里去掩着鼻子躲避，但他是在一具棺材里。

我们买了几样东西回家。活人依旧活着，几天的工夫就会把死人忘记了。就像是许多片绿叶中的一片凋零的叶子，许多活着的松鼠中的一个死的松鼠。在路旁，一辆汽车被烧成一付半焦的骨骼。这甚至可笑的。还有直径约有十二尺的炸弹痕迹，周围被硫磺的黄色染遍了。

佛教徒说："红粉者，骷髅也。"佛教徒是像时间或像永生的上帝那样有智慧，但我并不想有智慧。让我的官能欺骗我吧，一若官能去欺骗别的人。我不能保持智慧，假使我要这样就不能生活了。我看见我的指节动，一只狗向我吠。一个妇人在木盆里洗衣服，因为她的狗叫而抬头看我。生活，这就是我所需要的，我需要享受事物和娱乐我的官能。让我只看到美丽的女孩而不看到她的骷髅吧，因为这天午后我看到一付骷髅。而我却只需要看一个美丽的女孩。与其做一个智慧的人，能同时看出一个女孩和骷髅，还不如干脆死掉。

我看见北碚从这次大病中脱出了。她又骄傲而强壮地矗立着，甚至更可爱，因为北碚只像那美丽的女孩；也因为北碚曾经过苦难和破坏，但她却没有成为骷髅，却是更健壮的美丽女郎。北碚是对的，我要学她的样。她将更为繁荣的出现。中国也是一样，经过了挣扎，她同样，也要繁荣的出现的，北碚永远不会死灭，因为她的存在不会毁坏，正如中国的存在或精神不能毁坏掉一样。

我脑里的幻想正在奔驰之际，连晚饭都觉得没有味了。今晚我所看见的事物以后还会来的：时间可以埋葬伤痕，但却留下一个永不能遗忘的印象。（如斯）

二十五　第二次轰炸

那天早晨我醒来，觉得要出什么事情。假使今天再有警报，那就是第十三次空袭了。日本鬼子经过十天不停的疯狂的轰炸后，一连休息了五天，好像有人告诉我们说，日本鬼子要给我们一星期的假期。但是在第十五天他们来了。

每天观察天空。可说是一种痛苦，我们要看是晴天还是阴天，但晴天总是居多数。

假使强迫你站在一个尖峭的崖边，你感到怎样的痛苦呀。每天从九点到五点就是这种情形。

八点钟我们试着不去想到空袭，到时钟一点一点的接近九点钟时，我们便紧张和不安起来了。

如果正在读书时，便立刻中断，站起来从后门去看我们右面的山顶上是不是有人站在防空洞前。这时我们是那样的不安，我便去坐在走廊上看行人，我想我是人们中最胆小的了。假使我看见许多人往防空洞跑时，我便要去对我们的仆人喊："去，去看红旗有没有挂起。快一点！"有时他去了，有时他却不。

我们的女房东，她也是最害怕的一个，会跑去看。时常，我听见她的声音叫着，"林太太！林太太！"意思就是警报来了。她答应警报来时随时通知我们。

"林太太！林太太！"

女房东尖锐的声音时常在我的耳中震响，我常竖起耳朵听，有时才晓得是错觉。

但是毫不例外的，每天都有一次招呼。我们便知道就要有空袭，便着手准备，直到二次警报发出时，就动身到防空洞去。

我们动身老是很费时间。不是忘带手帕便是忘了锁门，只好再回去。也许我们有一种未意识到的感觉在吧，以为回去一次时恰好赶上警报解除了？我不清楚是否是这样。

在那特殊的一日，六月二十四日，日本鬼子又一次轰炸北碚。我们照常的到防空洞去。飞机往来盘旋，我们坐在那儿等着。急性的青年人时常跑出去观看。他们的太太和母亲害怕的坐在洞里。

突然，他们一拥而进了！我听到呼啸和爆炸。所有的人挤在洞的一角，没有人发出一点声音。

呼啸继续着，我们晓得它们非常近。烟从狭窗中跑进来，硫磺味充满了洞内。

后来飞机飞走了。我们站了起来。我的身体出着汗，衣服几乎湿透了。也许我们的房子炸了吧？我们断不定。我不想出去看，这是太可怕了。

父亲出去了，他看见我们的房子附近炸了几处，但我们的却没有炸中。这一次比头一次更近了。一个炸弹在我们家门口二十英尺的地方炸了开来。我们女房东的房门被砸倒。烟和着尘土四升。

过了一会我也出去看。七八处起了火，但是多数的炸弹没有投中，只烧了几棵树。

我们年青的女房东杨太太哭起来了，因为她的继婆，一个很老的妇人，不愿意出来，就躲在她屋后的一间小屋内，值钱的东西都在那里，她也许被炸死了。女房东想回家去看看，但是别人拦阻了她。

那讨厌的 H 太太开始笑了，当杨太太不在这里时，她的女儿指着说："哈、哈、哈、她哭啦!"H 太太开始谈话，高兴这次空袭能供给她闲谈的材料。"哈，一清早凳子跌倒，我就晓得有什么事要发生啦。瞧那场火! 那是李太太的房子，哈，可怜他们吧，他们昨天才买了新的被褥。'最好不要买'，我曾劝过他们，但是嘿! 谁要听? 现在，看你不听话!"

谁也不去注意听她。

火焰继续着，燃烧，燃烧，燃烧。我们的消防队已出发救火了，但有几处火大得不能救。江南的一处最大。那是卖竹子的市场所在地。

火烟的黑焰升腾于空中。我开始惦记着我们的女仆，她因为头痛不愿到防空洞来。

解除警报了，每个人都赶回家去。

所有的门扣和锁在震动时脱去了。天花板上的白粉一块块掉了下来，玻璃打破了，我们的女仆已经扫干净了地板。

她说："木匠曾经来过这儿，很多人都说飞机今天不会来，我便睡着了。等一下我听到响声。我爬到饭桌底下去，那时许多东西都破碎了。"

我们在花园内拾到一片榴霰弹。这次杨太太的房子损坏最大。"我不能决定修理还是不修理。"她嘟哝着，"我怎么办呢？我不想修好它，再叫飞机来炸。"她屋里的天花板，以及玻璃和一切东西都破碎了。

靠近我们房子的炸弹洞非常大，四周是绿黄色的硫磺，可见是燃烧弹了。

杨家的老太太还好，仅只昏了过去。

第二天，虽然我们想着市场已被烧光，食物或许不能买到了，但交易照常的在一处空场上进行着！

轰炸的那天里，我听到人们呼喊着和喘着气，好像抬什么很重的东西。我不敢起来看，幸而我没有，这会使我的心中难过。这是人们在夜里从被炸的医院里抬棺材出来，死人身上血淋淋的，火把在黑暗中哗哗剥剥的燃烧着。

医院被炸了，那就是轰炸的目标。我们晓得北碚有三个目标：医院、银行和大学。（无双）

二十六　轰炸以后

当我们觉得炸后的恐怖已平静时，我们到街上去看所受的创伤。

一路上，这么多人用手绢捂着鼻子，我们问他们是怎么一回事。他们没有回答，仅指着大街恶心的摇着头。我们往前走着。我看见四个人鼻子和嘴都包着。他们是抬棺材的。

我想现在去逛街恐怕没什么意思，但我们继续往前走。当我们经过街上时，发觉许多十分熟悉的店铺烧光了，还有许多家墙壁和门上有很多弹穴。我觉得伤心。

突然间人们掏出了手绢捂住鼻子，往路的两旁让。我回头一瞧，看见四个人抬着什么东西。母亲已经注意到了，连忙递给我一块手绢，我赶忙跑进背后一家新书店去。我恐怖的闭着眼，不敢呼吸，书店里的人们也拿出了手绢。一刹间街上很静，只听到四人的喘气声和吆喝声，他们抬的是死人。

我们又走出来了，我朝着那里在一床很坏的草席中的东西瞥了一眼，血都浸透了。母亲和如斯都见到了说，他已烧焦了，心、肺、内脏都从身体里裂了开来。

啊！我不愿意再听和再走了。这已够惨。他，几天以前一定在我们所走过的街上走过，现在死得这种样子。人们现在都避他，怕他的出现。敌人多么残忍呀！我觉得对他很抱歉，这是战争给他的赐予。他一定曾是一个可爱的人；没有人会像现在这样嫌恶他，他，应该享受着生命，应和别人一样的活着，现在生命却离开他了，他的身分裂了。他的朋友们抛弃了他，谁也不需要他了，这就是为什么他在死时只有一张席，永远永远的——谁晓得到什么时候？

战争，炸弹，战争，炸弹！啊，为什么人们互相打仗？去消耗一个人的儿时在战争的氛围里？一个人的青春被强迫在战场上或在家里结束了？为什么一个人不安安静静的生活着而与世隔绝呢？没有烦恼，没有负担，没有困难去烦扰他的生活，没有人去杀他，让他自然的死去不好吗？为什么人们不能隔着一重海平安的生活呢？

我穿过街，在沿着岸的街上走着，那里什么东西都烧光了。我们一星期前曾买过一把椅子的那地方现在已不见了。这好像是不可能的，但却是事实。在原地方只有灰堆和尘土，其余是空场。繁荣的街市没有了，在这里玩耍的孩子不见了，河边空着。只有几个老妇人留着，探寻着剩下的东西，从前曾经是他们家里的。有些孩子拾着榴霰片，可以卖八毛钱一斤。鬼子却没有想到这一层。三天前的灰烬余热未散。整条河岸都烧光了；火烧过许多条街而停在某一家店旁，烧焦的木棒、木块、残砖、破瓶狼藉满地。老妇人们一面让眼泪滴下鼻头一面寻找着东西；她们眼睁睁的看着她们的房子被焚，曾是她们的每件东西都失去了。

所有街市都像被肮脏和死亡覆盖着，我们像是住在一座鬼城，我站着的土地也曾被死者站过，这地方曾经是他们的。

北碚失去了他的恬静，他只剩下了一付强壮而消瘦的骨骼。人们全都兴奋起来，努力的做着事，不知将来还要发生什么。人们互相这样的客套；"恭喜此时此地无恙，"或"托福，我还好！"

但是人们已经在计划建造新房子了，我看见一个老妇人摊开一块蓝布，在地上卖她的东西：肥皂、香烟和牙刷等等。

轰炸后的一天，鬼子又来丢下许多小传单，劝告我们不要再打仗了，同时重庆却被炸得一塌糊涂。我们以为这轰炸后虽是有效的，但是炸弹只能使我们痛恨他们，厌恶他们，一张小纸片怎能打动我们的心呢？我们笑着把纸片抛开去。炸弹不能破坏我们长期抗战的决心。做着愚蠢诗句的小纸片能有什么用？鬼子绝望了，但我们却不然。（无双）

二十七　防空洞生活

日复一日的，我们到避难室去。我们在同一防空洞内遇到同一的人们。我们走着同一捷径，谈着同样的事情。每天是相同的。这里有两种类型的人，"乡下"派和"岩洞"派，乡下派老是走过一长段距离到乡下去，快乐的消磨了几个钟头，但是他们回来时却感到很疲倦，"岩洞"派到防空洞去，睡在里面，出来又做事，我们从"乡下"派变到"岩洞"派，因为在乡间不测之事太多。

在洞内的几个钟头是很好的，但是后来就讨厌了。我们准备在警报期间受苦，而这是要归罪于日本飞机的，所以当空袭警报不来的时候，我们却毫不讨厌。时间由于有警报变得珍贵起来了，我们只要稍微有点时间，便挤着做必要的事情。

也许这是因为我刚从外国回来的关系，我甚至有些爱起警报来了，我不是一个好战狂，也不喜欢看见人们被杀死。听见遥远重庆炸弹的爆炸，是最痛苦的事。声音非常低而遥远，但这样像是忧愁和抑郁的提示。这像是心跳，在沉闷的静止中突然来几下重击。听远处的声音比听头上声音还要痛苦。

是空袭才使我忘记了富人、穷人，接近我和围绕我的人们的缺点。是空袭才使我觉得真正是一个中国的公民。是空袭才使我感到战争的脉搏。是空袭才使我想到每个人，甚至最坏的，也应该活着。是空袭才会使我宝贵这生命。我高兴看到一群人在切实地做着有益的事。我喜欢看到一整队快乐的士兵。我喜欢看见感动每个人的心弦的一些事情，而空袭就加强了这种普遍的感觉。

当轰炸机飞过我们的头顶，我坐在人群之中，在黑暗里用两手掩住耳朵，期待着随时听到一声轰炸，知道这么多同胞和我同在，我感到坚定和快乐。当我瞧见每个人在那种地位上都平等，连抱怨着的老妇人们和沉默的婴孩们在内，我感到躲在洞内并不是耻辱，反而是光荣。在黑暗中，每个人心中都有一道光。我是极度愉快的。我当然希望永远不有任何空袭，但是在空袭中我高兴有这经验。在我头上的石块看去不觉得怎样可靠，当我眼睛紧闭，敌机声临上空时什么事情都显得可能发生，但我不害怕。你在日常生活中爱一个邻人吗？在机声下他也是一个优良和奇异的人了。我侈于批评好与恶，正如当我闭上眼时，无法觉出我是孤单的还是与大家同在洞内；但是我觉得这是新奇的经历。真是这样吗？我不知道。在那时我只是快乐而不忧愁，只是高兴而不忧郁。

当敌机过后我睁开了眼，我看见医生的胡须闪着光，老妇人喃喃念阿弥陀佛。这些面孔都是苦痛的；多数的人是苦痛的，除了几个对发生的事无动于衷的青年人，他们像是憧憬着将来。我自己觉得害羞。但是奇异的快乐每一次都临到我！不，我不痛苦。

我最快乐的瞬间之一，就是当我出了防空洞看见每个人都平安的走出的时候。洞建筑在一处山坡上，正当在一座山岩下，坚固而且安全，有许多小路引到别的防空洞去，全都狭而难走。当解除警报时，青年人和老年人都快乐的叫了，每个人都赶着跑下山坡去。每个人都很疲倦，但是在下山坡时，生活的信心似乎帮助他们恢复了精力。有些人跳跃着；有些人飞跑着。甚至老妇人也用力赶路，虽然她的小脚不允许她这样做，那就是我们有的共通的快乐——简单的快乐，但每个人享有他们。有些人叫着"防空洞里一场甜美的休息，嘿！""快一点，我还要去开铺子呢。""嘿！我希望我的橘子还在原处。我先前没命的跑，全把它们忘啦！"老妇人显着愉快，"嘿，今天平安了，没有炸。""别那么说，也许明天一个炸弹正炸中你的床！"每个人咯咯的笑着。他们是乐观的；人们在洞内经过几个小时的忧愁后，也应该快乐了。"早一点到我家里来，六点钟好不好？父亲的生日宴会还举行。早一点来。也许会有夜袭呢！""你是说你不中止吗？但你怎么能在这样短时间内预备一切呢？""别替我担心。我回家第一件要做的是把面下到滚水里。佐料早上就切好了！别担心，来吧！"

每个人都走开和消失到自己家里去了。家庭工作是有趣的，做买卖是有趣的，做木工是有趣的。在长时间的监禁后生活本身就感觉有趣。木板有节奏地锯开了，编织篮子成了一种轻快的工作。每件事都显得新奇、完美和渴望着去做。一种紧迫的生活是动人的，就像是花园中的一朵玫瑰。我们不想多求，只要让我们太平的生活着就好，因为太平已经变成一种奢侈了。

即使没有太平，这么多事情可以去做和这么多事情可以做好！当我们回顾到那些太平日子的生活时，我们奇怪着有多少浪费呀，多么傻！太平重来时，我们决定过一种生气勃勃的生活，而不是那种不整洁的生活，此刻我们过的生活正像过去一年所过的一样。

笑、工作，甚至沉思，都是有趣的，这并不是说要有什么目的。它们是生活本身，我们曾老是幻想做什么高不可攀的事情。

我喜欢看灯在远处近处的各个屋里闪耀。它们一个个的突然在东，突然在南的点亮了，像是数天上的星星，不晓得什么地方出现第一颗，而且老是数不清。当天黑尽了，所有的灯都亮了，在黑暗中闪烁和移动着。在黑暗中灯光的温暖代替了寒冷，像太阳在白天一样。每件东西都是可感觉的和属于人间的，我在周围的环境中感觉得很舒适。

在那些空袭后的夜晚，有着一种含有遐想、感谢和模糊的忧愁的情绪。有点像是在礼拜堂中的心情，只不过更为暧昧更为浮动吧了。这就像烟雾与云雾之不同。

没有缺陷，没有疾病，没有痛苦，没有实在的忧愁触到我们，但是它们却在四围。我是一个很好强的孩子，就在这儿也很好强。我不要像周围的男人和女人们那样忧愁。虽然他们的忧愁打动了我的心弦，这一些晚上我常常想起他们的遭遇。这里很多的故事，战争故事和更多别的故事。所有这些故事缠着我，有孤独的，有悲伤的，有勇敢的。因为在夜晚回忆就特别活跃起来。白天是工作，夜晚是睡觉，在这二者之间却是回忆。这是回忆，战争是辛酸的，也是可怕的，有人的儿子在战争中被杀了，这就有关于儿子和他的死的回忆，苦恼着他的母亲，夜复一夜的思念和伤心。那是永不会医好的创伤。望着窗外轰炸后更厉害的创伤，她紧闭嘴唇，她吞下她的眼泪，她在温习这事，然而那勇气是可怜的，她羡慕邻人和孩子们共同进餐，一瞬间地对幸运的人产生了嫉妒，因而有些怨恨。但这并不持久，她知道她的忧愁多么崇高，而不愿意让人也有同样的事。

然而还有更多的轰炸，更多的人被杀死，更多的回忆，每一次轰炸后，就要多出一个像她自己那样的人。

虽然炸弹对任何人都没有偏爱，它却常常更多地照顾穷人。一间草棚烧了，对于主人，有时，比一座砖房炸了要伤心得多。火也特别容易光顾穷人，一座砖房着火较慢，而草棚一点火星就可以烧光一切。一间房子烧掉了对穷人并不是一个简单的问题。这比皇宫之于皇帝还要紧得多，因为吃、穿和住等等问题对皇帝是毫不感觉困难的。对于穷人，那就等于饥饿、寒冷和无家可归了……但我也并不去太悲观，因为他们可以从慈善团体，找到临时的住宿处和食物，他们也可以得一些钱去重新造一个家或做点小买卖。还有这样的路！

可是周围都是痛苦，默默中出现着痛苦和勇气。胜利就从这些痛苦和勇气中生出。

所有给予我的感受只刺激我去帮助，去参与，去加入到群众中去，完全与群众混合。这样做我才觉得快乐。当高兴的洗刷着墙壁和天花板时，我又成一个最快活的女孩子。

生活在北碚只是增加对我们祖国的爱。离开香港时，有人曾说我们回到祖国，早晚会失望的。他们不回来，为什么要使别人灰心呢？他们说："呵！呵！你们将会对破破烂烂和老鼠成群的重庆生活感到失望的！"一个人会对贫困和老鼠而致失望吗？多么目光如鼠！他们希望一个乌托邦在重庆出现！也只是这些乌托邦者才会被老鼠弄得失望的。他们只是议论着，议论着，但对实际工作着的人们有什么意义呢？我恨我自己也是他们阶层中的一个。一个浆洗衣服的实践生活者比描写她的生活的人要强得多。

是的，这里每个人刺激着另一个人的工作。他们是互相鼓励的。这是一种爱国热的表现，却不是战争狂；这种能使人发疯的工作却觉得快乐。也许这是最好的一种生活了，生活对每个人裸露他的残忍和美丽。生命诚实的运行着，没有虚伪的幻想，没有玫瑰色的光。我并不是讴歌着"战争万岁！"我只是试着从战争的坏处中指出好的一面来。以上只是在这儿的认识，回美以后，我才能花费时间去默思过去的事情。那时我生活一定很忙碌了。（如斯）

二十八 生活在北碚

自北碚二次轰炸后，精神紧张起来，时间很快的流过了。每天在防空洞内已经精疲力尽，哪还有力气去工作。父亲不能每天都呆坐着等候铁鸟下铁蛋呀。我们决定去找一处没有必要进防空洞这类烦扰的所在，这就是说必须地方偏僻，鬼子都不愿意来轰炸。北碚是飞机往重庆必经过的十字路口，飞机每次来都经过北碚。

二次轰炸后，北碚比以前冷落些了，没有什么事情值得叙述，只是照常生活着。自然北碚没有现代设备，没有自来水，没有电灯（除了有数的街），没有煤气，没有电车，没有外国制品，也没有人需要它们，每件东西都是道地国产。但有时我们需要一点小舒服，例如，一杯普通的咖啡，一罐 Maxwell 牌的咖啡，那是一种外国牌子，因为中国是不出咖啡的，每罐要卖我们二十二块钱，我想全村也不过四五罐吧了，人们被请去吃晚饭，咖啡被视为最佳物品了。假使咖啡掺牛乳，那就被视为皇帝所过的生活。实在我们很少尝味，虽则牛乳仅是稀薄的东西。所以我们远离一切在西方认为当然的奢侈品，饭食是朴素的。

有一个时候，叫做"榛林"的新酒店开张了，晓得外国食品的需要，主人专门购进，包括冰淇淋和咖啡，这里有西餐用的刀叉，我们已久违了。他们装了电灯，那是仅有几个办公室才有。八点钟时电灯才亮，我们要在室外等着，因为室内太暗了。当每个人发出一声欢呼时，那肮脏的司帐者跳起来拍着手。于是电光渐渐亮起来，一直到深夜。那也是好的。

至于水，我们或掘井，或雇人挑河水。我们自己做了一个过滤器，包括五层砂子、棕叶，小卵石和炭，放在一个水桶里，在底部开了一个洞，用一节竹子当做管子。

我们的房子，变成城里最新式的了，有一个浴盆。当我们洗澡时，我们的女仆从水桶里舀水，她一看见这外国式样的浴盆，便开心的笑着，她以前从没有看见过。这里的人是用木盆，刚刚容下身子，水都四溅到地板上。

自然这里没有电影，但是每晚有京戏，或不如说是新剧，或两者混合的东西。他们在夜里扮演，我们七点或八点就要上床了，因为我们第二天要早起，在警报来临以前多做点事，所以我们从没有去看过。

"按时睡觉"是时常听到的格言。在月夜时我们必得早睡，因为假使不这样，恐怕敌机半夜来，我们就没有时间睡觉了。按照旧历，每月十八到二十四晚间，我们要准备好，把我们的鞋子、袜子和衣服在睡前放在床边同一的地方，以便有夜袭时我们容易找到。我们每个人的床边都有一支电筒。电筒在那时很吃香，我们到什么地方去都带着它，有警报的时候我们在防空洞内也用得到，走夜路时在没有路灯的地方是少不了的。街上只有光线很小的植物油灯。

有些北碚的店制造外国饼干，"外国"这字意指它们不是咸的，像中国的东西咸而且黏。虽然它们是普通的饼干，我们却要六点钟起来才能随心的买到，因为需要量大。有些内掺鸡蛋，有些没有，但很少用过牛奶（我们在北碚从没有听到过奶油这名词）。有时从重庆运来。当空袭破坏了重庆的作坊时，我们就要一连几天没有面包和小糖饼了。面包铺在外面贴着条子"重庆面粉工厂被炸，两天内可照常配给。"尽管材料粗糙，吃起来还是有味的，我们只能得到这种货。它名叫面包，有的叫饼，不过是一块面包样的东西，没有奶油或任何东西在里面，除了在形状上，实际并无分别。有一次在温泉我们看到有外国饼卖的广告，我们走进去了，果然没有给我们失望，在饼的上面薄薄的涂了一层奶油。但一尝起来，天晓得！饮料，除茶外，我们饮着甜甘蔗水。

不过我们并不感觉缺乏这些东西，因为习惯了别的东西。在买橘子时，我们必得问问价钱，当小贩们坐在路旁，他们的东西摆在路上时，人们聚拢去看。

"呵，呵！太太，你不知道这些橘子，刚从乡下摘来，我本来卖五毛钱一个，现在只卖你四毛五，老主顾嘛！"

"瞎说！这样的小橘子，我还你三毛钱一个！"母亲这样回答。

"不卖！不卖！不卖！"

这样我们只好假装走开，而每次我们都听见他们叫："好啦，三毛五，这可不能少一个！"旁观者却喊着："呵，不要买他的！这样又小又烂的橘子要卖三毛五一只，你这瞎眼的卖东西的！你简直看见老主顾不认得啦"。橘子在夏天是昂贵的，因为他们从去年起一直保留了下来，也真不容易。于是我们以最初所提到的价格的一半买到手。父亲从不愿意还价也不晓得怎样还法，他还觉得母亲对小贩太苛，而实在你一不小心小贩就让你上当。假使他们索价十元，你五元就可以买到了。（无双）

二十九　内地老鼠

四川的老鼠实在是可怕的。它们到处都是，当你有客人在座匆然跑进一老鼠也没有什么不好意思，不来倒是例外。我讨厌猫，这里很难得到一只，我们也不去找了。但是老鼠却到处都是，你实在要数得头昏眼花。它们除去六英寸多长的尾巴还约有半英尺长。对付它们的困难之点是在它们并不怕人。

我们的新房子也有老鼠。父亲堵住了壁炉，但一点没有用，它们从窗户和门槛上跳进来，真无法摆脱它们。一天晚上，当我在帐子里睡觉时，感觉到帐顶有什么动物在跳跃，又听到几下响声。我以为是贼，吓得不敢看，后来跳声在我屋里四处乱动，我才知道是老鼠。它们在我的椅子上、桌子上乱跑乱跳，而且还有开缸盖的声音，约有四五只，我开始觉得有了蚊子倒不错，因为它们的关系我才使用蚊帐，而帐子至少使我和外面隔开了。接着它跳进缸里，我的棋子就在那儿。于是每一个老鼠搬走一个棋子，我听见棋子在椅上和地上跳动的声音，然后它们把棋子在房里滚动。老鼠跑过壁炉，又回来弄更多的东西。它们像是有秩序的，我可以数出有十一只棋子被拿出来了。老鼠，老鼠！但我并不十分怕它们。

"嘶！嘶！"我叫着。老鼠对我丝毫不加注意，仍然继续捣乱。我发现我的电筒坏了，没有东西可以吓唬它，我又不敢起来去赶它。

于是我只好让它们跑，整晚我可惜着我的棋子，第二天早晨我发觉一只棋子不见了，我晓得它在什么地方，如果小偷不是这般十分有礼的老鼠时，他们也没有这耐烦来打开我的缸盖了。

另一个晚上，我被锯木头的声音闹醒了，我想那木匠一定疯了，晚上这时间还作工，随后我才发现是老鼠在啃东西。

我们时常在报上看到这样的消息，"重庆最近轰炸以来，炸死了不少老鼠，某一地区甚至全部消灭，无一逃脱者。"于是我想日本鬼子不仅轰炸我们，也是帮助我们杀死老鼠。

有一个月之久我无法玩棋，直到由于特殊情况使棋子又出现的时候。这就是敌机在北碚的第三次轰炸，我们房子被炸了，屋顶倒了下来，我的棋子也从房上落下，共有十一个，全在这儿。（无双）

三十　缙云山

我们在缙云山找到一处不容易受到轰炸的小地方。这是一座寂静的山，上面有·个庙。从这庙走半个钟点的路到达另一所荒凉的庙宇，现在改开旅馆了。这地方太荒僻。人们仅在夏天来。冬天这里住居很不适宜。因为人少，不大太平。现在有几个家庭从村里移住这里来躲避空袭。

作家王老向和他的太太也在这里，我们和他们变成很要好的朋友。

这里有三座建筑。我们住在最大的一座建筑内的两间房子里，这建筑包括一排房屋，左右都有走廊扶梯，在中央的楼上还有着带房屋的阳台。几个和尚整天祷告着"啊！我佛慈悲"。还有一间大厨房，足供几家人在里面烧饭，每家都有自己的炉灶。

我们搬到这里，觉得这地方合适。我们几乎完全回到在北碚开始时的生活了，什么东西都缺乏。只有椅子、桌子、床和火炉。我们穿着蓝色棉布衣服，在北碚要算最好的式样了，穿得太脏了才脱下来洗，在这里无须把我们的衣服都换穿出来给大家瞧。

这儿，藏在山峰和森林里，敌机也掠过我们，但并不每次都从这儿经过。当一个小孩子拿着一面锣跑遍了庙里通知有空袭时，我们就走到楼下。这里只有一次警报，我们通常是吃完了饭再走进竹林的最密处去。

在树林里如果我们要读书也仍然可以读，喜欢做事的也可以做，但当飞机嗡嗡的飞过头顶上而看不到什么时，却并非怎样痛快的事。

在这里我们才看到我们空军能力之强。时常有一架在我们这一带巡逻。我们说它在"恭迎"敌机光临。我们飞机很少，他们飞的十分高，等轰炸机来时，就冲下来射击，接着更下降一点，在下面忽然倒转来射击敌机的腹部，据说我们的飞机是没有向下射的机枪的。我们的飞机时常以一当二十七或三十六，每次都打下一两架敌机来。这是一个奇迹，我们从没有听到我们自己的飞机跌下过。

有一次在北碚空袭中，一架中国飞机打下五架鬼子飞机，我们的驾驶员像是非常高兴，打跑空中强盗后，常表演翻筋斗来娱乐北碚的人们。

提起空袭来，每件事情都是有趣的。鬼子飞机本来惯于在夜里空袭，白天不敢来，怕我们的空军。人们和报纸都嘲笑他们，激他们白天来。于是本年他们开始白天空袭了，没有一次他们的飞机能整队回去。每天他们要损失一架至七架飞机。我听说，有一天在汉口空战，我们的飞机击落了他们二十一架，鬼子整个夏天都没有来。这才叫"偷鸡不着蚀把米"。

在空袭中中国飞机给予了我们勇气，使我们的决心加强并且得到了安慰。我们觉得他们是为了地面的我们而战斗的，在出了什么事的时候他们就来帮忙。我们望着我们的飞机求救，他们每次都给了回答。我们几乎整个身心都托付他们了。

我听说，飞行师全都是大学生。这么艰苦的任务，飞起来又急速的冲下去，突然作热又突然作冷。他们随时都穿着皮衣，因为一有警报就可以立刻跳进机舱起飞。警报时所有的飞机都升上天空，避免鬼子在地面的轰炸，空中倒安全些。

有人问什么是他们最难受的事，他们回答：当突然的冲下靠近地面又突然的升起时，他们会出汗，而汗水像虫子和蚂蚁似的在身上爬着，最难过了。

一次在竹林中，我们听见飞机响，并且听到机枪声互相射击，以后一架敌机跌下来，着了火。这对我们是多么大的快乐呀！在空袭的日子里，唯一开心的就是听到或看到一架日本飞机被命中而跌落。

在空袭的紧张中每个人都屏着气，老是高兴听到有些残暴的轰炸机被击落的消息。啊，勇敢的中国空军！我怎样用笔墨写于万一呢？

搬来这荒凉的山中后，从寂静的林中找到了安全，我们十分宁静下来了，当飞机飞过时，山中感到特别有趣。我觉得我们，藏在深密的竹林中的这几家，是非常幸运的。

豹群在夜见咆哮着，但豹群总比炸弹好一点。

他的太太希望有一个孩子的那个王先生，一周间每天都在北碚工作，经常在周末回来。当他回来时，我们的仆人青山照例跟在他后面，带来许多鸭、鸡、米和吃的东西，供给我们一星期之用。有时和我们住在一起的厨子亲自在赶场天下山去买东西。

王先生是一个乐观家；他老是愉快的毫不在乎空袭。任何事情发生他都是最快乐的。

"哼，让鬼子来炸我们吧！"他老是这么说，"假使投下五个弹全炸不中，扔到水里去了，鱼都被炸出水，还省得渔夫费工夫去捕。假如投下十个弹，就算炸中一间房子！这是我们的便宜。我们收集起这十个炸弹的弹片来，都值得八角钱一斤；还有比这更上算的事吗？"每个周末我们照例快乐的看他带回来的报纸。

"有什么新闻？"我们会问他。

"确实消息，我们昨天打下七架飞机！我们收复了一座城，还杀死了许多鬼子！"

一天发警报的时候他走到山里来，当他看见我们和他的太太在竹林中时，他叫着。

"噜！别害怕，今天飞机不会来。我回来的时候，听到我们的飞机呼呼的飞！不要问我有多少架，要问多少群！"

"有几百呢？"我问道。

"我也不晓得？太多了。只是呼呼呼的响，你从没有听见过这样的响音！我没有看到，但却听到。"

就算他形容过火一点，那又有什么关系呢？我们都快乐的听。第二天，我们在报纸上看见共打下五架敌机！

他舞动着手杖和抬起黑边眼镜。

"我不是发狂的惟一的人呀！"当他过甚的形容什么时，他老是说。"整个乡村都狂热的谈论这事情！我们全都恨鬼子，我们彼此互相帮助！"这就是王先生。他的太太是一个护士，有些人最初一看并不美，但是愈来愈显得漂亮，有些人最初看来很美，但渐渐的使你觉得很丑。王太太则是属于前者。

如今我们住在山上，比北碚本地要高一点，每天早晨我们照例的望望天空，看是不是晴天。当我们起得很早时，常常云块还没有升起，依旧笼罩着北碚，像是一个阴天。我们这里地势很高，可以看见笼罩着北碚的云层只是一层稀薄的烟雾，马上就是一个晴天了。我知道在下面的人们希望得到一个阴天，但是他们的希望落空了，而他们还不知道。在这高山上我有一种奇妙的感觉。我仿佛觉得我对北碚和他的居民负有责任。我觉得，既然我能知道等一下是什么样的天气，我就应该下山到北碚的街上喊，"走呀！走呀！到什么地方去躲藏吧，离开，因为今天等一下子就有警报来的！"

北碚只是一个非常小的村子，虽然有文化中心之称。北碚有着很简单的居民，这些人甚至不晓得什么叫做做错事，为什么他们要被迫受苦和忍受警报的烦扰呢？他们为什么在这儿？我，不知为什么，只觉得对他们有责任，真有些傻。这不是因为鬼子，或是炸弹，只是一种很呆憨的感情。或许因为这是我们的生死关头吧。

我希望我能把北碚的人们都叫到山里来，躲避轰炸。但是假使他们全来了敌人也要轰炸这儿了。住在这儿逃避轰炸是一种特权，而我不应该比别人有这权利。我应该参加到群众里，去与每个中国人忍受同样的事情。但即使住在内地也正是一种特权：住在中国，正在战争的国土，又是怀有国家观念的人中的一个，也是值得骄傲的。我觉得我们生活太好。有着一付重担在我的肩头上，我不知是什么，或为什么，反正总一样，是应该有这感觉就是了。我既没有权利抛开这感情也不能不注意他。这是一些我不知其所以然的很重要的事情。

我觉得我是和我的同胞在一起，在战争中，我知道我正协助将鬼子赶出国门的工作。在晚上，在温柔的月亮下，我认为我的工作就是向山下望，希望第二天是一个雨天，可以让北碚平安的过去。我很关心天气，假使是适合空袭的天气，便感到失望。天气晴朗不是我的过错，但我却仿佛认为这是我的责任。这给一天的生活加了一点忧愁，但在中国却随你怎样想就怎样想。从前所住的地方是平安的时候，每天都可以做很多的事，我们并不加以重视。但是现在我们懂得它的价值……重视每一瞬间的平安并且为此感谢。纵使在连着几个晴天有警报的日子中夹了一个雨天，也是好的，我们也需要。瞧着北碚动员到防空洞去，老年的女人们和年幼的孩子们跑出跑进，组成防空洞的行列，他们不会，不，他们会平安的活着的！我常想到那街上的老年女人，永是痛苦和需要帮助，平安和幸福是例外的事情，不能忍受这情形。啊，这些人们是这样的谦逊和良善，而且生活简单。他们对自然和上帝绝不怀疑！这些人们，以为生活的痛苦只是他们的命。现在他们习惯了，也不晓得这就是愁苦了，他们忍受着而不问为什么。我于是突然对他们感到了负有责任。

但总有一天，那时他们将享受幸福和太平，那时爆竹如同雷鸣，人们也不害怕锣声了，那时将是每个人都感觉快活的日子。我知道，我们全都团结一致，北碚、重庆和中国其余的地方。我们不理会战争的痛苦，我们瞻望着战争的终结，我们定会胜利的：我们

努力着，努力着！（无双）

三十一　缙云山

　　我们在抗战三周年纪念日的前一天搬到缙云山去，所以在七七这纪念日，我们已在云中整理行装和居住了。赵老太太，游击队之母，将在一处公共集会演说，全北碚的人都会去那里听，并且庆祝这一天。那天会有空袭，我们可以断言，但是我们和往常一样有防空洞可躲。我要求七七以后再搬，或在那天午后或次晨。赵老太太的集会在早晨七点钟，无论如何在警报以前，我不感失去这机会。但我们先已决定在六号搬了，而且准备工作也完成了。

　　我非常失望。住在缙云山是无可避免了，但是我想我们还可以去瞧七七在北碚的庆祝，那晚，当我们在烛光中整理行装时，来了一场暴风雨。一面窗子碰坏了，玻璃碎了，我们必得清除，一张席子和栅栏也吹倒了。烛光老是吹灭，我们很费事的挡住屋外的雨。收拾这些是容易的，我已熟练了，但我厌烦这工作。我整理妹妹们的衣服，帮忙整理厨房器皿。我整晚对自已发脾气。我对时常熄灭的烛光很心烦，拿出手电筒来用。我需要浪费。十一点钟我才去睡觉。雷、电、雨整继续了一通夜。我的桌子已经空了，我的屋子也是空洞的。我可以听见雨声在房外离我这么近。我不睬暴风雨，我不睬任何事情，拼命想睡觉。

　　七七，我们在缙云山的第一天，是一个晴天。我们昨晚在地板上睡了一夜，因为床还没有运来。从公共阳台上望见前面的风景很美丽。这里很高，笼罩的雾要到八点才散，到那时我们才能看见远山和村落在中国风的青色里。每件东西都是富有诗意和充满青春活力的，可是我仍然生着气。我不喜欢这样不上不下。一个人应该有勇气并能照顾自己的生活；一个人因为收入不多而轻蔑富人，阶级区别确实存在。在这种状态下没有可以彻底的事，甚至言不二价和公正的买卖这事实也不尽然。我不愿意这样。永远是，毛头小伙变"聪明"了，"成长"时便懒惰了，为什么青年的梦老是在失望中醒来呢？当一个人从他所忠诚从事的工作中醒来时，留下的正是困苦的生活。而这是痛心的，学会了生活不过是生活，想我不能了解这醒来的原因，因为我还年轻。我希望我永远不了解它。我也不需要。或者少想一点也好，太想多了反而不好。

也许集会已经散了，每个人都在讨论赵老太太的演说。"还是一个普通的庆祝集会。几句演说，和其他等等。"让他"还是普通"的吧，但我却要听。

我看着白云在浮动，啊，但是太慢了，太慢了！我看着与沉思着。理智、荒谬、理智、荒谬，真是讨厌的事情！我需要一点刺激；刻板的生活是太可怕了！

做了一些事情后，我才改变了情绪。那只是短时间的转移，很快，我的神志又把我拉回来了，一个女孩是比男孩感觉来得多的。我希望我是一个男孩，永远自由的做我的梦！

我时常处于内心矛盾中，荒谬的梦想常常嘲笑着理智。我在怎样的心情下，以一个第三者来批判自己的心情呢，那是公正的合理的心情吗？我想抛弃一切，而只留一个，就是那稍稍狂热的一个。我喜欢爬越了一个人，又一个人，又一个人，又一个人，一直爬得顶高，摇着手，我自己坐在云中，我越过的那些人都失望了，然后我再下去。这不是怎样愉快的冒险，一个能思想的动物的不可解的心情！

缙云山的和尚是摩登的。有一个从事政治的和尚对世界的变迁看法颇为开明。还有一个和尚从我们借了一本通行的小说，读后很觉激动。还有许多和尚曾经去过上海前线，帮助过伤兵。也有一些和尚走出去了，正在帮助照料难民。这里没有一个归隐的和尚。和尚的类型只有三种，我不能理解他们。他们唱着佛教的古典乐曲，念着祈祷词，计算着飞过头上的轰炸机。他们的课程在警报时停止了，人们分在树林。一个和尚这时该怎样想？他注意空袭吗？他拥护中国的佛教，使他再成一个盛行的宗教，还是恐怕蓦地灭亡而毫不在乎行他自己的主义呢？我不能了解他们。或许如果佛教成为一个"会社"①会要明朗一些。现在我不能断定他们是活跃还是懒惰。在这个时候是很难判断是非的。有一个和尚从西藏旅行回来，穿着一件喇嘛传统的明亮的黄袍，像一件印度长衫。他穿过粉红色玻璃质的衣服。他面孔红而强壮，任何时候都愉快。他不像一个和尚，和尚理论上应是苍白的、瘦弱的和恬静的。此外，他还有一个十分好的声音。

在西华寺我们住的地方，离庙约有三里路，我们有各方来的朋友。这里在三座建筑中已经有十家人，每家平均占有两间房子。我们是朝南的两间，有一个阳台在前面。

早晨我们念书一直到早餐的时候，午后继续，假使没有空袭。我们很早睡觉，生活很简单。这里我们依旧可以听到侦察机、轰炸机、战斗机轰隆的声音。

一个孩子敲着一面锣从庙里跑来跑去，通知我们第三次警报来了。因为第三次警报总是在二次以后的一刻钟的样子，我们知道敌机就要来了。纵使在这一面山坡上只有这几所房子和三处农家茅舍，我们还是去找隐蔽的地方。每个人急忙放下洗衣的工作，灭了炉中的火。我们不需要现出有人住在这里的痕迹。我们离开屋子，不然，也许会招来机关枪扫射。

---

① 犹社会，汉语原指集会，结社，传到日韩，引伸为公司、商行等。——编者注

第一次经验是很糟糕的。王太太在睡觉,我们在一棵大树下,一面读书一面等着飞机的来临。后来听到飞机声了,我们一次又一次的招呼王太太,但她显然没有听见。一霎时飞机来到头顶,我们不好再叫。已经来不及到母亲和妹妹所在的竹林了,因为中间还要经过一条无掩蔽的路。轰炸机的响声非常大。这里有一个小石龛,约二英尺半高和二英尺宽,土地菩萨的像坐在中间。无双和我把头挤进去,为了避免机枪和手榴弹,假使他们往这方面攻击。父亲站在一株老树下,以树身做他的掩护物。

我老早就说决不要相信日本人。没有人能断定日本人什么时候会突然临时决定扔几个手榴弹到田舍上去。我信任石块还比鬼子好些。我是宁愿一有警报就随时进洞的。这时我的一半是比较安全一半则比较危险,这小土地神是被两个闯入者所骚扰了。飞机并未离开,响声亦未停止或减低一点。我因为兴奋和着急,衣服被汗湿透了。我希望听见任何东西,急于偷看一下,看不见飞机,在我们头上的树叶子挡住了天空。只听见而看不见是可怕的。但是立刻我们听见一架中国战斗机来了。他的响声很轻很急。一场空战!我们听到单翼机的机声,轰炸机的吼声。我不晓得要发生什么事。啊!让他发生吧!我在这小洞内松了一口气。这不是开玩笑的。接着单翼机声和轰炸机声渐行渐远了。我们安慰地站了起来,母亲从竹林丛中出来了,还在我和她谈话以前,听到一种刺耳的声音,像是在传音器中传来的丝绸的撕扯声。有人喊着日本飞机跌下来了,跌下来了!我们听到一声巨响,好像一个巨大的炸弹声一样。是的,跌下、炸开、坏了,一架日本飞机跌下来了!明天我们在报纸上可以读到纪事。其中的一架为我们亲自听见在邻近跌下!这里每个人都感觉兴奋。一架日本飞机毁了!这就是这些可恨的"下蛋者"们之一的末路。你想吧,我们并不去问是一架中国飞机还是一架日本飞机。无疑的是日本飞机啦。我们的惊慌是不足一道的,只是我们,由于对外面的世界没有经验，大惊小怪吧了。我们站在天井内的荫凉地方，听一个人讲空袭的故事。那是勇敢、爱国和牺牲的故事。突然我们听到了熟悉的机声，轻快而迅速的回来了。这是我们的空中健儿，他刚才战胜了，现在他在这一带的天空迎候着别的飞机，我们静静的站着，向天空的英雄感到敬意。我们想要向他敬礼，只是他不会看见。这是我们亲自看到和听见的一件事，一件勇敢的表现！

那人讲完故事了，没有其他队的飞机到这边来，又恢复乡间里的安静了，蝉在飞机去后继续的鸣叫着。

王太太也来了，我们把书放在一边，"现在"比若干年前的古典文学较为需要了，坐在石阶上是很荫凉的。我们愉快的听着竹林中的风声和从厨房传来福嫂尖锐的笑声。回想书中的内容是有趣的，虽然我们现在不去谈它。啊！这是满足的表示，我们应当去工作了。

报纸天天送给我们，但从重庆来的要迟一天。他们是庙里信差每天下山去带来的。

报纸是山中最珍贵的东西了。这里我们周而复始的读着，一天的黎明、中午和黄昏，它都吸引着我们，但还不感到满足。我们需要得到战争、国外和重庆方面的消息，我们需要知道人类世界，而不是这个孤独的仙佛世界。

报纸是花花绿绿的，有粉红色、绿色、黄色，总是更换着。这理由是我们所出产的手工业纸虽然是足量了，品质究竟次一点，用颜色的纸印了铅字后显得整齐、清楚。只要纸上有一点脏，上颜色时就看不清了①。有时我们读着重庆的新闻的细目时，的确有点吃力。

新闻老是受欢迎的。它像日月星辰对于天文学家一样的吸引我们。我们在阳台上读罢报纸，就讨论着新闻。新闻，这不仅是新闻，而是事实，而是意味许多、许多的事情。我老是激动着，望着永远不变的山岳。我不喜欢它们，因为那是无生命的。我在阳台上往下看着几个家庭的孩子们在院子里游戏，我又看着自己。每件事情是不变的，正合乎中庸之道。

当秋天来了时，我要下山到北碚或别的地方去，做着我一向高兴做的事情。有一件事在我可说是错误的，那就是对我的愿望和需要保持沉默。假使我大声的传进每个人的耳里，我会得到满足而人们也会为此破钞。我老是喜欢自己保持沉默，直到时候来临。我甚至宝贵这奇怪的感情，有的事情在我自身是绝对秘密的。但我是愚蠢的。

王先生在周末上山来。晚餐很早，我们坐在阳台的角落里，这建筑的最佳部分，听着王先生谈话，王先生很愉快，告诉我们北方的诗歌与游戏。有一次他谈到向西方撤退的故事和他自己的经历。他流了眼泪，我们晓得回忆过去对他是痛苦的。我们听时也感觉痛苦，但是我必须听完这些事情。一种可怕的感觉充满了我的内心，我不想移动一步。我等待着，让感情像气体般的沉落下去，人类应对这事感到羞耻。当我们谈论理想的事时，为什么这种真实发生的事情，老是兴起本身的战慄？最美丽的东西也不能长期保持美丽。所以在我脑海中老是一幅混乱的图画，像是一幅立体派画家的图画。这是单纯而真实的，事实上也没有加以润饰。我紧咬着嘴唇，

---

① 这里的解释是不对的。当时的报纸有各种颜色，是因为那些纸是用旧报纸作原料回炉的。上面原有字迹，加上颜色就能遮住一些。——原编者注

拳头紧捏起来了。啊，我希望这所有的事情都从我的脑海中消逝了才好。

我们在阳台上的一角谈着，那里我们可以看见院子里的游戏正在进行，也可以直接享受夜间的微风。王先生饭后喝了酒，他的脸很红，谈锋很健。当他笑时他的眼睛眯成一缝。他用着北平风度讲着话，快乐时他便抖着膝。在阳台的栏杆旁有着一排狭狭的座位。但是我们不敢任意坐下，因为木柱不大结实，有跌到院子去的危险。当日落的时候，夜幕下来以前，每个人都跑来听这黄昏的故事。

王太太正怀着"看看"（这婴孩的名字），她坐在光滑而舒适的藤椅上听着。王太太有着一双光亮和智慧的眼睛。她大约三十岁，头发剪得很短。她是四川本省人。但她也是从东海岸边转回故乡的。她是一个产科医生，在红十字会里为跛行的老兵工作，撤退时，她跟医院一起行动，直到汉口才遇到她的丈夫。她是一个有前进思想的热情的女人。

"我看到的最感动人的事情，"她说，"就是在南京的最后几天。我永远、永远不会忘记那件事。撤退非常突然，整晚人们坐着汽车、人力车移动着，也有步行的。医院在最后一分钟才得到离开的命令，还有专门运送伤兵的汽船。我走到那最末一艘船上去。医院里充满了从前线来的伤兵，船不能容下所有的兵士。所以，啊！这是太可怕了——我仍然记得那些面孔。船里每个可能的空隙里像沙丁鱼似的塞满了兵士，但还是不可能完全带走他们。于是痛苦的工作开始了。医生们和护士们只好走到每个士兵面前，去检验他的伤处，判断着他大概会死或者会活，于是做了致命的决定，带他走，或抛弃他让他听从命运安排。对于医生，也是可怕的。生命都捏在他们手里，能够让他们死，或让他们生，兵士们等候着他们的命运。他们哭着和求着医生们带他们离开。'我与其看见日本人还不如去死'！'我也许还有用吧，我还有两条腿'！他们像小孩子一样哭着，医生和护士们的眼睛湿润了。因为在日本'法律'下活着远不如死掉好。但事情也只得进行。兵士们战慄着和叫喊着，有些人哭嚷：'杀了我吧，不要让我看见残酷的日本人吧，行行好事！'他们是疯狂的，一个挨一个的等候着他的命运。给我来沙而！'鬼子会来活埋我，或者烧死我！''只要给一点毒药就行啦！让我们死！'于是我们动手搬着兵士们到船上去。四个看护用担架抬一个兵士。护士抬，医生们也抬。我们日夜在码头上来往着。共约有一百个工作者。我们的腿都麻痹了，我们只晓得回来又前去，在船上是遇空即补。统仓里满了，房仓里满了，甲板上满了。我们尽可能的多救。以后我们上了船，只有五百人的容量却装了二千人。我们在甲板上倚着栏杆站着，我就这样的站了三晚两夜。我没有坐下。我不能动，因为没有空隙。兵士们甚至不能转身。一个医生记起带了一袋面包来，分给兵士们每人一块。我们自己除了我在芜湖吃了一餐外，一直到汉口都没有吃。我们饮着河里的水，用罐头当水桶。只有一种麻痹的感觉，我们也没有办法照料兵士，这里没有地方可以转动。每天总有二十人死亡，死了便丢到河里去。当我们到达汉口时，有些护士简直不能走路或转动了。"

有些邻人也跑来听了。

"留在南京的兵士们结果是如何呢？"

"在汉口我们陆续听到南京失陷后跑出来的人说，他们被活埋了。……我还记得他们中几个面孔……"

这不是快乐的故事，但是真实的。

这里，我感到自己的自私和愚蠢。有时我心里难受，便逃避一会。王先生说自从战争以来他每次喝酒就痛哭。我们需要从这些事中松一口气，因为我们日复一日的忍着和等候着，永远在兴奋的紧张中，这里只有乐观主义者，像王先生的解释着每一项新闻为走向胜利的进一步。决心不会松弛的，虽然身体和脑筋或会疲倦。这里有两条路，一条投入这高贵的工作中心去，另一条逃避在一个人幻想里。我读着秘鲁乌托邦的发现。我希望求远不要发现才好。

也许我曾想过，我们在山上会忘记了战争。但是我们不能，我也为此高兴。我渴望回到北碚加入群众里去，不住在这山上。我询问着每一个下山住在北碚的机会。我觉得在这儿好像是一个逃亡者。我准备着为国家去做任何工作。我可以抛弃我们过的这种生活，所有这些正规的生活，我准备自己接触死者和受伤者，我可能做得很少，但是这一点事却对我很有意义。

有一次我们讨论到贵阳去工作的事。我想去，想去工作。我从不曾接触过一个死者，但我会使自己习惯的。只要对国家和同胞有帮助！没有不幸的事光顾过我，但我觉得应该帮助更多的人。我仅是在战争中这儿的一个寄生虫，我是如何的自恨呀！我最恨的就是不冷不热！让炸弹落下吧，假使它们必须。我们的人民会忍受的。我爱我的人民，他们一千年都不会变；他们永远，永远不会死亡的。我需要看见我自己消失到群众中去，但我现在却客居在冷清的山上的一间屋子里。

我们掘了一个小防空洞，当我们听到轰炸机声时便匍匐而入。洞很低，不能直身站起来。躲手榴弹是好的，假使一个炸弹落下来就会是一场巨祸，悬着的石头会压碎我们。即使这儿，蹲伏在洞里，对我们也不是一件自私的事情。因为进防空洞是每一个市民的天职，爬进去吧！我高兴爬，我晓得我不孤独，因为全国人民都和我一样的。也许这是我的信仰，我忠于人民和国家，我知道胜利会来，我们全体的新生活会来。一定的。我能看到那种生活，那时农夫们就会像若干世纪以前那样耕作和生活着。那就没有这些烦恼了。中国将变成一个新的国家，人民将和谐的与平安的过活着，所有国家的耻辱和不平等将扫除了，每个人都享受自由。总有一天会实现的。中国的农人，将能继续着他们的工作和过着满意的太平日子，像他们好久以来所享受的。这可怕的战争，像以前的内战和革命似的，将会告终，而人民将为自己工作。暴风雨要停止，和平一定会来。暴风雨已经这样长久和可怕了，当牺牲已造成时，雨和雷会过去。灿烂的黎明即将到临。我高兴过这光明的生活，但是现在我们必须为他们奋斗。

中国为我们供给了值得惊奇的无穷源泉。我们平常哪知道这儿有孙女士这样的人。她的团体是恐怖的，甚至有点使我害怕。呵中国！在你怀抱中有着这样杰出的人才！

孙小姐是一个游击队的领袖，也是一个虔诚的佛教徒。她想到西藏去，组织一个有政治意识的团体。她曾领导过向一座日本占领的城市的突击。她的打扮是一双草鞋，一件长袍，衣下一条佛教徒的裤子，一顶草帽，一付银框眼镜。她的头发剪短了像个男人似的，她的指甲很长，她有着很好的牙齿，当她谈话的时候，我们可以看得很清楚。她从湖南来，她极慢的谈讲着她的工作目标，我还清楚的记得她的声音。

一天早晨她来到庙里拜访每一家的人。她来拜访我父亲，我们坐在阳台上谈话，那儿是我们的会客厅。还用得说我是心醉了吗？在我们相信我的感觉以前我看了她大半天。她走后我们还是很费解。她的声音与她的样子不相称，我们遇到一个游击队的妇女自然非常高兴。但是哎呀，我们被这个人弄得奇怪透了，她安静的开始她的故事，她的故事似乎已经讲过多次了。她平静地说："当日本兵占领了×城时，我们打听清楚了敌兵数目和城市战略点，开始计划一次突击。有些人应当先进城里去。大家晓得西瓜吧？我们在田里把西瓜割开了缝，每一个放进一把连发手枪。过了几天西瓜长好了。于是我们化装成农民进城卖西瓜。几篮子就这么毫无问题的运进去。"

有些人天真的问她化装一个男人还是一个女人。"我化装自己为一个农家妇人，头发上围着头巾。日本的卫兵开始奇怪这几天运进城的西瓜这么多。我已经在城里了，我晓得假使再不动手就会太迟。于是我走进一间屋子里放了一枪，这是一个信号，接着同志们都出来了，用瓜里的手枪，射击每个看到的日本卫兵，同时城外的同志也开始突击。这里的居民皆大欢喜。日本司令部大感惊慌，高级长官们从第一层楼跑到第二层，又从第二层跑到第三层。但是他们无法逃脱了。我们中有些人进去，同时有些人防守着前门、窗户和后门，他们呼救是太晚了，卫兵或被打死，或者逃跑了。我们消灭了敌人，占了城。你看看那些百姓吧！我们中只死了一个，几个受伤的，但百姓没有一个受伤。我们占领了两天，但是我们知道必须退出，因为他们的援兵就要来临，数目远超过我们。于是我们放弃了城，把这次战争解释给人们听，他们中有一群跟随我们走了。"

"这只是突击中的一次，但我告诉你的不过是西瓜的故事罢了。哈！哈！"她能领导一场突击，但为什么是一个佛教徒？因为喇嘛们特别听她的话吗？她的举动迟缓，但我幻想着她跑上一座山上大叫着，"冲锋呀！"她住在相邻的田舍里，我相信她在教书。她说只要她把方言学会她就立刻动身到西藏去。她是冒险的类型，但是我仍然不习惯于她的声音。

有一次从绍隆寺带了几个孤儿来。她对孤儿们很亲爱，叫他们唱歌给我们听。但自然她是从国家主义者的见地来爱护儿童的。她有一双锐利的眼睛，也许这就是为什么她要去西藏的原因。当她出发时，她随身带了一个孤儿去。祝福她吧，愿她永远健康，一路平安到达西藏，虽然她给人第一瞥的时候会叫人惊慌。

与孙小姐成强烈对比的是赵清阁小姐，她是一个十分年轻的现代戏剧家。她和王先生和王太太都认识，有一天她来到庙里拜访王先生。那天雾非常浓，阳台上很冷，但我们不管这些仍旧坐在那里。她也是很不顺眼，过了些时候才使我们习惯她的面貌。她老是穿着外国大衣和衬衫，她的父亲因为没有得到一个儿子感到失望，自从她生下后就把她打扮成一个男孩。她有一张典雅的面孔，在她的眼镜后藏着一双美丽的眼睛。她的头发漆黑如丝织的光滑，后面剪得很短，她的声音非常柔和，说着非常纯粹的国语，她时常有用手指摸头发的习惯，这大概是她被当作一个男孩子养大了的缘故吧。她经常的为电影公司写电影脚本，后来觉得电影有许多限制而改写舞台剧了。不管她的西方知识，她的服装，她的职业，她显然是一个中国妇女。她常常一动也不动，而且能够很久不讲话，安静地坐着。观察她和同她谈话是非常有趣的，她不拘小节。

那天和我们在一起，晚上她也和我们睡在一起。她摘下眼镜后，显出一双十分美丽的眼，我希望她能穿一件女孩子的装束。在山里我们全睡得很早，我发现她躺在那儿很久才睡。第二天一清早醒来时外面下着雾和毛毛雨。我们躺在床上开始谈论着当代作家。停止谈话时她非常安静。我们从西方的观点讨论着中国的工作，许多地方彼此意见相同。她问我爱读什么俄国小说，但我读过的很少。我们平静的畅谈着这是最有趣的事了，我们躺在床上谁也不乱动。她的判断非常对，至少我这么想。很久很久以来我没有实实在在的跟一个中国女孩谈过心，这次我和她倾心而谈了。

我不喜欢谈论缙云山。我们听到的故事和新闻大都毫无趣味。我们生活退化了，因为我们生活在这里，与北碚相离，孤立地像个袖手旁观者。我成天的读着小说，我们在缙云山的生活很乏味，山里太寂寞了；我听了故事后，就能自由自在的跑着，也许听了故事，我才觉得做了些什么事了。别的英雄冒险危险去干有益的事业。听了这些故事后，我像是生活在他们经验的恐怖和忧愁中。这是无聊的事，现在我自然不能做什么工作，只好回味着那些故事了。他们引起了我的同情和尊敬，使我显得自卑和渺小。于是在路上静静的散步中，在听到和尚们开怀大笑中，这些故事都日夜缠绕着我。夜里我梦着同样的事情，仿佛我被机关枪射杀了，或被枪弹射中而流血了。梦里非常痛苦，在梦里我确以为流着血。但是一切皆空，纯属子虚，我的幻觉于人无助！我厌倦读书了，甚至有点懒。我在等候有允许我去帮助、去为受苦的人们做些什么事情的机会。我对周围的痛苦并非无感觉的。假使我熟视无睹，我的良心会责备我这样做，我觉得欠缺他们什么，我仅是需要还债吧了。

我想知道伤兵之友怎样的工作，这个运动是怎样开始的。我了解到，这位发起人很有钱，他把他的钱都花在伤兵身上。他觉得他的生活比伤兵过得太好，便拿出钱来慰问他们，直到他感到良心过得去为止。他买来整筐的橘子送给伤兵，关心他们的伤势，绞着脑汁找寻帮助他们的办法。他觉得自己所住的房子无须那么大时，便搬到一间小房子里去，省下房钱给伤兵用。他有一个职业，他的薪水几乎全用在伤兵身上。当他请求成立的"伤兵之友社"的组织得到批准时，非常高兴，立即为他的组织奔忙起来。这是一个照顾伤兵的组织，为他们找职业，成立合作社，使他们能够自立。瞎了眼的可以编篮子，缺腿的可以做手工，无臂的可以用他的脚踏着机器。使受伤者能够尽量的有用。当伤兵们能工作时，他们意识到自尊心和自立心，不会再满处乱跑了。他们不再觉得是永远依靠别人为生的无用的人。

这位伤兵的伟大的朋友开始了这件义举，现在积极进行之中。他替伤兵们干着大大小小的事情而感到喜悦。因为这是信仰占有了他，他只能在发挥他的信仰到了极致才找到快乐，他的时间，他的整个生命，属于这信仰。如果不这样他就会像一个失去灵魂的人了。他不想比伤兵富有，也不想比伤兵们较为舒服。他疯了吗？不，他是世界上精神最健全、最快乐的人，他不理会丑恶而只感觉美好。我希望世界上多几个像他这样的人，因为在他的心里决没有怀疑和迟疑不决的事。这种人做事才最有成绩。他没有受过高度教育，是一个普通人。他从来不会失败，因为他不允许自己失败。他没有什么外表的特色，因为他和信仰是合而为一的。多数的人忙着很多的事情，没有一个人像他，他只有一种信仰，工作的目标也只有一个。世界是混乱和悖理的，这种类型的人才能给我们忠诚和希望。我希望多出几个这样的人。你随便叫他做什么吧，但是他总是他自己，伤兵之友。

邻近，离我们这里约有六里路的地方，是另一个庙，叫做绍隆寺，现在改成一座孤儿院了。这是一座庙宇的最好用途。庙宇位置在小山谷中，周围有高大的松树和竹林。屋顶仍然是红色和金色的，顶上精心的描画着飞舞的龙。只有一条山路通到这孤儿院，房屋从空中很难辨认出来。这儿共有三百个孤儿，一个和气的太太做他们的管理人。

一天早晨，我们去访问他们，当我们看到屋顶时，开始听到孩子们的声音了。这是一座战时的孤儿院！有一个兵守卫的门口，我们看到的六岁的小孩子们全都穿着黄色的童裤，白衬衫，有的还拿着大草帽。他们瞧见我们时，停下来了。这些被日本侵略战争造成的孤儿，会遇到一个残酷的命运吗？他们是清洁的、快乐的和美丽的。我没有想到他们会像这个样子。我以为他们只被好好的照料着吧了。不以为他们快乐和美丽！有些女孩子是很害羞的，当我们去问他们到哪儿去。他们说："警报来啦！我们到山里去！"即使这儿他们也不是平安的，因为这儿有一平房，因为这是一座孤儿院。等一会儿一个教师出来了，他很快乐的向山路走去照料孩子们。我们进去，会到院长朱女士，一个哥伦比亚大学的毕业生。有些较大的孩子还在那里吃早饭，有些在抹桌子。这就像在任何学校里吃饭的时间一样的充满了闹声。年龄大小不一，最大的约十四岁。有些人在院子里玩。到处都有儿童，但这里阳光与空气充足。我们参观了两间主要的卧室，以前是这庙的两间大殿。看去出色的清洁和整齐。在两层的床架上整齐的叠着绒毯，每张床后放着一个袋子，装每个孩子的衣服。孩子们好奇地望着我们一会，又去玩去了。他们穿得非常考究，而且出色的健康，他们多是玫瑰红的脸，很少有害贫血病的。爱护他们的朱女士说，有些儿童能吃五碗饭，普通小的也能吃三碗。代替牛乳的是豆浆，装在很多的大瓶子里，谁口渴就可以来吃。有些年纪小的孤儿紧缠住教师们，但是男孩子们则太忙了。他们在领队的面前排着队，准备上山去。在报数时，每个孩子做着军事训练的姿势，尽着大声高喊。他们灵敏的向左报着数"一，二，三，四，"有一个孩子用长而高的声浪叫着"十六"，高抬着头和闭着眼。有些是粗声的，有些是如京戏般的。非常有趣。常有一个漫不经心的孩子正在七十九以后报着"七十"时，突然引起了一场纷乱，不少人提示和纠正他，报数继续着。接着他们动身上山去，多数带着他们细微的财产，包括几只美好的搪瓷杯子。他们全忙着忘却自己了。饭厅像是一间美丽的仓库，但是有着很多的窗子和门。也有礼堂，有讲台，壁上悬着中国国旗和孙逸仙的肖像。

多数的孩子已走了，剩下一两班马上也要走。我们参观了厨房。那儿有一个烧饭的大锅。厨房里有两个人工作着，他们显然愿意为孤儿们工作。我们在一间小屋子中吃了中饭。菜单包括两样青菜，一碟豆子和一碗菜汤。这就是孩子们和教师们吃的。他们一星期吃两次肉。后院还有几个大一点的孩子在洗衣服。他们有一个自来水的桶子，是将山上的泉水用管子连接引到院里来的。他们正在严肃的工作着。在大院子里有几个大孩子做着各种各样的事。从警报来时他们并不"退"到山里去，因为他们被指定轮流做救护队。假使孤儿院着了火，他们帮助抢救东西和灭火。职务使他们觉得有用。

这儿没人有思乡病或显得痛苦，除了刚来的和年纪小的几个。午饭后我们被允许去偷看一些他们的笔记本和图画。他们极端的意识到战争。图画包括着轰炸，房屋烧燃，前线，中国的兵士打击日本兵，农夫和红十字会的护士帮助抬伤兵。有几张很好，在他们小小的作文中，十分严肃的说明放在每个国民肩上的责任，他们长大时要做建国的工作，以为今日国家给予他们教育和好生活的感谢。他们为人民的利益而工作，战后也没有日本帝国主义的存在了。许多儿童表达希望去做机关枪手、炮兵、飞行师或工程师。他们全都希望去打日本。这是可惊异的，也是自然的。

　　我不知道这些孩子成长和进入社会后会怎样想。他们从教师那里受到的教育，告知中国将是一个有完整的领土主权的新的国家，人民享有自由和民主的权利，政府只是人民的公仆。他们出来时会发现世界怎样啊？他们没有听到人民任何贪婪和自私的事情。他们只晓得华盛顿、林肯、富兰克林、岳飞、孙逸仙，他们全都希望成为伟人而为人民工作。世界不要使他们失望吧，不然他们会觉得痛苦和困惑的。他们相信他们是社会的一份子，社会一定会容纳他们。他们在这孤儿院内所接触到的一些大社会的事情，只是他们所念到的。这里是有秩序、平等、正义和友谊。他们能找到一个世界正如这个小小的孤儿院一样吗？

　　周女士开始告诉我们一些孩子们的故事。他们中的有半数的双亲是活着的。保育会到战区带了儿童到这儿来，那时他们的双亲还拒绝送往内地。孩子们必须抢救的，父母在战后可以领回他们。有许多是在路旁拾到的，他们的房子毁了，父母被杀了，有些孩子父母叫他们回去都不愿回去。在自己家里还没有吃得这么好，并且还读书，还有着这么多的孩子作伴侣。

　　有一个女人，他的丈夫在重庆的第一次轰炸中炸死了，她和她的两个小孩子到孤儿院来。孩子们收留下了，母亲也住在这儿，带着孤儿院做着各种事情。她拿到很少的薪水，但她高兴有一个地方睡觉，三顿饭不用忧愁，她的孩子们这么近，学着读书和写字，她是心甘情愿来帮忙的。在我们坐着的教室里，有一个四岁的孩子，他是新来的，正在哭泣，他的面孔很瘦，皮肤不健康。护士带他到办公室给他上药，他哭泣着和痛苦着。他在这孤儿院里太小了，不愿和别的小孩们玩，只是悲苦彷徨。

有一个病人住的病房，他们食物比较好。周女士告诉了我们一个瘦弱生病的孩子的事情，当问他是什么病时，他说他只想吃鸡，他告诉周女士说鸡可以医好他的病。于是周女士特别拿出钱来叫厨房预备鸡，吃光了三只鸡后，他病好了，而且又快活了。

农民们十分和气的卖蔬菜和西瓜给孤儿院，取费很低。周女士告诉我们他们的话："孤儿院是做好事，我们不能赚他们的钱！"当他们宽裕的时候，就送给孤儿院许多南瓜。这是一个很好的世界呀！

有一次一个农民挑了一整担嫩豌豆来寄存在院里什么地方，那天午后当他回来取豌豆时已不见了。周女士疑心到小孩子们。全休集合了，她询问他们。他们多数回答他们知道一点儿，他们说有些孩子们发现新鲜豌豆好吃，于是他们开始去吃了。自然，每人吃了一点，整担在几分钟内就光了。周女士叫他们以后不要再犯这样的事情，他们全体也恨悔。

"他们吃了，算了，幸好他们都这样的诚实。"周女士笑着说。这些孤儿们不能再找到比周女士更好的保姆了。她实在爱孩子们。

我们在三点钟离开了寺院，在山路上遇见孩子们回来了。他们之中有的还只有四、五岁，但是他们能在烈日下每天走这么长一段路。他们长大了以后会变成怎样呢？他们是能自立的孩子，有爱国的热情，他们的头脑不会被不紧要的事分心和染上坏习惯了。周女士告诉我们，他们中有些人的确在各个方面有着真正的天才。假使不是战争，他们也许永远在田地上耕作。

有一处"特别技能学校"在邻近。创办人是一个热心的教育家，他到各地孤儿院去，选择有才能的儿童去学习，给予每个学生专业的教育，来发展他们的特殊技能①。（如斯）

三十二　西华寺

我们在西华寺的期间，遇到从中国各地来的各种人。有一个害肺病的妇女，在我们吃饭的时候，她喜欢摇动着我们的桌子。她自称是一个艺术家，但我们从没有看过她的图画，她的丈夫在银行工作，每一次回来的时候都带回一点关于战争的坏消息，她有四个小孩子，肚子里还怀着一个。我们只瞧见两个，其他的两个跟他们的祖母在别的什么地方住。我们的对面是另一个家庭，大概是有六个儿子和两个女儿的样子，但只有三个在这儿。大的一个戴着眼镜，老二是一个书呆子，老三是一个傻子。他们每天早晨做着练习，十分用功，有时已经日落了，他们还在做。

我们订了一份"生活"杂志，每次来到时，我们抢着读，我们非常开心的看到巧格力饼、牛排、香肠夹面包、蛋饼和每种食物的广告画面。我想吃这些饼和这么厚的牛排。（妹妹）

三十三　狮子峰

一天，我们被和尚们请去吃饭。我们吃了素鸡、素鸭、素火腿、素肝，都是豆子做的，味道很古怪。这是一个很好的阴天，我

---

① 这里所指的大概是陶行知先生在合川草街子所办的育才学校。——原编者注

们想趁这机会到庙后的狮子峰去玩。

"如果你没有瞧见过狮子峰，你等于没有来过缙云山。"一个很胖的和尚说，我想他长期吃素决没有这么胖。我还以为他是一个银行家，假使他不穿着在西藏时穿的仅只裹着身体的黄袍的话。他的两臂和两肩都裸露着，身体很肥胖。但无论如何他是非常愉快和善良的。我们和他还有另一个和尚动身到狮子峰去。另一个小和尚带了一壶茶。他们担心我们在山顶上会口渴，喝着茶也会增加欣赏风景的兴趣。这是很奇怪的，这些和尚喜欢欣赏风景。另一件令我惊奇的，是那一个向我们借书的和尚，他完全忘了他自己是一个和尚说："我等这本书出版等得好久了！"于是他很快乐的借去。

我们上了山，坐在峰顶很险峻的地方的长凳上，那儿假如跌下去，就会跌到很深的岩底，一不留神就会发生危险。当我往下看的时候，可以看到北碚，河那边是一座非常险峻的山，上有一条四川唯一的铁路①。有几个人曾坐过。这时火车正在走着。

突然我们瞧见一架日本侦察机飞来，我晓得这不是好现象。等一回锣声响了，我们听到了二次警报。我们赶紧跑到树林里去，又找住在附近的卖糖的借了几张长凳。于是我们坐在树林里，敌机却几乎立刻来了。我们的飞机也出动了。我们知道上空就要发生空战，十分惊慌。他们在这里相遇，鬼子飞机要到重庆去，我们的飞机要阻截它。彼此越来越近，在我们的头上遭遇了。天上有一些云，所以我们看不见但能很清楚的听到。机关枪开火了，战争正在我们头顶上进行，并不十分觉得是好事情。机枪不断地互射，在兜着圈子战斗。

我蜷伏作一团，很害怕。我好笑地想着他们正好在我们头上。假使一两粒子弹或别的什么东西从飞机上落在我们之中任何一个的

① 这是嘉陵江对岸煤矿用来运煤的铁路。——原编者注

头上，那我真不知怎么说的好。打了约有二十分钟。又潜入云里去战斗，这更坏，我们简直看不到它们了。

我开始害怕这胖和尚的漂亮的黄袍会被认作目标，但他并不怕，并且笑着说，"就会像秋天的落叶一样过去的"！

于是两个和尚彼此开玩笑，背靠背的坐着，直到我不能忍受为止。

如往常似的，我们的飞机赶跑敌机了，它必须回转去。我们感谢幸而没子弹落在身上。我常常不知如何选择，一架日本飞机被击落打在我的头上好，还是让他飞开好。一架轰炸机值十五万美金，我不能决定我是否能值价这么多。可是我还想活，我不敢决定，也不需决定。假使我被一架日本飞机压倒了，那真是等于中了航空奖券的头彩一样，而头彩是难得到的。我仍然想知道哪一种于人民更有益。（无双）

三十四　山中

在傍晚太阳落山时，没有什么事做，我们就去访问附近的几家农舍。山路的两旁没有深密的竹林遮蔽，也没有险峻和难走的石阶。我们静静的站了一会，周围显得非常宁静。像是一切都停留不动，除非听到黄叶仍然的落地。在这里会忘记每件事情。山中有的是树和竹。长久以来被人踩光滑了的石阶，看去有些不像路。没有东西可以用来计算过去的时代。竹林茂密地生长着，长期以来，都是老的竹子死去，新的又长出来。光滑的石板，也很少透露出历史的消息。仅剩下一种回忆，在若干年以前人们工作着，搬了石板来砌成一条路。它是很粗糙的。树林很静，有人经过的时候才发出回声。路通向遥远的什么地方，一想到这点就令人疲倦。豹在夜里出来叫啸，蛇沙沙在树丛里活动。让它们留着吧！树林没有它们会更寂寞的。这里生长着树木和杂草，甚至在石缝里也有。或者树木并不在乎这种太寂寞的生活吧？我却不。是的，我高兴听到人们踏在石阶上坚定的脚步声和树林里的人声，我怕我自己会消失在死样的寂静中。

有时是感觉到在树林里的时间的浪费，有时当走了一段路后，站在悬崖边或坐在一块石头上时，感觉又不同了。特别是在散步后的休息时，那竹林的绿色，日落中群山的远景抓住了我。天空比较明时，看着一个山岗连接一个山岗。像是海浪在翻滚。于是我想为这壮丽的景色唱一首赞美歌，或做一些配得上它的艺术活动沉浸在美妙的大自然里，我觉得我能创作出反映眼前风景的作品。我的眼睛落在远处迷濛的雾和近处缓缓流着的河水上，我有了创作的冲动，却忘怀了严酷的现实——战争、痛苦、陷入混乱中的世界、过份的浪费和痛苦的需求。大自然的美占据了我，我感觉无限的快乐，观察着竹的茎和根或石头上的神秘花纹。好像美丽与和平充满了全世界，没有一点忧愁。

美丽的大地欺骗了它自己和我！为什么竟使我忘了抗战呢！是被这种和平宁静的环境陶醉了吗？哈！是错了，住在偏僻的乡下，过着一种外国人的生活，我忘记自己的国家了。那富有的炫耀，舒服的引诱和太多的奢侈的物品扰乱了我。这是太不合理，太可笑了。不，这风景决不会如此令人心醉。住在这里实在太寂寞，假使不是每天有敌机来，我几乎忘记了战争了。它们帮助我们记起了战争。

我们拜访田舍时，人们很客气的搬出凳子来请我们坐。叫不要笑他们简陋的房屋。傍晚，人们通常做着额外的工作，男人编织篮子，女人们通常是缝纫。他们很欢迎客人。我们谈到田地，他们的工作，但主要是谈空袭。问他们当敌机响的时候躲不躲，他们回答是躲的。有些人有小防空洞，听到飞机响时便走进去，他们对生活似乎十分满足。一次我们拜访一个正在磨麦子的老妇人，我们去试着推磨。他们笑我们动作滑稽，我们也笑自己笨拙，最后我们打着友爱的招呼告别，并且答应下次再去，花园内正开着花，他们让我们摘了几朵。

女人们比较容易和我们谈话，男人们通常和父亲谈话。他们想知道我们是从什么地方来的，而听到我们坐过飞机时，一个女孩嘻嘻的笑着，一个女人认真的问道，"你们不害怕吗？他们曾看过日本飞机和听到过轰炸，但是他们不知道一个人也可以坐了飞机到一个地方去。我想，知道我们坐过飞机后，他们一定觉得我们不平常了。

农夫们是这样可笑的，他们十分有理性的工作着。他们毫不粗鲁，只有在不得已时才求助于拳头。中国的人民分布在各省，很难互通音信，但都以同样方式的生活着。有着从祖先那里继承来的道德和传统的主张的他们，才是中国的真正力量。

回家时几乎天黑了，这里有一种不同类型的生活，许多从中国各地来的人，操着不同的方音，具备不同的经验。但是庙里很和谐，我们在阳台上看到各个家庭的孩子们在院子里玩着时，家长们则在一边注视和微笑着。（如斯）

三十五　山中防空洞

日本鬼子的老鼠般的狡猾是不奇怪的，他们过去是这样，现在是这样，未来也永远会是这样，因为他们长得这样矮。

至于他们的鼠性我将告诉你一点，在八一三，上海抗战的周年纪念，和七七全国抗战的周年纪念，他们就不敢来轰炸我们，因为那天我们的空军准备得很充分。他们吓住了，第二天才来补足。似乎是因为头一天不是天晴的关系。但事实上我知道他们不敢在那天来。因为假使天气好的话，日本侦察机就没有不来之理。

于是他们就需要鼠般的蠢动了，他们老是过量的贪吃，做事大过他们的能量。举例说，侵略中国就是他们力所不逮的事情，而偏想使人们发生他们长得并不矮的印象。但是每一个人都知道矮子是打不过个儿高的。再举例说，在美国宣布封锁汽油出口后，他们想要夸示他们毫不在乎，于是他们来疯狂的炸了一天，可是由于他们的鼠性，不再继续轰炸了，他们整整停止了五天，这不过为了省油吧了。

我们在庙后发现一个小洞，它很难容下我们五个人。最高的地点约有一英尺半，多数的地方低于此点。我们决定扩大它。我们掘着，掘着，土非常松，工作很容易。当我们又掘了一英尺时，我们能够屈身而入了，刚好能容下五个人。母亲和我在警报来时开始有胃痛的习惯。我以为这是由于害怕，我们的胃咕噜着，咕噜着，每一个地方都好像痛起来了，解除警报一响，痛苦就不见了，我们不再害怕了，每次空袭时，我们便坐在我们所掘的洞外，直到听见飞机声再进去。这里没有解除警报，如果人们从庙那边走进来通知我们要费时半点钟，太费事了，通常一次警报约有三个或四个钟头，过后我们便自动解除警报回到房间去，有时我们以为过去了时，却模糊的听到飞机声。我们当时不加理会，大多数的人也不跑，只是坐在屋子内，不显露目标而已。警锣响时，人们如果已生起火便停止炊事，收起所有挂出的衣服。这些是规矩。不显露目标是最重要的事情。

还有一种良好的制度，自由中国的各处，无论那里只要一有警报，警察便出来在人们进入防空洞的期间维持治安，假使抓住在这时趁机偷盗的人，便给以严厉的处罚。所以每个人都可以开着门离家，实在也没有人去偷，谁愿为一两件东西而去冒着生命危险呢？（无双）

三十六　空袭的故事一束

人们几乎每天都到空袭掩蔽处去，因此有许多关于空袭的故事，这些故事一本书也说不完。

据说某次轰炸，一个炸弹使一把椅子从这家飞上了那家的屋顶，端端正正的放在上面。又说，有人在棺材堆里躲着，而免于死。有一个留学生，他的房子烧掉，什么东西都没有了，他只得买了一把牙刷和一支牙膏到朋友家里去住，后来朋友的家也被炸了，他又买了一把牙刷和一支牙膏，这样继续着一直到他买了四组牙刷和牙膏。后来他不再把这些东西放在家里，无论到什么地方去，都带着他最后一次买来的牙刷和牙膏。

有一家有三层楼的房子。当第三层楼炸了时，他们搬到第二层楼去住，第二层楼炸了时，又搬到底下的一层去住，最后连底下的一层也炸了时，他们只好搬家了，一个人真能连得三次"航空奖券"的头彩！

有些人非常害怕警报，或者是由于有恐怖的经验吧，警报一响，他们就面孔惨白。我们家的福嫂在这时候便流着汗，什么东西也不能吃，什么事情也不能做，一直要等到警报解除。她三次险些炸死了。许先生和萧先生也是两个极端者，他们一定要走呀，走呀，到一个十分远的特别的洞里去躲，他们觉得只有那儿才最保险。

有一个面包师不去防空洞，一次突然有炸弹落在他的旁边，据说他捏了一块生面团把炸弹的引信堵住，使它不致爆炸。他做这件事，从政府得到了二十块钱的奖励。

有一个家庭包括一个丈夫、一个妻子、一个小老婆和四个月大的儿子。突然间（那是炸北碚的第一次，还没有人躲防空洞）炸弹落下了。在此之前，那个小老婆很灵敏的把最宝贵的孩子放在地板上，叫丈夫俯在孩子身上，小老婆又俯在丈夫身上，妻子被指定用她的身子覆盖着小老婆。四个人堆在一起，结果妻子受了一点伤，她的一片肉炸掉了。因为她是在最上的一层，但小老婆、丈夫和孩子全都平安，孩子也没有闷死或压死。

还有一个人，他看见炸弹落下时，像一个鸵鸟似的，把他的头插在一处沟渠里，自以为十分安全，但是他的后臀炸掉了。

奇怪的是当战争拖下去时，中国的士气越来越高了。当收复了一座城池，在空袭后就有提灯会和游行来庆祝。端午节照样有成千的人观看龙船比赛。我们依然举行庆祝，照常生活着。孩子们在解除警报后，立刻拿起书包到学校去。夜袭以后人们又在第二天六点或七点钟起身工作。还有的孕妇在防空洞里生产孩子。

空袭不能破坏我们的幸福。炸弹怎能摧残我们的士气，怎能摧毁我们的精神？它可以落下而且爆炸，但我们无论如何却要抗战到底。（无双）

三十七　游击队之母

在中国，我们常常听说赵太太和她的游击队。后来我听到关于她的故事。赵老太太是一个六十岁以上的老妇人，人们叫她做赵老太太。她曾在北平附近组织过游击队，后来随中国军队撤到内地来。

一九三七年七月，她的媳妇从山东来，带给她一些片段的新闻，日本人准备进攻北平了。

"我不准有这样的事！"赵老太太说，她开始组织一群年青人、大学生，来保卫北平。

一个朋友曾给了她二千块钱，以作她的儿子赵侗参加到战争中去后养老之用。赵老太太用这笔钱着手组织游击队。许多大学生都加入了。他们在夜里商量着，计划尽可能多买军火。他们买了手枪、子弹、制服、鞋和短裤，赵老太太是他们的首领。

赵侗几天后回来了，紧接着第二天就是芦沟桥事变的发生。高粱还没有长到足以藏身，在出城前他们等了几天。

他们在城里找到一处藏身的地方。开始运输枪支和什物，这全是赵老太太的工作。

"我是一个老妇人，"赵老太太说，"假使他们抓住我枪毙了，那毫无关系。"她自己做着运输工作的全部，不让一个青年人来帮助。"我穿着一件破衣服，"她说，"带着一个破篮子，外面放着旧被褥、旧裤子、旧衣服，但下面全是军火。"

于是这老妇人将这二千块钱的军火带出了城。她的儿子同她一块去到车站，坐在另一辆车子里，暗地里保护着她，以防有什么意外。出了城后的交代是容易的，接应的人只要看见一个老妇人带着一筐子旧东西就是了。赵老太太天天运输着，她的儿子天天坐着另一辆车子保护。不几天的工夫，枪弹全都安放在储藏的地方了。接着自己又回到城里来住。

他们共有五十人，在一声号令下他们换上了同一的制服。可惜他们藏身的地方被一个汉奸知道了，两百个敌人包围了他们。赵侗不敢到城里来告诉赵太太，而她却从一个在医院里受伤的军官处得到这消息。她发觉所有的军火都完了，两个人被杀了。

赵太太又重新开始。她去找她的朋友们借了些钱。赵太太一直讲下去。"我去四面要钱，我们需要去买军火。我向你要五百块钱，给我吧，快点！"邻人们给了她几支枪，她从她两个阔朋友得到钱。这一次更多的学生参加了，他们比以前有更多的军火。

日本人占了北平，赵太太帮忙年青人出了城。她雇了两个老妇人，嘱咐她们一次带几个男人出城去，就说他们是她们的侄子。当找到了一座庙可以藏躲时，赵太太非常兴奋。她告诉男人们和老妇人们尽可能的带出子弹和枪支。老妇人们把枪支藏在她们的包袱和被服内，回头再依法行事。末了一次三个老妇人一道出发，把所有的东西都带在她们身上。赵老太太带着一手提箱的子弹。她们要带着这沉重的负担步行两里路。当一个警察来到身旁时，三个老妇人一齐坐在她们的东西上。

"你们到哪里去?"

"我们不知道，逃难呀，到没有战争地方去。"

"这话恐怕靠不住吧?"

"我们三个老婆子能做什么呢? 假使你要东西，就拿这箱子里的破被褥去!"这句话说得多么有胆量，于是警察扬长而去。另外两个老妇人都吓昏了头，但是赵老太太站起来，又重新拿起子弹箱，带到了庙里。

日本人增加了数目，赵老太太提议去请个外国人来和他们一起住，这样就安全了，因为外国人在这儿。

"我们共请了十四个外国人与我们住在一起，"她说。"我们每天供给他们好酒菜，而我们自己则吃着粗劣的东西。我们给他们做特别的食物吃，要是不再需要他们时，再想办法安排。那些外国人对我们很好，我们有许多学生懂得他们的话，每个外国人有两个人陪着。他们也非常同情我们的抗战。"

接着两百或更多的日本人来包围他们了。但他们抵抗着，他们在初次战斗中得到六七杆枪，几张军用毯，杀死了约有十个日本人。日军队败退后，日本飞机来了，他们赶快送走了外国人。敌军再来时，他们已迁居到了一个山里。敌机发现了他们，准备扔炸弹，他们眼睛都气红了。当敌机俯冲投弹时，游击队员们用机枪向天空扫射，击落了一架敌机。

"我们亲眼瞧见敌机在云中着了火，接着尾巴朝卜地落卜了。

我们欢声雷动！外国人也赞美着我们的准确。"在赵太太的初次胜利后敌机不敢再来了。

这几乎是难以置信的，这个老妇人有这样的勇气和精神。有一次她领导着她的群众解救了五百名囚犯，简直像小说中的惊险故事一样，但它却是真的。

"当我们听到敌人明天就要杀死这些同胞时，我们当天就动身。我们化装成敌军到监狱门口，那时天刚黑，有几个日本卫兵站在那里。我们叫他们打开门。他们问，"是谁？"我们回答，"是来检验犯人和判决他们死刑的！"门开了，我们一拥而进，高声喊叫，五百名囚犯应和着我们，砸烂了牢门，放着枪。卫兵们连抵抗都不敢。我们解放了犯人，还多得了几支枪。"

那晚，赵侗对解放了的囚犯说明游击队的性质和目的，并且告诉他们，愿意留下的就留下，愿意回家的就回家。但是五百个人一齐喊道："我们愿意参加游击队！"

第二天赵侗回来报告赵太太说，每个人都愿意留下，并且他们要来向她致敬。但赵太太拒绝这样的崇拜，说她有许多工作要做，假使每个人都认识她了，也许五百人之中有一个是坏的，那么他们整个的工作都要受到影响。

现在他们约有一千人了。赵太太感到快乐。觉得现在他们有足够的人可以自卫了，她把大多数的外国人都送走。他们搬到一处新的藏身所在，一座以前被几个有钱的人享受过的大厦，当村人们瞧见这样的一支军队时，他们都跑了。

"我一听到这消息"，赵老太太说，"我立刻请了村中的长者和老太太来，我自己和他们谈话。"他们瞧见说话的是一个老妇人时，便不再害怕。我叫他们坐下，给他们倒茶，并且说："请不要害怕，我们不是强盗，也不是那种乱七八糟的队伍，我们的目标是打日本人。我们是中国人，全都有家，必须团结一致。日本人对我们太残酷，只能和他们拼！女伴们都不要怕。这里的大多数是大学生，他们全是有理性的。我现在老了，我也有儿女，还有一个媳妇。别人的女儿也都像我自己的女儿，我的学生们将像姊妹一样对待她们，我们绝不会有一丁点的野蛮。

"你们不要逃走，以免浪费你们的时间。我们希望年纪大的人去叫他们回来。我们不会对男人们动粗，也尊重妇女。"

果然大家都回来了。赵太太对他们很和蔼。当游击队要离开的时候，她对他们说："我们要离开你们了。谢谢你们好意的款待。我们希望你们要努力的工作和抵抗，帮助国家也就是帮助你们自己！"

就这样，赵太太这六十岁的女人，和她的游击队转移了。

她继续的帮助穷人，从她的贫寒的钱袋里挤出钱来接济难民。

"我是一个乡下妇人，没有念过书，"她总是谦逊的说，"我讲不出什么大道理，只知道我们必须帮助自己的国家。"

当她谈话的时候，精神充沛，毫无倦容。谈到悲惨的事情，她的老眼就眼泪汪汪，使听者也哭泣。她有这样的回忆，也谈得这样久，她使我们的确觉得自己渺小和自卑。

"我们到济南的时候，"她说，"我们要换车。我们在车站上等着。有一群伤兵从前线上开下来。那些兵士看起来真可怜！因为医院里人手不足，只有重伤者才有人理会他们。轻伤者还得照顾重伤者。他们极慢的步行着。啊，这种景况多么叫人心碎啊！"赵老太太便给了他们以帮助。

"有一个兵"，赵老太太说，"弱得连头都抬不动了，我弯下身去，扶起他的头喂粥。当他瞧到我时，哭着说，'你比我的母亲还好。你这么大年纪还来服侍我。'我也哭了。'慢慢的吃吧，'我说，'我看见你因为受伤而受苦，这比我自己受苦还要难受。但别过意不去，那样对一个受伤的人毫无好处，你为国家而受伤，你应当因此而骄傲，我们老百姓是非常尊敬你的。我一个老妇人，没有力量，我所能帮助你的，只是给你一碗粥，尽点我的心意吧。'"（无双）

三十八　我们的房子被炸了

一天，在我们庙里没有发出警报，我们突然的听到了飞机响。我们吓坏了，因为它们已来的很近。我们下楼藏在房屋的角落，那儿是最安全的地方。我们用手掩着耳朵，大张着嘴。那飞机飞过去又飞回来，突然我们听到了轰炸声。

"北碚！"人们齐声喊。"他们炸了北碚啦！"

我们在这儿瞧不见北碚，但人们却断定是在那儿。"是北碚，我能断定，再也没有第二个地方的爆炸声听得那么逼真了。"我猜想，北碚一定炸成废墟了；区区的一个三条街的小镇哪能忍得住三次轰炸？

或许我们的房子被炸了，但我们又想，未必凑巧会中"航空奖券"吧（我们也跟着大家这样说：在内地说"我被炸了"是犯忌讳的）。

可怜北碚的人们吧！我希望管警报的人要加强责任心，不然会炸死很多人的。后来我们才晓得警报是发出了的，但在庙里的孩子没来得及出来敲锣以前，敌机就到了。

假使我们的仆人青山今天或明天上山，意思就是说我们的房子中了"头彩"了，他是一个十分负责的人，一定会来报告的。第二天母亲坐在阳台上，怀疑着青山还不来时，他果然来了，面孔十分苍白。

"我们的房子炸了吗？"

"是的，"青山点着头，不再说什么，因为他是一个十分沉静的人，他只温和的微笑着，这是他的常态。

我们笑了，我们想着这是很有趣的。我们笑了又笑，一直笑到几乎发疯。

"什么事发生了？"我们问道，仍然笑着。

"敌机和我们的飞机打仗，敌机没办法时，只好跑啦，要跑，就得扔下炸弹。"

那天青山躲在一块石头背后，看到我们的房子被炸，一时间火焰和黑烟从四处升起，他全看见了，约有一半的房子消失；因为这是一次直接的命中。我们的花园也炸了一点，但幸而我们的房子仅被炸，并未被烧。

"哈哈！"我们笑着，仍然觉得有趣。"我们的房子被炸啦！我们中了头彩啦！"接着慢慢的，我们意识到：我们的房子被炸了，这难道是什么可笑的事！我们以后年复一年的都会忆起日本这回暴行。青山是沉默的，我们也沉默无言了。

青山又告诉我们，另一个大炸弹落在我们房子一百码的地方，炸起了许多尘土，并且飞到我们的天井里，洋灰地上炸了一个洞。敌机也炸了乡村，几个人被炸死了。我们以为乡下平安，其实不一定，现在敌人来轰炸乡间草屋了。事实上，敌人只是随意掷下炸弹，像一个野蛮人那么乱干，到处都是一样的，只有在地下，藏在洞内才平安，我们不能再在地面上住了。

我们想去看那创伤，但不敢立刻就去，我们不愿意在北碚再遇到一次警报，一天早晨，我们在五点半钟时动身去了。这样我们在警报可能来临以前赶回山里。

我们雇了轿子，在黎明时下了山。

看到我们的房子了。在北碚，现在找不出一片完整的玻璃。我们的房子一边被炸，一面墙完全倒了，正在修理。

所有的门都坏了。我的卧室的天花板整个塌下来了。真是一塌胡涂！天花板、地板、门、窗子，没有一件东西是完好的。但还可修复，修理后我们又可以住进去了。我们瞧见许多炸弹片，和约一英尺半直径的炸弹推进器残件也在地上。我们收集了一些带回去。青山告诉我们，轰炸的那晚有些人要走进我们花园内拾弹片，但青山告诉他们不要进去，否则他要开枪了。哟，上天，青山要开枪！难以想像。他连手枪都没有。但人们经他一恐吓，也就没有进去了。

接着我们匆匆的走过了街。整个的街道差不多全光了，但是我瞧见几家新店已经在未炸的街上开张。人们已经平静下来，就在炸中的地方造房子。我瞧见一个妇人在一间只剩下三面墙的屋内扫着地，有些孩子们整理着东西。有一个男人在楼上一间屋子里刷牙齿，这屋也只有三面墙，靠街一面炸掉了。人们飞快的做着事情。我瞧见两家店中间的墙毁掉了，人们编了竹壁，糊起了新闻纸当作墙，于是就有一家新店开张了。我发觉出现了几家新酒店，也有三家在三次空袭中被炸掉了，所以新店营业很好。此刻有一千多学生，正在应复旦大学的入学考试。

不必为中国担忧。她正在经受炸弹的考验。（无双）

三十九 轰炸以后的北碚

在我们的小洞里听到一声巨响时，我们知道一定是在北碚。消息传来，北碚果然被炸了。或许我们的房子难以幸免吧，谁晓得！第二天早晨青山来了，母亲问：“我们的房子炸了吗？”

“是的，炸了。”青山冷静的回答，他的嘴唇裂①开像是一个微笑。我们跑出了房子，邻人们都聚拢了来。

---

① 原文“裂”，现写作“唎”。——编者注

青山无精打采的用他的温柔的声音说道，"那时我正坐在一处悬崖下用心地听着，一阵轰隆轰隆的爆炸过后，晓得一定出了事。后来我瞧见浓烟和灰尘从我们的房子那里升起，我几乎急死了，我跑下去一看已经被炸，弹片烧了一块草地，但没有烧着房子。"

"它落在什么地方？"我们追问他。

他的眼睛瞧着地板说道，"离太太的房子有四尺远。王先生叫我不要说毁坏得太凶。太太房间的一面墙倒了，其余几间的天花板也塌了。"我不能相信这事，不能相信这事出于青山之口。但他不是过甚其词的人。

炸弹估计约有五十磅，房子却没有烧着，显然因为砖墙压熄了火。我们全部兴奋着。我的手因兴奋而颤抖起来，这是事实，这是事实，这像是中了航空奖券的头彩，我们并不可惜这房子，但是被炸这念头却不能从我们的头脑里拂去。它使我们坐卧不安，我们不能再继续我们的工作了。炸弹第一次离我们的房子一百码，第二次离我们房子二十码，第三次，一码半。我不敢想像第四次。

我们必须下山去瞧，想立刻就去！这是无谓的，他们说。既然已经炸了，就算了。但是我必须去瞧。今天是大晴天，还有空袭的危险，我必须去瞧。还有什么比这更重要的事情，我们自己的房子被日本炸弹毁了？"为什么对一间被毁的房子这样痛心？"怀疑者问道。我不能解释。我必须谈话或做些什么事情，我不能集中我的思想。我们的房子竟被炸了！

我们动身了一次，已经走到庙那儿了，因为北碚天空中的云已经消散，只得又折回。但北碚也有防空洞，我坚持着。我渴望再看见北碚。

不到一个星期的工夫我们又下山了，在一天清早，虽然是一个晴明的早晨也不在乎。我的思想比我的腿跑得还快。再看见北碚是好的，我们已有很久忘怀它了。但是我们只能瞧一瞧北碚，我希望住在那儿。天气还早，人们已工作了。他们已不再为上次的损失悲伤。很多房子的窗子大大开着，阳光照射进去。每个人在做事，没有人想到空袭。这熟悉的房子看去产生一种好感。我清楚什么地方有什么样的房子，什么地方的路高低不平。

啊，又回到北碚了！我们曾经在山里躲了些时候，我们远离了那些在烈日下走进防空洞又跑出来工作的人们，在山中我们能够过着一种正常的生活，正常的生活在这儿不是正常的，只有不正常的生活在这儿才是正常的。正常的生活意思就是说我们逃避到一处平安的地方，我们抛弃群众生活而寻求一种私人的离群索居的生活，日本人所希望扰乱的无疑是我们国家重要的地方，与战争有关的地方，日本人不会理会在战争中荒凉而无关紧要的地方。让我们和人们一起走进防空洞吧，虽然这是傻事！我们在一座山上住着，我们在战时寻求着孤独和正常的生活。但北碚不关心这些事情，它只需要生活而已。

约在早晨七点钟，我们走近王先生的家门口时，他看见了我们。他说："你们的房子炸了，幸而你们是在山里！"究竟炸了哪些地方，从这里还看不到。我们走进花园后才看见了。母亲住的房子只剩下了三面墙。木匠正在开始修理。震倒的一部分天花板被几根支柱支着。"是读书的理想光线，母亲的房子里有这么多阳光了，与户外一样亮！"我想。

书房的天花板落下来了，甚至老鼠的家也毁坏了，它们不能再隐居了。在另一方向是我的屋子，损伤很小，只是屋上的瓦震落了。我们巡视了屋子一遭，惊奇于青山收集了这么多的炸弹片，它们都放在妹妹的床下。有几片十分难看，还有一个扭断了的触发器。我随身带着照相机，马上拍了几张颇为难看的镜头。于是我们所受的损失全都拍入镜头了。我好笑的到处走着。难看！难看！我把小卷胶片都用光了。

现在我们已经看见了它，照了相，没有什么事情再要做的了。花园在我们离开时刚发草芽，现在已绿草茸茸了。我们所种的辣椒苗现在已遍挂着红辣椒。时间流逝很快，住在山中却不知不觉。我们带了一些东西到山里去，恐怕敌机再来炸。我们又到北碚去看。从前我们常去北碚，办完事，愉快地回到安乐的家。而现在，在同样的路上，我们是离开了空空的家去北碚啊。

　　我不能认出北碚了。第三次轰炸十分严重。路似乎变宽了，也不拥挤了，我们那么熟悉的商店已经炸毁，或者正在拆掉。路旁所有的店都已消失。我特别记得清楚有一家卖植物油灯罩的商店，我们时常去那里。灯罩质量差，只要火稍微大一点或小一点，都容易炸裂。我们每次走进店里时，肥胖而和气的老板娘便会问，"灯罩吗？"我们说，"还有什么？"在这时候卖玻璃器皿是一桩冒险的事情，但他们的储藏所是乡间，每天一点一点的输送着，只拿一小部分货物陈列。第一次轰炸时右边的铺子炸掉了，第二次轰炸时左边的面包铺炸掉了。现在这店不存在了。但我听说这是拆去的，不是炸掉的。这胖妇人一定又在别处笑迎着主顾了吧。

　　两个多月来，繁华的北碚怎样渐渐的变成荒凉了呀？简直认不出了。这是一座成长的城市，享受着从未被炸的安全的名气。日本人却要破坏它。现在没有一间房子的窗子有完整的玻璃，没有一间屋子里面没有破坏的天花板。北碚的人在苦难中生长、学习。现在工人们一早就在修理房子，北碚的人还照常的生活着。没有被命令拆毁的店家，仍旧大开着门，仍然有陈列的货物。虽则看上去东西很少。人们在街上为了重要的使命而忙碌着，甚至看都不看一下那正在修复的一切或新的火场。这就是北碚的人们可贵的特性。只是我们从山里来的人觉得迷乱和兴奋吧。我们没有看见昨天和前天他们在城里做些什么。一整排的大书店和有摩登家俱的榛林，连同着他的果酱咖啡一起烧掉了。出奇的空旷，我们在碎砖中可以看到灰堆和烧焦的木头。榛林消失了，还有一家园艺商店也消失了，但我晓得在别的地方，或许离这座荒凉的城很远的地方，一家新榛林已经拉起了他的白帐幕，一家书店正在整理架子上的书了。火没有蔓延开去，因为这条街的这一处很宽。但当帮助着榛林抢救刀子和叉子以及罐头水果时，有一些北碚人暗暗高兴着这一带房子的烧去，因为主人们为他们所不喜。

其实，我错了。街上依旧拥挤着，不管增加了多少空场。人们依就蠕动着，带着他们的篮子穿来穿去，从市场回家。市场被毁了，但食物仍然出售。一个人在路旁刷着牙。一个母亲在梳她女儿的头发。由于废墟，北碚显得神圣了。它的精神是永久的。以那粗糙的、烧焦的石壁做背景，那刷牙的男人和梳着头发的女孩像是英雄似的，甚至在路旁陈列的布鞋都是值得赞美的。炸弹炸光了北碚一切装饰，只有它的骨骼裸露着。在这废墟里，有一种力量的象征。北碚，经过了流血，显现得是一处纯洁和更光荣的地方了，十字架上的耶稣本来比别的场合更显得神圣呀。北碚连同她的废墟呼吸着，为了生活，面对着废墟是更可爱和更引人的，北碚现在精神焕发了。

穿过了街我们来到江边，那儿有许多木船载着各种不同的货物。人们在肩头上扛着木材到邻近的棚屋去。他们"嗨呵，哈呵"的合着脚步节奏唱着。流着汗的女人们和儿童们坐在二三十条船上，忙着他们的事。在岸上，人们等着过江。时光还早，工作已经积极进行了。从工厂的烟囱里冒出黑烟，作坊里锯木和斫木的声音在响。作为这背景的老的市场，二次轰炸时就烧掉了，这儿是接连被烧焦的土地。河水流着，更多的木船来了，但是我们得回到山里了，那"嗨呵，哈呵"的叫声和木材落地的声音在我们的耳里愈来愈弱。

经过每次的轰炸后，北碚愈显得英俊了。废墟仅只增加她的气概。这就像某一种典型的妇人素装还比盛装来得美。她穿着愈朴索，美也愈增加。北碚不仅是美丽的，还是勇敢的，强健的和不可征服的。我必须同那些人生活在一起。努力生活，不管一切困难，生活应该有目的有意义。我不想离开北碚。但这不过是暂时的想法吧了，等到夏天过去，那时我们会下山，与大家生活在一起。我高兴永久住在这儿。当你看见我们在电灯来到都愉快的叫着时，随便你叫它是一座小城或粗俗的地方都可以。北碚代表着一整个人群的生活，他们最勤，笑声最大。我们一面想着北碚，一面已经在稻田间走着了。北碚，我必定要再回来！（如斯）

四十　离开北碚

当我们晓得又要离开中国时，对我们每个人真是一个大失望。自然我们不喜欢空袭，但我们究竟也不喜欢离开中国。我们来的时候田里刚刚插秧，我们走的时候，稻田已变成黄色了，稻子沉重的下垂着。

我们开始没精打采的收拾着行李。我们的脑里想着什么事情。这一次我们整装要离开我们的国家了。我们不愿再离开祖国，不愿在战争进行的时候离开？但是我们却要走，因为父亲要这样，母亲自然要照顾着父亲，我们这些孩子得听话。

我们下山到北碚去，计划着在旅馆里住一晚。我们和王太太和她的新生的宝贝"看看"难分难舍。最后庙里的知客僧站在一块岩石上，为我们喊雇着轿子。

我们下山了。一路上，风景比平常更美了，那绿竹和山岚，看着这些，一切空袭的恐惧都忘掉了。现在就只剩下离开祖国的悲哀，冷风从后面吹拂着我的头发。我们真的走了。什么时候我们再回来拜访北碚和缙云山，并且回忆起这时的事呢？

我们到了北碚。防空洞和前些时一样，警报来时人们就爬着坡进入这山上的洞。我们也曾是他们中的一群，我们将为此骄傲。几十年以后这些洞会变成什么样子呀，那时我将骄傲的站在它们身旁，说我也曾在洞内躲避过疯狂的轰炸。我将骄傲的微笑着，因为我也曾受过苦，过着每一个中国人都应当过的日子，因为我们是中国人。我骄傲我曾有过空袭的经验，更骄傲我们的房子被炸了。我们分尝了这伟大的战争的一部分，我们应该如此。有一天鬼子总会躺下来的，我知道那一天就要来了，我知道。

那晚北碚十分可爱。它的废墟和残余物都是可爱的，他们都历尽风霜了，我们表示着经验与忍耐。月亮又用他的银白而宁静的光辉照耀着街市，每件东西都有着阴影。我们要离开了。那同样有着美丽阴影的月亮。它抛挪着阴影在大路上。似乎每件东西都在说：我们要离开了，我们要离开了，可是我们不愿意。三四年以前，中国人惯于赞美月亮，而且举杯赏玩，但现在不行了，月光会指示铁鸟的驾驶者扔炸弹，还有被人疑心为汉奸的危险，月亮不是现今的中国人应该欣赏的。

我们在新开酒店内吃了饭，他们为我们遥远的旅途祝福。那地方和在北碚完全不同。那儿一点也没有这里的景像①，虽然属于同一世界。黑云集合了，下了雨。我感到每条神经都异样了，雨淋在我的脸上，我不在乎。我们要走啦，让它下。让它淋着我吧，我现在要尽量多淋一点。这些防空洞，什么时候我再走进去！甚至一场空袭现在都是美的回忆了，我们不能再有那样的感受了。

我们走回旅馆。黑色的山矗立天空。远处，一个小小的山尖，是缙云山，我们在上面的两间小房里曾住了一个多月。我希望我能把握住中国，感觉它，看到整个中国的每一部分。我需要收复整个

---

① 原文"像"，现写作"象"。——编者注

中国的版图。为什么我不能留下呢？留下的房子每个角落都是美妙的。我们想出国，那意思就是西方人，不再是中国人了。北碚呵，北碚！我不愿离开你。（无双 ）

四十一　最后一夜在北碚

北碚，北碚，我们要离开它了吗？我不能相信。我曾计划着和梦想着我自己和大家住在北碚，一直到我们胜利的那一天，一直到所有的日本军队都永远退出中国，一直到新国家诞生的那一天为止。我们苦够了，那时候我们要走到街上去叫着、跳着和欢呼着。那是最伟大的一日了！我们要擦上所有的胭脂花粉。戴上一切首饰——冲着那些叫我们做疯女孩的人们笑。我们要拿出所有的锣来打，还要放鞭炮，还要摔几个碟子，还要在街上跳舞，还要舞着国旗，还要跳进一辆汽车，还要到重庆去，还要遇见谁拉谁，还要跑来跑去，直到疲倦得要死，还要坐在马路旁看来来往往的行人。我们决不去睡觉，拿着火把到防空洞去，尽量高声的叫喊，我们要把白色的衣服和白色的被单铺在院子里，点亮所有的灯，因为以后再也不会有警报，再也不存在轰炸目标，再也没有机枪和榴霰弹，再也没有屠杀，再也没有伤亡了，奇异生活的开始！我要喝酒喝得生病，我不会再有胃病，因为我太快乐了。每个在北碚的人都会这样。再没有苦痛，不分老幼只是一个民族的狂欢。我们要为这次胜利游行，向战士们敬礼，感谢每个人和祝贺每个人。这将日以继夜的进行着，直到我们全都疲倦了，但即使在梦里也会有欢乐和笑声。

而现在我必须离去了，胜利还没有来，人们仍然要日夜走进防空洞去等候着那天的到来。我不能与他们一起等待了。我要走了，不能和北碚呆在一起来看到那一天了。这像是刑罚。像是我不能够耐心地如他们那样的等待似的。但我还是愿意等，即使日子也许离那天十分遥远。这是值得人们花费时间的。我清楚北碚，清楚它怎样等待那天的来临。这儿还会有更多的轰炸，更多的屠杀，更多的房子被焚。木匠得低着头，做一张椅子；店老板得低着头，整理货物；劳动者得低着头，肩负重载；事务员们得低着头，在写字柜上工作。一切都为着等待那天来临，他们才抬得起头来。

我们到旅馆去放下了行李。循旧路到仍然留着轰炸的痕迹的我们的家里去，天渐渐的黑暗和看不清东西了，山也变成黑色了，我们走进了屋子，屋子显得空洞。李木匠仍然在装钉墙壁，为什么我看见这屋子有一种分离的感情呢？我走进了我的屋子。除了一张竹桌，什么都没有了，玻窗上仍然缺少几片玻璃。父亲书房的天花板还没有装好，青山说在我们回来以前一切都会弄好的，他不知道我们要离此远去。浴盆里狼藉着破碎的颜料泥块，我们问青山我们在花园里找到的炸弹触发器残片在哪儿，他不好意思的嗫嚅地说，他以两块八角钱的代价把它卖了。一斤一毛五，这东西有十八斤即十四磅重。这是第一次我们不高兴青山，因为我们想请王先生把它给我们保管着，一直到我们回来。我们告诉了青山，但他没有十分听明白。但是，他也吃亏了，他本来可以得到更多的赏钱的。

我们走了出来，最后看了一下我们的房子。这不是一间可爱的房子，但却有关于我们在北碚的生活的记忆，离开它即等于离开一切。我们走了一遍回到北碚。王先生已经在北碚几天了，他在一家才开张的酒店为我们饯行。我们带着电筒走过炸毁了的街市，到一排未炸的房子前面，登上一条活动的楼梯，来到一间挤满了人的屋里。我们进了一间雅座，那儿有预备着很好的席面等候我们。

N先生和M先生也在座，萧先生和许先生也在这儿，赵小姐来晚一点。很多人知道我们要走了，但不知到哪儿去。电灯还没有亮。这屋子靠江的一面没有墙，我们可以瞭望远景和享受凉风吹拂。黑云轻轻的飘来，凉爽而振作精神的风吹着。我们隐隐听到雷电，不时有一次闪电。这是一场夏天夜晚暴风雨的前奏，今天是八月十六。

在河边的石岸上，有火把亮着，成堆的纸钱在各处燃绕。风吹过火旺起来了。为什么烧纸？为什么点火把？雷声继续着，来得近了，风掠过我们的房子，几乎有点寒意。我们听说烧纸钱是为了安慰游魂，那些淹死的、饿死的或其他不得好死的游魂，没有活着的亲人为他烧纸的游魂，于是每个人烧一些纸钱送给这些鬼，以便叫他们不要来烦扰活人①。我不理会这是为的什么，这是有趣的。一堆小小的火焰燃起来了，那边刚熄灭，这边又开始了。火焰因为风势而发狂的跳跃着。烧纸钱的人们的声音，随风吹入我们的耳中。

河对面大学村中有许多灯光，后面远方是山，由于黑暗，夜晚显得更神秘了。雷声就是由那边传来。整个事物都是奇妙的，而这就是我们在北碚最后一晚所见到的。我们希望大雨点溅到我们的桌子上来。让雨进来吧！这是我们在北碚的最后一夜，为什么大自然的一切怒吼都在我们离开的时候来到呢？让它来好了，因为我们要离开北碚了。这是上天的发怒还是人间最好的丝线织成眼前这些景像呢？它是使我们兴奋起来，忘却我们的分离？还是加强分离的印象呢？一切都是迷人的和美丽的，像是对游魂的慰抚。

桌上充满了有趣流利的谈话，还有笑声，有酒。王先生不断的斟满小酒杯，我们等着电灯来。蜡烛和煤油灯在风中无力地抖动着，后来电灯亮了，屋内突然充满光辉，有些耀眼，外面的景物更黑暗了，好像浸在墨水里。河边的火现在已渐暗和熄灭下去。雷声继续着。电闪之后声浪更大了，我们挤坐在一张桌子旁。晚餐是丰

---

① 这是指旧历"七月半"焚烧纸钱赏给孤魂野鬼的习俗。佛教称为盂兰盆会。——原编者注

富的，甚至有些过份。酒后每个人都多话了。父亲喝了酒，我也喝了酒。全体为战争的胜利干杯，为桌上的各人干杯，也为不能下山的王太太和"看看"干杯。那是我们仅有的遗憾。

"那么当你在胜利后回来的时候，你一定喝十杯酒！"

"好，就这么说定。十杯，我现在已干了三杯了。"父亲说。

但我们什么时候才回来呢？

为什么我要离开，以后还要说，"我希望我有……"？这是比一切事情更为我需要的事情。"我希望我有……"什么什么，但却不是这事。为什么我对我特别执着的事违反了我的意愿呢？每句话和每一个动作只不过使我相信我就要离开吧了①。

暴风雨没有来，过去了，宴会后我们用手电照路，穿过街市，到旅馆里睡了一晚。（如斯）

四十二　重庆

约在九点半钟我们到达了重庆的董家，那时天气已经很热了。董先生欢迎我们到他家去住几天。我们上次住的旅馆已经烧掉了。屋内很凉爽，但预期的警报仍然使我们没法放心地休息。我们坐下饮着茶和乘凉，似乎是在等待一场警报。

重庆的警报是什么样儿呢？轰炸会使人耳聋吗？时间很久吗？我们能确定的，就是在黑暗的防空洞内是一个很长而持续的"休息"，非到解除警报不止。

果然，在我们来到十分钟后，人们说红球已经挂起了。在重庆城遇到空袭，我们还是陌生的。幸亏及时赶到重庆。我们跑去看竖

---

① 这里的意思是，她不愿离开北碚，离开祖国，她知道以后还会再来的许愿是渺茫的。——原编者注

在山顶高杆上的红灯笼，在灼日下，工人们从政府机关里搬东西，像是一些打字机。东西放在附近建筑物的储藏室去，那建筑物离地约十英尺高。天气这样热，有的人头上缠着白手巾，有的人戴着大草帽。在街上是一长串骚动的人群，但我们看不见，因为我们是在这建筑物的天井内。董先生说，旁边是一个很好的防空洞。我们应当早去吗？我们是陌生的，不愿在重庆冒险。这不是北碚。我记得在北碚我们常常听到从重庆传来的轰炸的回响，我们在五十哩外都能听见。敌机来的时候会发生什么事呢？

董太太的仆人开始收拾董先生的书籍、衣服和几只手提箱，她把它们放在一间八英尺长十英尺宽的小石屋内。我们的行李也放在那儿。那储藏室也不见得比这间房子保险，不过房子较小，比较不大有机会直接中弹，也可以说是危险的分担。在重庆没有绝对保险的房子，每间房子都有中弹的机会。在三十八次的轰炸中，炸弹只是倾注而下，胡乱投掷，五六所房子排在一起，没有不中一两次炸弹的，一间屋子矗立在一片废墟当中也是十分平常的事。我们有几件行李，自然，也得经过这危险，但是也许我们回来看见董先生的房子炸倒了，今晚就没有地方睡觉。每次空袭前重庆的人都有这种想法的。空袭过去后，有许多人发现这感觉成为事实了。

接着汽笛响了，挂上了第二个灯笼。汽笛声似乎颤抖着，声音真难听，好像刺着静脉似的难过。北碚的汽笛从没有这么抖，这么急。在这响声下每个成人和孩子都改变原来的状态，一切的活动差不多都停止，开始准备到房里去。街上的脚步声更多了。卡车鸣着喇叭，小汽车也一样，全向乡间开去。紧张增加了，脚步急迫了，院子里人们在跑来跑去。我们都准备好了，静等着第三次警报时进防空洞。我们心里有些什么东西——或者是兴奋吧。董太太是安静的，她晓得一切的步骤。天气太坏，我们能够看见空气中的热浪颤动，四下有一层薄薄的雾样的东西。我安静的坐着，觉得重庆的一切都动起来了。整个的世界动着，人们向防空洞走去。空袭是每个人逃避不开的，我们只有找寻隐蔽处。敌机就要来到空中，投下炸弹，这儿又有许多事情要做了。

通常我们在地上感觉苦闷时就抬头望天，在纯洁的空中我们寻到安全。但现在我们却猜疑的望着天空了。这时候是灾难来自空中，而我们往地下躲。世界为什么这样混乱，一个人把雨天看做一个可爱的天，把黑暗、风雨的夜看做一个安全的夜呢？为什么我们希冀着不要睡眠，将一天最好的时间牺牲在一个黑洞里，只在日和夜中间这一小段的时间内急促的工作呢？我们投身于这种荒诞不经的活动中，只有梦中的光亮来导引我们前进。

这时候没有主仆之分，没有雇主和佣人之分，每一个人都是独立自主的，回返到自然赋与他的状态。社会的因素暂时是不存在了，仿佛。只有男人、女人和老幼之分。因为我们正在为我们的生命而斗争，生命是没有阶级区别的，一律平等。我高兴看见人们团结一起，因为只有这样，被危险惊恐着和被未来好生活的憧憬所鼓舞着，人们才显得可爱。只有这样，当我瞧见人们一面工作着，一面留心着汽笛并整理自己的行装，或当我审视着年青的、年老的、准备进防空洞的面孔时，我才真的感觉人类是高贵的。这高贵的性质是在人类里。这是他的天性，而不是谁的教训。这里不容有我们自骄为文明的文雅行为、虚伪的拘泥和一切人为的与悖理的困苦存在。

在"正常"的生活中，这些成为我们生存的目标。但在这时，这些虚伪的假面下的一些事情被我们所抛弃了，这才是人类的真实表现。虽然我们简单的在这儿生活着，睡、吃和工作，却并不是野蛮的生活。只有在这儿人才是最高贵的，他的最佳性质显露了出来。只有这儿，有些事情是奇怪和崇高，值得换取一个人的生命。这是友爱、好心、理想和生命必要的快乐的混合物，我以为具有这样的性质才能够欣赏日落，享受一星期工作后的酣睡，享受青菜汤的香味，没有人要教导或训练这种乐趣的，他们自然有这样的心情。

第三次汽笛响了，绝望的有力的号叫，几乎停止了人们的呼吸。这像是求救的呼声。使我们全想立刻奔入洞中去。这有点像是败退。但或者只有这类型的警报才能使重庆的居民意识到危险而离开他们的工作吧。在这响声中我们离开屋子和走过院子。炙热加上兴奋，我们开始往下走，已经有许多人在走那防空洞的石阶了。我们跟着他们，每个人都低着头，留心着石阶，左右都有人往下走。几乎每个人都有一大草扇插在脑后。这是一群有耐心的群众。人们低声的谈着。空中发出嗡嗡的巨声，但我们不能看见飞机，担心敌机已经来了，董太太说是自己的飞机，准备与敌机战斗。啊！这嗡声，立刻鼓舞和振作起我们了，我们对于祖国又一次"陌生"了，因为在北碚或在山里的空中，我们一夜至多看见五架中国飞机，这里比北碚多很多，这就是我们不能辨别出声音的原因了。

在洞的进口处，我们突然什么也瞧不清。外面阳光照耀，而里面是漆黑。我们用手电照着路，穿过放在过道中间的长凳。有许多人在洞里。我们只能听到声音，不能瞧见人。我们找到空位坐下。

头上有一盏植物油灯。一个小而简陋的东西，我们坐的凳子光滑而结实。什么都很合适，洞内有一种和谐。地上稍为有一点潮。光线是柔和的，但是在这种光线下我们除了谈话不能做任何事情，洞内有电灯，但第三次警报发出时就熄灭了。

现在每个人都在洞里，只除了警察和空中的飞行员。我们全都等待着。在这洞里，那坐在凳上的人们，有些是从三千里外的北平、上海、广东和每个地方跑来的，人们经过了冒险和险遭不测的流亡，这些想来重庆的幸运儿果然到了重庆了。不久他们就变成了重庆人。本地人对这些远方来的人们曾有惊异，有兴奋和有长期的疑虑，但仍然热心的欢迎他们，现在是一个国家，一个民族啦，而他们从空袭中晓得他们的经验是多么真实了。重庆成了大众的熔炉，重庆用它的心脏来保护人们不遭空袭。因为是一个民族和一个国家啊！还有一些永不会到达重庆的人，那些人在逃难中遇到突然的事，在路上被杀或被俘了。他们永不会到达重庆，看不见今日大家在防空洞内同命运同期待的情景了。

起初半小时内，什么也没有发生。我们十分疲倦和烦恼。这里我们和重庆的人们在一起了。没有人知道就要发生什么事情。重庆的外围也许会有空战。我们在空袭期间和重庆一起等候，这是第一次。这是开始的开始，但这只是在我们离开以前的一场大款待吧了。也许发生什么事会使我们留在重庆，我想也许会有什么事情，因为这是不可想像的，我们就要离开中国，离开一切，到我们不以为重要的地方去。有些事定会使我们留下吧。让我留在这黑暗的洞里吧，因为我知道这是重庆的一部分。甚至那厌倦和强迫的空闲也是好的，有意思的。我们观察着坐在对面的一家人，当我们闭着眼闲适的听着别人的谈话时，几乎想睡觉了。

嗡嗡声听到了。"飞机来了！静一点！"是的，我们听到它们飞近了，接着就是沉闷的轰响，"这是什么？"我们低声问着。"我们的飞机在开枪攻击！""啊！"最后关头来了，我们闭着眼，张着嘴，掩着耳朵。每个人都是这样，我们看来可笑吗？不管可笑可不笑，张开嘴巴是防震伤，保护耳膜。

我们听到爆炸声，洞震动着，接连不断的爆炸，也接连不断的震动，捱过了难熬的这段时间，飞机才飞开了。传来的爆炸声较远，是在城的另一部分。在这儿听着敌机的响声完全是另一回事，在北碚它们会不会扔炸弹还不一定，在这儿毫无疑问的会扔。我们像是从一场昏迷中惊醒，兴奋过后我们恢复了平静和谈话。

洞里超过了二百个人。人们成一排顺着岩壁坐着。发报机在角落里的答的响着，记录着无线电报告。轰炸像是增进了洞内人们的力量和精神。人们开始更有力的谈论着各种事情。过了一些时候，洞内的空气渐渐恶劣和难闻，每个人都昏昏欲睡。我们老是不安地动着，站起一会，或是转换着坐的姿态，屈着膝，用草扇垫着潮湿的壁靠着，甚至直立的靠在凳上。这种情况，不知还要有多久呀！

约在午后两点钟的时候，又来了一批敌机。我们的神经紧张起来了。这次会怎样呢？我不安的转动着位置。一会儿飞机声近了，洞内的人静静地等待着，注视着墙壁。我们心里有些忐忑。随着听见炸弹的降落声和爆发声同时震响。洞壁又摇撼起来，电灯熄灭了。

为什么我一听到炸声，就像从身体内抽去了一些什么东西似的？每次过后，便有一种空洞之感。炸弹爆炸以后，一连串的图画便在眼前显现出来：房子在燃烧，人们在流血，消防队在与火搏斗。可是洞里仍然是平静的，安全的。许多人转动着身体，低声谈着他们小小的冒险故事，好像没有事情发生过。但外面究竟出了什么事，损坏大吗？起火了吗？是什么地方？我多想知道啊！

洞里的人们是多么平静呀！听到响声，肩头动了一下，又没事般地倚着岩壁了。这对他们不是第一次。他们已尝味两年了，不需要跑出去看。他们坐着，有几个人打着呵欠。瞧见他们的表情，我也只得听其自然了。等待！等待！忍受又忍受，等待又等待！滚你鬼子的蛋吧！

当解除警报将来时，我们都已先有这样的预感了，有一瞬间静默的征候。约三点钟的时候，电灯亮了，立刻传来了解除警报的汽笛声，它长鸣着像大大地松一口气。我们奔出去了。

你看过一张张喜悦的发光的面孔吗？让汽笛尽管长鸣吧，警报已经解除，人们听着微笑了。它响一点钟我们也不在乎，现在毫无关系了。

天气非常热，在太阳下面待一分钟，汗水便会流淌。我们爬上了阶梯，走到董先生的屋里，全身就汗透了。重庆全市喘了一口气，紧张后得到休息了。晚饭后我们到街上去，我们有在街上走一走看一看的强烈愿望。重庆对我们是神圣的。花在这里的每一分钟都很值得，因为我是在重庆啦，这城市吸引着我们。虽说我们还没有决定哪一天走，但多在重庆住一个晚上也是好的。什么时候我们离开呢？我想起傍晚时分重庆街上的情景：天气是干燥的，当一辆人力车经过的时候，一阵尘土便飞扬起来。在街道旁边，许多地方都是废墟，没有一所房子是完整的，四处都有炸成的大坑，周围堆着泥土和断砖。即使是这样，人们照旧有秩序的走着。流浪儿童也毫不在乎地奔走谋生。重庆是这样一个城市，它不依靠别的什么，只凭坚定的信念生活着和斗争着。看了这些，我想：建筑一座城市的是人，而这儿只剩下人和废墟了。

有一部分遭受轰炸的损失特别重，多次被炸。人们在做些什么呢？他们漫步着，购买着，谈着，洗涤着。尘土是棕色的，屋顶的瓦是灰色的，但活动着的人们使景色变得生动了。重庆的炎热是厉害的，它似乎给人们增加一种力量。这热力帮助人们支持城市，也就是这种热力使重庆成为奇异的居住的地方。假使现在没有一个人在重庆，会成什么样子呢？我不敢想像，人们活着，因为他们是奇怪的动物。他们永远，永远不会消灭。即使重庆城被炸为平地，他们也会活着，只要他们活着，一座新的城市就会建立起来。没有这些人，那么一切便会绝望了。（当我写这一段时，我晓得所有的被炸区都已重建起来了。人们正在工作着！）

重庆从远处看来是美丽的，以近处看来也是美丽的，甚至在重庆的一块小卵石也是可爱的。西瓜在一间没有门窗的店里出卖，一个女孩和她的穿蓝衫的母亲在经营。西瓜是青色的和光润的，我们选了两个，便讲起生意来："怎么卖？""大的八毛钱一个，小的六毛钱。""瞎说。一块钱两个。""没有这么便宜的东西，这是从北碚来的西瓜呀。""我还不清楚北碚？"我们讲了一下价，结果是一块二毛钱。这西瓜可说是货真价实。妇人管理着店内的银钱货物，她赶着苍蝇，坐在小竹凳上，鼓着眼睛看守西瓜，有时叫她的女儿为她做些什么事情。成交以后，她用手背擦去前额的汗水。把钱放到口袋里去，给了我们一个虚伪的微笑："下次再光顾！"

我拿了一个西瓜，一个从北碚来的西瓜。西瓜上贴了一张盖了印的签条。上面印的是："不甜包换。北碚农场出品"。西瓜是重的，摸起来凉爽而且光滑。

重庆的组成份子有，一天工作十四小时的青年爱国志士，日夜计划和工作的官吏，还有随遇而安的老百姓，还有一些我们所不喜悦的只有在重庆才会出现的人们。力量是在青年和老百姓的身上，他们是国家的支柱。（如斯）

四十三　重庆

当我们乘汽车从北碚到达重庆时，我们很荣幸的被邀为董先生和董太太家里的客人。旅馆全都炸了或拆毁了。

重庆的警报和北碚不同，汽笛声更响更高，还要挂红灯笼。听见人声沸扬时，我们庆幸已赶到了重庆。董家的仆人跑出去看，说山顶上挂了一个灯笼。

"又来啦！"他喊着。他们开始搬椅子到洞里去，我们坐着等待第三次警报响，董先生和其余的人在第三次警报来到以前，还在办公室里工作。因为他们不允许花费工夫过早进洞等待。我们匆促的吃了中餐。这已经十分丰富了，因为我们尝到了奶油，真正的饼和牛肉，这些都是我们在北碚所没有的。

此刻我们的飞机开始在空中飞了。有人说，一定有五六十架之多。接着汽笛响了。这是第二次警报，这样的叫着："呜呜呜呜呜呜呜——呜呜！呜呜呜呜呜呜——呜呜！呜呜呜呜呜呜——！"这还不怎样可怕，因为只是第二次。第三次又响了。先是一个长的：呜——，接着是短而强，来了是"呜呜"，声音愈来愈大，最后，造成一种沉重的喘声，非常的哀伤，非常的深沉。我们赶快到洞里去，这是办公室的洞。洞很大，可容二百人。是一个马蹄形，有两个入口。每个洞都是这样，倘若只有一个，被炸塌了，人们就要埋在里面。

在洞里有一种顶奇怪的感觉。洞掘下去有七十英尺深。它位置在一面山洞上，而洞就掘进山里去。比埋葬死人的坟墓还要掘得深，所以我觉得十分平安，假使我们的顶上是坟墓，我就更觉得平安了。我也不感觉怎样难过，有这么多的人在这儿谈着谈着，甚至飞机飞得十分近我们还是听不见。但是飞机飞过我们的头顶时，声音似乎大了一点。重庆已经是较为接近美国的一个地方了，我突然这样感觉，当我听到父亲在洞里同一些外国朋友谈话之时。他们用英语谈论着，我们好久没有谈过或听到一句英语，听去显得十分亲热。

重庆是十分摩登的，四处都装了电灯，我没有习惯它们。我差不多已经忘了，你只要按动一个开关时可以使屋内亮了，用不着一次又一次的划着火柴去点那植物油灯。植物油灯点着后，屋内还是有些黑暗，接着小飞蛾一类的虫子就会飞进房间里来，来回地绕着，使你不能忍受，只好躲避到床上去。夜里，当我看到整个的重庆一片光明时，对我像是奇迹。自然在有夜袭时，电灯全都要熄灭，必须实行灯火管制。所以洞内当有灯泡明亮时，意思就是说警报解除了。在那儿，我想着一切的事情，因为你进了洞，坐下和等待，除了坐下和等待以外，就没有事情好做，而那种情况常持续四五个钟头。有些人觉得既然没有什么好做，常常就睡着了。但我不能在这儿睡，我想我也不能在敌机要来轰炸重庆的时候睡觉。但有的人也无所谓，他们觉得不如来一场睡觉的好。母亲和董太太开始长时间的谈心。我们每个人都有一把草扇子赶着绕腿的蚊子。我们等待又等待，那天敌机没有炸邻近的地方。在重庆这儿，只要炸弹不是正好落在你的头上，大家还是不以为然的。我们听见了炸弹声，洞也稍微震动了一下，止此而已。

第二天又是同样的一套，只不过时间很长，在洞内坐得几乎没有精神了。飞机来很早，十点钟来，下午四点钟才解除警报，所以我们无法吃午餐，我们预备了十二个熟鸡蛋，与我们的表兄们分吃了，他们一向住在重庆，恰好来看我们。我们吃完了鸡蛋时，便没有事情要做了，只有坐着，坐着，洞内十分黑暗，你无法站起来散步，假使你站起来走两步，你就会踏到一个人的腿，或是跌在潮湿的地上，弄得全身溅满泥浆，招惹人们的责备。假使你想再回到你的座位上，光线太暗了，你或者会坐到别人的身上去。有时你的座位会被别人占据，你只好和你的姐姐挤着坐，她很可能倚着你的肩膀睡着了。有时你的邻人也许有一种难闻的气味，你会烦燥起来。你也许听到爆炸声，也许会跌倒，站起来时也许会踏到一只脚，被踏的人如果是赤脚，会大声抗议。在泥泞的洞里摔倒弄脏了，找不到水来洗涤，只好坐着消磨时间。当警报解除的时候，你会像一个掘煤者似的走出来。……

于是我们烦恼的度过这几个钟头，和我们的表兄们谈着，有一个表兄对我们的态度很感兴趣，再三的问我们是怎样习惯这种生活的。他说这很有用，我们也以为然，我们只是谈着无意义的事情，接着解除警报的汽笛响了，感到背上很僵直，站起来脚步也不稳。但走出防空洞，光线是那样的强烈，太阳光简直会刺痛眼睛。望望天空，总会发现火焰与黑烟从重庆的某一部分冒出来。

这就是重庆空袭的情景。但那晚鬼子似乎觉得还有些不满足，十点钟，一架侦察机又来了。我们刚刚灭了床头的电灯，锣声敲起来了，街上车子开始出动了。董太太起了床，我们也一样，走到防空洞去。在第三次警报来到以前我们参观了董先生的办公室，人们已经开始搬贵重的打字机和所有值钱的东西到洞里去了，董先生还在工作，房内的地板已经烧得半焦，窗子全烧了，但仍然是一间屋子，还没有毁灭掉。在办公室里我们遇到一个苏格兰人，他在牛津大学念过中文，现在是一个中国公民了，他和平常看见的中国人一样，名字叫做马彬和，他抽香烟到灼手时才罢，这是十分中国味而且不大文雅的，他平时不说英国话。他的工作是做英语广播，他谢绝超出生活需要的更多薪水。

我们看到明亮的红灯挂起来了，用它做空袭的标识真是太好看了。董先生说他们印了很多小册子，交给我们的飞行师带到南京去投掷，告诉同胞们，我们在精神十足的战斗着。有一次我们的飞机飞到日本去，接连的三天内鬼子十分惊慌，他们把高射机关枪对准着天空。

但不久电灯熄灭了，汽笛立刻长鸣了，我们知道这表示第三次警报，在夜间的寒冷中，当尖风吹过来时，第三次警报使人们警醒着、战栗着，感觉这不是好玩的事情。我们约在十一时进洞，在那儿等候着，感到十分疲倦和口渴。后来我们在小凳上蜷屈着试着睡觉。我们轮流坐到大椅子上去。

有一个美籍报告员十分和蔼的从他家里拿了一张椅子来请如斯坐。鬼子是鼠性的，那晚证实是这样。敌机来了。只有十八架，他们没有带来足够的汽油，很快就回去了，我们出来的时候约在凌晨一点钟。我们想他们也许还会来，诡计多端是鬼子的特性。当德国狂炸伦敦的时候，人们也同样有这种辛苦，因为鬼子是德国的模仿者啦。果然，两点钟，我们刚刚要睡着的时候，锣又敲响了，同时也挂起了红灯笼。因为防备着敌机还会来，我没有换上睡衣，甚至连鞋也没有脱。当警报响时，我只要套上橡皮鞋就可以到防空洞去了。我们在洞里坐着，坐着，这次没有炸重庆，去炸了别的地方，四点钟时，我们走了出来，敌机该不再来了吧。二十四小时内三次空袭是够受的，我们已经花了九个小时在洞内，其余十五个小时中，有四个小时是在等第三次警报响，以便进防空洞。那么剩下的只有十一个小时了，我们仅睡了四个小时，其余的时间内一点事也没有做。（无双）

四十四　夜袭

月亮很圆。七点钟的时候，一架日本侦察机来了。夜袭吗？远方闪着电以后跟着响起雷声。会不会夜袭？这很难说。无双和妹妹老早入睡了。"尽可能的早睡！"是重庆人的一个口号。

九点钟时排起了红灯笼，但只有几个人移动着，大家以为轰炸也许因为风雨的关系而中止。红灯笼内部通亮，是像一个宴会的灯笼。不久开始下雨，大雨点敲击在房屋前面的石铺道上，声音听来十分清晰。我们坐在门口瞧着雨，胶皮鞋已经预备好了。董先生办公室的屋子里也亮着，董先生和另外几个人们仍在办公厅内忙着做事。呜——汽笛响了。空袭者既然不顾风雨而来，让闪电为我们击下几架吧！我们穿上胶皮鞋，打着电筒。在黑暗中，已瞧见许多人影子在办公室的前面搬动着笨重的东西。一会，雨停了，灯笼增加到两个。每个人都醒了，又开始进防空洞的准备。第三次警报会来吗？

来了——那幽长的、兴奋的、刺激的悲鸣声。我们赶快走下了防空洞的阶梯。每个人手里拿着电筒。月亮这时已藏进黑云里去了。各方面的人们顺着这条小路到洞里来。光线在场地上闪灼着，人群中只有一种低声的申斥。离我们约五十英尺，还有一条小路通到另一个防空洞。光线的闪灼是美丽的。人们看来仅是黑暗的影子，因为现在是十一点了。洞幽幽暗，石块看来比平常更为粗糙了。但是柔和的光线很美，像是夏天夜晚的萤火虫。四周很静，重庆的每个人都在进洞。光亮耀着眼，时而消逝，时而闪灼。我瞧见人影和他们的电筒一齐进了防空洞，消灭在黑暗里。外面的照亮的行列缩短了，一场夜袭。进洞的人甚至比平常踊跃。夜里是凉爽的，一切的尘土、破砖、树和弹片全都隐蔽在黑暗里。没有谁再是特殊者了，仅只是人群中的一个，进洞行列中的一个，同胞中的一个。我们的飞机又升在空中，准备迎击敌人。群众是安稳的，谁也辨认不出前后的人是哪一个。每双眼睛只在微弱亮光的圈内留心着脚步，空气十分紧张，据说好久没来夜袭了。

空袭也是美丽的吗？这几乎像是夜间的提灯会，只是人们的感情非常不同吧了。每个人是沉静的，本应当睡觉而不应当到这儿来。炸弹白天会光临，但是夜晚安了人们的心。天空使空袭显得深沉而神秘。因为在当一个人在晚上不能看清周围的时候，就只能得见事物的模糊轮廓，与白天所见的迥然不同。每件东西都是神秘的，甚至一个人自己也会隐藏在神秘里。好像是由感情统制着夜间，正像理智统制着白天一样，因而空袭也有一种幻想的成份。让光线在黑暗中闪灼吧，这是美丽的。约摸十分钟的光景，每个人都进了洞，于是陪都又恢复了寂静了。

洞比平常更潮。地上是湿漉漉的，我们在铺的木板上行走。从我们的坐位上，只能瞧见细小的油灯。这是唯一发光的东西。为一天的防空洞生活弄疲倦了，为工作弄疲倦了，为等待弄疲倦了，人们在他们的凳子上打着盹。洞是这样的有趣，有些人开始高声的打着鼾。突然间，都停止了低语。打鼾者继续着独奏，人们爆发了大笑，让他们醒来，"唔？"

灯油装得太满了，油滴在我的头发上。我试着拂去它。又一滴滴下了，我被动的拂着，倒在另一边打盹。洞内塞得满满的，我不能往前动一下，因为那就要太贴近过道的中心了。对面一个妇人坐着，用手放在膝上托着头，她的邻人倚着潮湿的墙壁，一个小孩睡在母亲的怀里，母亲带着困倦的眼睛轻轻的拍着他。这里什么也看不见，没有地方可以移动一下，我睡着了。解除警报的汽笛一点钟的时候唤醒了我。是的，解除警报唤醒人们正好。敌机未能冲进市空，只炸了郊外一带。大家鱼贯而出，灯光又亮了！我们直奔床铺，以便有一个好的睡眠。人们是快乐的，要是没有什么东西使我们快乐，那么解除警报就能如此。我们回到各自的家。屋子里亮了一阵，然后一个一个的暗下去了。道了晚安后，我们立刻上床，一下子就睡着了，而正当我们入于酣睡状态时，报警的汽笛又响了起来。这是一场玩笑，一个游戏，还是可恶的狡计呢？我知道每个人都在骂，"混蛋的鬼子！"正当人们睡熟的时候，这是最可恨的事。我们又得从头做起了。幸而工人们没有从储藏室里把东西搬了出来，否则他刚把东西理好又要搬回去。我们又穿上了我们的衣服。假使不是为了蚊子，我们一定脱了袜子了。我们又从头到尾的穿戴起来。我们得穿上胶鞋，因为洞内是潮湿的，我们带着伞以防下雨。每个重庆市民都气坏了，但每个人都得起来，向防空洞走去。我们没有等到紧急警报就去了。假使我们必须要在洞里消磨这夜，还不如早一点去好，仍是同样的行列，同样的灯光，只不过月亮已经从云中冲出了，投射着巨大的黑影。每个人都比前次清醒。

"啊哈！一场恶作剧！"

"我是刚刚脱了鞋。我必须要做一点什么事情，所以我没有睡着，甚至连霎霎眼都没有。"

"在洞里睡觉吧！"

"这里是没有地方的，但一个人可以坐着睡觉。"

"真烦人！走吧！"

在黑暗的洞中我们又一次打着盹了。也许要这样的消磨一晚吧。潮湿的土地，油灯、电筒，我们这样坐着又那样坐着。在疲倦中，我们只是想睡。

轰炸机来了，响声更响得近了一点，接着是几声轰炸。一点消息也没有。解除警报马上就会来吗？啊，来吧，来吧！让我们出去吧！在我们真的达到愿望前我们老是要等好久，三点半钟解除警报才来。夜几乎已过去了。我们疲倦的跨过天井。三点半钟重庆人从洞里出来了。又回到床上去了。对有些人，还不能就说是睡觉，第二天早上我们醒来，看见院子里举行升旗仪式。群众立正站着，在旗台上一个人在发表演说，我们看不见他，但看见残酷的太阳已经升起，开始灼热大地了。父亲到他的办公室去会见什么人。重庆在清早醒来了。他们一共睡了几个钟头？他们并不在乎。这只是另外一天，另外工作的一天吧了。（如斯）

……

四十七　八月十九日

重庆大轰炸的那天是在八月十九日，第二天又接着来了一次。在照例的钟点时汽笛响了，人们重又开始移动打字机。董太太的仆人开始整理书籍和衣服，把它们放在小储藏室去。董太太正在念俄文。董先生每天工作十二至十四小时，当夜深他仍在办公厅内工作时，她就翻开她的俄文文法书，字典和笔记簿来。这是奇怪的，她能在日夜的空袭情况下坚持下去。她已经有长成的孩子们了，而现在还对学俄文感觉兴趣，真是妙事。她说她喜欢变化，这就是她为什么喜欢俄文的原因。所以在警报时，她的仆人拿起她所有的笔记簿到小房子里去。

我们又一次的跨过天井，参加到群众里去。防空洞的进口处一个矮子在卖熟鸡蛋，我们停下了，母亲买了几个。PL 从他的办公室跑来看我们，并且和我们一道进洞。他的卧室先前被炸掉了，现在住在地板上。

我们坐在我们的位置上，偶然瞥一瞥油灯，和 PL 谈着我们被炸的房子，我觉得瞌睡了，当我醒来时，我听到飞机声。轰炸机来了，炸弹马上落了下来，爆炸一步近一步，这次是不同了，我紧紧的掩住耳朵。有些东西在我们头上爆炸了，真是太响了，一连又有几声。我紧紧闭上眼睛。洞可怕的震撼着，一阵疾风扫过洞。我的肺部都感到压迫了。接着轰炸声渐远，终于停止。所有的油灯都熄灭了，洞内一阵震动。飞机一定是在我们头上，一定的！不然哪能这样的可怕？我们困难的呼吸着，一个孩子呜咽着。洞内有一阵骚动，几个电筒照耀着，人们开始扭亮电灯。有些人跑出去看，并且回来说洞的前面全是尘土，有一个炸弹在那儿爆炸了，还有几个扔在四周，洞震撼的多么厉害呵！空气往里紧压——洞里的人们在轰炸期间噤若寒蝉！来势是这么快，我们中没有人来得及害怕，只是在过后我们才觉得。这种响亮的重击，像一块木头击着我们的脑袋，而外面是烟，是尘土！

董先生的办公厅毁坏了，到处都是炸弹洞。幸而防空洞是坚固的，祝福它吧！董太太安慰着她的丈夫。他们的房子呢？还好。

我自己的思绪像一堆乱线。我觉得奇怪，一切都过去了。我们全都听着一个曾在美国中西大学读过书的人冷静的述说外面的情况。他在说明中搀杂着几个美国字，从他的 n 声听来，他是从美国来的。我需要弯着我的膝和闭着我的眼。不一会，他又去外面带了两块弹片给我们，我们迟疑了一下，接受了，它还是温热的，一片较平滑，一片已弯曲，没有被烧的颜色。这是一个铜做的螺旋帽，面上刻画着一个锚。日本海军的徽号！我想留下来做纪念。

这天飞机来了两次，每次都有八十一架。照常投了许多弹，响而喧闹，但今天是不同的。我们长时间的忍受着无尽的死寂。但是外面在动着，昭示着一件重大的事变，第二批轰炸机又来了，扔下成百的炸弹，但没有那么近。洞里每个人都激动了。有些可怕的事情发生了，警报解除得很晚，我们出来了。今天更显得比平常炙热。在我们面前是一个巨大的弹坑，离入口处约有十英尺，那卖熟鸡蛋老头的棚屋炸掉了，仅有木板还残留着。老人显然并不丧气，他正在忙着和什么人谈话。空中黑烟柱升起，十分浓厚。董先生的房子被烧掉了，通到天井的小道炸坏了，我们看见董先生的办公室也炸倒了，我们小心地走着，得随时绕开木头、砖石和炸弹洞。炸弹洞不很深，因为石头十分坚硬的缘故。天井的空处有许多炸弹洞，还有玻璃、残砖和木片，有些树也炸倒了。

人们用十分冷静的态度谈论着此次所受的损失。有些人走去瞧他们的房子，幸而这里只有炸弹落下。要是燃烧弹就更可怕了。毁坏只是在轰炸的几秒钟内完成的。有些人已经卷起袖子在清理董先生的办公室，有些人已经推开了断毁的屋梁。啊，炙热！我在日光下一分钟就汗透了。我的前额上不断滴下汗珠。但是这炙热加强了我们的意志，我们的"狂热"。那在头上的轰击是我们不能忘掉的。我们是准备离开了，但轰炸的情景，住在重庆的感受，加上这酷热，似乎有些东西在我体内燃烧了。每一次我看着烟的黑云时，火势变成更活跃，好像一阵风吹旺了它。这是狂热，我让它燃烧又燃烧。外面人们忙着赶回家去，我要离开了，我要离开了，我要咬牙切齿，我能做什么呢！

围绕我的那些面孔是非常镇静的。这对他们似乎十分简单。他们正在走回家去清理，而我却没有一点事要做。想着当下一次空袭来时，我将舒服地坐在远离重庆远离轰炸的地方的沙发上，我有一种说不出的心情。我想，趁这时候，我应该到街上散步去，瞧瞧周围，瞧瞧重庆。

我内心燃烧着走进董太太的房子，看着每一件炸了的东西，我想，为什么逼我到一个舒适而浪费的世界去！我就顺从的离开吗？让我帮助搬开砖头，把他们堆起来，以便重新建筑吧。也许重庆对于我如同天主教堂之于天主教徒一样，那儿他们会高兴的下跪的。

董先生的房子侥幸没有直接中弹，但是由于离屋三十英尺远的八百磅炸弹爆发而招来损伤了。床上厚厚的覆了一层灰尘，墙上嵌进了一些炸弹片。

向窗外看去，从苏联大使馆冒起的烟更浓厚了，我听到混乱中的远远的闹声，附近一带运货车和公共汽车都回重庆来了。我们全都还未能从轰炸中恢复过来。

父亲出去打听飞机行期，他回来对我们说，第二天早上就可以离开了。明天，那么快，明天我们就要离开重庆！

父亲和我出去拍被炸的照片。我们去照那防空洞。有人已经填平炸弹坑了。有一个人来阻止我们拍照，说未经允许是不让拍的。人们忙着整班理乱在地上的电线。有些正在燃烧的房子，火势更加猖狂起来。（如斯）

四十八　离别重庆之日

我是十分激动的。我不愿意离开中国，但我要避开日本的炸弹。有的中国人住在香港，但那不是真正的、战争的中国。在重庆，不仅是兵士们抵抗着鬼子，甚至农人们也抵抗着鬼子，他们用忍受战争的痛苦来抵抗鬼子。他们是快乐的，永远不会沮丧。

吃了早餐，董先生和董太太送我们到飞机场去。我们在红球挂起以前要等候着。半小时后，董先生和董太太回家去了，母亲去检查行李去了，父亲去瞧白崇禧将军，得到一张他的照片。我们三个留在候机室里。瞧那岛上的飞机场，注视着一些飞机着陆又飞开。

一会儿父亲回来，有一个人带我到母亲那儿去。我们要过磅，当我站在磅秤上时，我们带着小袋子、照相机和手提箱，但是她们并不多算我们的重量。护照检查后，还要看种痘证，父亲在我的皮夹里没找到，我们又在手提箱里找，我十分紧张和着急。经过十五分钟我们终于找到了它。后来，彼得来了，带了一些葡萄给我们在飞机上吃，彼得穿着粉红色玻璃质的衣服。约在十二点钟的时候，一个红球挂起来了，我们坐了渡船到飞机场去。我看见群众正往防空洞走去。飞机起飞了，我们离开重庆了！（妹妹）

四十九　离别

我们又要离别了，内心很不愿意。我们要飞往香港去。我们必须等到警报来的时候才起飞。飞行师认识母亲，他说在中国航空公司服务的，全是中国飞行师。

一会儿我们看见在我们上面的山上，人们在走着，年青的和年老的都走进防空洞去。虽然还没有来空袭，他们已动身了，他们每天都这样，预料到有空袭。这儿，所有的重庆人，带着他们珍贵的东西，形成防空洞的行列。每天早晨九点，照例到防空洞去。

当我们动身时，我们在空中瞧着重庆，瞧着进防空洞的人群。啊，我不愿离开，我愿继续住在重庆，和祖国一道经受战争考验。但我们愈飞愈高了，愈飞愈离重庆远了，人们向相反的方面走去。我们告别了，但重庆依然要生活下去。在云里，我听到悲凄的汽笛鸣叫着。这是对中国的另一次空袭，但中国不在乎它。（无双）

五十　理想必会实现

我们在重庆的最后一晚，花费在长而平安的而且是极需的熟睡中。在我们离开正在为生存而战斗的重庆以前，只有几个钟头了。六点钟我们离开了房子，那儿我们曾受过掩护和款待。我对于离开这一切感觉失望了！

我们步行往飞机场，一路上每个人都沉默无言。我们走过街市，那里许多建筑物毁坏了。我们瞧见一个年老的妇人在路旁牌子上出卖瓷器。她想着这些瓷器下次轰炸也许要炸碎，还不如出卖的好。在她前面的房子，仅只剩下两面壁，围绕着许多废物。我们继续前进。有些人在洗脸，有些人在吃早餐，我们遇见两个男人抬着一付棺材，里面装着一个在昨天疯狂轰炸中的牺牲者。两个人无动于衷的走着。一辆卡车驶过了，满载着年青的工人和学生，他们出发去做乡村工作。公共汽车仍然停在棚屋里，路仍然照旧，废墟和房屋屹立在无可比拟的重庆精神中。人们来来去去的走着，有些人跑着，有些人站在门口注视着行人，已经有许多工人在防空洞前工作着了。

飞机场是在山崖下面河中央的一个岛上。河水湍急的流着，对面是南岸。道路是泥土的棕色，山石是棕紫色。屋瓦已由灰色变成黑色了。人们穿着蓝色的衣服，天空是蓝而清澄的——一个有空袭的坏的朕兆。只有一些特制的东西是红色的，就是那些贴在门板上或店门的条子，上面写着"本店照常营业"，此外，也许还有女孩在辫子上扎一根红头绳。

我们到候机室去，PL 来告别。我问："昨晚轰炸如何？"

"惨！我经过整个的商业区。一处一处的房子起火。现在是不可辨识了。有些地方火还在燃着。人们在救火，但火势太猖狂。每件东西都烧得焦黑。"

我们在做什么？我们在等候着离开重庆的信号。下一次空袭时，我们不能再和重庆的人们一同呆在防空洞了。当警报解除时，我们不会再知道，不会和人们一道欢笑了！昨天一个炸弹在我们头上爆炸，也并不怎么可怕。下一次空袭或许一个炸弹会炸中同样的洞，而我们不会知道这回事了。这就是他们所谓的"特权"吗？不让我留在重庆！我并不害怕炸弹，也不怕防空洞内漫长的等待。现在在这候机室内。我们却要等候红球挂起，以便离开重庆了。也许今天不会走吧，永远是有一个机会的。也许鬼子想着昨天的一次是尽够了。

　　不久红球挂起。我不肯相信。我们跑到码头上去看。是的，果然，挂起在山上。我们真的要走了吗。我们开始听到山岩上的人声和脚步声。人们带着他们的行李，或是手里抱着孩子到防空洞去。昨天的经验足够了，他们不再等候第二次警报就动身。我们的手提箱被运走，我们登上汽船驶往河中央的飞机场去。我们必得走了。当汽船开动时，我们可以更清楚的看到重庆。在一处山岩上就是重庆。现在我们看到远处和近处的人们在动着，动着。他们的脚只是前进，进防空洞的行列已形成了，动着，朝着山岩和沿着山岩动着。天气酷热。开始我们还能听到从重庆传来的声音，后来一点也听不到了。我们只能看到小的人形，有的弯曲着，有的十分挺直，动着，动着，走向防空洞去。两个红球在竿上挂起了。

　　整个的重庆正在向防空洞走去。这里和那里，在每条街和每间房子里，每个人离开了，停留在潮湿黑暗的洞中。留在那儿等日本人来轰炸再走开。整个的重庆在动着，而我们却要离开到一个很远的地方去，那儿在重庆看来似乎是十分遥远和无关了。

　　我们下了汽船，向飞机走去，我们在鹅卵石上步行。我回头瞧着卵石和小草。她们是我们的！我，作为一个中国人，能够声明她们是我的。还有一半废墟的名城我也可以声明是我的。但现在我们离开了，同时人们在岩下走着，我寻着可以躲避天空来的敌人的蔽身之处。我觉得我只有一部分离开别一部分的我还留在重庆，在防空洞和重庆的居民一同庆幸着解除警报，那一部分的我，在我去到一个遥远的地方时，仍与人们分享着那种奇异的生活。是的，在我离开这里去过着一种外国生活时，"那个我"仍将留下过着我的同胞的生活。我现在觉得快乐些了，已经把思念留在重庆了。可是不管怎样，我要离开重庆了。我走上了飞机。

再见重庆！祝你胜利！

在飞机里，我想着重庆的人们怎样的过活着，他们已经熬过几年了，他们怎样在静默中忍受着一切，怀着满腔热诚。对于知识分子，这是理想的实现，对于人民，意味着一种新生活，政府认真的为他们做事情，内战和苛捐杂税和上流阶级虐待的终结。

自从革命以来，已近三十年了，中国理想成为一个独立自主的国家。自从那时起，人们为这理想而奋斗、而死亡。可是三十年来目的仍未完成，恶劣的环境继续存在着。许多人为此而死，同时人们却仍在地主的脚跟践踏之下，国家仍处于屈辱的状态之中。而现在最后关头到了。中国统一了，与那些侮辱我们的人民和偷盗我们的土地的敌人们战斗着，一个有秩序的新国家立刻要建立起来了。对我们，每件事情都有意义，无怪乎老年人为他感到兴奋，年青人为他而疯狂的工作了。日袭和夜袭，我们都不在乎。每天工作做完了，我们向我们的理想走近了一步。

这里是一种不同的生活，与外国不同，因为这儿是一个理想所主宰的国家。国外似乎并不注意我们。这是太远了。这里我们管自生活着，使我们的理想实现。让外界误解我们吧，对我们漠视吧，今天是我们的，明天也是我们的，我们为理想活着。从报纸上我们晓得了外国发生的事情，但这儿，被我们的工作所占据着，我们对他们很少关心。战争和掠夺在世界的另一部分也发生着，轰炸、事变、胜利、失败。我们同情这一些国家，但那显得太远了。别人也很少关心我们，我们住在自己的世界里。我们孤独的笑着和哭着。我们的理想是我们所需要的一切！

你曾看见过人民的集体含着这样的愤怒，为一个目标工作着吗？那是很稀少的，这儿就是这样一个国家，如同被一个信仰所主宰着的科学家一样。不顾日夜地工作，不怕障碍或艰难，当一个国家的人民被一个理想所鼓舞时，你能想见那是多么的难以抵抗了！中国有一个理想，这理想一定能实现！不留恋过去，也不计将来，不管绿叶是变褐色了，还是幼芽初生。让暴风和大雨来吧，中国毫不理会这些。这儿有我们的老年人与盲者，有我们穿草鞋的兵士和天真的孩子们的歌声："起来，不愿做奴隶的人们！"我们的伤兵之友，游击队和佛教徒都团结一致，正在为独立与自由的理想斗争着。有这样强盛的士气，我们必然胜利：重庆就是中心。人们也许可以被杀，但重庆却是永生的！（如斯）

一九四二、一、三十一、中午

　　原书名《重庆风光》，译者林平，民国三十一年（1942）四月出版，桂林印，无出版单位。选自《战时重庆风光》，重庆出版社，1986年，该版易书名为《战时重庆风光》，并略作修订。

刘济群　舒新城

|作者简介|　刘济群，舒新城妻子，四川眉山人。舒新城（1893—1960），湖南溆浦人，现代著名教育家、出版家，1936年版《辞海》主编。

十年书[①]（节选）

叙

《十年书》排好了五年，现在准备出版了。书中的男女主人，同时命令我写一篇序，这是我无法推辞的。新城兄说："替《十年书》作序，最适宜的是你和李劼人。"这话我也承认。并不是说我和劼人有什么好地位好文章，能够替这本书增光生色，实在是因为我们两人，对于他们在生活史上所经历的那一次动人的恋爱的斗

---

① 1945年，刘济群与舒新城将早年往来信件整理成《十年书》出版，刘大杰为之作序，交代了该书的由来。——编者注

争，较有深切的认识和了解。现在劫人远在四川，不见已有八年，只好让我一人来执笔了。

在现在青年人的眼里，男女的交游和恋爱，在人生的过程中，实在是最平凡的一件事。但在二十年前的中国社会，尤其西南一带的社会，在那些以旧军人伪君子卫道者和臭名士所联合组成的封建传统的旧社会，把男女的交游和恋爱，看作是一种伦理的犯罪行为。他们有时利用武力，可以制你的死命。然而社会上还要对他们歌功颂德，说他们是伦常的卫队，道德的救星。新城济群因同在一起做教授和学生，由普通的认识，到进一步的了解，再进而为生死交，那一段满城风雨几乎送掉性命的苦难的历史，正是那一个旧社会恶势力的反映。发生的地点，就是抗战期间称为文化城的成都。现在如果把这件事说给青年人听，恐怕不会有人相信罢！或许有人要问，"为什么那么黑暗呢？"是的，确实有那么黑暗，并且这一黑暗，在中国的现在，也还没有完全肃清。可知自由的争取，人权的获得，传统的打破，武力的削除，实在是一件不容易的事。新城济群兄妹二人，也就在这黑暗丑恶的环境中，用他们的力量和信心、血和泪，构成了恋爱的稳固的基础。济群说得好："我虽是女子，但自信并非弱者。只恨我太感情用事，今后决竭尽力过理智生活，准备向社会斗争。"不错，只有斗争，才能走上成功的大路，才能在黑暗中找着光，才能在无意义的生活中创造出有意义的生活。

书中有一篇新诗，其中有两节说：

> 我想建筑一座空中楼阁，
> 那里只居住着你和我。
> 没有人间的桎梏和束缚，
> 任凭我们要怎么便怎么。

我想建筑一座空中楼阁，

在那里溶化我们的一切作一个和合。

就有人再要把它分为两个，

那时也成了，我就是你你就是我。

由他们长时间的斗争与了解，把十几年前所构想的空中楼阁，变成了实体，摆在他们的家庭中，摆在他们儿女的身边了。这一段爱的历史，由构想而至于实体，其中一切的经过，详细地表现出来的，就是这本《十年书》。

《十年书》并不是一本纯粹的情书，他们写信的态度相当严肃，并且时时不忘记人生问题、修养问题以及社会问题的讨论，有许多地方很可作为青年修养的参考书。还有一点我也很欢喜：就是在他们的信中，很能反映当日的社会形态与地方色彩。有时写风景，有时写内战，有时写社会风俗和生活，因此时代的影子，留得相当显明。我敢说一句：想在《十年书》里找色情刺激的读者，必定要失望的，然而这种失望，正是《十年书》的特色。

记得民国二十年的夏天，济群在北平师大毕了业，初来上海，住在我的家里。因为她也姓刘，就算是我的妹妹。十四年来，她对于我们夫妇，老是"阿哥、阿嫂"的叫着。使得我许多朋友，都觉得奇怪，怎么我有一个四川的妹妹呢？时光过得真快，我们都到了中年，济群也是两个孩子的母亲了。然而我每见着他们，总是感着羡慕：因为在他们的生活里，仍充满着新鲜的爱意和美丽的温情。

刘大杰

三十四年十一月十二夜

五①

济群女士:

别二十日了,连寄数函,但至今未得一字,当系交通不便所致。

由蓉东下,物质上可谓极苦,但均能泰然处之:席地而卧,两日不食,亦不以为苦,而反以能窥见社会上许多现象为乐。但一想及你之苦况,便又寝食不安。

此次事变,若非遇你及劫人岳安等,我生早已完结:因为倘若你为泛泛女子,对于我无彻底的了解,一定经不起社会压逼的苦痛而将我出献;即不然,捏认诱惑,我亦无法辨别,而一切均随之以终。你莫谓世界上无此等人,重庆第二女师前次之风潮,闻某女士即有此预备。倘在蓉而无劫人代入牢狱,岳安照料一切,其他朋友热忱维护,我亦不能脱险。我近日曾经细想四月二十八日以前我生为我有,以后则为你们所赐。一日不死,决为你们效劳!我现在当然不能说感激你们,亦不能报答你们,惟望将来能在学术修养与社会奋斗上努力,以期毋负你们。——你在报上所发表之文字,我均读过。

现在天气渐热,船上疾病易发,你如东下,临行时须带人丹、薄荷锭、清导丸、神功济众水或科发痧药水、安其比林(Antiprin)(治伤风头痛等)、胃宝(你之胃病未断根,更宜注意)等。无论何时,切忌食冷物。此外还有一件事,即宜昌至汉口之茶房酒资,必俟其将信送到指定地点经该处人到或取得回信而后给(通常船未到岸即给);若未到岸茶房索取,则以俟到岸送信取得款后再给付之。

---

① 此为《十年书》所收书信的统一编码,以次顺序。下皆同。——编者注

早给，恐其不负责也。万宜留意！

新城

十四年六月二日午前四时四十分

七

新城先生：

在渝寄一函，不知收到否？念甚！

我与叔和曾晤穆先生，得他的帮助很多：——换钱、写介绍信、拟电报稿、买船票——十四日并亲自送我们上船，实在是感谢得很。

昨晨乘江庆轮于四时半开行，午后七时过夔府，今日正午安抵宜昌。

我们本拟乘快利轮赴汉，因该轮还要等几天才得到。在此久候，时间太不经济，所以决定忍着苦难，乘昨天刚到的一只很小的复盛轮（比蜀南稍大）。但买票时，房间没有了，后经多方交涉，才得到一间临时让出的官舱（三人共二十六元）；现定十八日开行。因船小热甚，故暂住江庆轮上，俟开行时再过船。

到南京与到北京的问题，还是不曾解决，十四日和杨伯父与穆先生长谈一次，他们都说是到南京较好，并举出种种理由，算是替我们解决下来了。而一切准备也都是以南京为目的地。当时心里非常安静：因为最难解决的问题得以解决了，何况这样的决定又颇适合我们的心愿。但是仔细想来，他们总是客观的看法，内心的问题，仍非他们所能解决；昨日为这个问题，竟致痛苦了一个整天：左思右想，终于找不着一条适当的路，整天都在烦闷、忧虑、痛苦中过活着！

今天我们仍然在苦痛的挣扎中，上午曾将途中情形函告穆先生、杨伯父。几次执笔想写信给你，但又怕你知道这个消息而感不快，所以勉强把感情抑制下去。下午去甲板上散步，看见两岸风物，触动了我们的别情，更想及离乡别井的种种，禁不着泪痕满面，不得已提起笔来写这封不十分必要的信。

舫上

十四年七月六日于江庆轮

——

济群女士：

倾得十六日二十五日两函，敬悉。途中各函亦收到。

二十日来无日不以你的行踪为念。预计你早已到京或者因病不能写信，但不能得着你们的住址，寄信也无从寄起。贵同乡张君亦不曾得你们的信，想不出法子乃于前日函"北京晨报"、"京报"登广告找你：你看近日两报分类广告栏中有"楣君……怡白"之广告，就是我登的。你说你到京后曾寄一函，实则我这二十日接得各地邮件甚多，但始终未见你只字。连我十日寄汉口转交的信也打转，直至今日始同时得两函（当为邮局之误），欣喜之至！你以为我得信不回信是绝无其事的。

考学校取录与否不是问题，切实求学是问题。你既到北京，我当然不能要你再到南京来。只希望你切实在学问上用功夫，我能相助，自当相助；只可惜不能直接指示，不能把我的书物借你共用耳。

在感情上我自然希望能与你共晨夕，但是现在的社会，还不许我们有这样的自由。这理由你当明白，用不着赘说。我且告你两

件事:

1. 在现在的社会,女子处境极其可哀。我们在成都的光明行为,在南京北京都不至成问题,而四川竟发生可以送命的风波!就全中国说,此事于男子的影响较小,而女子的关系却很大。你与我虽然只有一段生死交的历史,但因为我的关系,社会上注意的人甚多(川二女师教师某君亦为与此相类的事为学生驱出,但社会上无人过问),你在交际上很容易发生问题:因为一般中了封建思想之毒的青年,将打着"卫道"的旗帜攻击你;而浮荡者流则将借故兴风作浪愚弄你。你正在青年,涉世未深,对于社会的险诈,未曾经历,很易上当。我敢就我考虑所及坦白告你,望你一切审慎。

2. 你的学业前途实是你一生的重大关键:以你现在的学力讲,努力专习一科都可希望有成就。但有两事应得注意:第一,是坚定的志向:所谓坚定志向,就是按着素性选定一门专修的东西,起码预备五年以上的工夫去研究,并且特别注意常识的扩充,不求速效。第二,是经济的预算,无论如何,物质生活的最低限度总不能不维持,倘是经济方面时时发生摇动,精神便会不安而不能专心求学。至于求学要有方法,那是更不待说的。这几层还望你过细考虑。

我正读王船山之"俟解",兹行其数语为你慰:

"堂堂巍巍,壁立万仞,心气自尔和平。如强壮有力者,虽负重任行赤日中,自能不喘,力大气必和也。毋以箪豆笙篪为恩怨,毋以妇人稚子之啼哭,田夫市贩之毁誉为得失。以之守身,以之事亲,以之活人,焉往而生不平之气哉。"

要作人应当有特立的精神:世俗之毁誉不必问而且亦不能问,惟求自己心安而已。船山又曰:"欲爱则爱,欲敬则敬;不勉强于所不知不能,谓之为率真。"率真两字,是我们立身处世所当共勉者:努力为学而已,不必计他人之毁誉。

以后若无要事，信亦以少写为是。日记及照相用具请寄下。

新城

十四年八月一日

一二

济群女士：

顷得叔和七月廿八日函，知你因考北大不售而竟大哭，且多日精神不愉快，终夜不能合眼。我读后一面憎恶现在的教育制度，一面想像你的苦楚而为你表无限的同情。我心里极苦闷，好像有无穷的话要和你说，所以今日写一信与你。此信未见得能解除你的苦痛，然而我却非说不可。

你的目的在入北大，所以考不取极感苦痛。其实北大的好处何在？恐怕你未曾详细分析过。北大以文学为好，文科之所以好在教师。今两周二沈与顾均南行，其他多他去，好处究何在？若因其名而投考，则在其他大学毕业也一样可称学士、带方帽子，若为学业而入北大，则北大现在固未必优于他校，又何必定入北大？更何必因考不取而大哭？

其次，就考试讲，并不足为定评。从教育的理论与事实研究起来，考试之获售与否，大半为机会问题，与真正的学业无必然的关系，更与个人的学问无必然的关系。在学校名列第一者在社会上不能自存，亦是常有的事实。你以为考某校不取，便是学力不及，实则考取者未见得高明多少，而且考甲校成绩最优的，到乙校不能取，考乙校落第者，反在甲校高中。其原因系由于各校注重之方面不同，各人的修养有偏重之处，考试不售，实在不足自馁，所以我以为你用不着忧虑。

倘若因考不取北大而恐被人讪笑，则社会上无谓的毁誉，根本上便不值得计较。我们相处数月，讲学论事，无所不谈，难道这一层你还见不到吗？我想你不当如此，也不至于如此。

我觉得学校教育只能给人以专门研究的门径，不能造就专门学问。你现在不是无自学能力的人，真要研究学问，乘北京图书馆之便利，与专门学者之众多，随时随地地可以研究，可以请教；只要努力作去，不入学校，三五年亦有成绩可见，何况你现在还可改考别校。所以我以为为学问计，考北大不是必要，考不起而痛苦，以至于失眠，更不是必要。要知身体是人生一切的基本，若身体不济，什么事都不能作。所以我此时希望你的：第一是保重身体，第二是不把那些无谓的毁誉放在心里，第三是多交朋友、变换感情，第四是注意文艺、调剂生活。

新城

十四年八月二日

一三

新城先生：

前晚十时得你一日二日的信，我是怎样的高兴！

我本是很感情的，但把你的信连读数次，默想一日一夜，我决定今后理智起来，非学成之后，不再感情。你所指示的当敬谨奉行。

北大的事已成过去，现在从新做起，请勿念！

我要说的话很多，为宝贵时间起见，不想多写。不过你离蓉后的情形，未曾奉告，而我认为非告你不可，故此函只说这一件。

你离蓉后，风潮一天一天地平静下来，外面的人几乎没有提及此事。高师也以失去目标而不再胡闹，"驱舒团"更无影无踪了。而社会上之一部分人士则反而攻击对方——这些报载甚详，想来你已早经知道。我呢？在你离蓉后的数日还是终日奔波忙着作那些无谓的答辩书，费去许多宝贵的时间和精神；我本不愿作这些无谓的事情，只因亲戚朋友的怂恿不得已而为之。你走后，我所发表的质问书和宣言，均经寄上，谅已阅过，《蟋蟀》期刊曾有一文论及我们的事，虽属好意，不过也无多大意义，兹寄上；你所收集的东西，也请寄我一份，聊资消遣。

我离蓉后那几天，正当省军初攻下眉州的时候，沿途冷静非常，行人稀少，土匪猖獗，我们虽未被抢，但所受虚惊不少。我的初意本想稍缓几日才回家的，因为家中人听说我在省染病，故虽在极危险的时期也专人去接；但因宣言尚未印出，来接的人竟在省等候九日。叔和的母亲送我和叔到眉州住了几天，又亲送我们到嘉定，最后还送我们上轮船——这就是我离蓉返家的经过情形。

你的衣物，我离蓉时尚存劫人先生处，以后怎样，则不得而知。我临行时，曾将你的钥匙交林伯父，请转交劫人先生。

近数日我接得自称你的邻居和朋友的三封信要我不南下，他的厚意自然可感，不过厚得太过分一些，使我有点受不起。我曾复他一信：告诉他"女子是人"，所以我的事我有全权处理，请他少费心思。信稿附上请你指教。我虽女子，但自信非弱者，只恨我太感情用事，今后决竭力过理智的生活，准备向社会斗争！

无要事，少写信，当遵命实行。所谓"人之相知，贵相知心"，我们既成生死交，一切当可"心心相印"，日记及照相用具，已于今日同时付邮。

舫

十四年八月六日

二二

心怡：

汉口寄上一函——宜昌寄上一函，附致湘一函，谅均达览！

我们于前天早上七时到宜昌，立即过开往重庆之嘉禾轮来，在船上很苦闷地住了一天，于今晨四时开行。入峡后，因为急流之故，船身震动异常，有如坐海船一般。同伴中有谓比我们这次由津至申之海船，还簸得利害，但在我则毫无感觉：因为我为着感冒，躺在床上晕沉沉地麻木得来什么也不知道了！天将黑时，被同伴们的惊叫和狂喜所扰，才勉强起来看巫山的美丽的山峰，但更使我感着一种怅惘：因为我这次忘记了带照相机，没法把那种美的景致照下来呢！其实，就是有照相机，我也不会照出美的相来；除非是你来此地，这美景才是你镜头的好资料。

现在我虽躺在铺位上，但不能再享晕迷的福了。清醒过来反感着万分的枯寂：所以想起这个治病的妙方（写信）；但是我有不少内心的感触是不能尽量的写！唉！还有比这更痛苦的吗？好，算了吧！一切都只有"算了"二字了之！

我们大概过后天（十六日）即可抵渝，到渝后当尽力设法赶快回家，——若是可能的话。因为我实在受不了这旅途中的苦恼呵！

心怡，我们照的相片，都冲晒好了吗？还不坏吧？我唯一的希望就是到家后就能够见到。

到渝后，当再报告一切。

舫

十九年七月十四日

二四

心怡：

你猜我现在在那里？你一定以为我已经到家了吧？果如此，那到是值得高兴的事！但不幸我此刻还在这个令人厌烦的重庆。此地的繁华，既不亚于上海，而炎热的程度，更有甚于上海。并且有的是带刺激性的材料向我孱弱的心灵进攻，因此我病的程度只有加重而不会减轻的。刚到的那天，不用说，是不能支持了，所以连写信的精力也没有，同时环境也不容许我写；但又怕你或者是望着信的：穷极智生，不得已把那封不预备寄的信付邮了。

归心似箭的我，有留恋价值的上海既不愿久留，何况是这寂寞（请你不要以为我是自相矛盾，在我确定是这样的感着）的重庆城，然而事实上我无法马上离开，又将如何！

回家的路有两条：一条是由此坐汽划子到嘉定，再转汽车至眉，但费时太久：单坐船就得七八天，而且最近还没有船开（据说只有一只船来往）。一条是绕道成都：走此路大约三四天可到，对于时间比较经济，路费亦省，但沿途颇多阻碍：时而汽船，时而轿子，时而滑竿儿，甚至还得爬山过岭；并风传遂宁一带不大清静（此地报纸常常载着这类离奇危险的事件）。唉！"蜀道难于上青天"一句话，到现在还很适用，也是一件怪事！若走此道，随时可以动身（每日有船开往合川），虽然朋友们都不赞成我这个病体去受那种苦楚，但我却想去冒冒险。不过我又想着：由平至此，幸已平安地过去，既踏上了四川的境地，离开故乡只千余里的路程，此时还要拿性命去拼，也未免太不值得了！何况还不曾达到回家省亲的目的哩！呵！心怡！你一定又要说我这是懦弱的表现了！

同道诸人随时都在问候你，以前都被我"吃"了。对不起！

此信刚欲付邮，即得明日有船开往遂宁的消息，或者就坐明日的船走吧！

舫

十九年七月十八日

三一

心怡：

我到成都后，作了八九天的无谓的应酬，又作了一个三四天的短期的、非其时的青城之游，直到昨日才实际回到我的故乡眉州城，才算是领略到一点天伦之乐，才得阅读我意想很久的你的三封来信，同时得见我们在上海、苏州等处所摄的照片。谢谢你赐给我的不少的教训；更感谢你那样关切地鼓励我！但是呵！我只有自愧，只有向你抱歉呢！因为我自入四川的境地以来，社会无刻不给我以新的兴奋剂，使我难安；抵家后又不时为着种种新的刺激，使我心中感着无限的隐痛。所以富有神经质的我，现刻似乎是难以振作起来了！是的，你要我把我所有的一切情形告知你，我也很想尽量地向你倾吐，借以减轻我心灵上的压迫；但是，说起来恐怕不是几十张信纸可以写得尽的，况且还有许多不能言喻的情况呢！至于去日本求学的话，现在无从谈起，且待面详罢。

真的，心怡！我这次在青城，的确是非其时的旅行，因为那时还不曾看望过亲爱的母亲和妹妹，我自己也莫名其妙，为什么一定要去青城，而且要急于去青城，大概是受了你对青城称赞不置的影响吧！果如此，则峨眉之游，也是不难实现的。打算再多休息几时即作这种计划。

附寄青城照片四张，还有一张灌县的索桥太大，信内不能放，待面交吧。

航

八月八日夜深

三二

心怡：

　　我回眉已经四天了，这期间，我不知道过的是什么生活：在表面上看来是很安适的，但在精神上反因过于兴奋而感着异常的不安呵！——说也奇怪！在途中，环境尽管恶劣，但有的是写信的机会，回家来在安适的环境中，虽然随时都有写信的心情，而实际则无写信的机会：所以至今我还不曾把应该写给朋友们的信写完呢！

　　心怡！你要我将故乡的情形告诉你，但是你叫我从何说起？故乡的情形，都是些气人的材料：土豪劣绅的剥夺；"有枪阶级"的横行；一般平民的愚昧；走狗们的依势：……一切的一切，都是些不堪入耳目的景象！我实在不愿意说，不愿意劳神费力地去形容它。

　　现在我仅将抵蓉后的一点感触告诉你好了。在成都的半个家庭中，只有父亲和弟弟，父亲因忙于事务，晚上才得在家，我也只有晚上才能和他晤谈：所以刚到的两天，我差不多只有同弟弟玩。但是弟弟因预备考学校之故，也不能随时陪伴我，因此成都虽然有不少的旧迹，也不曾去追寻过，只是有一天同师大同学王志之在东门外望江楼（现改为郊外第一公园），坐过几个钟头：触景伤情，于是五年前的一切幻景，又在我的脑蒂上重演一遍。心怡！你还记得望江楼的景色薛涛井的故事吗？我们坐的还是前次因胃病呕吐过的那座楼：景色依然如故，然而人事全非了！

　　去青城的动机，分析起来总不是很简单的，我自己也说不出所以然来，但总不外在家过于苦闷无聊；并受了你平常称赞不置的暗示吧？但是结果得到的是什么呢？因为景色太好了，不适宜于我的心情；因为没有带着照相机，反增加我不少的气恼；更因朝夕思念着我慈爱的母亲，急于想回家来，不能畅快的游玩。总之，所得的不过是空虚、悔恨、遗憾而已！于我何益?!

因为你不曾去过的青城、峨眉，你常要我去游览。青城总算是去过了，我从前的意思是回家稍为休息即作峨眉之游，现在我不想去了：因为没有照相机，我不愿意再去体验那种苦痛。眉城附近有不少的胜迹：如三苏祠、墓颐观、眉山等处，都是从前不曾去过的，我都想去游历；但同时想着没有照相机，立刻就冷淡下去了！

照片已收到，很好，我没事就拿出来看，并选重复的给叔和寄去几张。

我大概在九月底或十月初动身返平。

舫

十九年八月十日

三四

楣君：

昨晨于万忙中得你快函，竟为事所系，分两次读毕；下午重读第三次，感想万端；但终因琐事丛集，竟至不能提笔作复，反使昨夜不能安眠，于一时即醒，再不能睡，于灯下成小诗两章，录如下：

更深漏尽，一切都死以上的沉寂；

独有那秋虫唧唧，声声清凄；

好似有无限的曲衷，要向人间诉泣。
诉？泣？但千万不要告知我的楫！

你知道，我的楫：——
她的心儿脆弱，她的身儿不怿；
快乐之神护卫着，尚恐不济，
更何能再受你这凄凉的刺激。

　　今日午前又得你十日的挂号信，上午虽曾展读数次，但仍须延到现在才能执笔复你。

　　你这两封信所给我的感想，及其异样而多端。月余以来，我总时时怀着你在途中的幻想，经此两信的证明，这种幻想自然是破灭无余；同时对于你去青城，更感着一种不可名状的愉快。青城峨眉的胜景自然是我日夜所梦想的，可是它们的景象到底怎样？除了在不完的照片上略有残缺的认识以外，什么都不知道。然而接得你游青城的报告，好像我要去青城的任务，都由你替我代办了一般，对于青城的系念也无形之中减少了许多。近来常读外国文学著作，所谓恋爱三昧，确有至境；现在亲身体验，更有实证。日人厨川白村著《近代恋爱观》，谓恋爱为人间精神活动之无限境，此境我从前亦未尝不知道，但真正的体验，还是这一次。

　　这两信使我最感不快的就是你的"多愁善感"。这四字本是旧时女子的常评，你的思想当然不愿如此，可是你的性情竟无形之中引导你向这条路上走。我觉得：对于此，你非用较大的努力去控制它，前途终不可乐观。楫君！照这样下去，你的身体与精神终有不能支持之一日。我望你赶快返平，努力学业！

　　你因无照相机而不愿去游峨眉，我听得很不安。我只祝祷我们将来有同游青城、峨眉之一日，带着照相机，尽量摄我们所要的一切，以弥补此次的缺陷。

　　成都的一切，我无时不在追念（昨日写至此，即事中止，今日上午又得你十二日函），可是一切也都成过去了：郊外第一公园也好，望江楼也好，它的形影，都随时间渐渐地消逝而入于模糊的状态了；独有那望江楼的破败亭中（在井后，叫什么名字，现在已记不得了），你的悲容，和楼上你呕吐的情形还历历在目：你此去重温旧梦，自然要感慨系之了。

　　在学业上你总屡次说什么抱愧，我看着也莫名其妙不高兴，好像你没有或不能彻底了解我，也如你以为我没有而且不能彻底了解你的一般。其实我之说"不见怪吧"是为着"我爱你"三字。一般人都看作口头禅，而怕你看得不快。人生的隔膜原是不可免的，我们只求设法尽量地减少。往事不必再说，更不必不快。

　　你现在想休学，也和我三星期前为着无谓的酬应而想出世的情形一样，不过是偶然的感触：我固不能到普陀去作和尚，难道你又可以安然在眉山作小姐或少奶奶吗！我当时曾将出世的感想函告伯鸿，伯鸿有人生歌两首为答，极有见地，兹录如下：

人生歌答舒新城

　　　　人既有生便有忧，闲来魔鬼①起纷纠。
　　　　观心何日明如镜，浮海而今不用桴。②
　　　　素位岂真君子愿，撞钟徒惹弥陀愁。
　　　　超人混在常人里，幻想空白变石头。③

---

①　历代宗教所称之魔鬼均指为幻想。——作者注
②　孔子乘桴浮海亦系偶然感触，非真如此也。——作者注
③　我常称新城及其挚友某君为超人；石头指石头记也。——作者注

人既有生便有缘，何人不可作神仙？

悲天要待知天后，度世还须处事先。

莫谓天堂可躐等，应惊地狱在眼前。

若图小己真心乐，只怕身闲心不闲。

寥寥七言诗十六句，非有他的深切阅历，实不能说出。天堂地狱云云，当是暗示我们的前途；但是我们如无法进天堂，也只有听其入地狱耳。

我想你大概要过了中秋以后才动身的，则离现在还有四十多日，我打算今日下午出去替你购一具小照相机配点照片寄上，你还可以应用，一面也可以减去我一点苦恼（下来时，路上更可照）。若果在十月初动身，到上海当在二十以后，我一定已回。望照我十五日函中办法到上海一谈。（我极望再有三数日之长谈，倾吐我们的积愫）

新城

八月二十七日

四五

心怡：

我已于前日函告。我决定于十七日乘峨眉直航轮赴沪，但不幸又蹈前次在上海等直航船的覆辙：今天不但不能开船，而且连船都不曾到，又成为遥遥无期的枯候了！若在上海作这许久的勾留，我倒还愿意而且希望的，偏偏又在这最可恶的重庆城，真是苦闷极了！本来十四日有直航开的，因为同伴不曾赶上，若是实行我自己的主张，现在不是快到了上海了吗？由这次的事情所得的教训，更证实了我常谈的"好人作不得"的一句话是不错的。心怡！我以后决定不再作好人了！但是我要怎样才能够实地去不做好人！除非把这富于情感的我完全改变过吧！

正写至此，民生公司通知峨眉轮后日到渝，二十二开沪，下月初到上海。我决定乘此船赴沪。

心怡！我希望我们的船抵上海码头时能够在拥挤的人丛中发现你；若是那时你尚在日本的话，那失望后的心情，就只有天晓得了！

舫

十九年十月十七日 重庆

二七二

楫君：

别后计发六函去蓉，外相片一包，但前昨两日却未给你写信，非无要说的话，只因一个问题不能解决，遂致我无从着笔。

今日上午得你汉口所发一束信（航空与平信同时到，不是意外，只是星期一停航，你的信在汉口邮局睡两天而已）甚慰；惟火食不能吃，颇使我不安。但这问题还比较小，因为你自己总可以设法解决。现在且谈我两日来悬念未决的问题。

此次川中发生变动，在你起行之前，当时我们未十分注意，所以我听你们起行。自你们去后，川局一天严重一天，近据各报通信，势必牵动全局。所以我数日前即拟去函黄先生处，阻你们前去，但恐你们中途折回，于心不安，故尔中止。照今日申、新两报最近通讯看来，此次必至牵动全川无疑，则你们去蓉固不容易，回来更难（难不在军事，而在军事时期之匪患，此层应特别注意）。

照你父亲及云妹之信所述，则你们父母并不一定要你们回去（两信附奉），则冒险前去，不独无必要，而且有伤亲心。所以以我主张你们到渝后，切实打探，如成渝路不通，即行东下，不必久等，（苏高只去不回，与你们不同）：盖全局牵动，要等亦无从等起也。如路通，则约苏等立即起行，在家愈少住愈好（能看到父母、住一二日即可动身），平时久住固无益，此时久住而自陷困难更无谓也（母亲愿同行或不同行均须请父亲亲送至渝）。倘成渝路不通，立即东下，如缺路费，可在黄先生处暂借二三十元，或与轮船公司约好，至沪付其余数，或立即电告，当电汇上（仍由川康殖业银行汇上，便易于领取，来时仍以直航船为便）。

心怡

十七日下午四时

二八三

梅君：

我这颗心大概非得你安抵成都的电报以后，是无望安静下来的。

今日四时三刻返寓，本想作点事，但放心总是不能收，只是在房间里踱方步，兜圈子。

我想过的事情太多，要写也无从写起，但其中有两件事可以告你的。

第一，我想到我们十年来的往事真有趣：在这个过渡的时代，受尽了不必受的种种困苦，虽然现在没有"往事不堪回首"之叹，但想到十年前我们在成都的风波，我的生命千钧一发之际，至今也觉毛骨悚然。而你这十年来所受社会上男子们的种种压迫，也够使人痛哭。我想我非以文字因缘得识李劼人、陈岳安、刘晓卿诸君则早已一命呜呼；你自己若无魄力与社会苦战，也早已不能生存。我们的往事，不只是我们的痛苦而已，实反映着近代中国社会的黑暗。所以我想把我们十年来的通信，加以选择，集成一册名曰《十年书》，我想你一定是赞成的。希望你赶快返沪，将旧书稿整理，以便早日付印。

选择的标准和要点，我已拟定写在日记本上，除了心儿肝儿的纯粹私话（这些是任何男女所有的）以外，其余大都可发表；但有一件事我正在踌躇，即此次我们的通信，是否也收在《十年书》内还是另成单行本（你至渝以后描写社会情形的信，我拟先在《新中华》上发表。你在家一定无时间动笔，可把大要记下，于到渝上船后慢慢补写）。因为这次的材料，可以成单行本，但不收在《十年书》内，不能称为十年，收进去，似又太多（至多拟收二十万字，我们的信总有四五十万字），请你无事时略为考虑。

第二，八月间中国社会学会在济南开年会，我想同你去。开会只三日，会毕，我们可以乘便去泰山一游，去邹平看看梁漱溟的乡村教育，去青岛玩几天，由青岛乘海船回来。我想你是一定愿去的（来回约两星期，不知你的意下如何？）

这两天报上关于川战的消息甚少，偶然有一点，也是些不相干的政府通电，我想你们是可以安归故乡的。不过时局的变化无定，我的孤寂也有点难于忍受（每每想到还要过一个多月方能见面便感到心浮）。所以我希望你早归，至迟望于下月二十前后到沪，

请代致意令尊堂。

怡

二十五下午十时

二八五

心怡：

　　船过宜昌，即入山明水秀的境界，虽未到天下奇险的巫峡，已经是悬崖绝壁：此即巫峡之余脉，鄂境之夷陵峡也。山的周围弥漫着白色的云烟，使山云莫辨，就是你的《故乡》上所写雾的情况。可惜我不能像你那样的善于描述！山水从溪谷流下，形成非常美丽的瀑布。河面则因水势凶猛，大小滩不少（已过著名的清滩，热滩），故船颠簸得很厉害，波浪高达数尺。再上则渐入险境，过巴东即入故乡境了。怡！你知道我此时是怎样的心情吗？我时时感到此船不久将我载入一个野蛮的另一国度里，此后将不复再见明朗的天日和人的世界！故对我久居的异乡（上海北平等处）怀着一种惜别的心情！这种心情，我分析起来是有很多原因的，最根本而又最切近的一个原因，是由于昨夜突如其来的一幕丑恶剧给我的印象太坏，刺激太深。

　　昨晚十时后，我们在许多叫卖声中躺在舱位上，预备让睡神来麻木我们的神经：我果在茶房叫查票补票的嚷声中蒙眬入睡了。大概是十二点钟的光景吧：我忽然被隔壁的争吵惊醒来，你猜是怎么一回事。

　　"两块钱借给我，到万县去还你"，是个上了烟瘾的破嗓子似的四川口音。

　　"没有"，是一个北方口音的答话。

　　"我们是朋友呢，不讲交情私？到万县我们一起上岸去，拿钱来就还你。"

　　"不借，什么交情？"

　　"唵！两块钱借给我吧，你答应了的。"

"谁答应你的？"

"你笑呢！"烟鬼又继续地说："钱用完了怎么办呢！你不是坑倒我搭不成船，再不然，你把我掀在河里去，我的命也不要了……借给我，到万县去还你，怎么呢？"

那位北方人，始终似拒非拒的细声回答他。这样不知闹了好久，苏君亦早已醒来，起初敲壁以示警告，但他们不知道理会，继则高声警告，于是他们即报以恶骂："你管得到吗，没有在你的房间里来闹，外面有人说话你怎么不叫呢……"真把苏君气得吁气，然而亦无可奈何，他们的闹声则越来越利害！

不久茶房来要他买票，他则死赖只给两元。茶房说："你既托人写信到公司说明交五元，当然是有五元可给，不然尽可说明免费，这样来我还要贴出三元！"他说："没有钱怎么办？你把我掀在河里去好了。"茶房说："我们是正当营业，你们军队……你无论如何得出三元的伙食费，因为别人在巴东都给五元，你是到重庆的！"

我们才知道，原来他是一个丘八！

茶房去后，他更放肆地乱骂观望的人们说："有什么看头哟！出门人没有钱是常事，我有八十块钱，因为在栈房里等船，把钱用完了才弄得这样子；其实，人没有钱什么都做得出来的！没有钱就不能赶船了吗……"

骂完之后又向他的同伴哀求，又是那一套话，并自动手在同伴身上去搜索。只听到数铜元的声音，结果他仍闹着还差四百文。后由旁人劝告，等查票员来说一句好话完事。

这场丑剧完毕后，已三点多钟了。然而我仍旧睡不着，思想更复杂混乱，出去小便都由苏君护送着：你想这是什么世界！而这位丘八，今天发现他偷窃他人的棉被，才由巫山县的团兵将他带下船去。

过一会儿，更听得一位办事人的斥咤声："网篮摆满甲板，路也没法走了。公司本规定乘客只许带九十磅行李；但是，他有这许多，过磅也麻烦，并且客人也不依……"今晨起来，我们才发现那许多大网篮里，尽是瓷器，这当然是瓷器商的所谓行李了！

船在巴东停约半小时，为的上下客人。再进即巫山十二峰，从前我虽经过三次之多，但未曾仔细观赏，并没有带相机。这次我算是看过几个著名的山峰了。古语所谓"巫山十二峰，峰峰优秀"的话，真是不错，我所目见的不但是把它描写不下来，即绘画恐亦难真？虽然拍了几张照，但因天气阴暗及船行振动甚烈之故，恐怕不会好的。只希望返沪时能照两张好的。

巫峡一带，既是悬崖峻壁，又是不毛之地；然而山腰或山麓亦间有人家。他们的房舍当然是循山势建筑，等于悬空立起的；他们更拣山崖之稍有土壤者种植菜蔬。他们的贫苦是当然的事实；他们因交通的不便，一定是十分孤寂的。据我看来，他们的生活有点近于原始人的生活了。

我曾想：他们生老病死于此偏僻的山上，与外界不相往来，虽然孤寂一些，但其既不受列强的凌辱，复不受内战的影响，他们到可以安居乐业，过世外桃源的遗民生活。但继想土匪之抢掠仍不免，贪官污吏之任情剥削，更是必然；他们不但不能比他方之民稍好，势必较他方之民更苦呢！于是使我感到：中国的土地实在不容易找得一处干净的啊！

船于七时停在巫山县——简直是一座死城；既无灯光，又无人声的点缀；若没有两只轮船（另有一只英国船名秀山）停在江心，以及小贩者的叫卖声，和上煤炭船上的吆喝咕嚷声来打破这沉默幽暗的怨□气，我一定会胆寒，而以为已入鬼的世界了！

明日可歇万县，后日歇汤元寺，再后日（廿二日）大概可以到重庆。

你的楫

十九日夜十时

二八六

心怡：

昨日因疲乏无力，夜间又整晚失眠，故不曾写信给你。今晨船开动后才略睡一会儿，又被饥饿叫起来。可是头晕目眩，心中好像压着一个铅块似的苦闷；吐痰带着血块，这无疑的是因为饮食失调，精神不济而又加之以失眠的原故。说起饮食，那真是太可怜了，初上船的几天还可以勉强吃下去，这几天则每餐最多吃一碗，菜坏不要紧，饭太硬则太不适宜于我的脾胃了。

上午想补睡，但在十分努力之下睡着之后，不久就被茶房叫吃午饭的声音惊醒，午后则更因心情的恶劣，思想的复杂，无论如何也睡不着，惟有起来给你写信，以期解除痛苦。

四日来都下着毛毛雨，天气是阴暗的，闷热的，将此可爱的青山绿水盖上一层朦胧的灰色；你要怎样设法去探求它的真面目，也是徒劳无益的事；除非你很有耐心的静待光明之重临大地！这是象征我俩别后的心境？是象征故乡火并的惨状？或象征着中华民国的命运呀？

刚上船的几天，我常到甲板上观望沿岸风景，最爱看晚霞的变化。这几天来不知怎的，再没有这种心情了！

在中国旅行本来是一种艰难的事体，尤其是在行路难的故乡，而尤其是女子在"行路难"的故乡旅行。我们安分地坐在舱位里，犹不免常常引人注意，甚至于近于监视了；倘若没有男子同行，那是更不堪设想！昨今两日来，雨樵便因此等无聊之举而日夜不安，惊惶到快发神经病了！

不过，她也太神经过敏了！在我们看来，都觉得是太滑稽：好像她有什么心事似的，总是处处心虚。详情我以后告你，这是值得研究的一个心理问题。她"老姊子"现在还"吃素"，你相信吗？

昨晚七时半船停在万县，雨樵和苏君要上岸看朋友，约我们同去，我为要亲自去寄信（为谨慎妥当计我必得亲自去），故于细雨朦胧中同他们上岸。他们的朋友谢君（现任县长）我也认识，亦想见见，谁知当我们在泥泞道上穿进一条漆黑的巷子走进县公署——是一所破旧的几十年遗留下来县衙门——时才知道我们要会的人下乡巡查去了。好在他家里有人，我们在那里休息一会见，由那里的勤务兵送我们上船，否则夜晚过渡是一件最麻烦的事。

回船上不久，雨樵们的老友戴君（现任廿一军军官教育团教官）来访，谈及故乡的近况，和万县的情形甚详。戴君为人爽直精干，似乎有点真的本领，他述及前次大战，他带三十人在江津攻散敌方三团人的壮举，实在不亚于淞沪战争中的翁旅长。然而，此二英雄牺牲的价值，就有天壤之别了！

心，我告诉你一个笑话：听说现在万县县政府的中门仍旧不开，因历代相传中门一开县城就要起火，而且县长太太就要逃走，虽然现任县长是廿世纪的留学生，也不能不固守这旧习。这笑话在我们看来，实在是一件令人痛苦的材料！县政府里面仍旧通夜击鼓，而鼓手的职务是终身制的，无论你换多少次的县官，也不能换他。钟表流行我国已久，而此击鼓的习惯，仍牢不可破。

据戴君说，德阳（苏君的故土）、邵县、新都一带，的确是正打得热闹，成渝马路也确实完全通行了；不过公共汽车不可坐。他再三警告我们，要自己包一辆小汽车到楟木镇，以上如何走法尚不可知。不过故乡的社会只要有"穿二尺五"的就不怕，我想到重庆后总有办法，请勿念！

你的楫

二十一日夜十一时

三〇四

心怡:

　　早晨得你十日十一日的快信（较平信慢），读时及读后心里都禁不住跳动！你所受的孤寂与思念之苦，完全是我给你的，叫我如何不因此而难过！不过，怡，你晓得吗？你晓得我两日来所受的新刺激新苦痛么？要我详细对你叙述，此时实在办不到，只有等到和你面谈了！

　　经我昨晚一夜思索的结果，我决定下期还是出去教书——父亲从未谈及经济问题，但我由他培植到大学毕业，问心应当对弟妹分担一点责任——但要我还远离你而在故乡过活，恐非你我所能够忍受；能在上海找到书教（其他职务亦可），当然很好，否则如松江苏州等地都可以，务望你再此暑假期中为我设法确定！记得九如姊前次说过松江女中要聘一地理教员，你何妨再正式重托她一下。事定后，请电告，我当急速返沪。

　　这两天和父亲谈及友妹的婚姻问题：要双方顾到，实在是不容易办到的事，只可极力想办法使得友妹的对象能满意，又可不使父母太失望：父母对我们的婚姻本不固执，只是家里人口太少，事实上需要随时团聚，所以父亲要她在川结婚，总之，友妹的事情在短时间内，实无法决定，我之不能立即返沪，这也是最大的原因。

　　今晚父亲翻阅《淞沪战史》续编（上编已失去，请你重寄一册如何？）他说家里应当存一部。

　　咳嗽至今未愈，白松糖浆已吃完一瓶了！父亲要我吃中药，我实在不敢尝试！

楫

三十一日夜十一时

三一一

心怡：

午后同时得你八封信（照片亦收到），一气读了一个钟头，你想我是怎样的高兴！

现在来谈我的小弟弟：他的聪明美貌，当然不必要我来介绍。奇怪的是，他特别亲我，吃饭要同我坐，穿衣、洗脸等琐事要我做；每早要来同我睡一会儿。上街、在家随时都要我抱他；更极力维护着我，好像不许旁人的手触一下。因此弄得我在家时没有多少清闲的时候。刚才我正在给你写此信，他大哭大嚷要我抱他，落得一顿打！

自到渝迄今已十日之久，我都不曾得到一夜的安眠，在由渝至蓉的路上更苦。到蓉三日间亦因拜访朋友及应酬的忙碌，简直不曾好好地休息过，竟连和父亲叙别情的机会也难得！同时，那莫名其妙的苦感，时时袭上心来，你想要我不病如何办得到！好在我现在的身体，并不如你想像的虚弱，所谓病不过咳嗽和疲惫而已，勿念！

母亲去沪与否？现在尚无法知道，因为我们还不曾回眉州。唉！你可相信，自蓉至眉的路都不大好走，听说连兵都要拉，故非等到妥实同伴不能回去。大概还要五六日方得动身回眉。心怡！你要我二十日前赶回上海，如何办得到！你要我不焦急，我也只有尽力照办！听我说，只要我的心能够安心过活，我一切都能够忍受！你放心吧！

由重庆试航成都的飞机，果于今日来到（你的信当然是此机带到的），这破天荒第一次驾临蓉城的飞机，简直轰动了全城的人。那时，我正访林伯父于中城公园，满园的游人，一听翱翔空中的机声，都一齐涌起追随着，直到那蜻蜓般的怪物由树荫处隐没后才渐渐地平静下来。然而，口里嚷着要到东教场专诚拜谒的人，仍随处皆有，晚上更听见二婶报告蒋伯父的一位病重的女儿，亦被蒋伯母拉去看了来！心怡你的信就是从万人朝拜之下的怪物带到我的眼前的，你想是如何值得纪念，不仅第一次试航之可贵呢！

渝蓉线既通，我决遵命一星期寄两次信，但只能于在蓉时可实行，回眉后就只好交平信了。你得我此信后，有信仍寄此地，因为我回去不久就会转来的；就是不能早转来，信也有人转去的。

发表我们的书信，当然没有异议；《十年书》的名目很好，你怎么想起的？心怡！我至渝后描写社会情形的信，自可先行发表，亦可成单行本；但《十年书》内亦必须放入，宁可将文章稍为缩短。

心怡！我觉得我的确是个"大笨"，你何以还说我此次的信有进步！归来廿余日的所见所闻，确是一些绝好材料，可惜我的描写能力几等于零，不能好好地把它捉着！尤其是到重庆后的时日：生活既十分忙乱，心绪更是苦闷不堪！这两天的烦躁，唉！只有天晓得！我将如何去排遣！……你觉得吗？最近给你的几封信，简直乱得不成话，心，你将何以教我？！

同你去游泰山青岛，我还有不愿意的吗？我没有蠢到这步！不过，心，只恐我没有这样的福啊！因为，请你原谅我！我下期非出去作事不可；设命运还要捉弄我，不给我以作事的机会，我惟有困在故乡！

楫

六月一日夜

三一二

心：

今晨父亲又和我讨论到作事问题，他的意思很明白，就是说，既把我如儿子般的教养，自然希望我如儿子般能够"扬名声、显父母"；至低限度，在大学毕业出来，不应当埋没在家庭里。无论如何，都得作点事。

整天不但得不到安适的休息，而且得不到充分的睡眠；因为小弟弟夜晚睡得很早，早晨亦很早地就醒来，照例跑到我们的床上叫闹，使你不得不起床；白天睡觉，他也要吵，真是苦恼已极。现在我的头痛异常，大概就是睡眠不足的原故吧。

现虽未回眉，据二婶说，母亲是不愿意出去的，父亲也不赞成。不过，在我回家数日窥查的结果，二婶可以说也是一个好人；尤其在思想方面尚不大落伍，从前家庭中的一切纠纷，我想都是由于各方面的误会和人类的缺点在里面作怪。

要父亲送我们到重庆，不仅是路费贵贱的问题，是汽车上的苦可以不必去吃，且恐父亲吃不消。倘在路上遇着意外的事情，我心里更是难安。请你放心，由蓉至渝一路是不难找妥实同伴的。总之，我极力为我的心怡慎重就是！

心，我几日来的心情，好像有说不出来的隐痛似的：烦闷？空虚？忧郁？自己无法辨别，亦无法分析！家庭的乐趣，并不是完全没有感到；饮食的丰美，更是任何地方及不到的。我的心，更时时给些可口的甜言蜜语，以及无尽的深情来安慰我，我还有什么不满足吗？可是我依然苦闷。心！你告诉我罢！

日来稍感寂寞的，就是缺乏朋友的往还。因在外日久，事变境迁，从前的同学，早已各奔前程去了。十九年回来，还有袁、邹二位旧同学周旋，现在竟连这两位已不知去向！打听的结果，知道或尚在成都，但无从知其住址——这也许是我感苦闷之一因？

我总极力设法早日返沪；但无论如何在六月内不能起行，假使你七月中还得不到我起身的电报，居妈的问题，请你斟酌处置也可。

桦

六月二日夜

三一三

心怡：

昨日飞机又来了，满心以为又给我带来了一大堆信，谁知结果是太失望，竟连你的一个字也得不到！

抵蓉已经一个星期了，还不曾看见妈妈。因为彭山、青龙场一带的匪风甚炽，汽车不能全通，非有妥当的同伴，不敢前去。我们的徐伯父说了很久要回眉州去，为着天雨，故直延至今尚未成行。据他说，明晨决定起行，我和友妹就决定同他一道。但惟愿我们的诚心，能胜过一切劫运，早去早归更早日回到你的面前！

昨天我才在各处探听之下，会着我十五年前的一位老友莲如。她是我高小师范的老同班，和我同年，长我两月，自十三岁出嫁，十四岁生一男孩被弃而后，迄今十余年即和老母相依为命，不与异性接触；直到现在，才爱着一位小她一岁的湖北人，现任此地某汽车公司经理：他们决定在本月内结婚。身世亦觉凄凉万分！

一星期来，父亲和二婶固时时为友妹的前途打算，同时亦很为我的事情打算；他们固有意留我在家乡作事，但亦颇顾忌我前途的幸福。就是说：要留我而又不便留。故结论就是说："你若是在外面住不了，你就回来，要作事给你找事情，再不然，家里也有饭给你吃，可以供养你一辈子，切不可在外面受气不说；……"心！这些话虽颇带封建思想的色彩，但亦可见他们的苦心！难怪他们说得眼红红的啊！

昨日寄一航空信，想早已收到。你说六月一日发一函后就不再寄信给我：实在使人着急。想来你知道我一时不能返沪，一定会继续来信的！来信仍交成都为妥！

下期工作望早日帮忙决定，等于救我之厄！

你的楫
六月五日

三一四

楫：

万想不到今日同时得着你一日二日及五日的信（因为一二日的航空信应当八日到，五日的信应当后日到，成沪航期定有变更），可是连读几次之后，也只多增一些怅惘而已！

你家里的情形，我能想到，问题症结之所在，我也猜着。我现在很简单地说：你们急切筹不着路费请电告，当立即汇上；你要出去作事，当找事给你作；你要从事著作之修养，当尽量帮助你。同时有两件事要请你先行办理：第一是无论下年你在何处作事，约定的两本书，必得交卷（我想一个暑假，定可成功），万一决定不作则请正式辞卸，以便别人另觅他人：因为时局一转，别人对于各方面均为加速度地努力，已定之事不能久搁。第二请你明白告诉我到底计算何时起行，便我诸事有所计划。我现在在想，若果你六月底不能来，七月起，我即将房间锁起；暂住旅馆，好在上海有很清静的旅馆。

我再明白告诉你，我近来的生活，不仅枯寂，而且过于烦忙（因时局较好，诸事要进行，便事事要动手，不如时局不好时之专讲对付）。下星期六日之中要作四次主人，开会还不在内。前年我可以自己烧饭吃，前月也还勉强可以，现在则精力与时间，都不许可我。每日东食西宿固然很麻烦，而回到这"山静似太古"的屋子，便万事苦痛；所以你若非短时间所能归来，我决定离开此愁窟而住到青年会或中社去。

我前次曾说过，我们为时代的关系，不能不作"时代的个人"，但同时又不忍不作"父母的儿女"，你在家多住几日，我也未尝不知道你可借此多享一些时的天伦之乐。可是"我们"终究是"我们"，而且是此时代的"我们"，如此长别，情何以堪。此层想你亦能深切感到罢！

时间不早了，即此带住罢！

心怡

六月十日夜一时

以上是昨夜写的，因为你信上写着"六月内不能动身，七月中还得不着我动身的电报……"竟使我苦闷到终夜不能合眼。固然曾劝你：若身体不好，可在家里多休养几时，但你来信竟不提及你返沪的计划，好似第三者一般，只说什么一时不能回来等等。所以我一夜之间，不知发生若干幻想，甚至于想到，……今日再从各方面分析，明知你非有意，而且你们不能早日起行，是受着种种的限制，但我想到我前年回家仅住三天的种种情形，对于你终于不能释然。今日庐隐告我下月初五将举家去庐山过暑假，那时你们若未归，则此愁窟仅我一人，将更不知怎样过活。所以我移居旅馆之心更切而坚。在我想：为我、为你、为友云，都以你们六月底能赶到上海为最便；不过你真不能早，则只有听运命之神的摆布而已。

此信初拟不寄，但非给你一看不快，冒犯之处请原谅。

心怡
六月十一日下午十二时

三一五

心怡：

昨天我在暴风雨之下，居然平安地回到母亲的怀里来了！虽然心里着急不少，身上受冻受痛，到家后几乎病了一场！

母亲很健康，我很快愉；不过她的孤独清苦的生活，不能不使我们为子女的感到凄清与愧惭！但我们有我们的前途，自不能永久伴她。只想接她老人家出去同过一时的舒服日子。起初她不愿意，现在是有意去了。可是在她还没有同我们起身之前，亦不敢确定她就是一定去的。因此，我下期的事情仍不能不早为决定；但为照料母亲计，自以在上海为宜。

离开上海将近一月，虽不会作什么劳心劳力的事情，但差不多完全过的是兴奋与疲惫的时日，故身体实在有点吃不消；到成都后就很瘦弱，现在是更消瘦了！在成都因有小弟弟及友朋往来之故，无法休息，现在回眉，当可静养一时。过几天再下乡去看祖父与外婆。

回家来，不仅没有时间看书，连日记也中断了。在船上还可静心给你多写信，以后连信也少写，想起来实在有点不能心安！心！不知道你能够很安静地过活么？

心，我从前真是幼稚得很。这次回来，虽受苦不少，而懂得的事情也就不算不多：故乡的腐败，家庭的冷落，朋友的冷漠，以及一般人的势利眼光……真是一言难尽。当初我还想，而且立志要把这些现象详细地写给你，可是不知怎的，心绪非常不宁，临时总写不下来！唉！现在我更感到我的懦弱和无能了！同时很锐敏地感到我之不足使你痛爱，而我们的前途亦只有陷于一幕悲剧的命运。心！心！我何以再也振作不起来呢！

在成都就只接到过你一次信，现在回眉州来，更难得接你的信了——这是我最不能心安的一件事，甚至于有时躁急到无法自遣！

你的生活状况，望你仍用航空信告我，父亲会给我转来的。我在眉也住不久就要转成都去。

返沪同伴已找到，不过要七月才得动身。

楫

六月八日

三一六

心：

很久不得你的信，心实难安，今晨走到公园（就在我们的住宅对面），看见那些散兵的丑态，听着茶园游人的高谈阔论，顿起厌恶之感，怀念你的心情更深，恨不得立刻飞到你的身边，抱头痛哭一场！

此地的公园即唯一的三苏公园（前苏祠旧址），景致还不差，可称"小巧玲珑"，但里面驻扎着无数的丘八。公园驻兵，真算开天下的先例：这只怪得苏轼父子是当代的文词书生，没有诸葛将军的武力，故不能向人显灵威，吓跑后生的烂武人（成都的诸葛祠，从不驻兵）。

母亲、婶母以及他的亲友们，照例每天早晨（天未见亮时）相约成群结队地到公园吃茶，借以呼吸新鲜空气。我回家来因为要睡懒觉，从不曾答应陪伴他们。今晨因受不过天工弟弟的吵闹，同他们去逛了一转，而所得的印象就是这样！

本来自华弟死后，母亲在家，实在太孤寂了，所以这次我们姊妹归来，许多人为她高兴，听说我们要接她到上海去住，更无不劝她即去。母亲的精神既大部寄托在我们姊妹身上，她的心里亦很乐意同去，只是她的乡土观念较重；而她还有两位老人在世，故不忍遽然离乡。友妹答应她去暂住一时，待她毕业后，如她觉得在外面住不惯即送她回来，她才决定同去。母亲的家事很简单：这里只她一人，绝无牵挂。只是还有许多陈谷未卖，华弟的灵未除，现在我们决定明日一同下乡去看祖父及外婆，并择日为华弟除灵，等卖好谷子即转城，准备一切，再转蓉等伴起行返沪。

同伴本已约好，即同乡袁道遵。他是本县送到南京学无线电的练习生，大概要七月中或七月底才得动身。母亲要去，自有许多事情得准备。而且同伴也不能不找妥实的：此人最为适宜，不过时间稍迟一点罢了。

母亲既去，我当然不能让她很孤寂地住着；所以我的事情不能成功也就算了，等母亲到上海住一时再说。此信须托人在成都付邮。

你的弟弟
六月九日于眉城

三二一

心怡：

今日是你满四十的生辰，可恨我无缘为你祝贺！从前还预算闰五月二十二日前赶到上海为你庆生，现在这种计划是不能行了。心中颇觉不安：所以我想了一个补救的方法，立刻倒在床上，果然不久入梦。可是，气人得很，作了许多怪梦，竟没有走到你的面前！到乐得大睡一觉：因为昨夜天热而且心绪不好，简直不曾睡好的原故。

乡间固然有趣，不过不太适宜于闲得无聊和心绪不安的我！暂住三五日还可，久住就不免心慌；并因生活习惯各自悬殊之故，无法和我们接触的乡人们互相投洽：所以常常有许多过不惯和看不惯的地方。本想早日进城，但不忍让母亲在此再过独居的生活；为华弟除灵，亦需人照料：故只好静心地忍耐着。不过这种忍耐也实在够苦痛的了。因为祖父在此设有茶社、酒店（在一处）和客栈，祖父自己就住在茶社里面。房屋仅四开间，厨房在内，客栈虽在对街，但饭食由茶社里供给，故一到晚上，旅客拥挤，房里大有人满之患。我们住在那里，真如热锅上的蚂蚁一般，焦灼之情，无以言喻！更因雇工们忙于照料客人，我们的饭食既无定时，亦无定量。总之，生活是极其紊乱、嘈杂。

同时我们很佩服祖父对人的和蔼可亲的态度及平等待遇的精神：无论有什么可吃的东西，他都想得起家里的雇工，及左邻右舍的人们，必得每人分食一点然后心安。譬如今天家里磨了许多荞麦粉，作成粉团之后，差不多四十人分食，一会儿的工夫就被吃一空；甚至于大路上过路的客人，只要是相识的，也请进来分食一份。

我的牙齿莫名其妙地疼痛起来（好几年没有痛过了），右面都有点浮肿，大概是肝火上升所致。我既未带牙痛药水，又不敢吃乡下的草药；我看还是让它痛两天吧。

在乡间真是没有一件是可如人意的事，一切的一切都得受那些不合理和不必要的限制。为华弟除灵，本来是很简单的事：日期择好了，本可准备一切；但是有许多东西在白马铺买不到的，必得远道去眉州购办。天一下雨，更无从办起。甚至于打纸钱，胶蜡烛，缝衣服，包银锭等琐碎事都得请专门人才到家里来工作，而且还要受道士的支配。今晚道士遣人来通知更改日期，说是早前所择的日期不好，必改迟三四日方可，这真是岂有此理。日期是他自己择好的黄道吉日，忽然不知为了什么要无故更改，他们的时间不值钱，也要害得我们在乡下多受困苦！你想我们是多么的着急呵！

楫

二十二年六月十四日

三二八

心怡：

孤寂，说到孤寂的滋味我不仅是尝过，而且时常的尝，如家常便饭地吃了一年有余！你在沪有不少的亲骨肉，更有不少的朋友，而我则只有你和友妹两人，不知你曾把这些情形拿来比较过没有？固然，我去后你所感的孤寂不是任何人填补得起的，然而这不是我情愿给你的而且是暂时的。你能说是不能忍耐的？而况我离你后对你的不安，时常念念不忘，故积极进行返沪的准备，我谓如七月中仍不能动身的话，自然不是我所企图，而是恐为局势所逼（路不通行）迫不得已的办法。天伦之乐，乃人之常情，不过我在家庭是出嫁的女儿的地位，你是知道的：表面上虽不十分孤寂，然而内心所感到的凄苦，是没有人知道的——我想你或能体验得到——所以我虽身处故乡，而心早已飞到上海去了。我之所以迟迟不行当然是我的环境不许我行，且听我报告你一点罢！

老实说，回到故乡来，什么事都说不上计划，时间更不容许我们老百姓去支配，（除非是有枪阶级）倘若我的家不是散在成都、眉州、铁炉沟、坛罐窑、白马市等处，或者不是住在交通不便的地方，而我又是像你一般可以独来独往的男子汉，当然可以在家住三五日就走，何况这次还有母亲的牵制呢。就是说，若母亲不去，我们可以在预定期内起行，至迟现在已经动了身。更有不凑巧的事是，正逢军事时期。

为华弟除灵，当然不是我们的意思；为着要安母亲的心，不得不如此。即以择日期来说，我不知争论过多少次；然而在这种环境里面，我们的力量竟小到等于零，故不得已在乡下忍耐半月之久。

前晚道场完毕，昨日即赶快上街叫滑竿，准备回眉；但因拉夫之故（前次开到洪雅的大队又复开回），所有的力夫都被拉一空。无论如何竟连一乘也找不着。倘无母亲同行，我们还可以走路进城，为着母亲的关系，只得到外婆家歇脚。本来打算今早走路进城的，因为谣传眉州将发生大的变动，母亲定要我们先进城打听消息，然后再着人去接她。我们于两小时中走回城里，到家得知父亲遣人来接我们快去成都的消息，而勤务兵则不知我们返眉反下乡去了。这情形真急得我要死——同时得你六月十一日责备我的航快——我一面读信，一面吩咐仆人下乡去接母亲。母亲刚到，勤务兵也赶回来了，可是找不着车子（黄包车还勉强可行，汽车全作军用去了，滑竿不敢去，而且时间亦不许可），真不知如何能赶到父亲预定的日期（今日要赶到成都）。因为父亲信上说，东路尚可同行，数日内亦有人出川，要我们速去，他将我们的事交待清楚，急于有事回眉！唉！心怡！我们的厄运还不知要几时才能结束呢！

倘若我们的运气好赶得到重庆事变才发生，则半月内我们就可以会面；否则只有听命运的安排了！但望你不必焦灼，更不必过任感情。我的话，你是应该听得进的。

我之不能如期返沪乃事实问题，我所经的障碍，决不是什么说话可以打破的。你如认为在寓住着不便，我自然不便勉强你住；房屋及居住问题，由你自行斟酌办理可也。

某处译书既是要得紧急，我当不能如约完成，还望另觅他人！我无故耽误时间，惟有向他们道歉。

总之，一切请你静心，虽然我的信因下笔匆忙，没有考究过修辞，或有使你误会的地方，然而有我俩已往的事实和我们中间的了解可供参考，请你"稍安勿躁"！

桿
六月二十三日午后二时

三三六

心怡：

昨前两晚都是到蒋伯母家过夜的。照例我于今晨即返家，因为我忌油荤，家里特别为我准备得有粥和素菜（母亲和友妹在蒋家吃饭）。今晨回家时，进门就遇着陈先生，他说："现在不要紧了，军长已布告出城，两军的交替已平安地渡过，当不至再发生什么危险。"惟侦查机还轧轧地在天空中飞翔。

早晨我们听到的几声炮响，据说是联军进城时，守门兵士不即开门迎纳，致生误会，开枪射击，幸而守城兵士不敢还击，未酿大祸。

早饭时，馥卿又着勤务兵来接，并说街上已有黄包车，在家亦觉无聊，故答应去走一趟。去时同母妹一道绕春熙路及新街一转才雇车前去。见街上行人拥挤，车子亦多，已不是前几日的萧条气象；并见一队队的军队开过，秩序井然，足证紧张的空气，确已和缓。

可是渐就平静的人心，是经不起一点小波澜的。午饭后在馥卿家，忽然得着一种传说：街上不许行人通过，车子也叫不着。我们知道必有事变，但究竟为什么，则不得而知，只有等着等着，焦急地等着！黄昏时，心中愈不能安静，深恐母亲们挂念，托人设法雇车，侥幸找得一辆，满心欢喜，以为这不测的风云，是已经烟消云散了。谁知到中城公园附近，则各街口均有军队把守戒严，不许通过，街旁临时聚集着惊惶失色的人们，那种严肃寂静的空气，使人心惊胆寒，且使我进退不得。站立一会，忽然记起林伯母家即在附近的太平街，何不到她家暂避，但太平街正是火线，街口筑着防御工事，两旁站着带枪的兵士。我刚走进前，即有两个兵提着插有明亮刺刀的枪向地上重重地一击，恶狠狠地向我说：

"不许过去！"

"我的家就住在这里，可否让我过去？"我用请求式的口吻问他。

"说不许过去呀！"又是一声吆喝。

待我正转身要走时，另一个丘八说：

"你要过去，去呀！快点过去！"

我虽然很不服他这种命令式的口吻，但能让我到林伯母家去，已是万幸了！

林家一家人差不多全站在街门口观望；他家门前也同样站了许多人。看到他们惊惶不定的各式各样的面孔，听到从人群中发出耳语般的议论，好像破天荒的大战就要爆发了一般。

在林家坐了一会儿，以为不久就可通过。可是快近夜深了仍无可通的消息。出街门探望，见满街的铺面以及住户门前都悬着一盏灯笼（林家门前的两个大灯笼也燃着一个，据说是丘八的命令），照遍全街，如新年的景象一般。因街心无行人来往，特别显得宽敞，有三两个兵士（好像军官的模样）昂着头踏着宽广的马路，在暗淡的灯光之下，来回地踱着巡查，显得非常的骄傲；而老百姓都拥挤在街旁，有如等待一种盛会的来临。——这种戒备森严的紧张情景，无疑地是预备作战的了！但我很奇怪，他们目为敌军的省军已经弃城而去，何以还要作战，究竟谁战？打听的结果才知道是内部里互争地盘的纠纷。据说上午的枪声即系Ａ军与Ｂ军争荔枝巷省政府的小接触，后来Ｂ方让步，始告平静；但仍伤兵民数人。同时少城、陕西街亦发生同样的争端，现在又是Ｃ军与Ｄ军争附近的水花街的某地而将作战了！

同时在街上板壁上发现许多新贴的红绿标语：如"打倒糜烂地方的某军阀"，"驱逐横征暴敛强收房捐的某某"，"本军以利国福民为宗旨……"，"本军爱民……秋毫无犯"之类。看后使我感触万分，想到刚才耳闻目睹的一切，就是标语上所谓利国福民的军队的功德。那么，我们故乡的老百姓也未免太苦命了！

早饭后，实在着急不过，到街门口看看，仍如昨夜一般没有什么更积极的举动。乃约林伯母伴我从一个人家穿到公园探访实情。只见园里疏疏落落的几个游人——或系昨夜挡在园里的。出园果然雇着一辆车；但刚穿过一条街，又在一个筑有防御工事的地方被挡着了。幸好仅仅是不许车子经过，我下车问着路走了回来。

回家后，听到母亲说，附近——听说在府街——亦有同样事情发生，他们并听到子弹飞过的声音。这件内哄的局面，真是闹得满城风雨。兹抄上今日报上所载的一段消息给你。这消息的题目是：治安会结束席上决议限今日撤销各街警戒。略谓"自昨日起，东路军李家钰、罗泽洲、谢无圻及其部队陆续入城，城内争夺机关驻地现象，更形恶化；昨午陕西街禁烟总局某某两部发生冲突，双方士兵及市民都有伤亡。昨午后，铁路公司、市政府又发生攘夺争斗情事。三倒拐、岳府街、会府街、洞青树街①、华兴街、康公庙，七家巷、梓渣桥②、骆公祠一带，均砌石筑工，敷设警戒；昨晚洞青树方面断续有枪声，同时正府街、华阳县府亦有同样攘夺情事。人心惶惶，附近各街，关门闭户，景象萧条，更甚于某军将撤退之前数日。今日正午十二时，省会临时治安会开结束会，邀请联军到省将领，省中绅耆，各报记者莅临，商讨如何消泯省中目前之险状，及报告治安会办理之经过。……决议由二十八军教导师长杨秀春商陈鼎勋、谢无圻、罗泽洲各师长于今日内完全撤去警戒。"

午后听得密放之大炮声，疑是附近"争地盘"的巷战，后始悉为南郊红牌楼联军与刘军之战。可见战争还未至结束的时期。

楫

二十二年七月十二日

三三七

心怡：

前晚听云妹说，东路已可通行，数日内即有人去重庆，当时不胜高兴；可是心里又很着急，恨不得立刻飞到你的面前。

自得东路可通的消息后，使我兴奋的忘去一切，虽然病未全好，且骨瘦如柴；但精神似乎很好，故昨日竟走遍所有的朋友处，

---

① 应为冻青树街。——编者注
② 应为梓潼桥。——编者注

请求代觅同伴。五弟和莲如并答应代我打听魏君的住址。今日打听着他的地点了，并会亲自约同莲如德华去访他两次，但结果是一场空。只是仍回到莲如家中。

正和德华、莲如他们闲谈着数年来彼此的状况时，家中用人来说，母亲叫我立刻回去有要紧的事情商量。我带着惊惶的心赶紧回到家里，友妹说：刚才李女士来过，说明日就有车开，他们已决定明天走，现在买票去了；问我们要不要同她们一道？

母亲和友妹的意思，以为李女士们都是不曾出过门的，听说现在路上还不十分清平，恐怕是以同魏君一道去较妥。但以两次奉访落空，而要走的心又太切，遂毅然大胆地决定了明天走，而立即着人去买票。——这样的决定，虽然有点近于负气和冒险；可是，我能将一切责任担当起来，至少不会再尝找同伴的痛苦了！

我现在唯一的希望，是明天能离开成都！不再在成都写信给你！

楫

二十二年七月十四日

选自舒新城、刘济群：《十年书》，中华书局，民国三十四年（1945）十一月

金陵大学　金陵女子文理学院
齐鲁大学　燕京大学

|作者简介|　金陵大学、金陵女子文理学院、齐鲁大学、燕京大学，均为中国著名教会大学，抗日战争期间迁往四川。

纪念碑[①]

　　成都自古为西南名郡，文物之盛，资源之富，风土之美，冠于全国。故中原有警，而西南转为人文荟萃之区，此徵之既往而已然者也。民国肇兴，华西协合大学于焉成立，规模宏伟，设备完善，而校园清旷，草色如茵，花光似锦，不仅为成都名胜，亦西南学府，四方人士心向往之。而蜀道艰险，未遑身临其境也。

　　抗战军兴，全国移动，华西协合大学校长张凌高博士，虑敌摧残我教育，奴化我青年，因驰书基督教各友校迁蓉，毋使弦歌中辍。其卓识宏谋，固以超出寻常，使人感激而景仰之矣。既而金陵女子文理学院，金陵、齐鲁两大学均先后莅止，而燕京大学亦于太

---

① 此为"五大学"联合办学纪念碑碑文，此碑修建与否，待考。——编者注

平洋战起被迫解散，旋即复校成都，于是有华西坝五大学之称。而华西协合大学之校舍、图书馆及一切科学设备亦无不与四大学共之，甚至事无大小，均由五大学会议公决，而不以主客悬殊，强人就我。即学术研究，亦公诸同人，而不以自秘，此尤人所难能。若持之以恒，八年如一日，则难之又难者也。

试以所得之效果言之，远方之人得身临天府之国，一览其名胜，又不废其学业，斯亦足以心满而意足矣。然此猷其小焉者也。夫全国基督教大学十有三而各处一隅，无由合作，今则五大学□集于坝上，其名称虽有不同，而精神实已一致。教会大学之合作即以五大学发其端，此则前此未有之创举。而今乃见之于颠沛流离之际，岂不盛哉。行见五大学维此，而盖谋密切之合作，即其他各校亦闻风而兴起，则其成就之大，又不可以以道里计矣。

兹值胜利复员，四大学东归在即，咸谋所以，寄其感激欣慰之意者，爰作斯文，铸之吉金，以垂不朽。

金陵大学　金陵女子文理学院　齐鲁大学　燕京大学

中华民国三十四年六月三十日

原件现存于四川大学历史档案馆